《诗探索》编辑委员会在工作中始终坚持：

发现和推出诗歌写作和理论研究的新人。

培养创作和研究兼备的复合型诗歌人才。

坚持高品位和探索性。

不断扩展《诗探索》的有效读者群。

办好理论研究和创作研究的诗歌研讨会和有特色的诗歌奖项。

为中国新诗的发展做出贡献。

诗探索 6

POETRY EXPLORATION

作品卷

主编 / 林莽

2017年 第2辑

作家出版社

主　管：中国当代文学研究会
主　办：首都师范大学中国诗歌研究中心
　　　　北京大学中国诗歌研究院

《诗探索》出品人：北京人天书店有限公司
社　长：邹　进

《诗探索·理论卷》主编：吴思敬
通信地址：北京市西三环北路 83 号首都师范大学
　　　　　中国诗歌研究中心《诗探索·理论卷》编辑部
邮政编码：100089
电子信箱：poetry_ cn@ 163. com
特约编辑：王士强

《诗探索·作品卷》主编：林　莽
通信地址：北京市丰台区晓月中路 15 号
　　　　　《诗探索·作品卷》编辑部
邮政编码：100165
电子信箱：stshygj@ 126. com

目　录

诗坛峰会

汉诗新作

首届『诗探索·中国诗歌发现奖』作品展示

松花江流域诗群专辑

诗坛峰会

诗人鲁若迪基

作者简介

鲁若迪基，又名曹文彬，普米族，1967年12月出生于云南省宁蒗县。鲁迅文学院第十二届高研班学员。出版诗集《没有比泪水更干净的水》《一个普米人的心经》《时间的粮食》等多部。作品曾获全国少数民族文学创作“骏马奖”、《芳草》首届汉语诗歌双年十佳奖、第三届徐志摩诗歌奖、中国少数民族作家学会首届“陵水杯”民族文学奖等。中国作家协会全委委员、中国作家协会少数民族文学委员会委员、云南省作家协会副主席。现任丽江市文联党组书记。

鲁若迪基

鲁若迪基创作年表

1967 年 12 月 3 日，出生于云南省小凉山斯布炯神山下一个当地人叫作“光溜溜”（普米语叫“果流”，地图上标为“龙洞坪”）的村庄。父亲是普米族启布贡阿增氏族，母亲是普米族玛雅氏族。

在离家几公里外的太红小学念完三年级，十一岁背着每个星期的盘缠到更远的二坪完小住校念完四、五年级，期间，吃过自己煮的不少生饭。五年级毕业前夕，彭校长烧了些蚕豆，把毕业生召集起来，给名字古怪的少数民族学生重新取名（当然，他取了名之后还是会征求一下意见）。于是，我有了现在身份证上的名字曹文彬。这个新名字伴我从翠玉中学初八班到了宁蒗民族中学高三班，再到云南省楚雄粮食学校计划统计六班，再到走向社会。我不太恨校长取的名，因为名字里夹了个“文”字，让我多少有了点文气。

1986 年 7 月，高中毕业。在不知道高考成绩的情况下，为了减轻家里的负担，保证被录取，最终报考志愿时填报了一所粮食学校，希望将来能分到粮管所工作，吃上一碗大米饭。待知道自己是学校文科第四名，可以被重点学校录取时，稍有点心不甘，但很快又快乐起来。因为不是每个人都可以有学上。

1988 年 1 月，尚在云南省楚雄粮食学校上学时，在《原野》第一期发表平生第一首诗歌《诗梦》，责任编辑史义。发表作品时，用了故乡的山水都知道的那个普米族名字——鲁若迪基。那一时期，还在《玉龙山》刊发了组诗《普米人的心曲》，这让编辑拉木嘎吐萨比我还激动，以至于多年后这位来自泸沽湖畔的摩梭人成了著名作家、云南省社科院文学研究所所长时，谈到这组诗依然对自己当年的慧眼识珠有不寻常的得意。在学校吃了几年米饭，终于明白：对于一个民族而言，还有比米饭更重要的东西——诗歌。

1988 年 7 月，毕业分配时，已无所谓分不分到粮管所了，决意把工作搞好的同时，走业余创作的道路。

1989年到1997年，在《玉龙山》《大西南文学》《云南日报》《春城晚报》《星星》《民族文学》等报刊发表诗歌、散文、随笔。与诗人李黑、任尚荣、李永天等参加“黎吉鸟诗社”，后又与李黑创办“格姆诗社”。诗歌《面对山》荣获1990年《云南日报》“南国云”诗歌创作比赛二等奖。诗歌《我以树的名义》入选《中国青年乡土诗选》。诗歌《金沙江》（外三首）荣获第五届全国少数民族文学创作“骏马奖”。

1998年到2000年，与回族诗人、青年评论家马绍玺通信，谈论有关少数民族诗歌问题。在《春城晚报》《云南日报》《民族文学》《边疆文学》《作家》等报刊发表诗歌、散文、小小说。参加《作家》杂志2000年中国新诗大联展。诗歌《远离秋天的日子》入选《中国少数民族文学经典文库·诗歌卷》（1949—1999）。诗歌《雪地上的鸟》《雪地诗篇》入选《1999中国新诗年鉴》。组诗《泸沽湖之恋》入选《边疆文学诗歌精选》。荣获第三届边疆文学奖·少数民族文学新人奖。诗歌《金沙江》（外三首）荣获第三届云南省文学艺术创作奖荣誉奖。

2001年到2005年，与张永权、黄尧、欧之德、杨红昆、于坚、费嘉、范稳、马绍玺、林子、沙蠡等诗人、作家、评论家，以及宁蒗县领导沙万祥、王海宁等讨论推出有关“小凉山诗群”事宜。在《诗选刊》《上海文学》《诗刊》《春城晚报》《作家》《边疆文学》《星星》《人民文学》《大家》《芙蓉》《民族文学》《诗潮》《云南日报》《滇池》《攀枝花》等发表诗歌、散文、随笔。诗歌被翻译成英文收录入《in your face：contemporary chinese poetry in english translation》在澳大利亚出版。诗歌被翻译成英文在英国第二十一期《Modern poetry in translation（MPT）》发表。诗集《我曾属于原始的苍茫》荣获第七届全国少数民族文学创作“骏马奖”。组诗《不一样的天空》荣获第五届《边疆文学》奖。诗歌《一群羊从县城走过》（外一首）获《人民文学》“德意杯”首届“青春中国”优秀诗歌奖。诗集《我曾属于原始的苍茫》荣获丽江市首届文学艺术创作奖国家级荣誉奖，发表在《芙蓉》的《鲁若迪基的诗》荣获丽江市首届文学艺术创作奖二等奖。诗歌《兰坪行》荣获第七届《云南日报》文学奖。发表在《大家》的《鲁若迪基的诗》获《南方都市报》《新京报》第三届华语文学传媒大奖2004年度诗人提名奖。参加朱文导演的电影《云的南方》拍摄，扮演泸沽湖洛水村村长（主演李雪健、金子），该片后来获国内外电影节多项奖项。随云南作家代表团出访法国、德国、意大利、瑞士等十国。与费嘉、哥布、聂勒、高专等八位诗友参加昆明举办的“云南诗歌之夜”诗歌朗诵会，首次用普米语朗诵了诗歌《我爱……》。诗歌《一群羊从县城走过》入选《2004中国诗歌精选》。诗五首被杨志达教授翻译成英文收录入《云南少数民族诗人诗选》，由西风翻译社出版。被宁蒗县委、县政府授予“小凉山十大文化人”。

2006年到2009年，“小凉山诗歌现象”研讨会在泸沽湖召开。《边疆文学》推出以诗歌为主的宁蒗县庆专刊。在《散文选刊》《诗刊》《芳草》《人民文学》《星星》《边疆文学》《民族文学》《诗选刊》《文艺报》《人民日报》《青海湖》、香港《华夏民族》《滇池》、半月谈杂志社《资料卡片杂志》（卷首语）等报刊发表诗歌、散文、随笔、评论等。2006年2月，英汉对照《鲁若迪基抒情诗选》，由中国前外交官、原云南大学外语系主任、杨志达教授翻译出版。散文《六世达赖喇嘛的情怀》获2005年云南省报纸副刊好作品一等奖。云南省委宣传部等授予云南省“四个一批”云南文学艺术新人奖。《关于〈1958年〉及其他》获2005年度《边疆文学》奖。散文《朱文和〈云的南方〉》获第二十三届云南新闻奖、2006年云南省报纸副刊好作品一等奖。散文《远去的梦》获第八届云南日报文学奖。诗歌《小凉山很小》（十九首）获《芳草》文学杂志首届汉语诗歌双年十佳奖。诗歌《泸沽湖及其他》（十一首）获《星星》诗刊与四川师范大学文理学院联袂举办的“2007年中国·星星年度诗人奖”提名。散文《热爱洋芋的人们》荣获2008年云南省报纸副刊好作品二等奖。2009年9月，赴北京参加鲁迅文学院第十二届中青年作家高级研讨班（五十五个少数民族班）学习，辅导老师为林莽先生，在校期间与鲁院老师和各民族作家结下了深厚情谊。2009年12月，诗集《没有比泪水更干净的水》由作家出版社出版。诗歌《长不大的村庄》（外一首）入选《新中国成立60周年少数民族作品选·诗歌卷》。《民族文学》“纪念中国改革开放三十周年本刊回顾展”入选组诗《爱，没有季节》。诗歌《没有比泪水更干净的水》入选《中国〈星星〉五十年诗选》。诗歌《从我身边流过的河》入选《2007中国最佳诗歌》。

2010年到2015年，在《诗探索》《人民文学》（英文版）、《中国作家》《时代文学》《人民日报》《诗刊》《文学港》《民族文学》《西部》《西藏文学》《大理文化》《诗歌EMS周刊》《光明日报》《延河》《中国诗歌》《新世纪诗典》《诗歌月刊》《山东文学》《青海湖》《鸭绿江》《诗潮》《百家》《都市时报》《杂文选刊》《中学生阅读》（初中版）等发表诗歌、散文、随笔。诗集《没有比泪水更干净的水》入围第五届鲁迅文学奖。组诗被翻译成维吾尔文在《克孜勒苏文学》发表。诗歌《小凉山很小》入选《2010中国年度诗歌》。组诗《爱没有季节》入选《民族文学30周年精品选·诗歌卷》。散文《用诗证明》获中国作家协会、人民日报社“盛世民族情”征文优秀作品奖（最高奖）。散文《用诗证明》入选《人民日报》2010年散文精选《智慧不会衰老》。组诗《神话》被翻译成五种少数民族文字在《民族文学》维吾尔文版、蒙古文版、藏文版、朝鲜文版、哈萨克文版发表。诗三首被翻译成朝鲜文在《长白山》发表。组诗《神话》获2011年《民族文学》年度文学奖。诗集《没有比泪水更干净的水》分别获第七届云南文艺基金奖二等奖、云南省作家协会2012年云南少数民族文学创作精品奖、第三届徐志摩诗歌奖。组诗《我总想起一个叫雷锋的人》获光明日报社、诗刊社等举办的“雷锋——道德的丰碑”全国诗歌大赛二等奖。散文《用诗证明》荣获第四届丽江市文学艺术创作奖文学类荣誉奖一等奖。诗歌《一群羊从县城走过》入选张炯、邓绍基、郎樱主编的《中国文学通史》。诗歌《我是山里人》入选梁庭望著作《中国诗歌通史》。诗歌《都市牧羊人》入选《中学生朗诵诗100首》。诗歌《泸沽湖之恋》被翻译为蒙古国文入选庆祝中蒙建交六十五周年《中蒙文学作品选集》。诗歌入选《2012中国诗歌排行榜》《2012中国最佳诗歌》等。

2011年5月10日至16日，随尹汉胤为团长的中国少数民族作家代表团访问美国，在法拉盛图书馆举行的座谈会上做交流发言。

2012年5月20日，在人民大会堂参加中国作家协会纪念《在延安文艺座谈会上的讲话》发表七十周年座谈会，作为少数民族作家代表，做了题为《为有源头活水来》的发言。

2013年12月19日至23日，随云南省作家代表团访问老挝，做会议交流发言。2013年2月25日，《文艺报》的《文学院专刊》推出专版，刊载《诗歌是大地上另外一种作物》（本人创作谈）、于坚《他的诗歌让世界知道他的民族》（印象记）、杨玉梅（山梅）《一颗独一无二的心灵——谈鲁若迪基的诗歌》（评论）。诗歌入选《21世纪诗歌精选》《2013中国新诗排行榜》《2014中国诗歌精选》等。2013年12月，诗集《一个普米人的心经》由长江文艺出版社出版。

2015 年 3 月 1 日至 7 日，作为云南省作家代表团副团长出席越南河内第二届亚太诗歌节并在活动中用多种语言朗诵作品。2015 年 3 月，诗集《时间的粮食》列入“云南作家精品文库”，由云南人民出版社出版。2015 年第 5 期《中国作家》（文学）“新实力”栏发表组诗《忧伤的河》，并配发霍俊明评论《对照一种照彻的诗歌——对话鲁若迪基》，封三做了介绍。

2016 年，在《民族文学》《诗刊》《云南日报》、云南省作协《文学界》等发表诗歌、随笔。与丽江普米文化研究会会长胡革山主编的《当代普米族诗人诗选》由长江文艺出版社出版。诗集《一个普米人的心经》获中国人口文化促进会、中国作家协会第十五届中国人口文化奖文学类二等奖。诗文入选《词语疾风中的凉山——西昌邛海“丝绸之路”国际诗歌周诗文选》。诗歌入选《2016 天天诗历》。

2017 年 1 月至 4 月，在《人民日报》《诗刊》《边疆文学》《人民文学》（西班牙语版）、《新华文摘》《丽江日报》等报刊发表诗歌、散文作品。诗歌入选《2017 天天诗历》《每日一诗》等。诗集《时间的粮食》获中国少数民族作家学会首届“陵水杯”民族文学奖。

鲁若迪基诗三十五首

小凉山很小

小凉山很小
只有我的眼睛那么大
我闭上眼
它就天黑了

小凉山很小
只有我的声音那么大
刚好可以翻过山
应答母亲的呼唤

小凉山很小
只有针眼那么大
我的诗常常穿过它
缝补一件件母亲的衣裳

小凉山很小
只有我的拇指那么大
在外的时候
我总是把它竖在别人的眼前

选　择

天空太大了
我只选择头顶的一小片
河流太多了

我只选择故乡无名的那条
茫茫人海里
我只选择一个叫阿争伍斤的男人
做我的父亲
一个叫车尔拉姆的女人
做我的母亲
无论走在哪里
我只背靠一座
叫斯布炯的神山
我怀里
只揣着一个叫果流的村庄

长不大的村庄

长大的是孩子
老人一长大
就更老了
长不大的是村庄
那么一片土地
那么一条河流
那么一些房屋
生死那么一些人
有人走出村庄了
再也没有回来
他们把村庄含在眼里
痛在心上
更多的人一生下来
就长了根
到死也没有离开过

女　山

雪后
那些山脉
宛如刚出浴的女人
温柔地躺在
泸沽湖畔
月光下
她们妩媚而多情
高耸着乳房
仿佛天空
就是她们喂大的孩子

无法吹散的伤悲

日子的尾巴
拂不净所有的尘埃
总有一些
落在记忆的沟壑
屋檐下的父母
越来越矮了
想到他们最终
将矮于泥土
大风也无法吹散
我内心的伤悲

斯布炯神山

小凉山上
斯布炯
只是普通的一座山
然而，它护佑着

一个叫果流的村庄
它是三户普米人家的神山
每天清晨
父亲会为神山
烧一炉香
每个夜晚
母亲会把供奉的净水碗
擦洗干净
在我离开故乡的那天
我虔诚地给自己家神山
磕了三个头
我低头的时候
泪水洒在母亲的土地上
我抬头的时候
魂魄落在父亲的山上
如果每个人
都要有自己的靠山
我背靠的山
叫作斯布炯
在我的心目中
它比珠穆朗玛
还要高大雄伟

果　流

星星一样多的村庄
那个像月亮
也像太阳的村庄
是故乡果流

那里的雨是会流泪的
那里的风是会裹人的
那里的雪是会跳舞的
那里的河

在我身上奔流为血
那里的山
在我身上生长为骨
我熟悉那里的神
也认识那里的鬼
他们见了我
都会拥抱一下
这个世界
只有那里的鬼
不会害我

神的模样

小时候听说过
无数山神的名字
可怎么也想象不出
他们什么模样
每天清晨，父亲洗完脸
就开始烧香敬神——
果流斯布炯
阿达贡森格嘎
日果落帕石窝
宜底嘎琼嘎
木多瓦擦
噶佐噶呆……
无数个山神的名字
河流一样
从父亲口里流出来
浇灌着我梦幻的世界
袅袅香火里
我睁大眼睛
希望能看到山神显灵
可是，总是落空

问父亲“果流斯布炯”是什么
他说“果流”是我们村庄
“斯布炯”是护佑我们的山神
我们第一个要从他开始敬奉……
如今，在遥远的地方
每次默念到“果流斯布炯”
眼前就会浮现出
父母慈祥的面容

种苦荞的人

小凉山上
苦荞是最普遍的作物
那些种苦荞的人
最初的时候
把一片片林子伐倒
用一把火烧了
随便挖几锄后
就撒上了苦荞
第一粒苦荞成熟的时候
布谷鸟品尝后飞走了
种苦荞的人燃起火把
用一只鸡在荞地边转转
默默祈祷上苍的恩典
他们用独特的方式
庆贺一个节日的到来
让一粒粒饱满的荞粒
在铺开的披毡上欢快滚动
虽然满坡的苦荞
最终只有几小箩筐荞粒
然而，他们不说一句话
把荞粒酿成美酒
磨成白金一样的面

收藏在柜子里
平日紧咬牙巴
煮一罐盐茶
啃几个洋芋
亲朋好友来的时候
才拿出珍藏的美酒
宰了羯羊，烙上荞饼
整个村狂欢
仿佛日子就只有那么一天
看着种苦荞的人
醉倒在荞秸秆上
我忧伤的诗
在铅灰的云层里飘荡
一茬茬的苦荞啊
一茬茬的人
多少茬的苦荞
才能养活多少茬的人啊
叹息声里
种苦荞的人
默默地咬了一口荞饼
不急于吃下去
而是默默地嚼着
好像他嚼着的不是荞饼
而是从太阳上掰下的
一块什么

永远的孩子

我不是吃水长大的
我是吃奶长大的
母亲的孩子
我也是梦幻天空的孩子
曾吮吸

月亮和太阳的乳汁
我更是自由大地的孩子
常把山头
含咂在嘴里
即便有一天老了
只剩下一把骨头
我也会在大地的子宫
长——眠

罐罐山

总有一棵树属于我
某天，人们会将它砍伐
劈开后垒成九层
让我在棺木里
端坐成母腹中婴儿的模样
在烈火中顺着指路经
找到祖先的天堂
人们会把我的十三节骨头
用蒿枝做的筷子
捡拾在羊毛上
装进土罐里
送到祖先聚集的罐罐山上……

那天，当一位族内的长辈
指着一座山
说我们家族的罐罐山就在那里
我久久望着他手指的方向
怕将来走错了路
那里森林茂密
山脚下溪流淙淙
我莫名地感动起来
呵，今后无论身处天南地北

我最终都会走向这里
见到那些骑虎射日的人

白绵羊

云漫游在天空
我的白绵羊
在青草地上
每一个普米人
最终都要由一只白绵羊
把灵魂驮向祖先居住的地方
噢，白绵羊
我的白绵羊
它现在悠然地吃着草
它很少去看天上的云
它随我祖先逐水草而来
那些森林的故事
那些河流的记忆
星星一样在它脑海闪烁
它的羊毛
是我们温暖的披毡
它的皮囊
是我们渡河的筏子
它的肉和骨头
填饱我们的肚子
健壮我们的筋骨
白绵羊啊，让我怎样赞美你
我最终走的时候
你还驮着我的灵魂

黑和白

祭师在不停地对死者叮嘱
亲人们排成队
手里攥着白线
要和死者做最后的了断
一头的黑线系着死者
（他是在黑暗的世界吗）
一头的白线系着我们
（我们是在白色的世界吗）
这一刻我们是相连的
这一刻我们是在一起的
一会儿
连接我们的线会被剪断
阴阳就此相隔
我们就再也见不到他了
我紧紧地攥着线
就像用手握着
一个永不再见的人

雪邦山上的雪

我看到了雪
看到了雪邦山上的雪
它在阳光下闪闪发亮
映照着我内心的洁白
想到雪一样的普米人
我的泪水忍不住流下来

多少年
多少雪落雪邦山
无人知晓的白呵
我的亲人们

在山下劳作
偶尔看到山上的雪
情不自禁地唱起歌来
这时，木里的雪在唱
九龙的雪在飘
小凉山的雪在舞
还有很多的雪
无声地落在大地的角落
静静地白着

三江之门

谁守护着那里的山
谁守护着那里的森林
谁守护着那里神秘的一切
我来了
他们像打开一本书
打开了一条叫金沙江的门
他们像打开装满粮食的柜子
打开了一条叫怒江的门
他们像打开陈年的酒坛子
打开了一条叫澜沧江的门
他们就这样打开着
一扇扇通向大海的门
他们也用黄酒和古老的酒歌
把我的心门打开
让我自豪地说
我是天的儿子
我是地的儿子
我是天地间站立的普米人

没有比泪水更干净的水

我从很远的地方来
我知道一个叫和国生的兄长
在一个叫德胜的村庄
等着我
在我还没有出生的时候
那里的村庄就等着我
在我还没有走路的时候
那里的路就等着我
我出生了
我长大了
我终于顺着他们的目光走来了
我们走到了一起
母亲的泪水流下来
父亲的泪水流下来
兄长的泪水流下来
妹妹的泪水流下来
我的泪水流下来
我们的泪水流在一起
在这个世界上
没有比泪水
更干净的水了

木底秦水库

几年的光景
几个美丽的村庄就消失了
一面水做的镜子
照着那些失去故乡的人
翻过一座座山
现在，绿水泛着的泪花
还在波光里荡漾

夜里，星星的眼
在水里醒着
多少年后
没有人知道
这水面下的村庄
曾生活着怎样的族人
当他们背井离乡的那天
怎样喊着祖先的魂灵
让一条河在身后哭泣

比恐惧还要恐惧

一位老奶奶曾对我说
当年在索卦修栈道的时候
夜里会听到虎豹的啸叫
那些声音，从地皮上
一层层滚过来
地动山摇
让你的每个毛孔
充满恐惧
她们咬着牙
紧挨在一起
没有人起来
为将要熄灭的火添柴
我听了，非常羡慕她们
有过那种
切入肌肤和灵魂的感觉
我们的毛孔
充满了灰尘和垃圾
“恐惧”对我们来说
只是书本上的一个词
随手被我们翻过去了

志愿者

听说他没有老婆
听说他没有亲人
听说他曾在大学里当教授
听说他退休了
听说他来到了我们山寨
听说他买糖给孩子们吃
听说他给孩子们讲很多山外的故事
听说他教孩子们唱歌
听说他教孩子们画画
听说他把孩子们当作自己的孩子
听说他死了
族人们以最高的礼仪为他送葬
但是，他们不知道把他的魂
送到哪里去
祭师只得说：您就好好在这里吧
我们会像神一样供奉您

一群羊从县城走过

一群羊被吆喝着
走过县城
所有的车辆慢下来
甚至停下来
让它们走过
羊不时看看四周
再警惕地迈动步子
似乎在高楼大厦后面
隐藏着比狼更可怕的动物
它们在阳光照耀下
小心翼翼地走向屠场

云南的天空

云南人太神奇了
每天都让很多的云
擦拭着自己的天空
擦得那么干净
蓝得没话可说
干净的云南的天空
擦拭它的云
也不染一丝灰尘
那样洁白
白得让人想起稿纸
忍不住想在上面作首诗

最平均的是死亡

千百次了
我们从死亡的边缘体味着活
却没法从活里体味到死
虽然我们能从草根里的苦
咀嚼一丝丝的甜
却没法从甘蔗里的甜
体味黄连的苦
虽然我们能从母亲的白发
体味生的艰辛
却没法从父亲的皱纹
感受幸福时光
我们可能一千次在艰难中生
却不能坦然地面对一次死亡
其实有什么呢
不就是让你闭上眼睛吗
不就是让你不要再说话了吗
不就是让你不要再听见什么了吗

不就是让你不要再走动了吗
不就是让你不要再思想了吗
不就是让你疲惫的身躯彻底休息了吗
一生中有那么一次
有什么不好呢
既然我们没法平均土地
没法平均房屋
没法平均金钱
没法平均权利
那么，就让我们平均死亡吧
让每个人只死亡一次
让那些衣不蔽体 食不果腹的人
想死两次也不能
让那些想长生不老的人
不死都不行

给兰子

兰子
在这个冬夜
我内心充满了对你的想念
在远离你的日子
没有一个人
用手一遍遍抚摸我的脸
再理顺我散乱的头发了
没有一个人
将我静静地凝视
再把头靠过来
用鼻子亲昵我的鼻子了
也没有一个人
把洋芋烤熟
用木片把皮刮干净
吹吹

再递给我
看着我把它吃完了
更没有人
在寒冷的冬夜
用滚烫的胸口
捂热我的心
劝我少喝一点酒了
兰子
在这个冬夜
如一首歌所唱的
“真的好想你”
我真想说
我是属于你的
包括这首诗
我想，只要自己有的
都把它献给你
然而，除了诗外
我没有什么再好的礼物献给你了
所以，我用心写这首诗
再找个地方发表
让人们知道我是多么爱你
我想，有一天我会死去
而这首诗会留下来
一个叫兰子的姑娘
也会活在诗里
幸福地微笑
真的会这样吗
能这样多好
然而，兰子
除了你之外
还没有一个人知道
我的诗写得多棒啊
在这个世界上
只有你才会说

只要是我写的你都喜欢
呵，兰子
我的傻兰子
我的金兰子
在这空空的夜里
面对空空的酒杯
我讷讷地说
兰子
我是你的“野人”啊
我是你的“疯子”啊
没有你
我不知道去哪里撒野
也不知道去哪里发疯了
兰子
你听到了吗
你怎么不说一句话
呵，兰子
我的金兰子

如果没有了你

如果没有了太阳 月亮和星星
天空又有什么意义
如果没有了游鱼和帆船
大海又有什么意义
如果没有了呼吸
空气又有什么意义
如果没有了飞翔
翅膀又有什么意义
如果没有了思想
头脑又有什么意义
如果没有了足迹
道路又有什么意义

如果没有了情
爱又有什么意义
如果没有了你
我又有什么意义
呵，爱人
不要说我离不开女人
我只是离不开你这个女人

快乐的山

你说
天上的事
你不知道
什么是最快乐的
在地上
只要同我在一起
你就觉得非常的快乐
你担心快乐
有一天
会像鸟一样飞走
会像河一样
流失在黑夜里
我说亲爱的
为了你的快乐
我会快乐成一座山
立在你的生命里

一口气

有一个女孩
在不为我知的地方
静静地生长

当她出落成一个美人
我把她搂在怀里
骑马走了
她的父母
眼巴巴地站在屋檐下
目送我翻过山去
我不敢回头
他们可怜兮兮的模样
让我难过
让我不安的是自己还有小偷的感觉

几年后
我把两个孩子送到二老面前
他们的脸上才有了笑容
到这时我才长长地松了一口气

无 题

这是周末
女人起床后
站在院内梳妆
发源于她头上的瀑布
刚刚从黑夜中醒来
无声地流过她的双肩
我泡了杯清茶
等待着阳光越过墙
把她照亮

地 缝

大地是爱美的
有时，它喜欢艳丽的衣裳

——所有的花就开了
有时，它喜欢素雅
——雪就飞舞着飘来了
有时，它喜欢嘹亮的歌
——河就放开了嗓子
更多的时候
大地是朴素的
还需要缝补
在德江洋山河
我看到了大地
还没有缝补完的一截
也许，缝补大地的母亲累了
就倒在附近的山上
成了山的一部分
也许她悄悄地走了
在不为人知的地方
又默默地拿起了针线
留下这么一截——
只是为了告诫我们
大地是需要缝补的
如同补丁消失了之后
我们还需要缝补生活

草

长在地上
就是草
没有了草
大地多么害羞

长在天上
就是云
没有了云
天空多么寂寞

长在海里
就是鱼
没有了鱼
大海多么忧伤

长在人上
就是皮
老人常说
人皮难披啊

歌 手

祖先用母语
命名这个世界
并且用最初的歌谣
唱诵一切
推磨时吟磨歌
狩猎时哼猎歌
酿酒时唱酒歌
……
即便有一天
谁把自己所有的脚印收走
溘然离开这个世界
人们还会吟唱着送魂的歌
把他送到祖先那里
作为歌手
你说从石头那里
学会了冷静思考
从森林里鸟的鸣叫
学会了用心歌唱
从一首首古歌
领悟了祖先的智慧

你最得意的是——
在牧羊的地方
曾用歌声
唱落了一个女孩的百褶裙
让她毫无怨言地
听了你一生的歌

月　亮

父亲在茶马古道
曾丢失过一匹马
他从日出找到日落
却怎么也找不到那匹马
天色已晚
他独自走在山路上
大山深处不时传来
树枝断裂的声音
狼的哀嚎
震颤着夜鸟的翅膀
想到自己的马
说不定有什么不测
他心里充满了悲伤
这时，他禁不住抬起头来——
一个巨大的灯泡挂在天上
给他照明
心里突然有了感恩
——每次父亲讲到这里
就陷入了沉默
我看到他眼里泛起微澜
那匹丢失的马
在微澜里与狼搏斗着
不停地昂起
血淋淋的头

回乡偶记

经过一个电站前
出现了一个检查站
问我去处
看我的身份证
因身份证不是本地的
就发生了争执
也许高原太阳亲近的皮肤
还有我的乡音
比公章还能证明
我生命的信息
他们终于半信半疑
登记后准予放行
这让我的回乡变得异样
仿佛我去探望的
是什么政要
仿佛我经过的
是什么军事区
问一些知情者
说发生了洪灾
冲走了几个民工
……
之后的路程
总觉得身旁
会有什么从江底
突然怪叫着冒出来
雪封山
一场大雪铺天盖地
通向山外的路
被封住了咽喉
没有如织的游人
泸沽湖一片宁静

一叶猪槽船
几只野鸭
红嘴鸥在雪花里飞
寂静中
不知谁的手机响了
世界开始不安起来

日争寺的喇嘛

泸沽湖西
绿树掩映着日争寺
年轻的喇嘛们
在寺的四周
种满了花草树木
把寺庙装扮得花园一样
他们诵经祈福
也会听听流行音乐
还把玩一下手机
他们接听电话
虔诚的样子
让人疑心那个电话是
释迦牟尼佛打来的
有时，他们到村里来
同我们打篮球
太阳要落山的时候
再把年轻的笑脸
裹在袈裟里
沿着斜坡
缓缓消失

一个山民的话

这个世界真怪
不知不觉
雪山上的雪只有一撮箕了
一座座山被掏空了
一条条江被拦腰斩断了
那都是些什么人啊
他们让地球生病了
我们只是在祖先的土地上
用自己的双手劳动吃饭
可是，天公也不作美啊
还给我们无尽的灾难
还想渴死我们
这个世界真怪啊
怪得我们好像刚刚来到懵懂的世界
不知该什么时候播种
什么时候收获了

清凌凌的黄河

如果不是碰触到了清凉
我真的不相信
这是一条河
如果不是蓝天和流云
在河里梳妆打扮
我真的不相信
这河流淌着清澈
如果不是循着
这河最终的归宿
我真的不相信
这会是黄河

真的
如果不是我的足迹
踏在青海的土地
如果不是在诗歌墙上
写下我母族的名字
我真的不相信
黄河在贵德
披着蓝色的轻纱

可是，细细去想
世界的源头
其实都如斯啊
最初的时候
世界是明亮的
一如这清凌凌的黄河水

诗坛峰会

汉诗新作

首届『诗探索·中国诗歌发现奖』作品展示

松花江流域诗群专辑

汉诗新作

新诗十家

山顶上的雪（组诗）

布　衣

山顶上的雪

一觉醒来，发现世界一片白
发现远处的山顶戴上了厚厚的帽子
发现风里没有了一丝灰尘。一声咳嗽
一个孤傲的人吐出了带着血丝的痰
就一声。人世复归冷寂，哦，人世复归冷寂
群山顶上的雪兀自闪耀着光
像神遗落在大地上的一瞥

好多年
——怀父词

田野上，你不在割稻子的人群中
已经有好多年
尘世里，少了一个和泥土一样干净的人
已经有好多年

尘世里，少了一个和秋天一样干净的人
已经有好多年

枯　枝

一截长长的枯枝还在树上。它死了，可它
还在树上，前端已经腐烂，看上去就要被风吹断
它的四周生长着新鲜的叶子和枝丫，这增加了它的隐蔽性

它死了，可这棵树还活着。因此，它的一端连接着
健康的树的枝干——原本它们是一个整体
现在，一边是生，一边是死
它们有了区别——就像时间的过去和现在。是的
对于这棵大树而言，枯枝常有，而且必然坠落
但未来的新生也正在神秘的孕育之中……

带我到山顶
——与圻子同题

带我到山顶，我不看人世
只看越来越高远的天

带我到山顶，我不看落日
只看薄暮笼罩的群山

带我到山顶，我不呐喊
只闭着眼聆听自己的心跳
带我到山顶，我不看飘飘的云朵
只抚摸那些永恒的星辰

卵 石

河滩上卵石在集结
河床里卵石在接受流水的冲刷
它们沉默，像无数倾听大海的耳朵
又像一支起义的队伍，顺从着河流的旨意
冲向辽阔的大海

阳光下的油菜花

早春二月，油菜花怒放
风把它们的香气连同湿润的阳光
运至高山之巅。而劳动者
一无所知，听从命运的摆布——
他们有着隐忍的心和谦让的美德
有着与尘世纠缠的双手和白发

野 寺

一定有一座野寺，在我们找不到的地方
响着梵音；一定有一座野寺没有住持
但幸好有一个小沙弥在打扫唯一的院子
他还要挑水，浇菜，把山民供奉的苹果和橘子
送到二十里开外的尼姑庵
一定有一座野寺，门槛为青石做成
西侧的厢房安放着石磨，和晒干的草药
一定有一座野寺，香客不多不少
供奉的香火刚好够菩萨一天的伙食
一定有一座野寺，在山的南边
嶙峋的石头丛中，露出破败的瓦檐
一定有一座野寺，在高山之巅
眺望着我们冥顽不化的人生……

早春雪

早春，一场雪静静地落下来
时辰不长不短，分量不多不少
刚好盖住了山岗上近似于无的草色
刚好盖住了田野上新翻的泥土
刚好盖住了篱笆园里菜蔬的叶子
刚好盖住了田埂上一堆冒着热气的牛粪
但它仍旧无法盖住人间那一层薄薄的沧桑

在周遭的黑暗中，我看到了更多的星子

我有着在春天的夜晚燃烧篝火的癖好
我喜欢为篝火添稻草与干蒺藜
我喜欢篝火把我的影子拉得长长的
把我变成了一个睡在大地上的巨人

但是，每次从篝火旁抽身出来，来到
火光几乎照不见的空旷处
我总是要眯眼待一会儿，才能
适应周遭的黑暗。此时
我的心有着难言的压抑
似乎呼吸也像一个思想者
此时，抬头望天，发现在周遭的黑暗中
我看到了更多更亮的星子

闪　电

有时它们迅疾如蛇，向人间探出信子
有时它们展开，像一株株狂乱的野草
——在天空和大地之间，在乌云之中，雷声隐隐
似乎有一个更大的草莽，似乎有万马奔腾……

多么好

一个聋子
拒绝了尘世的嘈杂
只听见自己内心的声音
多好

一个瞎子
掏空了远方的眺望
只遵循自身的判断方向
多好

一个死了的人
放下了人世的苦
只和灵魂一起上路
多么好……

身后跟着月亮

从竹蔸寨到野猪窝外婆家，有十几里的山路
那一年秋天夜晚，姆妈生了三弟，叫我送仨鸡蛋过去
姆妈说，满仔甭怕，你唱山歌，打竹杠
山鬼精魂就不敢上你身，野猪野狗会吓跑……

姆妈不知道，走夜路去外婆家，我从不害怕
因为我的身后总是跟着月亮……

落　日

这命定的钟表正在缓缓滚动，在群山上空
它撒下了永世的金黄，与天空下的景物遥相呼应

我必须看到它的轨迹，看到像金箭一样的光芒

也有着在茫茫宇宙消逝的命运

我必须肯定：当它滑过天际成为落日
那些高大的事物在大地上留下了更长的阴影

哦，它正在离我们而去。像万物一样，它的身后
也留下了无尽的孤独，也有着无尽的黑暗……

明 瓦

黑色的瓦面上有五块明瓦
仿佛看着天空的五只眼睛
我和兄弟姐妹透过这五片明瓦，看到过
轻飘飘的云朵，看到过溜溜的雨水
还看到过鸟雀拉的屎，老鼠拉的屎
还看到过一只野猫向我们龇牙咧嘴的样子

我们最想看到的，是正午透过明瓦的光线
照在地上之后，一群一群的灰尘沿着那光
向上升腾

稻 草

秋天深了
大地上雨水鸿蒙
尘土回到了根的脚下

秋天深了
神带着果实离开了高山
你带着爱离开了泥土

秋天深了
我看到了你无奈的情形
和一言不发的样子

秋天深了
深的可以装下清浅的河水、星辰的天空
深的可以装下劳作者的疲惫和幸福笑容

秋天深了
把你变成稻草的人即将老去一寸
把你变成灰的人，他的脸在火光中变得通红

秋天深了
你把金色的光芒收藏
我热爱你干枯的躯体一如热爱清瘦的故乡

秋天深了
你一死再死
故能轮回而生

风暴，这人间的大悲欢

来一场大风暴吧，这人间需要它证明是人间
证明每一个活着的人，会经受这不平凡的一天
哦，当它来临，人们四处奔走
隐忍之人也要走出家门
（除非他们想与这风暴同归于尽）
蚂蚁也要搬到高处
（虽然基本上徒劳无益）
哦，风暴来临
这人间的大悲欢，它所到之处
飞沙走石，万物凋零
像末日的审判
我也甘愿承受这旷世的公平

山坡上有一座公墓

山坡上有一座公墓
鸟鸣清脆，虫声唧唧
路过的人，侧目就能看见

公墓旁有一座寺庙
佛号长鸣，梵唱悠扬
香客进进出出，恍若串门

山脚下有一座小城
车水马龙，市井声声
人们来来往往，互不相识

——它们加在一起
就是一方小小的人间

废墟

在这个繁花似锦的春天
许多生命是新鲜的
许多废墟也是新鲜的

而我两者皆不是
——这正是我所迷茫的
所以，我至今无法相信：
“新的一天，新的阳光”
它们分别接纳和照见了
这些春天里的废墟，和我

桃花汛

一些鱼顺江而下，另一些则选择
相反——在这个桃花盛开的春日
捕鱼人可以随意撒网，打捞春芳
打捞那些春天的漏网之鱼，顺便
打捞春天的一些隐秘之境
也打捞那些散落在水面上的花瓣

河流两岸，落英缤纷
桃花汛如期而至
肯定有一些刻骨铭心的爱顺流而下
肯定有一些欢愉成为一则毛茸茸的往事
肯定啊，有一些沧桑翻滚成春水里的波澜

菜　地

深秋，凉意已重。河边的菜地里
白菜长得清秀翠绿，像模像样
小葱已高至三寸，胎衣还未化成泥土
在靠近河边的地方，蕹菜抱成团
似乎准备蹚水去到对岸
茄子和辣椒越来越小，越来越丑
就像我时常在菜地里忙碌的母亲
在秋声中又染上了一层风霜

山居散贴

——给圻子

1

雨是不速之客，白云也是
而风是一个神秘的邻居，经常与我

在前厅相遇，在茶寮清谈
它往往喜欢不辞而别；落日是樵夫
我作别它的时候，就打开西窗
看到了群山像一座座菩萨
都头顶着柔和的光圈

2

我喜欢在阳光盛大的一天睡去
并渴望不再醒来。因为那里的白天
比夜晚要寂静，我的灵魂因此变得安静
我也喜欢有月亮的夜晚，因为月光总是会
叮叮咚咚地洒下来，带着风铃般的鸣响
仿佛为我的孤独伴奏

3

清晨和傍晚时候，我总是能听到
深山更深处传来的钟磬
有人告诉我，往东二十里，过三座石桥二座木板桥
再趟过三条河，在一帘瀑布旁边，有一座寺庙，叫白露寺
我寻找了五六次，皆迷途而返
至今不得一见。有一位行脚僧经过我的菜园的时候
向我讨要斋饭。他的枷篮里装满了粗盐、茶叶、齿木、净水瓶之类的东西
临走，我恭询他白露寺如何去得？他笑而不答，只是一叠连声：
“阿弥陀佛！谢谢施主……”

4

我多次与各种小禽兽相遇——
小刺猬像一位顽童，经常会团着身子拦在山路中
（这时候我就只好绕道而行）
小山鸡毛茸茸的，与山外的家鸡没多大差别

（我迷惑于它们日后如何成为窈窕淑女？）
小野猪总喜欢把我家的菜地拱得七零八落
（我抓住了一只，养了一天之后就赖着不走了）
……

有一次我居然看到了一只云豹，像一位隐士
匆匆路过，未曾与我打过一声招呼

5

山间有一座水库，叫芭蕉坑水库
远远地望过去，像一片蓝色的云泊在群峰之间
我曾经在那儿濯足，眺望水中圆满的落日
我曾经看到过一群羽翎靓丽的大雁在那儿游荡
把鸣叫一圈一圈荡漾在水面
也看到过一对天鹅倒映在水中的高贵的脖颈
哦，这弯曲的孤独的永世的爱的神秘符号……

6

我记住了这里的每一座山峰的名字——
砦堖崇，观音崇，太阳山，北斗山，青竹岭，雷公岭……
一并三十六座；它们先我而来，是这里真正的主人
每一座都像寺庙里的菩萨，有着久远的神秘
我每天和它们相看两不厌，每天和它们之中的三五座清谈
它们宽袍大袖，慵然慨然，恍如我前世的兄弟。因而
想到有一天我终将下山，离开它们，在别处
了此残生，我的心就茫然起来。有一天在睡梦之中
我听到有好多座山峰也对我说了相同的话

作者简介

布衣，原名温云高，生于六十年代，江西瑞金人，“赣南五子”之一。有诗作入选《2000中国年度最佳诗歌》《2009中国年度诗歌》《中国诗歌精选》等，曾在《人民文学》《诗刊》《诗选刊》《延河》《创作评谭》等刊物发表诗歌作品。

诗十三首

林　珊

小　满

大雨整整下了一天
黄昏时，院子里又响起了虫鸣
我躲在草木的香气里，翻看一本旧书
“到最后，时光流逝，爱恨皆成虚无”
我想起我们曾坐在月下饮酒，仿若隔世
我想起我们曾路过一些人，但已忘记名字
现在，悬挂枝头的花朵落下来
池塘里的水，又悄悄涨满了

谷　雨

谷雨那天，十指空空的人忍不住低头叹息：
“为什么灯火和星辰都是别人的
而我不曾拥有便开始失去”
天黑了，我站在没有你的城市
雨水正细细碎碎敲打门廊前的石墩子
颓败的花朵和叶子，满地都是
几只小小的蜗牛爬呀爬，终于爬过枯枝
清扫庭院的老人，放下扫帚
缓缓地关上了木窗子

昨夜星辰

那么多的星星，我只记住了其中一颗
它总是在深夜，不动声色地前行
绝望，而又美好。多像我们之间的爱情
整个春天，我一次次往返于通往山中的路上
白车轴草，天胡荽，异叶天南星……
一直都在与我纠缠不清
可是，五月的天空总是阴晴不定
就像我在黄昏时路过的风
它们紧跟在我身后，忽左忽右，忽高忽低
而路边的烟囱，趴在地上喘气的小狗
都是白色的。那颗最亮的星星
在昨夜的一场旧梦里，一闪一闪
温暖了我的眼睛

失　去

你一定还遗漏了些什么
鱼儿的眼泪，案牍上的骨头
夜空中的繁星。你要知道啊
拍崖的浪花，荒漠的甘泉
从来都不属于我
你曾站在四月的窗外
不停地说暖，不断地说爱
可是，天亮了
落叶松里的鸟鸣，芨芨草上的露水
总是在我还没来得及开始叹息之前
就已经纷纷坠落
你闭上眼睛，你陷入沉默
你仿佛，从不曾来过

过　去

我们终于说到了过去。这个喑哑黯淡的词
那时，天还没有大亮，朝阳刚刚从你的窗外升起
明月悬空，不知不觉已成昨夜旧事
披衣早起的人，鞋底沾满湿漉漉的春泥
然而蜂房消失，满坡的花香不见了
我隔着春风，缓缓萃取针毡上的蜜
那些过去，忽然销声匿迹

空山沉寂

黄昏越来越迟，你独自走在山中
地上覆满了青苔、松针、酢浆草迸裂的果实

我在花瓣的缝隙里看到你，手捧露珠
身后小径蜿蜒。紫堇又抽出了几片新鲜叶子

你深谙那些，我心生向往的事物：
空山沉寂。鸟鸣不易被打碎
薄薄的蓝衫上，灌满了春风

告　别

原谅我。隔了几个寒凉长夜
那一声告别，我还是无法开口说出
你们也是。此刻，黄昏隐现
澄静的湖泊被秋风一层层吹皱
灯火下，摊开的旧纸堆里
我只能缓慢地，写下一曲骊歌
写下掉光了叶片的柿子树满身孤寂
露水伶仃，稻草人站在旷野里独自叹息

辽阔的暮色带来了钟声，佛号
即将熄灭的火苗
还有你们转身离开时，灰黑色的影子
可是。对抗痛楚的法门，我一直未能找到
原谅我。我还是不能和你们拥抱在一起
在黑夜的尽头，哭出声来

问 询

你在寒风里向我问询，最近过得好不好
我扭过头，看到院子里的玉兰树又抽出了花苞
一朵，两朵，三朵……羸弱，散发着细微的光芒

一时语塞，竟不知该如何回答你

这些年来，那些时光，已分不出深浅和好坏
这些年来，在尘世间沦陷，围困
痛楚缠身。我已不再是我

回 信

我在春日的下午醒来
你写给我的一封信，我刚刚收到
信中说："人世之美，莫过于一缕岚霏"
而南方的小镇，寺院的桃花正灼灼地开

你在山中读书的声音，盛开在二月的黄昏
一株木莲，簇拥着佛心——
清冽的泉水汩汩而来，静谧，而又美好
我站在窗前，忘了这料峭的春寒

多年不见，青苔早已覆盖了井沿
不知此时，你的院子里
是否还回荡着，旧年的钟声

天龙山记

看门的僧人说，带小狗上山
会惊扰了庙宇里的神灵
他说这话时
眼睛一直盯着烟雾弥漫的山顶
我只好沿着溪流，慢慢走

落日把斑驳的光影
都悉数交还给了大地
风吹过枯草，吹过灌木丛
这样的黄昏，如果我的外婆还在
她会扛着锄头，匆匆从菜园里赶回来

雀鸟的巢穴空空荡荡
我带着小狗，穿过落日和松林
身后，禅音萦绕
悲伤汹涌

莲花开时

莲花开时，我还羞于说出爱
只是殷切地望着你，羞涩而又热烈
一晃间，它在那里多年，冬天睡得沉稳
夏天开出素颜的花朵，圣洁，空灵，清韵
兀自地生长。而你离开我也有多年
这些年来，我越来越爱这片繁华与荒芜
爱滴檐的雨水，敲打着我的窗子
爱村口的池塘，开满浩浩荡荡的莲
爱白马蹄声嗒嗒，驮来梦里相思的人
爱在莲花盛开的午间，一袭素裙，站在水边
哦，那个雨中看莲的人，他说了些什么？
我有些恍惚。我回过头时，已看不清他的脸

莲花开时，我只是想，翻开我们的老照片
任想念，若隐若现

默

杯子里的水是凉的，门窗也是
在深夜里失眠的人，反复数着雷声
大雨还没有来，远处也没有起伏的花香
或许，这人间三月，除了一地的春风
再没有什么，值得去珍惜
可是昨夜啊，明明有人在梦里，来回走动
为她捧来一陇流水，几卷旧书
后来，天亮了。所有的曙色，都被关在门外
梦里的那个人，转过身。一声不响
去了远方

旧

信是旧的，被锁在樟木箱子里
落了厚厚的一层灰
陶瓷罐是旧的，被丢弃在墙角
装了满满的几胚泥
柴扉是旧的，铜锁是旧的
月光是旧的，篱笆小院是旧的
房梁上的那副松板棺木，也是旧的
它躺在秋风里，一晃多年
不问世事，只道沧桑

作者简介

林珊，八〇后，江西赣州籍。江西省作家协会会员，作品散见于《人民文学》《诗刊》《诗选刊》《青年作家》等刊物及各类诗歌选本。出版散文集《那年杏花微雨凉》。曾参加第四届《人民文学》“新浪潮”诗会。

爱欧·诺亚尔岛（组诗）

雪　迪

湖中的湖

安静的旅行者使这个湖
成为圆形。麋鹿在这儿汲水
落日更长久地，为走得很慢的
幼鹿照耀。湖底的盐
使哺乳动物的性格温驯
宁静的湖水清晰地显映出
那些食草动物的高贵品格

那些我们在陆地上失去的
在火中结束的，被孤独的鹿群
一代一代传下去。沿着干净的水道
他们生长和移动，使残存的
树木聚集成树林；使一片清水
幽雅地扩展成一座湖
隐藏的湖，日出和日落时
含满白银。盐水在出世的阒静中
培养啜饮者的品格。然后是
一小股人，乘坐独木舟
穿过水峡，来到这儿

安静地坐着，盼望看到
饮水的麋鹿，他们
将把这些诗意的崇尚者
带往那座失落了很久的家园

斯高维尔角

在聚集的意志中
旅行得最远的石头
独身的公狼远离
在孤岛中心丛林中的家族
沿着嶙峋的石壁奔跑

大水切断石头，和
石头里黑暗的
食肉兽的通道。这儿
是倔强的徒步人的末路
梦想开始的地方

棕褐色的麋鹿带领幼鹿
在冰冷的蓝水里游着
朝向那些更小的岛屿
红狐狸在湿亮的礁石上尖叫
独木舟在弧形的碎石上倒扣

三个方向的浪头
二十四小时不停地拍打
峭壁上那座绿色的木头屋子
隐居的创作者聆听着
生命的感悟，光中的音乐缭绕在内心
梦想展现在道路终止的地方

无限的美引领诗意的远道
旅行者，变窄的石头
潜入水底。Tobin 港湾
在左边闪耀着温柔的光
北面过客岛上的汽笛
在浩瀚的大水里日夜啸叫

徒步旅行者

欣赏细节的美
在阳光中，沿着植物
内在的成长的历程

身体就是道路
多少哩，多大的难度
那些生命必须经历的

在低处沿着水道
跟循动物的足印
我们将返回已经远离的源头

在高处随着山势
徐行在光中，我们将抵达
内心憩息在高处的那个地方

带着干粮和水
聆听创造的身体的旅行者
在持续的跋涉中精通自然的语言

北极光

在黑暗的地平线上打开
那扇扁圆的银白色的门
梦在星座上寻找

属于那些时辰的人们
他们是有福的
在深夜里，安静地

满怀感激地向北凝视

白光闪耀，使黑暗具有形状
夜的底在涌动的光里摇动

瞬间，更亮的光闪耀。大片的
银色的火焰，向高处翻卷
琵琶的金弦在光团里

急速震颤；鼓声和圆号
鸣奏在被刹那推远的黑暗里
提琴的兰弓掠过古松的

高音部。狼群突然在亮光里嚎叫
那么多的流星，一颗，一颗
射向更北的夜空。白光渐渐黯淡

睡眠的人在古怪的梦中翻身
朝北的静坐的人
看见黑夜正在缓缓关上

那扇高贵的、银白色的门
高处成群的星座闪耀
祝福着在黑暗中坚守、凝望的人们

爱欧·诺亚尔岛的夜空

跨越淡水的旅行者
使这座孤岛的夜晚飘逸着甜味
狐狸在白桦林的凉意中尖叫
露宿者在低处苔藓的绿光中
睡得更沉。雪松在洁白的梦里
快活地颤抖。那些水湾
在零散的黝黑的木头
屋子环绕中闪烁着白光

在岛角那只古旧的木椅上
我是星辰的王子。天空向睡得
最晚的，撒着银白的宝石
天使拜访他们钟爱的星座
并把那些金色的小门敞开着
高空久久萦绕优雅的乐曲
我是快乐的王子，被那些散发着
香胶气的梦选中的。凤仙花
在湿气里安睡；冷杉在夜色里
冥想。鱼群朝向
含满月光的水域游动

天空被那位，在高处
提灯行走的人照亮。银河
是他一路沉思遗留的光芒
圣洁的时刻！在良久的欢乐里
整个夜晚晶莹灿烂地
朝向我们！使未眠者
在全神的凝望中接近天空
使在暗处的心智含蓄了光
长途旅行者，感恩地
朝着要去的方向

岛角的房子

在土路和石崖的尽头
创作者隐约看见自己的形象
简朴、暴露，在清澈的冷水里
聚拢的浪涛轮流拍打
四面朝光的窗户。木头和铁
向内的意志，使分散的事物
成为清晰的形象。使低处的

旅行者，在那些转弯的时刻
澄清继续努力的方向

在浩瀚的易怒的大水里忍耐
全神贯注。不是在最高处
但踞守在使自己
最有意义的地点。接近醒悟的
地点。朝着向远景
无限伸展的大水。在白昼
回荡遥远的更孤独的岛上的
汽笛，抵抗前头那些黑暗的
礁石向下的力量。在夜晚
恩惠于上面璀璨的星辰
使那些短暂的居留者
在黑暗中保持心灵的明亮

爱欧·诺亚尔岛（Isle Royale Island），世界上最大的淡水湖（Lake Superior）中最大的岛屿，全长四十五哩（miles），宽九哩，位于美国的密歇根州。全岛99%为野生动物和野生植物。岛上没有车辆，全靠步行。全岛共有一百七十哩的小道供徒步旅行者使用。爱欧·诺亚尔岛每年从四月开放到十月，冬天因严寒和大雪而关闭。该岛被列为美国的国家公园。

我曾被邀请到该岛进行为期两周的诗歌创作和讲演、朗诵。我住的地方是在岛角上，木头屋子里没有电，照明用煤气灯。我每天从大湖里提水，烧饭，洗衣。木屋在峭壁上，三面环水。浪涛日夜拍击礁石，发出巨响。我每天都在波涛声中入睡和醒来。夜晚会听到狼嚎，可以看见明亮的北极光。

这组诗是我在该岛居住期间，在那间被称作“艺术家的小屋”里创作的。

作者简介

雪迪，原名李冰，生于北京。出版诗集《梦呓》《颤栗》《徒步旅行者：1986—2004》《家信：雪迪诗选》，著有诗歌评论集《骰子滚动：中国大陆当代诗歌分析与批评》。1990 年 1 月，应美国布朗大学邀请，前往该大学任驻校作家、访问学者；现在布朗大学工作。出版中、英文双语诗集《音湖》《地带》和《另一种温情》，出版英文诗集《普通的一天》《心灵、土地》《宽恕》《碎镜里的猫眼》《情景》和《火焰》。作品被译成英文、德文、法文、日文、荷兰文、西班牙文、意大利文等。荣获美国赫尔曼·哈米特奖等创作奖。

诗十三首

丁　立

高大的事物

这一地鸡毛、这一地
琐碎和家常：市民在菜摊边讨价还价
城管在夺小贩的杆秤，相看两生厌的夫妻
正一前一后地走，就好像
从未爱过

无法选择，有时候
我们也只能再往高处长一些，这些话
我可能是说给自己，也可能是说给家门口
那些刚移栽来的悬铃木听，也有可能漫无所指
只有这样，我们用以眺望的半径，才可能扩大
才可能多赢得，几条街道、几栋楼房
几只麻雀、在房顶起落的
自由瞬间

一地琐碎，让我们不说话，只攥了劲
往高处长吧，直到我们容下了这个
不完美的
世界

回　忆

带我走吧，哪怕是
还去那家军工厂，我也愿意

哪怕是在闲置的水泥管旁，我也能
找到玩具或一枚，被扔弃的子弹壳
哪怕是玩起了战争游戏，并且在射击中死去
我也定能活过来，活出你所有的
脚本和戏码

初秋的露水，会不会蹋湿裤脚
这并不重要，也从不去担心，附近的玉米林子
已能藏得下，坏人和大灰狼，我们甚至不曾注意
有人在哭，半山腰，有新添的墓地
和随风飘动的花圈

起先，只是两只小鸟
在天上飞，喳喳叫，后来
它们双双落到地上，就变成了我们两个
简单、快乐的女孩子，只需一个写完作业的周末
只需捡到的子弹壳里，碰巧没有火药
我们就可以，玩得天昏地暗
像永别

在我们头顶，只要合欢树的香气
再浓郁一些、再用力一些，就会使得
残留在记忆中的这一天
越发像一个梦

流水四十年

最初，我什么都不晓得
等明白过来，我错过的事物
都已在洛河两岸，自成风景
我的兄弟已去了远方，二十余年
流水汤汤无消息

稍一恍惚
我又站立于长江湍急处
七曲八折，水花多飞溅，而李白捞月处的石头
只是在勉强守住自己
日益孤独的内心

行至高原，我何以越来越坚信
天下的江河，都来自于同一水系
谁能告诉我，翡翠河淌过三千米海拔
何以竟绿以至此，草花开到水旁的湿地
有什么理由越来越像，湮失了时代感和使命感的人

别问我，我什么都不晓得
如果一只裸女鲤在水中浮起来，又沉下去
那一定是因为我，暂时还无法确定
是否被裹挟，仍是自己
唯一的命运

秘 密

该怎样证明，无数个你
曾经无数次来过这里

和世界话不投机的人，你们
何以都选择了，在四千米海拔打坐
或者冥思不语

没有慧心的，已凝结为
木讷笨重的石头，有悟性的
却从此腾空而起，变成山顶
庄严出岫的白云，宣布作为人类
对这充满烦恼的一生的
全须全尾的放弃

该怎样证明，无数次
无数个你曾退守这里，退守高原，退守为
一棵树、一根草、一块山岩、一大片原生态的藏寨
一双仰望之眼所无法拒绝的湛蓝……
就好像一个个，感觉疲倦的中年人
突然失去，所有的名字和野心

接　受

来到这里，一切我皆接受：
红皮树和树间跳动的松鼠，会傻笑的鸟
一百次拂过我眼睛的经幡，烧不开的水
所带给我的，强烈的腹痛
和呕吐

是这样，高原自有
高原的礼节和善意，在这里
一旦领悟，所有的大小石头
都是不可以搬开的，我们就会接受它们
作为我们，终生的好邻居，万物至此
都有了一颗恭迎之心，我还学会了
在海子的底部变换颜色和神秘
以及波澜不惊地叙述

简化一切的高啊，一刹那
仿佛只剩下满山的黑牦牛、白牦牛
形容一个人笨，让我学着说：他只会放牦牛
形容一个人家里富，我会学着说
他家里有一百多头牦牛

在这里，多年以后
无罪的肉身，都将被秃鹫叼走，有罪的人
也将留下来，归于泥土，风吹四千米海拔

所过之处，只剩下随风打开的
真相和接纳，已不需要
更多的言辞

还 原

山一程，水一程
这一路，天空晴朗得就好像
随时都要证悟，如果必须要说些什么
就请在路过松潘古城墙的时候
替我飘洒些零星的感动的
雨丝
大多数时间，我将是那个
不再表现和饶舌的女人，以墨镜遮去沧桑的女人
日落后，就在房间里正点休息的女人，坐车出门
都在一边往窗外看，一边翻江倒海呕吐的女人
仿佛除了静观、吐出胸中的不洁之物
在你的高度面前，我已不配再拥有
别的艺术

茶马古道，格桑花在开
但愿有一朵，会变作我
已经安顿好的心

汶 川

它难道不是
仍然作为一座山川，坐落在那里
不像曾被撼动，似乎也不大可能
一下子就演变为别的事物，山地的植株
一旦被风吹出参差和小起伏，盛夏便如期地来了
未改初衷

天长地久的画卷，万物身居其中
却对它们的繁衍和意义，一无所知
让他成为农民工，他就依旧在父亲的工地
卖力地盖房子、拉标语，每一天
都像要在这世界上
留下深刻的印记

给落日以余晖，让草木的一生
就是这样，永远不抒情，不绝望
也不厌世，当子时已过，还要让那些
滞留在断弦上的哭声，重新变回
游荡在街巷里的冤魂
等待你的，超度之手

书 写

当我写下“高原”二字，纸面上便浮现
手提氧气瓶修行的阿尼，她说话之间的
气喘，在这个世界，谁不是在受苦？
而五千米海拔之上的苦，和五千米海拔之下的苦
哪个更重

她的不挡风的木板房，挑水的旧桶
发霉的、仍在食用的馒头，依赖照明的
简陋手电……诸多不堪之物
当我写下“神器”二字，它们就
现出光亮和不寻常，就好像我来到这里
原是为了赞颂，这座寺院金碧辉煌地
长起来、高上去，也是为了赞颂

诵经声远远飘来，在山上
头顶一颗星已经够了，能把物质的匮乏

转化为清风明月，已经足够了，当我写下
“知足”二字，贫穷和它不安的小翅膀
消失了，我看见纵横交错的河流
在庙外流淌
草木无忧愁
人间有顿悟

将没有什么，再能伤害我
让我再写下“喜悦”二字，就好像写下法会和那场
穿插其间的大雨，在雨中，上师在为信众们
一一摩顶，天空，突然就现出了
双道彩虹

失意人

失意人，我爱过你
和你转瞬即逝的忧伤，爱过你无言坐过的草地
紫红的酢浆草花，突然像伤口开放，因为你的恍惚
河水放慢了速度，甚至一度
迷失了涛声，我爱过你
就像热爱生命中
每一小片空白
无法掌控的

我爱过悬铃木叶跌落的一瞬，并被自己的脆
摔伤，请原谅我，不再把它们简单理解为懦弱
给万物以襟怀和包容，天空慢慢就有了
宽恕一切的蓝、辽阔，失意人
我也爱过你，洞穿世相的阳光
与和解

失意人，我爱过你
你拒绝评判和解释的脸、执拗

你的茫然垂钓之姿，你幻化为漏网之鱼
滑脱而去的快乐，因为爱，我也曾追随你
走遍城市与村庄、高原和盆地，走过
所有的场景和假设
直到我发现——

这条贯穿始终的大河
水中的、无主的
自由

非 诗

“水天晴朗，一只凫水的绿头鸭
是幸福的”——哦诗人，你怎么知道
凫水的绿头鸭就一定幸福？“碧桃花
嫁给了春天，你为什么不嫁给我”
——从没有什么，能经得起吟咏
在你写这首诗的间隙，你的爱情
正翩然坠落，散尽她虚幻的花朵

万物都在死亡，或等死
可用于秀和炫的辞藻，已越来越少，欢愉
有多短暂，再不说，就来不及了——
你的世界有多矫情，我就有多渴望
替你破坏这一切：

我要为叙利亚遇难的小男孩讲话
为被剥皮去骨的动物代言，种子落地为谜
没有像成功学那样长成绿荫，我要说出
它在黑暗中的郁结和腐烂，有时候
它化作一颗山树的种子，也是郁结
化作一颗向日葵的种子，也是

请赐我以非诗的光芒，照亮这一切——
不仅是这样，我还想告诉你，再柔弱的草木，
也有着，活出人脸的努力，也渴望被赋予
挣扎的肉身，也期盼着发出
不一样的，声音和哀乐

万物生

简约些，就让烟花和鞭炮
把一切不堪回首，都变成静默者好了
任它们潦草地睡去，像灰烬覆过大地的伤口
在 2016

至此，你我的一段末路
又走出了光和亮，说到这里
种子们互相碰撞，发出会心的尖叫声
牡丹花又在室内含苞，暗合诸种
玄机和比喻

万物生，披挂万千春光
各自怀揣着，妙不可言的经纬和纵深
趁着我们，仍在其中，并有幸成为
预言者，仍要给这些消沉过的事物
以一触即发的力量，和祝福呵——

趁着这一刻
厅堂明亮，还没来得及蒙尘
电视连续剧刚刚开始，还未能暴露
潜伏不定的命运和忧伤，街面都是吉祥物
尚没有陷入，年轮深处的疲惫和琐屑

就让我们，假装耽于
吃喝、玩乐与红包，像一对幸福到无知的
少年夫妻，真好

日出鸡角尖

好了，现在
我，在纷扰之外，在世俗之外
飞鸟遗其音，而流云将擦去我
作为一个攀登者的汗水，一轮好日
正为我，在鸡角尖的上空升起，那么多
山峰和景致，全都应声
矮下去，矮下去

现在，请
把山路，还给陡峭和三千九百九十九层台阶
把原始森林，还给盘根错节，任落叶松
被葛藤一再缠绕住身子，允许小松鼠仍痴爱着
一切有木纹的东西，一如孩子迷上了老人的皱纹
和故事，请让更低处的潭水，突然如碧玉般破碎
让谷间行走的人，惊呼发现了娃娃鱼

请把这一切
全都交还你，请把二千二百一十九米的海拔留给我
把最壮丽的日出留给我，就让我坐在
不可言的高处，坐在
云雾缭绕的山顶
忘怀一生得失

高空行走

初春，在五十米高空
风，何以仍似刀子割脸
没有安慰者，鸟雀们也会
变成不安分的音符，从线谱上
飞走

对他来说
靠得住的，仍然只有
脚下这几根角铁，腰间这一根、安全绳
悬空作业，从来是一门技术
悬空作业而不被冻伤
是另一门技术

这是什么地方
乡野一再加重了，它的清冷、无人
一大片一大片的油菜花田，徒然有着
被辜负的明亮和美，一个写作者
写诗写到发疯，也不会来到此地
漫步

一些野草在俯仰，在山地里
默默点头，称颂——
是的，寒风也只是在寻找
它用以离开的鞋子和尺码
也只有一个高空架线者
才有可能说出
它的末路

作者简介

丁立，原名丁莉，曾在国内刊物发稿千余首，入选国内各权威选本，获征文奖若干，获第十届华文青年诗人奖。

诗七首

王子文

记老牛的一次跌倒

正在耕地的老牛，腿颤抖了一下
便跌倒了。它跌了个仰面朝天
四条腿，急切地刨寻着支点
小牛犊焦虑万分，把头伸到
老牛颈下，哞哞叫唤着
不断地抬举

老牛风箱样喘着粗气
泪眼绝望而空茫
从它仰天长吼的声音里
除了痛苦和求救外
肯定还有我们所听不懂的

印象中：老牛应该更壮实一点
为什么瘦得皮包骨头
它应该有副完好的皮囊
为什么在青天丽日下
本不该发生的却发生了

我慌忙与众乡亲们一起
扶助老牛站了起来
老牛站了起来
它挺着单薄的身躯又在耕田

人生之惑

——送儿子去印度求学

静极了，无尽的烟雨
围着小屋，像无尽的烽烟
围困着小小的城

聊话间，母亲却打起了盹
——母亲老了
像一枚熟透的柿子
我听到岁月的虫子
潜行在她体内
我惊诧不已
心，被无数的虫子
咬痛了一下

而火车已经来到村边
这去到迷茫深处的火车
吸上了我的儿子
便披着烟雨走远
我的隐忧该向谁去诉说呢
我只能忍住内心的
疼

药罐“咕咕”响着
屋子里充盈着熟悉的草药的苦味
静静地，我为母亲守着药罐
而耳朵总听见
山外缥缈的汽笛声

听母亲讲她的婚姻

风烛残年的母亲
讲着讲着

悲伤如决堤的洪水
实在抑制不住啊
母亲痛苦地抽泣
两注八十六年的苦泪
打得我心碎
母亲：这令我吃惊
您的嘴唇似伤口
倾泻的都是疼痛

母亲：为了守望儿女的明天
您是忍着怎样腌心的隐痛
埋葬了自己的青春
和婚姻

年关想母亲

年关，亲情与团圆是别人的
温暖的年味是别人的
母亲，您走了
我这白发的孤儿
不知要去哪儿
去与谁团圆
母亲，我心里疼

一个家族的碎玻璃
就是捏不拢
有的像路人
有的像仇人
我努力了，就是捏不拢
母亲，我心里疼

母亲在，年才在
母亲，您怎么就离开了我们

您怎么丢下我们不管
母亲，人世苍茫
我冷
母亲，我心里疼

这是 2017 年春节的阳光

阳光多棱而晶亮
像钻石的方柱
撑着天空碧玉的大伞

祥和与宁静
是最深广的交响

羚羊与狮子都散淡了
刨食者、竞争者、掠食者
都松弛下来
世界还原了应该呈现的真相

我情不自禁地伸出手来
捧住 2017 年春节
这人世间最温暖的阳光

小石桥

淡月下，马坊村像一幅水墨画
小石桥畔，草草木木
为情人们编织了密实的屏障
萤火虫像小跟班，为情人们提灯盏
蛐蛐善解人意，用叫声
模仿着情人们的窃窃私语

淡月下，马坊村像一幅水墨画

大姐的婚姻

大姐不听话，被父亲
揪着打。母亲像发飙的狮子
奋力为大姐护架

大姐捂着流血的头
跑出了家门口……

一对青梅竹马，被打得
各自天涯

疼痛像枚钉子，直到如今
仍钉在大姐的心上

作者简介

王子文，云南省作协会员。中学时代便开始写作并发表作品。曾在《诗刊》《星星》《飞天》《诗探索》《边疆文学》《滇池》《云南日报》《甘肃日报》《红河日报》《伊犁晚报》等刊物上发表过诗作；获得过《边疆文学》《飞天》《诗探索》的征文奖；有诗作入选《中国年度诗歌》。

诗五首

赵 青

踏歌图

两只红脚银鸥
追逐着飞向晨曦映照下的海滩
我独自走在沿海公路上
道旁阔叶林里的蝉
和当年一样正齐声高歌

也是这样一个夏日
雨后初晴
我们一前一后
骑双人自行车一路看海
海岸多峭壁坡崖
沿公路登车如攀行于山中
你指点着巨石、翠竹
还有就要斜插入海的那抹朝霞
说起马远的《踏歌图》
你说陇上太过窄小
放歌本当在更开阔的所在

那个清晨
我们的左边是铺天盖地的蝉鸣
右边是一蓝如洗的海天
巨大的浪花
一阵紧似一阵涌上无垠的海岸线
你紧握车把

我们一起奋力登动踏板
当你浑厚的男中音轻轻响起
我觉得仿佛一生都可以这样
一直 踏歌而行

绿潭飘雪

走进临江茶楼
“绿潭飘雪”的清香
还有窗外的桉树林
让人仿佛回到了当年

记得高中毕业的那个暑假
逛街时偶然碰见一个同学
令我意外的是
他竟邀我品茶一叙
他说他喜欢读陆羽的《茶经》
还说每次来这里
都会品“绿潭飘雪”
碧色的水中漂浮几朵新摘的茉莉花
看起来令人神清气爽

在那个大学毕业包分配的年代
我们的话题很快转到录取通知书上
他沉默良久
才告诉我他原先就有点耳背
再加上体检时太紧张
听力不合格被取消了高考资格
他指着窗外那棵被雷劈中的树
感叹道 也许一次打击
就能让人的一辈子
再没有枝繁叶茂的可能

时至黄昏
大江的尽头似乎比当年更加迷茫
那天 我们不约而同
看着茶杯中的茉莉花出神
我知道 他内心的深潭
正在飘雪

醪 糟

从邻玉场开往泸州市的公共汽车
还似当年那般拥挤
乘客携带的竹制背篓和提篮
装满了菜蔬、家禽、柑橘和杂物
这个移动的农贸市场
在丘陵盘山路上奔驰
不断倾斜的车身
让我想起中考前母亲送来的醪糟

记得当时天气特别闷热
垂落到住校生宿舍楼窗前的桉树叶
常常蒙着一层细小的水滴
我不时扔下课本
趴在窗台朝路口张望
从太阳西斜一直等到暮色降临
母亲匆匆的身影终于出现在路灯下
记得那天她带来了红烧鸭子、肉干饭……
我最喜欢的醪糟
装在一个大白搪瓷杯里
杯面上彩绘着一丛向日葵
还有八字楷书
“好好学习 天天向上”

那天
我只顾一边品尝美食
一边依偎着妈妈
告诉她考前摸底测试各科的分数
从没有想过
在那个粮油凭票供应的年代
父母要怎样省吃俭用
才能为我准备这么丰盛的晚餐
更没有留意过
装满醪糟 盖子密封不严的旧搪瓷杯
母亲是怎样带着它
在挤得难有立锥之地的车厢里
在九曲迂回的盘山公路上
一路赶来

遐 想

在岱庙汉柏院影翠池
我的目光
不时跟随红鱼潜入墨绿的池水
多年前曾经的遐想
忽然又上心头

那天
突如其来的雨
让偌大的院子静了下来
你和我来到池边凭栏而望
通体雪白
头上顶着大红绸缎的锦鲤
在千年汉柏的倒影中
相伴相随缓缓游动
好似一对披红挂彩的新人

在汉武帝东封时所植的古柏下
提及西汉文化
似乎很是应景
《子虚赋》《上林赋》
都是最优美的谈资
一阵凉风吹起我的薄纱长裙
我开始瑟瑟发抖
你一边说着司马相如
还有他弹奏给卓文君的《凤求凰》
一边将外套披在我身上

简单的温暖
也许比动人的传说更引人遐想
那天 影翠池在我的想象里
已经变成遥远时空中的村野池塘
你倚树而坐 随意弄弦
我一边听曲一边淘米浣衣
从此不知烦扰为何物
只有你和我
“将琴代语兮，聊写衷肠”

伞

一色湖光万顷秋
十一长假
我独自撑着伞
漫步在秋雨绵绵的圆明园福海

母亲打来电话
问我在哪儿
当我沿古柳轻拂下的石板路
穿过熙熙攘攘的游人
总觉得自己
仿佛走在当年的那个黄昏

也是这样昏暗的路灯
也是这样密集的人群
我从北岸的“平湖秋月”
一直走到南岸的“夹镜鸣琴”
还是不见妈妈的身影
那时没有手机
母亲带的是青布雨伞
可一眼望去
几乎人人都打着和她同样的伞

找到妈妈时
她浑身都已淋透
为了找我
她竟忘记了手里有伞
当我扑进母亲湿漉漉的怀抱
开阔而宁静的福海
雨停风住

作者简介

赵青，生于1968年7月，在四川泸州读完小学和中学。1985年考入国防科技大学，因病退学后开始阅读文学名著，九十年代末尝试诗歌写作。2001年首次发表诗歌作品，作品散见于《诗刊》《中国诗人》《诗探索》（作品卷），有作品入选漓江版《中国年度诗歌》、《2015中国年度作品·诗歌》。现为河北省作家协会会员。现供职于安全环保研究院检测中心。

这一刻，我已经很知足（组诗）

包　苞

这一刻，我已经很知足

微雨的山路上，我一个人走着
草木和我一样，尽享恩情

熟透了的杏子，从头顶的树枝上
落下来，“啪”的一声
甜蜜的小小浪花，让山坡上的宁静
显得更加宽广而深情

但我不去捡拾。
那甜蜜的杏子，我要留给饥饿的飞鸟
和藏在草丛里的嘴唇
和我的路过相比
它们，才是这面山坡真正的主人

我慢慢走着，沐着盛夏清凉的微雨
倾听那些熟透了的杏子，静静落下来
这一刻，我已经很知足

微　雨

大地刚刚变湿，空气中满是泥土的气息
城市的水泥路面，也正好长出光芒交错的藤蔓

且在每一个路过的脚下蠢蠢欲动
而门口路边上灰尘覆面的小花，也已经容颜一新

我的身体里，似乎有一扇窗户
已经全部打开
我想要的，也似乎恰到好处地得到满足

花朵都在雨中，我为什么要打伞呢？
我并不希望湿透了的衣服，贴在谁的身上
我只要把上天给了我们的那一丝感动，捧在手上

草木都在这么做，我只是在效仿它们
幸福地活在世上

正午，在路上……

我想讨碗水喝，可寂静的正午
女主人也在午睡

我想有个搭话的人，可连风
也似乎懒得动

我想在路边的树荫下，也像那头驴子一样
美美地睡上一觉
可剩下的路，像一条鞭子

何况天边，隐隐的云朵
已经出现……

蓦然出现在前路上的云朵

远行的路上，我会停下来
望着天边乍然出现的云朵发呆

它们堆挤在一起，翻滚，变幻
像好奇的野兽，在打量着人间

每当这样的时刻
我和头顶碧蓝的天空一样紧张

有时候，风暴就是这样出现的
转眼，会毁了一切

也有时候，这些好奇的云朵只是翻卷变幻
风吹，就会散去
像什么也没有发生过

我常常为人的渺小悲哀
尤其在一望无际的碧蓝的天底下
尤其在前后两茫茫的半路上

尤其在一些美丽的云朵蓦然出现在前方
它们翻卷变幻，像极了一群凶心初壮的野兽
在好奇地打量平原上一只失群的小羊……

我相信她说的一切都是真的

在北道二马路直通高速路口的藉河人行大桥上
小女孩和落日一同出现在桥的中央
落日正在西沉，而小女孩却用手中的麦克风
想要留住过往的行人

我也是一个女儿的父亲。我有一个和她年龄相仿的女儿。
经过她时，我停了下来。

有人从我身边经过，提醒我“别信。那都是骗人的谎言！”

我相信提醒我的人是善意的。但我更愿意相信
眼前的这个小女孩。我相信她所说的一切，都是真的。

我不再犹豫。我掏出了钱，投进了她脚下的纸箱子
我并不需要谁来感谢我
我只是觉着，唯有这样，回家见到女儿，我才不会羞愧。

离开时，落日尚未完全消失
温暖和鲜艳的红色，正从桥面向沉稳的籍河延伸远去
像拖了一条飘逸而宽广的红丝绸。而可怜的小女孩，还站在
桥的中央。夕阳的余晖中，总有人像我一样，固执地停下来
相信她说的一切，都是真的！

立秋那天

立秋那天，武都的太阳依旧很毒
早上交节时，起风了，走在烈日朗晒的街上
我嗅到了久远的气息……

我记得那天也是立秋。玉米已经熟了。
亲人们掰下来的玉米在家中堆成了小山，而厨房门口的
小火炉上煮着的玉米和土豆
也快熟了。风吹过来
整条巷子都是香喷喷的……

比这更早的立秋，我记不了几个
年轻的心里，因为早生的爱情而储满甜蜜的忧伤

今年的立秋，秋风在我的心上
堆满了死亡。我嗅着那飘忽的气息
感到淡淡的绝望，被风轻轻吹送
好像那渐渐走来的寒凉，也是一种淡淡的香

秋天，在一座开满野花的山坡上

秋风渐紧，山坡上的野花却更加娇艳。

在渐渐增多的枯草中间
它们像举向天空的小小酒杯，盛满眼泪。

秋风看它们盛开，也看它们轻轻摇晃
只有我的心，是悬着的。

我在它们必将要枯萎的山坡上坐下来
秋风，也一次次让我
摇晃不已

我仔细看它们，它们也像一盏盏小小的灯烛
在枯草中间，就摇晃得更加厉害

作者简介

包苞，本名马包强。1971 年出生，甘肃礼县人。中国作家协会会员。鲁迅文学院第二十届高研班学员。甘肃省第二届“诗歌八骏”之一。2007 年参加诗刊社第二十三届斋堂青春诗会。曾出版诗集《有一只鸟的名字叫火》《汗水在金子上歌唱》《田野上的枝型烛台》《低处的光阴》《我喜欢的路上没有人》等五部。

临海而立（组诗）

伊　岸

人到中年

沿石阶而上
山林幽静，山色苍莽
眼里多了些云朵，胸中多了些丘壑
崖头的寒松，傲雪而立

离山顶的寺庙越近，离尘世越远
圆形的钟声回荡在群山上
收尽混沌与嚣尘
禅机在一粒沙里、一滴水中

峰顶处，山路更险峭
断崖绝壁间，处处是平生
过尽云天，一种险境令人绝处逢生

清泉汩汩，送走遗恨离愁
借一尺霜痕，把豁达写成狂草，接天连日
品得些孤独里的山水写意，漂泊里的逍遥自在

临海而立

临海而立，临渊而立
胸中容下万顷浪涛
凶险是波浪间的一次沉没

剪下万重浪，铺成人生的千峰万壑

举目远望，高飞的鸟群，变成沙子
守着孤岛一样的伤
像孤岛一样，遗世绝尘
惊涛骇浪把一个人磨成石、磨成沙

锋利的远方，一刀刀割伤他
一刀刀，把他完成
含盐的蓝，刨成身上铁质的鳞
海的铁水灌注他的灵魂，铸成千吨铁

隐忍是收拾好心中的风暴
把目光铺得风平浪静
静默是深水，容纳万千物种
心如白鹤，踏浪而行，不染水渍

你的夜色擦过我

你的夜色擦过我
我的枯枝在这个季节只托举过冰霜
从无暖意催开柔情
你燃亮我枝头的星星、萤火虫
驱散我的颓然

我不再恐惧深渊
云团搅动它的苦咖啡
留在舌尖的梦，又苦又甜
黑寂令人安宁
它温暖的棺椁盖住我变凉的一生

你用夜色把我染黑
死亡若蚀骨销魂，散发迷香

且将我向痛苦流放
爱的淤毒逼进我体内
除此，再无让我活命的解药

雪　途

迎着寒风朔雪
开成梅花

雪落在身体里
凿刻成一座座冰雕
砌成月
一遍遍推上它一遍遍滚落的夜空
雕成羽毛
做昼夜不息飞去远方的翅膀
凿成云
用幻梦滤尽脚下的尘世

雪铺开等待春天落笔的白纸
雪下得有多远
天地就有多宽广

坚忍里的一片雪色
守着孤绝、圣洁、苦寒

读　你
——读L君诗集有感

穿过你的诗句走进你的慈悲
每个字流淌着阳光
埋着厚土一样的伤痛
埋着碎骨和零落的羽毛

耕耘过生命的大地
每个字才像受苦的灵魂
结出金黄的麦穗，颗粒饱满，浆汁稠厚
从我脚下移走荒芜
铺上一望无际的麦浪

这些活过来的字，有心跳和体温
它们生出血肉
筑起我坚实的灵魂
使孤独滤尽尘嚣与忧惧
飘扬清风一样的爱

相守的石头

你像站立的大海走向我
像树林把绚丽和鸟鸣送进我梦里
我更愿你是石头
不会在我怀里坍塌成碎末
不会被秋风刮走
岿然不动的石头，无惧风浪
筑起我牢固、不动声色的生活和爱
看淡了变幻的山水
我也是一块荒芜的石头
任凭世事流转守着朴素的心
与你相守成山崖

作者简介

伊岸，女，原名姜娜，1977年5月出生。山东烟台人，现居青岛。山东作协会员，中国诗歌学会会员。

诗九首

马　非

黑天鹅

那一年在厦大开会
是一个无聊的诗会
中途以上厕所为由
我和小钟溜到大楼后面
仿佛推开了一扇大门
一座美丽的湖泊
在我们眼前徐徐展开
三只高贵的黑天鹅
在水面优雅地游弋
我还用手机拍了照片
那是我第一次见识黑天鹅
也是我第一次明白
逃离竟会带来如许惊喜
之后我就上瘾了
会内会外不断逃离
而那扇门从来都没叫我失望
在它后面，我敢这么说
我看到的比我想看到的更多

在对待儿子的某些时刻

我要求自己
心要硬一些

再硬一些

它果然如我所愿
硬成了一块铁

可这是怎样的铁啊
在广大的世界里
我还不曾见过——

一块柔软的铁

恋 人

灵感来袭
捡一张长椅坐下
用手机写诗

每当思路不畅
我就要看一眼
长椅空出的一半

在春天的公园
花香扑鼻
人来人去

不远处另一张长椅
被一对亲密的男女占据
在他们心中产生

这样的想法在所难免:
“这个家伙挺可怜的
他的恋人迟迟不来”

他们不对但也没错

良 宵

值此春夜
我在散步

河汉幽寂
月光皎洁
暖风拂面
花香扑鼻
有一只鸟
在树丛中
啾啾鸣叫
有个姑娘
在阳台上
拉小提琴

值此良宵
步在散我

羡 慕

小径上蚁穴密布
逢到好天气
那里就爬满活蚂蚁
自然也躺满死蚂蚁

目睹同伴前仆后继
丧生在人类的脚下
它们为什么还安家于此
为何竟无丝毫恐惧

唉，这些不长脑子的
可怜的低等动物啊

比我这个高等动物
要活得幸福

野　鸡

在南山文峰碑下
一个小山包上
我看见一只野鸡
我还是第一次看见
一只生活中的野鸡
美丽极了

其时我坐在车上
车正在转弯
我没有让司机停车
我知道车一停
野鸡就会瞬间
逃离我的视线

我是对的
这是发生在上午的事
写作该诗的下午此刻
它仍处于我的视线内
在草丛中无声漫步
还不时朝我张望

你绝对想不到

“不要走盲道
磨损之后
盲人再走
将很费力气”

这是我儿子说的
但你绝对想不到
不是五岁的儿子说的
不是八岁的儿子说的
是十八岁的儿子
在其高考前夜
我俩一起散步
在西关大街上说的

我举首望天
我对儿子说：
“今夜星光灿烂
明天不管阴晴
都会是好天气”

吓了一跳

我不爱看拳击比赛
其实是不敢看
因其残酷
这是过去
当有一天
我发现自己
坐在电视机前
嗑着瓜子
面带微笑
观看电视里
挨揍的家伙
汗珠横飞
鼻血窜出
慢动作回放
更为清晰
也更过瘾

当我意识到
我在看拳击比赛
我吓了一跳
被我自己

非洲草原

1

吃草的逃
吃肉的追

反正是吃草的跑
吃肉的也跑

不管结局如何
都累得半死

2

吃草的
比吃肉的
多很多
它们为什么
不联合起来
用牙咬
用犄角顶
用蹄子踹
用唾沫淹
把吃肉的
统统干掉

当狮子
捕获一头角马
其他家伙
集体松了一口气
全都轻摇其尾
个别的还面露
幸灾乐祸的神色

作者简介

马非，1989年开始发表作品，出版诗集《致全世界的失恋书》《宝贝》等六部。荣获第三届《新世纪诗典》年度（2013）奖金诗奖、第四届（2013）长安诗歌节现代诗成就大奖、第七届（2014）青海省文学艺术奖。

春天的另一个隐秘世界（组诗）

杨 通

在大佛寺看桃花

经过众神的反复商榷
还是决定，请春风拥你坐上枝头
我喜欢你打开天窗说亮话时不可一世的姿态
你的红颜如刀，轻易地，就逼退我徘徊于江湖的苦命
今天，我要掏出大地暗藏在心窝里的温暖
为你在人间漫步的香作辽阔的铺垫

即使，我潦草的相思仍然像陵园里那些无人打理的墓碑
而诸事皆已新鲜，谁都想在你身边喧宾夺主
我深信，你不会被这纷繁的四月掌控
俗人说“春天有病”；神说“春天的走向没有危险的悬疑，没有偏颇的是非”
我说“昨夜我在梦中千万次地呼唤，把你喊老了，今天我要向着青春的火焰把你喊回来”
我喜欢你的骄奢之美，一如这阳光遍散红尘

桃花开遍大佛寺广袤的福祉，你在福祉的中央
催红生绿，招蜂领蝶，搂唐抱宋，安抚心机深重的芸芸众生
诸神轻垂时间的袈裟与你促膝诵经。这大好河山啊多少杂念本可丛出
而你，只取其一枝，点中万物前世与来生的穴道
令其六根清净，脱胎换骨；令我情致高远
不再落蛮草为野寇

众神事毕，离去
你被留下来继续主持百花的秩序
爱你，我争先恐后。但是我还得静心等候
待你喊我时，我再芬芳出场

今年春天，是一纸病历或检讨书

草场上的风，因为春天的盛大而慌乱。我坐在以为自己
就是中心的旷野，看见蜷缩在往事里的花朵
被阳光诊断为无可救药的堕落

我已多日未曾想你。月黑风高。一个人，像受伤的春风
走上了山顶。你的院子，铺满了自残的落英
一缕早起的炊烟，却让漫无目的的我
转身之际，仿佛又闻到了生活梅开二度的温暖

而时间的暗流，因为走不出寒冷的旋梯，总是谨小慎微
云霞与飞鸟，各自为阵，谁也不是谁的伴侣
想你，更多的时候，我都无言以对
天道玄机，不是用爱可以说的

如今，还有哪一处河流
与圣坛，可以存放干净的水与飞翔
我们的心，病了，像村庄，令失去稻菽的日子一蹶不振

当春天离我而去

今天，我还不够清醒
还不能像那只鸟儿明白该往什么地方飞
大地苍茫，世事无常，河流失去了自己的河床
我还来不及躲闪，春天的画布上便被涂上了颓废的颜色
其时，雨水已在我的土地上深耕细种，我却奢望在花朵撂下的香里

一醉不起

今天，我还住在病毒的隔壁，还不够清醒
我多想对窗外的流云朗读新酝的诗句：你的光芒能否照见我的墓碑
能否照见我，为这一刻美好生活构建了一生的白日梦
鸟语碎在飞行中，我惊醒在花朵们的逃亡路上
如果时间给不了一万年，就给三秒钟
让我默写一次春天的名字，再
万念成灰

一夜春梦

我不能与你说话
像一些旧时光停顿在流水上
我只能在夜晚蜷缩一隅，在梦中，陪你预演明晨花开

春天，会不会提前到来，在岸边放马
我的一生如此短暂。而我庆幸，夜晚却是多么的漫长
你在路上，轻带蝴蝶飞翔时千娇百媚的水声
惊动我心的鸣叫，如星星的灯盏
落满柔情蜜意的山坡

我不能与你说话，不能喊醒马背上那一树娇艳的红梅
我只想守住你矜持的微笑，等待春天涉水过河
等待你全部盛开，等待我一生一世的爱
做完这场幸福的春梦

春天的另一个隐秘世界

云朵的暗箭，铸成绳子的阴谋，捆缚欲从大地上起飞的事物
青草的发丝飘不近树叶的巨型唇齿，仿佛一场秘密婚约
在时光中酝酿，在死亡的空隙里播撒殷殷鸟鸣

石头，亦是被云朵引诱的时序，生满华丽的苍苔
为风的手指，规划阳光藩篱任性的线路
貌似一座城池的名字，说出花朵隐蔽的疆域
古老的繁荣更改春天的另一个世界，一切纷争皆可忽略不计

流水单纯，讲述不腐的童话。长不大的悲伤晾晒执着的羽翼
死亡被赞颂。给云朵一个脱胎换骨的机会，熨帖万物
愈合恐惧与绝望。让雨水舐舔伤口，蓬勃新绿

这个春天，我的爱仍然下落不明

即使遍野继续荒芜，大地上仍然有路可以行走
我选择这里，是一个你看不见我的地方，是一个你想不起我的时候
我要认真地停下来，等我的衰老开成一朵好看的野花

如果蓝天在白云的途中寂灭，我也不会心灰意冷
何须山高水长。在这偌大的空旷里，我有时间孤芳自赏
眼中有一线光就够了，指间有一缕香就够了，心上有一个你就够了

不再梦里怀春。我相信，你那里，春天的巷道仍然很喧哗，很拥挤
上帝仍然没有给我一眼就能看得见你的辽阔出口
桃花仍然裙带粉红，梨花仍然一袭素衣

如果仍然在还来不及叫出你的名字时，便在黑暗中失去想你的心跳
我便化作一粒不足挂齿的花粉，微尘一样被蜜蜂粘上翅膀
轻盈地飞；深刻地甜；或者继续下落不明

如果最终不被你发现我独自老去的忧伤的目光
如果最终不被你发现我不再收放自如的尖锐的孤独
我就在这个春天自掘一个诗情画意的坟墓，葬下怀揣了一生的爱恋

春天，我被这些闲花开得很痛

气候回暖，大地已无所顾忌，收拾了昨天冰雪退去后的残局
旧时的火种留下的余烬，把一些人差点烂掉的梦从宽大的睡袍里再次抖了出来
被惊醒的鸟语，色彩窘迫，慌不择路，随风挂满了挥霍青春的树梢
任性的阳光招蜂引蝶，仿佛昨夜我怀中的诗书
借第一声惊雷，翻弄你私密的芳菲

蓝天越升越高，我在万紫千红的中央，却仍然打不开辽阔的心思
我想，此刻，如果你在身边，山水是否会更加深邃
事物是否会更加明媚，我是否还会一枝独秀
然而，你不来，我被这些闲花开得很痛

有人说，"有时上帝喜欢把两个人放在纸袋里，让他们撕打"
我愿意祈求上帝也把我和你放进这个春天的纸袋里，耳鬓厮磨，短兵相接
为爱纠缠，为爱疼痛，为爱流泪，为爱落尽繁花……
我无法避开这些必须遇见的大好时光
而你避开了我的到来。这个春天我又白开了一次花

作者简介

杨通，笔名逸鹤、杏子，男，四川巴中人。业余爱好绘画、摄影，主要写诗，兼写散文、随笔。二十世纪八十年代开始零星发表作品。著有诗集《柔声轻诉》《朝着老家的方向》《雪花飘在雪花里》三部。现居四川巴中。系四川省作家协会七届全委会委员、四川省摄影家协会会员、巴中市作家协会副主席、巴中市政协委员、中国民主促进会会员、《巴中文学》执行副主编、独立民刊《原点》创始人之一。现供职于四川省巴中市广播电视台。

诗坛峰会

汉诗新作

首届“诗探索·中国诗歌发现奖”作品展示

松花江流域诗群专辑

首届“诗探索·中国诗歌发现奖”作品展示

首届“诗探索·中国诗歌发现奖”评奖公告

首届“诗探索·中国诗歌发现奖”获奖作者

诗歌：《小西诗歌十五首》　作者：小　西（山东）
评论：《同诗歌一起寻找和发现自己——读小西的诗歌》
作者：栾纪曾（山东）

诗歌：《地心的戍卒》　作者：老　井（安徽）
评论：《诅咒与葡萄——读老井的煤炭诗兼及其他》
作者：刘　斌（安徽）

诗歌：《银驼山庄》　作者：八　零（安徽）
评论：《现实隐喻与叙述的诗性建构——八零诗歌〈银驼山庄〉艺术亮色欣赏》　作者：杨　光（云南）

首届“诗探索·中国诗歌发现奖”获奖理由

诗人小西和评论者栾纪曾获奖理由

诗 歌

《小西诗歌十五首》作者从现实生活那些不易被注意的细节中获得灵感，行文简约，叙述冷静，语言朴素，颇富生活气息和诗性意味。在这组作品中，不乏悲悯情怀的袒露与诗性在生活中的融合，而其中意会大于说教，日常微小的事物及其细节的变化，让作品中的意象充满了张力。

评 论

《同诗歌一起寻找和发现自己——读小西的诗歌》诗评文章能从作者特有的诗歌潜质及作品生成的密码、机理入手，准确地把握和揭示了诗人处理生活的诗性能力和文本特质，并在其与诗坛普遍性写作语境联系中彰显其诗歌的独特性面貌。写作与评论高度契合，相得益彰。

鉴于以上原因，诗人小西以诗歌《小西诗歌十五首》，评论者栾纪曾以《同诗歌一起寻找和发现自己——读小西的诗歌》一文，共同获得首届“诗探索·中国诗歌发现奖”。

诗人老井和评论者刘斌获奖理由

诗 歌

《地心的戍卒》（组诗）诗作以煤矿工人为抒情对象，表现了他们在恶劣环境中顽强的生存能力，抗击悲惨命运的力量和精神。诗人自觉地走出“自我”的圈子，以批判现实的道德良知、担当意识和深沉的情感，以直面工人苦难现实的勇气和人文关怀的立场，形成自己独特的艺术表达方式。这是一组难得的具有强烈现实主义精神品质的优秀作品。

评　论

《诅咒与葡萄——读老井的煤炭诗兼及其他》评论文章概念清晰，视野开阔，辨析具体，从诗性艺术到情感、内容质地诸层面，均揭示出其文本书写的特质、意义和诗学价值。在突显作品的主题和立意的同时，引发人们的思考。

鉴于以上原因，诗人老井以诗歌《地心的戍卒》，评论者刘斌以《诅咒与葡萄——读老井的煤炭诗兼及其他》一文,共同获得首届“诗探索·中国诗歌发现奖”。

诗人八零和评论者杨光获奖理由

诗　歌

《银驼山庄》作者以非人、非鸟、非兽、非怪的银驼形象构建起这个时代的隐喻，在虚拟与现实、现实与理想、理想与幻灭之间，演绎了个体与群体、人性与物性、执着与觉悟的对立与互证，一定程度上达成了诗、人、世界三者形而上的再造。其着力营构的荒诞感和丰富的象征意蕴，使这首诗歌拥有了广阔的阐释空间。

评　论

《现实隐喻与叙述的诗性建构——八零诗歌〈银驼山庄〉艺术亮色欣赏》评论文章立足诗学层面，从象征、隐喻以及诗的叙述出发，对诗歌进行了有效的解析与梳理。尽管有语焉不详之处，但仍不失为一篇见解有道、立论有据、层次分明、剖析到位的成功之作。

鉴于以上原因，诗人八零以长诗《银驼山庄》，评论者杨光以《现实隐喻与叙述的诗性建构——八零诗歌〈银驼山庄〉艺术亮色欣赏》一文，共同获得首届“诗探索·中国诗歌发现奖”

首届“诗探索·中国诗歌发现奖”获优秀奖作者

（排列以诗歌作者姓氏笔画为序）

1、川　美　　作品：《心领神会》（组诗）
　　董　辑　　评论：《歌唱的意象和想象中的词》

2、孔　灏　　作品：《小情怀》（组诗）
　　李惊涛　　评论：《孔灏诗歌的“说话”方式》

3、王子文　　作品：《一个商人的 2009 》（组诗）
　　燎　原　　评论：《被伤害的生活和见证者的诗歌》

4、王保友　　作品：《滇缅笔记》（组诗）
　　王　蒙　　评论：《王保友的新羁旅诗创作》

5、王更登加　作品：《高原》（组诗）
　　赵金钟　　评论：《沉潜的律动》

6、冉仲景　　作品：《米》（长诗）
　　向笔群　　评论：《一个普通农妇的生存哲学》

7、安　遇　　作品：《他们》（组诗）
　　周东升　　评论：《摘录的苦难何以成诗》

8、刘平平　　作品：《垓下：十万亩葵园》
　　王桂林　　评论：《关键词：假词、错置与铺排》

9、衣米一　　作品：《今生》（组诗）
　　夏　汉　　评论：《我们期待着一场灵魂的生动》

10、邵春生　　作品：《中年之境》（组诗）

马春光　　评论：《中年的悖论与生存的叩问》

11、海　默　　作品：《以风声 以水响》（组章）

刘亚明　　评论：《时间的语言或敬仰》

12、寄　南　　作品：《南五经街的细碎时光》（组诗）

子　衿　　评论：《寄南：关于活着的五分之二》

13、韩宗宝　　作品：《命运之书》（组诗）

张艳梅　　评论：《在暖色调画布上写满命运之书》

14、敬丹樱　　作品：《纸上春天》（组诗）

陈　朴　　评论：《显微镜下的诗意营造》

15、曾　烟　　作品：《艾炙罐或关于雪》（组诗）

刘　永　　评论:《当我们在谈论生活的时候我们在谈论什么》

16、曾　蒙　　作品：《故国》（组诗）

白鹤林　　评论：《曾蒙的“青春回忆录”》

17、微　紫　　作品：《植物界》（组诗）

张厚刚　　评论：《植物界：作为人“存在”的向往之境》

18、魏先和　　作品：《你为什么睁大眼睛视而不见》（组诗）

李云汉　　评论：《诗人的公共性困惑与个人命题》

《诗探索》编辑委员会

2016年8月

诗人小西和评论者栾纪曾获奖作品展示

小西诗歌十五首

小　西

从牧羊山归来

他在厨房
砧板发出响声
不久，蒸汽顶开了汤罐的盖子。
我的男人，围着围裙蹲在地上
认真捡起掉到地上的骨头碴子
那是一只七个月大的山羊
我们上山与它嬉戏，把野菊的花环
戴到它的角上
下山时，买走了它的肋骨和前腿

哦，父亲

想起你弯腰的样子
土豆从泥土里滚出来。
梧桐上的雨，渐渐成线
我站在树下，小声啜泣
为什么隔壁的玲子有新鞋子，而我没有？
你沉默着，眉头紧锁
抠土豆的手，碰到了尖锐的石头。

我靠着树干，看一群逃命的蚂蚁搬家
雨越下越大，你终于起身走过来
用左手，抱起我
然后把右手的伤口，紧紧摁在土豆上

他想把墙粉刷成浅咖色

事实上，他已经这样干了。
两周以前的想法
在两个小时以内，得到实现
他把滚刷扔到桶里
有响亮的回声。它为倒空了自己
显得兴奋。
他抱着两臂，来回走动
女友带走了她所有的照片
客厅变得昏暗，污渍和钉子留下的小洞
已被全部覆盖。浅咖色让人感到温暖
他刚从监狱里出来
他觉得原来的墙，太白了

落叶记

被埋在雪里的，先于雪落下
后来落下的，盖住了雪
踩在上面，有咯吱咯吱
断裂的声音
像是叶子的骨头
也像是雪的骨头

黎晓朵和她的父亲

夜幕低垂
黎晓朵在用力擦拭，发卡上的星星

每一颗，都比以前明亮
她才蹦跳着起身，挑开破门帘——
雪化了许多，刚堆的雪人
鼻子摔碎在地
路边“修补车胎”的旗子
从中间被风撕开一条口子。

她的父亲，一边为她搓洗
红绒线的帽子，一边盯着来往的车辆
这个驼背的男人，刚刚在马路上
撒下一把钉子

水开了

雏菊没有开。
水开了。
我放下报纸，把一个名词放进水中
它就变成了动词。
水开了，一遍一遍地开
我关掉水壶的电源
风吹翻了报纸
死于矿难的人，被埋在黑暗之中
由动词，变成了静止的名词。

看不出他们有多悲伤

都是些奇怪的想法
在植物的枝叶之间散落
听到有人不停咳嗽
从干燥的空气中传来。
几个老者，坐在空屋子里打牌
这漫长的一生，让他们当中
有人输掉了耳朵
有人输掉了牙齿

有人输掉了双腿
他们在寒冷的天气里，热烈地交谈
孩童一样天真。
看不出他们有多悲伤，对这个世界
有多么绝望

教　堂

破败的槐花，落了一地。
穿黑衣的修女，只顾低头打扫
问路亦不抬头。
拐过两个弯，走进教堂
肃穆，神秘。
但我喉有顽疾，咳嗽不止
站在窗台的鸽子，不安地看我。
一拨拨的人出出进进，跪下起来
那么多罪，排着队
很久都轮不到我来忏悔

寂夜谈诗

在一刻钟之前
我们谈论着诗歌
我用最小的手指，拢起前额的头发
应当感谢它们
遮住我命运黯淡的部分
以及周围多条变深的河流。
大家面对面坐着
那些文字，像一群蝶
频频出现在这个夜晚
我们的唇间和手指上，到处
都翻飞着黑色的翅膀。
它们发出微弱的声音，从我的右耳进入

曲径通幽的暗处。
窗外的月亮，薄薄地落在
一座建筑物的肩上
我想到了美，苦难，信封，面具。
一个诗人的卑微。

花椒树

十四岁，某日初潮
我怀着羞涩的心从树下经过
它开着白色的花。
二十三岁，恋爱时
满树的果子，散发出奇异的香。
几十个春天，从同一条冰融的河上
辗转而来。
我在两片窄小的叶子间
找到了闪电，一个骤然消失的词。
风晃动它的手臂，雨滴先于泪水抵达了
我空荡荡的子宫

大雪赋

雪，是一种植物
从你窗前，到我窗前
足足开了八百公里。
八百公里的白啊
让我有打碎那面镜子的冲动
为什么它总按秩序生活
用好看的手，举起粉色的棉花糖
和每一个人相遇，都抿嘴微笑
穿整齐的衣衫。
我想变成一匹坏脾气的马
打滚，尥蹄，说粗话
弄脏这八百公里的白

倒影

她热爱那些水
从巨大的石头下
微凉地，安静地流过
她满腹心事地坐着，手里
摆弄着一片叶子。
山雀的鸣叫
高一声，低一声
回荡于山谷之中。
树上的花朵，一半艳着
另一半委身于尘世的幻想。
她放下往事，慢慢起身
水里的女人，被风一吹
剧烈地摇晃着，像一枚熟透的果子
即将离开枝头

你听不懂，又有什么关系

我对你诉说，这些年的失意
和亲人离去的悲伤。
你抬头看我一眼，把两个玻璃球
放在茶几上。
我承认自己多喝了一杯酒
但这世上醉着的，何止我一人。
楼下弹古筝的，拨的不是琴弦
而是我的肋骨，再用力一点
就会断裂。

你用红色的玻璃球，反复去撞击蓝色的
就如我，把火焰一遍遍放进海水里。
处处都是风声，灌满了老房子
但红梅还是忍不住开了。

羞怯的，不会是你
而是我，面色酡红。
玻璃球在地板上滚动，你不停奔跑追逐
倚在沙发上，我喋喋不休
你才三岁多一点，现在听不懂
又有什么关系

劈柴者

他很结实
如果拥抱我
我的沮丧会少一些。
雪地上，没有一棵树
但很多木头围着他。
木头是个有趣的词
让我感觉他挥斧劈开的是
流水，火焰，一头奔跑的麋鹿。

雪越下越大
很快覆盖了木头崭新的伤口。

他没有停止的意思
雪，亦是如此

禁渔期

那些鱼的躁动，都在幻想之外。
有水母浮出水面，终究还有事物
肯在阳光下，通体透明。
一条船，搁置于浅滩
礁石上的牡蛎
被女人们用小刀掏空
剩下的牡蛎壳，比小刀还要尖锐。

他是捕鱼的能手，此刻坐在
沙滩上晒网，编织破洞。
七条咸鱼，挂在门前的绳子上
摇晃着干瘪的身体
这片海，比以前安静
却更让人担心，它昼夜把自己
深陷在十四只，从未闭上的
鱼眼睛里

同诗歌一起寻找和发现自己
——读小西的诗歌

栾纪曾

当一个人带着生命中的诗歌潜质或称天赋来到世界，用诗书写人生往往会成为最高精神诱惑。但我们经常忽略的是，要成为真正的诗人，必须同诗歌一起，在写作中持续不懈地寻找和发现自己那些潜质的方位与生长点，以及由此产生的语言创造又超越语言的文字在心灵中孕化的密码和机理。在某种意义上，写诗的过程就是这种寻找和发现自己的过程。

小西自 2007 年写诗伊始，她的诗歌天赋已经显露出来。无论自觉不自觉，她对自己的寻找也随之开始，甚至在此前的阅读中就已开始。她首先找到和发现的是对世界、对自己、对语言灵敏细微并与诗歌息息相通的感觉。这种感觉最初在写作中出现时，一定让她兴奋不已。我们看一下她的作品："木头是个有趣的词 / 让我感觉他挥斧劈开的是 / 流水，火焰，一头奔跑的麋鹿。// 雪越下越大 / 很快覆盖了木头崭新的伤口。"（《劈柴者》）"这漫长的一生，让他们当中 / 有人输掉了耳朵 / 有人输掉了牙齿 / 有人输掉了双腿 / 他们在寒冷的天气里，热烈地交谈 / 孩童一样天真。"（《看不出他们有多悲伤》）再如《大雪赋》："为什么它总按秩序生活 / 用好看的手，举起粉色的棉花糖 / 和每一个人相遇，都抿嘴微笑 / 穿整齐的衣衫。/ 我想变成一匹坏脾气的马 / 打滚，尥蹶，说粗话/脏这八百公里的白”。很明显，只有找到诗的感觉，才能写出这样的作品。在人的生理和心理活动中，感觉是最敏锐、最个人化的身心效应，更是进入诗歌写作的起点。但在崇尚共性的中国文化传统和现代历史进程淤积下来的无处不在的习惯性八股思维的双重作用下，社会精神活动包括对事物感觉的方向、方位和方式，几乎已被标准化，这是中国新诗成就甚少的根本原因。小西最大的幸运是，没有丢失或者说找回了完全属于自己的感觉，尤其是诗歌感觉。否则，她就无法产生现代诗歌意义上的灵感，无论写什么，怎样写，所有的文字只能徘徊在诗境之外。从她的作品可以看到，当生命深处的亮点、暗点、痛点或冰点，被灵感的光束倏然击中并进入诗歌写作特有的状态后，随着电脑键盘与心灵时急时缓的答问，世间万物的存在方式及其相互链接方式，都在她的感觉引导下，进行着诗化的解构与重构，朴素且蛰伏已久的文字纷纷伸出触须，在荧屏上跳跃顾盼，探寻各自的方位，参差不齐的诗行与意境、意象一同展开，生命也同语言一起，得到一次尽情释放与升华。

那么，小西这种诗歌特有的感觉能力，以及在写作过程中与之息息相关的情绪、想象、感悟的收放能力，意境和意象的锤炼、升华能力，寻找自己独有的语言作为它们载体的能力，是怎样在网络密布的心灵甚至生命深处，找到通往诗歌的路径和出口的呢？这无疑是由她所处的历史时段和自身的心灵历程所决定的。小西开始读诗和写诗时，一股充满希望的诗歌潮流正方兴未艾。这股潮流带着当今中国社会、特别是底层社会特有的生活气息和历史气息，是多年来各种诗观互相撞击、互相交融汇流、更是大浪淘沙的产物。其最大的特点就是，用诗化的口语讲述自己和普通人的生活、情感与梦想。写作不居高临下，不虚华伪饰，也不故作圣哲状、才子才女状、崇高或远离崇高状，只带着自己对人生和世界的感受、感慨及感悟，在他们身在其中、心在其中、悲辛苦乐及对梦想的追寻都在其中的生活及历史语境中，创造自己的诗歌世界。尤其应该看到，这股潮流虽然是流，但溯流而上，会一直到达诗歌的源头。到了诗歌源头，也就到了感情的源头。源头的感情是人的最本源的天性，是人的价值判断和审美活动的第一尺度，当然也是评阅诗歌的第一尺度。然而，这种天性在人类漫长的自我发展进程中渐行渐少，而且越来越呈现为一种以加速度递减的趋势。以真情写诗，即是对人类天性的坚守。古人说，诗歌的起源在于“男女有所怨恨，相从而歌，饥者歌其食，劳者歌其事”，《诗经》则把“多出于里巷歌谣”、反映民情民意的《风》置于卷首，足见这股潮流同源头精神血脉相承。小西在社会底层长大，她的写作自然会与这股潮流产生的美学与文学效应对接起来、共鸣起来，使她身不由己，直到全身心投入，在如痴如迷的写作体验中，找到并发现了这种“情性所至，妙不自寻”（司空图：《诗品：实境》）的语言意绪受孕的玄机及其出入心灵的巷道和隘口。这是她的人生轨迹对诗歌走向的自然选择，这种选择使她的写作同生命进程浑然为一。在她的作品中，可以清晰地看到她心灵的历程、走向乃至走势，看到她在寻找精神海拔与方位坐标的诗歌行程中，沿途留下的文字透出一种宁静而富有诗美的张力和重量感，有时会让读者心境无声地净化，有时会带来冲击和震撼。如《从牧羊山归来》：“他在厨房，砧板发出响声/……那是一只七个月大的山羊/我们上山与它嬉戏/把野菊的花环/戴到它的角上/下山时/买走了它的肋骨和前腿”；又如《倒影》：“树上的花朵，一半艳着/另一半委身于尘世的幻想。/她放下往事，慢慢起身/水里的女人，被风一吹/剧烈地摇晃着，像一枚熟透的果子/即将离开枝头”；再如《禁渔期》：“……/剩下的牡蛎壳，比小刀还要尖锐/他是捕鱼的能手，此刻坐在/沙滩上晒网，编织破洞。/七条咸鱼，挂在门前的绳子上/摇晃着干瘪的身体/这片海，比以前更安静/却更让人担心，它昼夜把自己/深陷在十四只，从未闭上的/鱼眼睛里”。还有《黎晓朵和她的父亲》：“……她的父亲，一边为她搓洗/红绒线的帽子，一边盯着来往的车辆/这个驼背的男人，刚刚在马路上/撒下一把钉子”。以及《为什么不是你》等作品无疑都是从作者的生存经历中孕化出来的，而且写得动情而内敛。因为情真，所以才能意切，才能从心灵走向心灵，抵达心灵，让那些只可意会不可言传的文字，向纷乱忙碌的人间投送光亮、爱或生命的火种。

如果说小西在写作中找到和发现了自己是她的幸运，那么，在主观上更可贵的，是她此后在取人之长、补己之长的同时，能够坚守自己，没有让自己的思维被其他诗人及其写作同质化。从作品的构思，想象的展开，到诗境的营造、语言和意象的锤炼，以及诗人们那些与众不同的童真、幻想、对生活的质疑和追寻，始终保持着自己心灵的指向和韵致及写作个性。不但避免了那种泛滥成灾的 A=A 或 A=B 一类的非诗化写作，也同其他诗人区别开来。像“我用最小的手指，拢起前额的头发/

应当感谢它们 / 遮住我命运黯淡的部分 /……我们的唇间和手指上，到处 / 都翻飞着黑色的翅膀。”（《寂夜谈诗》）“被埋在雪里的，先于雪落下，后来落下的，盖住了雪 / 踩在上面，有咯吱咯吱 / 断裂的声音 / 像是叶子的骨头 / 也像是雪的骨头”（《落叶记》）。“……玻璃球，反复去撞击蓝色的 / 就如我，把火焰一遍遍放进海水里。/ 处处都是风声，灌满了老房子 / 但红梅还是忍不住开了。/ 羞怯的，不会是你 / 而是我，面色酡红。”（《你听不懂，又有什么关系》）以及《花椒树》《大雪赋》等。这样写出来的诗不会重复别人，也不会重复自己。中国诗学的精髓是意境，《文心雕龙》和《诗品》则阐述了意象在诗文中的核心与灵魂地位。应该特别注意到，意境和意象中的“意”字，重在强调诗歌思维的个人性，有了“意”才会有“境”和“象”，而每个人的“意”在写作时是完全不同的。在这种意义上，对诗人写作时个人的情感化思维怎么强调也不过分，将开启英美现代诗歌进程的流派名称翻译为意象，更是再恰当不过了。

小西是在商业文化、传媒文化和全社会物欲狂潮无节制泛滥的大背景下，带着她的作品出人意料地站在了我们面前。前面的路变化无穷，永无尽头。相信她会在以后的写作中，沿着自己参差不齐的诗行，不断开阔思维疆域，让作品在新的高度、深度和广度上，给我们的阅读带来更多惊讶和惊喜。

诗人老井和评论者刘斌获奖作品展示

地心的戍卒（组诗）

老　井

煤　火

那天，他正在井下干活
黑暗的巨手忽地一翻
顶板上就落下一大堆煤
将他紧紧拥抱
当人们扒出他时
他已变成了煤，煤也变成了他
二者实在难以区别
人们吃力地
将他和一堆煤分开，抬上了地面
在火炉中焚化时，他的躯体释放出了
只有精煤燃烧时才产生的熊熊烈火

与此同时，那堆煤在炉膛内
燃烧出的火苗仍然是一个男人
弯腰刨煤时的形象与身态

逼　视

这块脸盆大小的矸石
推开钢梁和钢丝防护网的支撑，窜下顶板

砸中了一颗忙碌的头颅
他猝然倒地

人们都已经抬着担架上井
只有我还留在这刚死过人的巷道里
死盯着那块肇事的矸石看
虽然它的浑身已经沾满别人的鲜血
但是目光依旧凶顽傲慢

我非要等它流出眼泪才挪步
我非要等它哭出声音才离开

地心小憩

男人们疲劳过度后
骨头里的白就会渗到躯壳表面闪烁
小憩时，我们随便扯下一片地心的
黑暗擦去大汗，讨论一下肌肤上冒出的盐
是否发源于远海的咸
此时炸药和雷管都已经闭口不言
像是被闪电的订书机
封住了口。我掂着手镐躲在一边
想着如何把名字刻在它的钢铁部分上

廉租房

2011 皖中大旱
禾苗和辣椒伏在田野里不动
市场上的物价和
股市荧屏内的绿色植物飞速上涨
乡野上一缕枯瘦的炊烟，搓着干瘪的麦穗
城市里，两个恋爱的男女
准备以三百年的工资做抵押

去订购精致的巢穴，大旱大旱
阳光无边、阴凉不见，房价、房价，一路上扬.
我女友美丽的脸在一夜间变成荒原
我父母湿润的笑容里，掺上水银和黄连
大地上滚动着大团的燥热与无奈
我还是躲到清凉的井下去吧
穿着窑衣、拿起铁镐，井底刨食、地心修炼
一心只采眼前煤
两耳不闻地面事，假如遇到敢砸到我
敢掩埋我的那堆矸石
那就说明我下辈子的廉租房 有了着落

地心的蛙鸣

煤层中，像是发出了几声蛙鸣
放下镐，仔细听
却不见任何动静。我捡起一块矸石，扔过去
一如扔向童年的柳塘
但却在乌黑的煤壁上弹了回来
并没有溅起一地的月光

继续采煤　一镐下去
似乎远处又有一声蛙鸣回荡……
谁知道，这辽阔的地心
绵亘的煤层，到底湮没了多少亿万年前的生灵
天哪！没有阳光、碧波、翠柳
它们居然还能叫出声来
不去理它，接着刨煤
只不过下镐时分外小心
怕刨着什么东西，（谁敢说那一块煤中
不含有几声旷古的蛙鸣）

漆黑的地心 我一直在挖煤
远处有时会出几声

深绿的鸣叫，几小时过后
我手中的硬镐变成了柔软的柳条

地心的戍卒

打眼、放炮、出矸石
只要一下井便是如此，时间一长
便觉得我们的躯体和周围的
凿岩机、风镐、矿车有些相似
敲打一下自己咚咚作响的胸膛
工友们指指旁边的物件说：
我们还是开口拉呱吧，再不发言
大家真的变成了它。出矸石、和泥
搬瓦石、砌墙…… 粗粗算来，几个月来
我们已经用了上千吨的水泥和瓦石
不知不觉中巷道已经前进了三百多米
三百多米在万里长城也算是短短的一段吧
这么说我们筑的是地心的长城
在下就算是当代的万喜良吧
但草原铁骑何在？边关戍卒何在
狼烟烽火何在？说这话时我们的脸上
都镀上一层发绿的铜锈，有的人恨不得插翅
飞上地面，去会见自己的孟姜女
有的人把躯体直往巷道里挤
仿佛真要当那万里长城中最柔软的一段

矿　脉

雷暴乍起的时候
谁还吹嘘敢用浅蓝色的闪电
作为自己的纽扣，又到了上班时间
我带上矿灯，一寸寸退守至黑暗的地心
阳光从没光临、大雨更不会尾随而至

整片地心闷热、潮湿
仿佛散发着整个安徽省的体温
每一块煤中都可能躲藏着一个尖叫的生命
混淆着一块乌黑的雷霆
我割煤时分外小心，尽管如此
还有一些细碎的炭屑钻入我的肺管内

敢于抚摸雷霆的人
必管雷霆叫兄弟，在上井的时候
我的心里揣上了一座沉甸甸的矿脉

矿难发生以后

……煤层哭了，巷道哭了
化了一半的钢梁哭了
熊熊燃烧的火团也哭了
大地的体内哭声澎湃，哭得最凶的
最旺的是头一束扑到人身上的火苗
……单架哭了，救护车哭了，医生和护士哭了
手术刀和氧气瓶也哭了
整座煤城中泪雨倾盆
哭的声音，最高的人是矿长
哭得肝肠寸断的人是死亡家属
……火化炉哭了，骨灰匣哭了
冰冷的墓碑哭了
火葬场通向墓群的整条大道
都在哭，哭得最哀婉的就是那锹
最先触摸到骨灰匣的新鲜黄土

……山峦哭了，河流哭了
乌云和老天哭了
太阳和月亮难过得全化成了泪
哗哗下落，悲怆
将昏暗的天地缝成一整片……让我不明白是：

如此汹涌的泪水
却仍未打湿本地出版的
一张小报纸

——报纸没哭 电视没哭
公文中的统计数字也没哭
高昂着刚强的面孔
它们用指点江山的手指
在这块瞬间洇湿的版图外围
画了一个又高又厚的圆
然后径直移开

再也不会有人来了

我的步幅很快，时间过得真慢
抬起手腕，已是深夜两点
大片的黑暗和沉寂沿羊肠瞎逛
在巷道的最深处
坐在一根废弃的木料上，关上矿灯
“再也不会有人来了！”
我刚念出这首诗，片刻之后便听见了
响在寂静内心深处的惊雷，森林倒塌的巨响
大海滚开时的轰鸣。片刻之后便看见了
前方浓稠缓慢的黑暗，逐渐地收拢成
一个男性人猿或女性人猿的身形，
正踩着时间的慢，无声地向我走来

诅咒与葡萄

——读老井的煤炭诗兼及其他

刘 斌

所谓的煤炭诗，大约就是以煤矿以及与煤矿有关的事物为题材的诗歌。实事求是地讲，这类诗歌并不被诗坛重视，也没什么人研究。我接触的一些诗人、评论家和读者就有根本就不认可者。从理论上讲，煤炭诗应该是没有问题的。在叙事化、口语化、世俗化盛行的今天，写什么都可以冠以诗名，写煤炭而称之为诗，又有什么不可以的呢？我读过一些煤炭诗，也写过一些煤炭诗的评论。坦率地说，我对此也是没有足够的诗歌美学意义上的自信。一句话，是煤炭诗的创作实绩没有给我足够的诗歌艺术的说服力。我读到的一些煤炭诗在艺术上大多还是比较陈旧或肤浅的。这些诗往往将煤炭人格化，或采用传统的比德手法，或将个人的情感、理想、价值观与存在意义寄寓于煤，讴歌与咏叹，或借煤抒情，以煤喻人，等等。怎样写出优秀的与这个时代精神相称的煤炭诗，怎样开拓煤炭诗歌创作的新途径，这就是一个很现实也不能言小的问题。正是在这个意义上，老井的煤炭诗歌创作具有煤炭诗歌美学样本的分析价值。

老井，是安徽的一个煤矿井下工人，多年来一直从事煤炭诗歌的写作。迄今为止，在《诗刊》等刊物上发表了大量的诗歌作品。有诗入选《中国2010年度诗歌精选》，组诗《煤雕》获得第五届全国煤炭文学“乌金奖”。以底层诗人的身份参与过2015年打工春晚、《鲁豫有约》等节目，是获2015年上海国际电影节金爵奖纪录片奖的电影《我的诗篇》的六个主要诗人演员之一，这是一个在煤炭诗写作上成绩不俗的诗人。就像著名评论家、诗人秦晓宇说的那样：“德国浪漫主义诗人荷尔德林有句名言叫：诗意地栖居在大地之上，而老井却是诗意地栖居在大地之下，他每天下一个井，一下就是十来个小时才上来，是最接地气的一个诗人！他和其他的工人诗人们一起，用自己的作品说话。突破了一种被抹杀、被遗忘的状态，成为有灵魂的个体，这是对历史的补充和校正。”

让我们先来看他的《煤火》：

诗探索6 作品卷 2017年 第2辑

那天，他正在井下干活
黑暗的巨手忽地一翻
顶板上就落下一大堆煤
将他紧紧拥抱
当人们扒出他时
他已变成了煤，煤也变成了他
二者实在难以区别

……

在火炉中焚化时，他的躯体释放出了
只有精煤燃烧时才产生的熊熊烈火

与此同时，那堆煤在炉膛内
燃烧出的火苗仍然是一个男人
弯腰刨煤时的形象与身态

显然，我们从这首诗里清楚地看出道德寄寓与主观感情的投入与溢出，有着老井诗歌鲜明独特的艺术特点。这首诗与传统的煤炭诗歌有着迥然不同的写法。不同在哪里？这首诗的结尾写的是“火苗仍然是一个男人”。而传统的写法则往往是“矿工像燃烧的煤”。这看似是本体与喻体的互换，实则是诗歌精神主体的变化。这里的诗歌精神主体是人。老井不是通过煤来揭示矿工的品质，相反，是通过人，那些与煤打交道的人，来写出煤的特质与非凡。在老井的笔下，煤永远是煤，只因为人的境遇与命运的展开，煤的存在才得以敞开。老井的诗让我们看到了一个真理：是人使得煤有着存在的价值，而不是人因煤而高贵神圣。老井以诗歌的形式庄严地拒绝了把人作为挖煤的工具与手段，从而，让我们看到煤炭诗歌的书写是有着摆脱逼仄狭小途径的可能。也正是在这个意义上，我们会猛然警醒，过往的写煤的诗歌，一味地单纯地赞美煤的品质，实在是值得我们反省与深思的。

不过，此诗在艺术上还是存有瑕疵的。有着主观感情过于明显，诗人还没有完全割断青春书写的尾巴。著名诗人奥登曾告诫：“一个作家创作时所涌现的激情对他作品价值的影响并不大。”值得庆幸的是，老井的煤炭诗歌写作既是一个不断探索的过程，也是一个不断创新与超越的过程。而在他更为优秀的诗作中，比如这首发表在《诗刊》上的《廉租房》，我们看到了老井诗歌艺术探索的精神与对诗歌艺术感觉上的灵敏。

在这首诗里，我们看不到《煤火》中那种由移情而引发的主观想象，与之相比，我们看到的不是感情的放纵，而是感情的节制；不是个性的表现，而是个性的收敛。这首诗词语得体，节拍和谐，语调读起来轻快流畅，又有着很好的口语语感。同时不乏反讽与悖论的幽默，而在这种幽默中，生存的苦涩与艰辛得以“恰到好处”地呈现。老井在这里既恰到好处地处理了诗人自我情感与诗歌言说艺术的关系，也比较妥当地处理了诗人所面对的现实与理想的关系。

当然，艺术地处理现实的问题远远不是这么简单。对于煤炭诗歌写作者而言，更要有清醒的认识。以往的煤炭诗歌写作者笔下的现实，往往是太阳闪耀光芒，尽管矿工们生活在几百米的井下。但是，由于意识形态的巨大影响，我们在这样的作品中看到的都是积极向上的内容，诗歌里呈现的是单一的维度，是扁平的。而另一些当下的诗人的作品又似乎走向另一面：凶险、苦难、黑暗。实际上，生活从来就不是这样的两分法。现实要复杂得多。而当下中国的煤炭诗面对的现实就更加复杂。这就需要诗歌写作的复杂与丰富，如果用一个词来概括这样的美学特征，那就是“浑然”。实际上，诗歌艺术自身已经向当今的诗人们发出了“浑然”的邀请。而艾略特就是最先倾听到这样的邀请的诗人。还有什么比“荒原”更“浑然”的呢？

淮北平原上煤矿很多
落日沿着那座井筒凋零至地心

……

春天里煤壁花瓣一样柔软清香
冬季时瓦斯马蜂一样在工作面上乱窜
夏天里整片巷道变得像一条湿漉漉的蟒蛇
秋天时成熟的煤炭豆荚一样炸裂开

……

处江湖之远则忧其君
居庙堂之高则忧其民
某日我轻轻地吟出以上的句子时
连一直板着面孔的地心岩层中间
也有了细小的动静
像是有谁正从中间爬起来

老井的这首《坐井观天》显然已经告别了当初那种两分法或扁平的写作模式，而拥有了一定的涵容性、暗示性和间接性。乡村和矿山、地面与井下、成熟与死亡、生命与凶险、江湖与庙堂……融为一体，而那个挖煤人身处其中。这就是一种近乎浑然的存在状态了，一种真实、复杂的生命过程。而这样的书写就有可能渗透着一种极其复杂的更深的无名的情感。只有在这个意义上，诗歌才如帕斯所说的，它真正讲述的东西是不可衡量的。而我要说，煤炭诗歌写作者只有拥有了这样的心胸与艺术抱负，才能最终使煤炭诗歌的写作拥有充足的诗歌美学说服力，才能为自己也为诗歌赢得一片崭新的天地。

八百米地平线以下没有阳光和花香，也没有四季和美女，除了煤壁就是岩层，就是钢铁的支架、矿车、采煤机、掘进机等，这是世界上最没有诗意的地方。老井的不平凡就在于，他从最没有诗意的地方找到了诗意，在最漆黑、枯燥的地心发现了浪漫，在极度的疲劳与压抑中找到了诗歌这个释放苦难的通道，并且一写就是多年。其作品极具原生态的冲击力，风格多样，可贵的是，他并没有一味地“控诉”，也兼具一些调侃和幽默，比如集子中的《化蝶》和《廉租房》等篇章，就有一种举重若轻的感觉，而《地心的蛙鸣》更是被诗人、评论家流马称为一个挖煤工内心的田园诗。

老井说过：两百年前世界上没有大型煤矿，两百年以后也许也没有，这时段特定的历史时期，我必须要写出能够对得起它的作品。这是一个有担当和使命感的诗人，身处逆境的他在替一个阶层说话，没有把时间仅仅用于抒发个人的那些愁苦，比起那些小我的诗人们这更难能可贵。他在用内心的美好和浪漫建立底层的尊严和高贵，只想发出自己微弱的声音，以此为数亿命运的同路人立言，为底层的生存做证。

诗人八零和评论者杨光获奖作品展示

银驼山庄

八　零

1

天黑之际，我再次潜回到幽暗的山庄
我白色的身体像小小的彗星转过四道弯，两条巷
回到了大院，而这时，客店的灯光，正渐次为花帘遮盖；
我的巢穴筑于五楼，距地面七十二道台阶，
离八十一阶，还有一段不大不小的距离

2

趁着夜色，我继续忙着向高空筑巢
我有的是耐心，在整个山庄，我的位置也最高。
四楼三楼，住着各大衙门的家属
二楼住着本市最大钱庄的老板
一楼及地下室，曾经租给过一些侠客，窜犯
现在，时常空着，让我担心地基不牢

3

我有的不光是时间，还有百年修来的耐心
此刻，我从梳理腿部的羽毛开始了这个夜晚。

力度需要再加大些。建材价一直在上涨
我满意地数着，掉在瓷砖上的银片
月光下，这些白花花的碎银子闪着动人的白光
我心情舒畅，它们明天将换来
更多的砖瓦木料，以及水泥、石块

4

白天，我要到郊区一所学堂当差
那里是一只更大的巢，光线比山庄好上百倍
里面住着许多雏鸟，黄嘴长脚，喜欢昂头尖叫，
我向他们传授语言的机巧，为使他们拥有巧言令色的嗓子。
他们尊称我为夫子，我有庞大的肚子。

5

每个早晨，我都注意到一簇白泡花在清风中凋零
花瓣从高空下落，砸伤了地面一些嬉戏的幼蚁
如果我飞得起来，我将会从窗口跳出，将它接住。
阳台上，我有三套衣服，一双紫皮鞋，一双胶布鞋
在傍晚，我将习惯性地打扮成人的模样，
然后踱去山庄，去河边散步、觅食，赏析落日。

6

今天，在山庄光线幽暗的狭窄入口处，我特意
跟一个修自行车的矮胖女人拉起一会儿家常
她手指肥大如蚕，红牛仔裤沾满黑色机油
一个抽烟男人，于不远处保持倒立姿势。那是她的前夫
正在读一本传说中庄子所做的小说
我注意到他的目光，常常从指肚间偷偷溜出，
我的面前不时走过一些穿短裙的女孩

7

我定期会到建材市场去，取出银子买一车好料，
天黑之前，它们被准时运回山庄，
天黑之后，我脱掉衣服和鞋子，沐浴换上银装，开始我的工作
它需要科学的精神，而我精于计算，为节省开支
从昨夜起，已取消了三个铜板的夜宵
入睡前，我再次梳理起羽毛，以腹部为中心。

8

早晨去学堂的途中，我在乐天公园停了一会儿，
为一种叫作鹤拳的武术套路吸引
我想，人有一天要是能飞起来，会不会变成鹤?
我有一辆凤凰牌老式自行车
一个月中车胎爆了三次，减肥的最后期限已不远
而作为鸵鸟，这是一项耗资巨大的工程，决心一直未定。
在学堂，我认识一位属鸡的秃顶老头
他告诉我，他已经学会了飞，并有意收我为徒

9

我的另一位朋友，山东汉，络腮胡，曾是山庄常客，
“我最初来山庄时，你还住在一只脆弱的白壳中。”
他佩戴一把明朝古剑，剑柄嵌一龙一凤，
刃上满是绿锈，据说年轻时曾刺杀过前代皇帝
“那血，就来自他的右臂，可惜太监帮了他！”
我想这是一个虚构的故事。未等证实，他已离开山庄，
古剑赠予三楼知县的三姨太，换去青丝一缕。

10

有一段时间，我迷上观测西北天空的星象，
我用剩余材料在楼顶建了一座简易观测塔
有一个夜晚，我看见两颗星刹车失灵撞在了一起
一块头颅大小的陨石，恰好掉在我的阳台上；
又有一晚，我惊奇地观察到一处鸟状的星群
我将它命名为：银驼座。
我知道有一天我要坐到上面去。这想法一直
为夜色掩藏，至今无人知晓。我暗自加快施工进度，
开始梳理起胸部最白的羽毛。

11

这些天，我一直在默默思考“飞”这个概念
学堂老头告诉我，未秃顶的人
难以舍弃世俗欲念，一生都飞不起来。
修自行车的女人说，再好的轮子也上不去九十度的坡。
抽烟男人告诉我，真正可以脱离束缚的，是烟云，来自肺。
我还是决定尝试性飞一次，于是扇起了翅膀，
这时一群散学的孩子很快围上来，“瞧呀，快瞧！
一个胖子像鸵鸟在马路滑翔，它有鸵鸟的屁股。”

12

为打发烦恼的周末，我突然决定写一部书
我想写一个侠客的故事，以络腮胡朋友的往事为原型
我去找那位三姨太，她鄙夷地从床上抽出一条咸鱼
上面满是黑洞，爬出红幽幽的虫子。
“喏，它们的前世也许是另一个样子吧？”
那位朋友骗了我。“不，是那个女人背叛了我！
他虚构了自己的年龄。”在梦中，山东人忧郁地说。
但我还是决定写下去，为缓解，整个山庄的寂寞。

13

除此之外，周末我常到护城河边散步，觅食散落的草籽
我幻想那些种子有一天会顶破毛孔，长出新的羽毛。
河边许多山庄上的客人，在安静垂钓，头戴银色斗笠。
一些农夫在田野里锄草瞌睡，远处高山林立
黑云滚滚而来，前去取经的和尚，保持着警惕
但一直等到天黑，期待中的战斗并没出现，
天黑之际，我潜回了山庄，三姨太的窗里，铮呜呜呜

14

至立冬日前一个月，我的巢距地面又上升六个台阶
此时我的位置更高起来，站在观测塌大半城市尽收眼底，
这，让我倍感欣慰。我决定饮酒相庆。
在山庄酒店，我要了三只人肉包，一壶马血酒，一盘荇菜
老板一百零二岁，是个健谈的太婆，“在从前呀，山庄比现在兴旺，
我爱过一个骑马的男人，他有八根手指，为了我
剁去了三根……”说着，取出一瓶红酒，“冬天就要到了，
这东西御寒，要知道山庄的冬天寒过男人的誓言！”

15

关于山庄的过去，我了解得越来越多，也愈加烦恼
从前它的位置确实比现在高上百倍，建在一柱通天岩上
“那岩石压过一只忧郁猴子。”太婆打起哈欠。
她说，当时的世界高于现存的世界，各种大鸟在天上飞
我想起了我的前世，鸵鸟们欢唱的时代。“那时，
我们就生活在山庄，有好的体形，日行八万，翅膀盖过一座小山。”
在梦境中，先人向我讲起这段绝密历史。
“当你走过八十一道阶，会看到已逝的时辰。”

16

重阳节那天，山庄突然打破静默，一班马戏团从西安赶来，
他们拉来一车的狮子、老虎、豹子、野象
一只系铁链的秃鹫凄厉地叫着，拉着稀屎，消化不良
西安人敲锣打鼓，引去整个山庄的孩子和女人。
那一天，山庄男人的麻将声同女人、孩子的欢呼声连成一片。
作为保留节目，最后，一只新品种的巨鸟闯入众人视线
体形同我相当，只不过用一对人的胳膊替代了它的翅膀
它开口说话，“你好，你好人。”语速迟缓，被称为鸟语

17

这些日子，山庄还来过一位河南籍持幌卖艺的瞎老头
清朝一位巫婆的后代，能占卜吉凶，预测未来。
三姨太抓住他的胡子，要她形容一下未来山庄的模样。
“在未来的时代，尔等将生活在一块白云上头。
每天穿的是黑云。枕的是黑云。开的是黑云。吃的是黑云，
拉的，自然也是黑云。”他表情严肃，像一个说书先生。
“尔等若不小心患了痢疾或者腹泻，那么拉下来的，
还可能是黑雪，黑雹之类。但，绝不可能是闪电！”
他为自己荒唐的言行付出了巨大代价：知县以邪说罪名，
对他进行了阉割，萎缩生殖器抛给了自家的黑犬

18

天越发的凉，立冬日渐近，树上的叶子
几乎掉光，我感到从未有过的冷。身上羽毛所剩无几，
而我已能顺利攀到第七十九级台阶。很准时的，
天黑之际，我潜入山庄，趁夜色继续向高空筑巢
为最后两道阶，我将梳理头顶的最后几簇羽毛
它们将换来最后两车材料。我在等着那一天：
赤裸裸地站在夜空下，向上张开双臂，接近那已逝的时辰，
鸵鸟生活过的世界……

现实隐喻与叙述的诗性建构

——八零诗歌《银驼山庄》艺术亮色欣赏

杨　光

“诗是一种再造，对于世界，对于内心。”首届“伯乐杯”汉诗大赛在新诗新人奖授奖评论中这样称许《银驼山庄》。对于魔幻现实主义小说中的象征与隐喻，我们并不陌生，卡夫卡、马尔克斯等作家曾为我们建构了一系列魔幻现实的生存景观。对于现实象征与隐喻的诗歌建构，诗人们也在探索，但成功的作品为数不多。从小说式的诗性叙述和对自由飞翔主题的现实隐喻来看，八零的《银驼山庄》不失为较为优秀的象征与隐喻类诗歌。八零用敏锐的眼光，透视生活繁荣和阳光的背面，他看到了什么？他发现了什么？这位年轻的知识分子（八零，1980年出生），颇具老一辈知识分子的忧患意识与终极关怀的风范。在生活、艺术、思想……缺乏深度的今天，好多东西都浮了起来，连铁都漂浮到了水面上。八零的忧患意识与终极关怀不允许自己浮起来，不允许自己的诗歌浮起来。八零在构建自己的诗歌世界，在构建人类的心灵世界，在构建现实中的另类世界。林童在首届“伯乐杯”汉诗大赛获奖评论中就称赞他：“是有目的地建立自己的楼盘。这既是自信的表现，也表明他不是一个跟风者，更是在挑战自己。”（参见《林童视线》）

《银驼山庄》不是小说，也不能用通常意义的叙事诗来指称。它通过诗性的语言叙述现实的隐喻事件，叙述现实与非现实之间的魔幻现实生存景观。象征叙事性诗歌，对人和物简笔勾画，对事件采用骨架式概述，导致人、事、物周围的空白空间加大，留给欣赏者的诗意想象空间过大。当然，这也造成了欣赏者对人、事、物象征与隐喻破解的难度。这是象征叙事性诗歌的一个特点，也常常成为人们诟病的一个缺陷。我认为，《银驼山庄》在这一点上的把握还是比较适度的。《银驼山庄》中“银驼”“侠客”“雏鸟”“胖女人”“瞎老头”“酒店老板”“山庄的经营”“银驼的所作所为”“瞎老头的预言”等似乎是现实中的人、事、物，又似乎是志怪神话中的人、事、物。它们是现实与非现实之间的一个另类世界，似乎可见可想，又似乎不能，它们作为现实人和物的一种象征与隐喻，承载生活之内和生活之外的一些思想意蕴。我们利用生活阅历和知识面可以依次排列一些思想意蕴，也许我们可以完全列出，也许不能。或许，我们本来就没有必要将其穷尽，只要银驼山庄中人、物的象征与生存景观（事件）的隐喻能相互彰显；只要人、事、物整体的象征与隐喻能突显生活的深层意味；只要能够促成我们对象征性形象（诗歌典型之一）的审美提升。这也就足够了。

隐喻的本质在于生存的悲剧，是悲剧带来了隐喻，悲剧的根源在于人的贫困、人的罪恶、人的贪婪、暴政的禁锢、思想的贫弱、人的物化、人性的泯灭……从艾略特、里尔克的诗歌，卡夫卡的小说，莎士比亚的戏剧，我们都可以看到这一点。象征性诗歌在语言、形象、叙述和思想上具有很强的隐喻性特征，桑吉内蒂认为“隐喻语言——与某种悲剧感知是有关联的”[①]。实际上，它与悲剧感知关联仅仅是浅层次的，它更多地根植于现实的悲剧之上。《银驼山庄》所表现的悲剧是现实魔幻的隐喻，银驼山庄的生活是现实的一个虚拟缩影，其中上演的人、事、物也只是影像时代一个个悲剧的象征性符号。在这个社会化进程越来越快的今天，社会化低俗污秽的层面让人类本真的人性流失不少，说流失殆尽也不算过分。人搞不清楚自己是人是物，是人奴役了物，还是物奴役了人。我在三行诗歌《奴役》中也曾感慨：“物和我 // 谁奴役了谁呢 // 我和物”。人自己搞不清楚自己是人是物，在物种进化和社会化进程中的“银驼”就更加迷惑了。“银驼”亦鸟亦兽亦人亦怪，在山庄之内、山庄之外，它带着鸟类自由飞翔的灵魂，在人模人样的生活奔走中寻找飞翔的感觉。为了像人或适应生活或对抗人的同化，它“习惯性地打扮成人的模样，/ 然后踱去山庄，去河边散步、觅食，赏析落日。”“跟一个修自行车的矮胖女人拉起一会儿家常”……它吃草籽的同时也学会了吃肉（包括人肉），它在山庄酒店，“要了三只人肉包，一壶马血酒，一盘荇菜”。为了像飞鸟（作为堕落为走鸟的“银驼”来说，这无疑是最大的悲剧），“银驼”想起了它的前世——鸵鸟们欢唱的时代。那时，它们就生活在山庄，有好的体形，日行八万，翅膀盖过一座小山。而可悲的现实是——它还在想“如果我飞得起来”，并“一直在默默思考‘飞’这个概念”；它不惜屈膝向“属鸡的秃顶老头”（鸡的象征）学习飞翔，并“决定尝试性飞一次，于是扇起了翅膀”；它一生一直在“忙着向高空筑巢”，为的是等着涅槃的那一天，坐上“鸟状的星群”（银驼座），赤裸裸地站在夜空下，为的是”向上张开双臂，接近那已逝的时辰，/ 鸵鸟生活过的世界……”它终于可以在自己憧憬的乌托邦里自由自在地飞翔，而此时，它已梳落了自己所有的羽毛，离现实

① 福柯：《关于小说的讨论》，《福柯集》，上海远东出版社 1998 年版，第 58 页。

的飞翔之梦更加遥不可及。乌托邦里自由飞翔的“实现”与现实的飞翔之梦的破灭形成鲜明的对照，让《银驼山庄》的隐喻悲剧色彩更加浓重。

“银驼”一生一直在“忙着向高空筑巢”，它的“巢穴筑于五楼，距地面七十二道台阶”，虽然离八十一道还差九道，但在整个山庄，它的“位置也最高”——“银驼”的“巢穴筑于五楼”，“四楼三楼，住着各大衙门的家属 / 二楼住着本市最大钱庄的老板 / 一楼及地下室，曾经租给过一些侠客，窜犯 / 现在，时常空着”。在模糊、笼统的生活隐喻里，“银驼”总在“担心地基不牢”。也许，读者生活在银驼山庄魔幻而具有现实韵味的隐喻里，也会担心地基不牢。高处不胜寒，高处的“银驼”在“担心地基不牢”上，有着不可言喻的彻骨寒冷，更何况，它在不停地梳落用来御寒的羽毛。在中国人的意识里，九九归一，是一种回归，一种圆满。也许，在复杂深奥的生活世界，九九归一对于“银驼”来说，是一种悲剧。在九九归一的隐喻里，“银驼”有计划地梳落羽毛（银子的变相隐喻）购买建筑材料，并精心建构向前迈进的八十一道台阶。《银驼山庄》细致而有层次地为我们展现“银驼”梳落羽毛的过程——“我从梳理腿部的羽毛开始”；“入睡前，我再次梳理起羽毛，以腹部为中心”；“我开始梳理起胸部最白的羽毛”；“我将梳理头顶的最后几簇羽毛”。九九归一，是一种回归，一种圆满，对于“银驼”来说是一种大彻大悟，是自由飞翔梦的实现，但向八十一道台阶迈进却要以梳落羽毛（银子和飞翔的变相隐喻）为代价，逻辑的矛盾与背反注定了“银驼”的追求只能是悲剧性的结局。

“天黑之际，我潜入山庄，趁夜色继续向高空筑巢 / 为最后两道阶，我将梳理头顶的最后几簇羽毛 / 它们将换来最后两车材料。我在等着那一天：/ 赤裸裸地站在夜空下，向上张开双臂，接近那已逝的时辰，/ 鸵鸟生活过的世界……”在《银驼山庄》简洁形象、诗意含蓄的结尾中，“银驼”追求的悲剧氛围笼罩在整首诗歌之上，笼罩在读者的联想和想象之上，浓密而沉重。

诗坛峰会

汉诗新作

首届『诗探索·中国诗歌发现奖』作品展示

松花江流域诗群专辑

松花江流域诗群专辑

【编者按】

松花江流域位于中国东北地区的北部。在这个地区，长白山山脉和大兴安岭山脉构成了一个巨大的夹角，松花江在其间浩荡流淌。松花江有南北两源，南源从长白山天池奔腾而下向西流淌，北源发源于大兴安岭伊勒呼里山，向南奔流，两江在吉林省三岔河镇汇合后突然转向，向东折向三江平原，形成东流松花江，流至同江市汇入黑龙江。黑龙江在抚远与乌苏里江汇合流入俄罗斯，最后注入鄂霍茨克海。在这片流域面积五十六万平方公里的广袤区域，还有无数条大小支流，它们和松花江一起孕育了神奇的松花江文明。松花江所经之处，在哺育高粱大豆的同时，还在哺育东北人粗犷、豪放的性格和干净利落、自信幽默的语言。

这些松花江流域的诗人，正如河流上的一座座坐标指示着诗意的位置和流向；他们的诗歌语言，似乎与古老的松花江人没有关系，但也无法用中原、江南的诗歌语言系统来进行类比、归类，他们的文明混合了土著和来自东西方、南北方的各种因素。

八十年代，松花江流域的诗人们独立而整齐，朴素、豁达、剖白、空灵、真挚，且充满探索精神和先锋意识，在与中国其他地域的诗歌星团相互辉映中，更如星光般熠熠生辉，成为当代中国诗歌的重镇。

本专辑所选诗人均为松花江流域的诗人，他们从八十年代到今天一直都在安静地坚持写作，每个人都有各自的特点和成就。所选诗歌纵跨不同年代，尽可能反映每位诗人的全貌。他们像东北额头上的灵魂之脉，如此整齐，从平原一直延宕到海洋。正如徐敬亚所说的那样：“有了你们，那块辽阔的土地可以发出一声声长叹了！”

作者名单

柴国斌	白　光	包临轩	丁宗皓	杜笑岩	杜占明	伐　柯
高　唐	任　白	郭力家	李占刚	刘晓峰	刘在平	陆少平
吕贵品	马　波	马大勇	马东凯	宋　词	苏历铭	王鑫彪
肖　凌	秀　枝	野　舟	朱凌波	邹　进		

柴国斌的诗

作者简介

柴国斌，男，1967 年出生于吉林辉南。1990 年毕业于吉林大学环境科学系，后分配到辽阳石油化纤公司。2003 年移民加拿大。一直从事污水处理工作。

林中鹿

一

如果一只鹿出现在哲学里，它必是谦卑的道具，
必把哲学提升到大众的高度。
伸手可及的果实饱养精神的饿。
一支鹿群不做见证，对自己和旁观者的身世无动于衷。
他们不离群索居，也不离经叛道，与人类保持
修养所认可的距离。顺从，谦卑，一点点的水、草
这低到云朵里的生活标准。
小鹿们不折腾，不懂得左与右，不懂讥讽，
不懂得盐、火、食疗和大补。
即使怀抱黑夜，把阳光背在身后，
即使身在江湖，江湖何时出现在鹿的视野中？

二

别怕，我不是你的天敌，更不是你现代派的杀手。
我只是从尘土中立起来的一个人罢了，
两手空空，一无所有。
我只是欣赏你思考的样子
和恐惧中针扎惊跳的神情罢了。
但欣赏你并没有带给我更多的快乐。

三

十年前，我从指你为马的发源地一路不停地逃到
相爱的人们整天把你挂在嘴边的西五区，
夹在汉英之间，既进退自如又进退失据。
我从苦难路的顶楼，途经忧愁河上的踌躇桥，搬到了
灵魂街44号。那是四年前的四月，一个最残忍的月份，
正好是我虚度光阴四十四年的生日。
左边的邻居把每一天都当昨天过，
右边的邻居则祈祷明天会更美好，
我戴上或摘下眼镜，都只能看到智力所及的今天。
我依旧时而兴奋，时而沮丧，抑郁病的残花，
我这属羊者和金牛座的命啊。
我不知道为什么要对你说这些话，
因为这些话不会降低树叶变黄的加速度，
也不会阻止一场风雪的突如其来和漫天撒野。
可除了你，还有谁可以肯一边吃，一边听，
还不会发出嘲笑声？
对那些野鸭说吗？难道它们的疑问比野草还少吗？
难道它们留在我家车道上的一地不屑还少吗？

四

你猛地抬起头，当我羞愧地问：你知道生的意义吗？
是我的声调过于尖锐？还是这个问题响过惊雷？
其实我也是憋了太久，不知道该向谁发问，
因为这是一个咒语，谁问谁答谁遭罪。

过了有十秒钟吧，好像一生那么久，
你又低下了头，吃草，饮水，
低矮的生活不起一丝波澜。
我也该回到污水处理场，从那里开车回家，
顺路买杯迪姆咖啡，再买些草莓、樱桃，
散步之后，把影碟《色戒》看完，
睡觉前，还要去通往女性心灵的小路看看风景。

山顶上的两棵枫树

高于大地和信仰，低于云端和神灵
我们自有我们独特的幸福和哀伤

就这样我们站立了多久
从第一片叶子接触到你？
在我们肢体上跳跃鸣叫的鸟儿
他们是否也听懂了我们爱的语言？
你是不想学习它们那种轻佻的外语
只是想把我们的母语说得
再甜些再浓稠些
我年轻的时候，失眠和自然一样自然
在你的安详的呼吸里，我自学了鸟语
倾听它们谈论外面的世界
那时我还不懂人类羡慕的
身影不离，不离不弃的
内涵和外延
那时我只想连根拔起
移民到唐朝去，到民间去，哪怕
做小姐轿子的一根梁，嫁妆里的一个梳妆柜，或
绣楼的一根门柱子，更绝望地想燃烧一次，化成灰烬
也不愿在山上，任日照月冷希，雨打风吹去
那时我还想着山脚下整天红红艳艳的小枫树
迷恋她不把秋天放在眼里的俏模样
你不言语，只是地下的根紧紧钩着我地下的根
树叶哗哗地落，犹如人间不干的眼泪

改变只需一瞬，针扎的一瞬间
站在山顶，阅尽人间的繁华和枪炮声
那在我们脚下来来往往做爱的人们
你害羞，想甩掉叶子，盖住他们的赤裸和姿势
只有我们领悟哭泣的蜗牛，哀伤的蛇
每夜开会研讨智慧的狐狸
胆大滔天的兔子，患忧郁症的松鼠
暴怒的岩石，和随心所欲的风声
感谢风，让我们可以前仰后合地大笑
除了地下暗暗的盘缠
也可以光明正大地站着，手挽手，摩挲和爱抚
白天，我们生长，结实，一起老去
而夜晚，我把夜晚给予爱情和回报
向月亮叙述，向星星比拟
亲切的暮色和朝阳
萤火虫，言词，花园
流水，西风，北方的北
我把听来的都译给你听
除了越来越近的征用、铲除、逼近山脚的电锯声
你知道，当秋天一过，我们就要
脱掉衣裳，露出筋骨
在风雪冰霜中我只这样想：
紧紧地抱住你，永不松手
越过灵魂，忍受脱胎换骨的剧痛

理 发

——想念马波

往事如发，该多好，
只留下幸福的根。

理发师算计着老板的眼神和小费，
还有谁的悔恨也被丢弃了，摊在脚下？

扫地出门的还有很多，
记忆不在其中，却一脚门里一脚门外。

发灰的往事用笔墨遮掩，
我的心事却全在脸上。

秃顶的人是否忧愁小于一？
我的苦难是加法。

在三月，海子一路向北，
在三月，马波一路向南，性急地拐过正午的街角。

蹚完人间的一池浑水，
有谁还惦记着如何洗净一滴泪？

白光的诗

作者简介

白光，1956 年生于长春。1975 年前，在长春读书。1975 年后，在长春发电设备修造厂当学徒工。1977 年，考入吉林大学中文系，开始诗歌写作，有《圆号独奏》《含露的玫瑰》等诗陆续在《青年诗人》《长春》等杂志刊出。毕业后，在《城市时报》任记者、编辑。1988 年，调入深圳市纪委，写官样文章和编辑期刊，策划拍摄了一些反腐倡廉的电视片。2014 年后，每天在微信上写《隔壁老王》（调侃社会，也调侃自己）。

四十一岁

一个人
坐在阳台上
用啤酒和晚风
款待孤独

夜色
一丝丝 一丝丝
一丝 一丝
一丝
一
丝
渗入皮肤

血液由红色
变成了蓝色

1997 年 1 月 8 日

死亡隧道

死亡是白色的羽毛
穿过肉色的钟乳石
变成了银色的鱼

生命还原为最初的形式
没想到如此轻松
混混沌沌的意识里
听见婴儿咯咯的笑声

在真空的隧道里
一条美丽的弧线
从一张床到另一个子宫

2000 年 8 月

包临轩的诗

作者简介

包临轩，1962年11月，出生于黑龙江安达一个教师家庭。1980年，考入吉林大学哲学系。大学时代受朦胧诗的影响，开始诗歌创作，八十年代校园诗人群中的一员。参与吉大校园诗刊《北极星》的创办活动，作品散见于大学生刊物、《青年诗人》和《吉林日报》等。大学毕业后，和苏历铭等以“男性独白”名义参与了影响深远的“现代诗大展”。从二十世纪八十年代末至九十年代，开始发表诗歌评论文章，对区域诗坛和中国诗坛中的现象予以探讨，有一定影响的文章如《让阳刚之气吹拂诗坛》《疲惫的追踪》《先锋诗歌的自由意志》等，评论散见于《诗刊》《文艺报》《诗歌报》《文艺争鸣》《文艺评论》《北方文学》《诗林》等。荣获《诗探索》杂志“2012年度诗人”称号。近年出版了诗集《高纬度的雪》、评论集《生命的质感》。中国作家协会会员。

闯入都市的狼

你在经纬交织的大街上胡逛
身边一一闪过快速的车窗
你无法确定自己
置身何处

以杖探路的盲人
欲横穿马路
对偶然伸过来的援助之手
满腹疑虑

灯红酒绿之中渐渐迷失自己
这巨大迷宫
用尽一生
也难以走出

再也无法回到碧草疯长的草原
出走经年
那里的家族和兄弟
还会接受你吗
被污染的毛发
稀奇古怪的情绪
会令他们惴惴不安

你不能肯定
自己还是不是一匹狼
你只是知道
这让人把握不住的城市
改变你却又不真的接纳你
即使你身上
不再散发苦艾的味道
即使你
一再克制天性中怒吼的欲望

1985 年 7 月

城市秋雨

黄昏中的秋雨
分明是一只湿漉漉的大鸟
垂落下来的翅膀
扫过街道，和大街两旁的楼群

这翅膀
吸纳了白天的喧闹
令寂静
若有若无地降临

车流
各色被赋予魔力的钢铁
褪尽了它们身上各种炫耀的颜色

一律颓废着，蜗行
车灯
像这个时代的眼睛
一闪一闪，犹疑不定

刚刚被狂风击倒的树
在冰冷的大地上
抖动着凌乱的枝条
匆匆的人们
有谁肯驻足
倾听树们的哀伤

因树倒下而窃喜的商家
裸露出来的门脸
在雨夜中暴露无遗

冰冷的雨丝，纷纷的鞭子
抽打建筑，像是拷问

此时，孤单单的我
被逼上一栋高层住宅楼
在鸟笼般的阳台上，肃立

2009 年 10 月

丁宗皓的诗

作者简介

丁宗皓，1964 年生人。吉林大学中文系毕业。1984 年开始发表作品，主要从事诗歌、评论、散文的写作。著有诗歌集《残局》、散文集《阳光照耀七奶》。曾获辽宁文学奖·散文奖、辽宁省优秀青年作家奖。辽宁省作家协会理事、辽宁省青年联合会委员、辽宁省作家协会特邀评论家。现任辽宁日报社总编辑。

回 头

只是不想回过头去
优秀的人们即使回过
头去 心灵也不会
充满轻轻的阵痛
看一看吧 无数岛屿
被围困了 可望穿大海
陆地依然是无法更改的
憧憬 今天
最好不说话 只要知道
该做什么 就不会背过
身去 我不能

站在一个时候
不管穿什么 我们都会
寒冷 唯一沉重的是
刚刚知道 经过大雨
水鸟温暖的羽毛总在
纷纷地凋零 目光受伤了
不会更加热烈 流过泪的
眼睛突然开放 肯定会有
一种不知道的背景
足迹太善良了 里面
会长满荒草 身躯温暖了
道路就会狭窄 那么
谁能告诉我 如果
不是这样 我们该怎样
开始所有的黎明

离开这儿 我们将走向
另一天 只要有灵魂
你就会读懂我的背影
不能像回归线一样

牵回一枚枚太阳 沉默
将是最美丽的途径 我
说得太多了
可奇迹迟迟没有发生
一个河流死了 残存的
河床还思念源头
难道你真不明白 在
这个世界上 理解仅仅
是瞬间的事
常常期待今天的到来
又害怕今天的到来

而这一天却是我真正
出生的日子 吹灭所有
蜡烛之后 在黑暗中
我的目光 该
怎样成熟 又该怎样凝重

杜笑岩的诗

作者简介

杜笑岩，1963 年 5 月 13 日，出生于黑龙江省鸡西市。1985 年，毕业于吉林大学经济系。大学时期开始诗歌写作，作品发表于《吉林大学学报》《北极星》《青年诗人》等。1985 年 7 月—1990 年 5 月，在新华社北京总社工作，期间诗作被收录于《朦胧爱情诗选》。1990 年 5 月—2012 年 7 月，在日本筑波大学留学，取得经济学博士学位后在东京创业，并在日本大学任教。期间少有作品在国内报刊发表。2012 年 8 月，出任西安外事学院经济学教授，后担任陕西高新普惠资本投资服务有限公司董事总经理。多首诗作收录于《吉林大学诗选》。

舞会的旋律

是六色雨淅沥沥飘落的夜晚
淋湿我的记忆
浇透我的思绪
没有你心之泉水滋润我
你不是那雨丝 真的不是

（不远的地方有一场霓虹舞会
舞曲飘逸 没有我的旋律
你心陶醉你舞姿优美吗）

雨滴凉凉洒落在夜之海上
石阶响起忧郁的回声
你灯光迷蒙
我心感觉到早春的寒意
结霜的步履奏一支孤独的曲子
你能听见你能听懂吗

撕碎那篇诗稿
（那是写给你的第一首情诗）
任风雨吹去
摇曳我的悲哀
我的情愁
（我的心
是一枚燃烧的太阳啊）

1985 年

今池樱恋

粉红的樱花
绽放在今池河畔

三月的季节
你伫立在樱花树下 回廊桥栏

缤纷飘落的花瓣
衬映你
如花的红衣 如雪的白裙
宛如桃花的丽色珠玑
凝固了我的视线

我就这样遇见你
在你最美丽的时刻
你矜持的微笑
胜似沙扬娜拉那一低头的温柔
比满开的樱花更美丽
甜甜的笑靥 柔曼的目光
抚平我情感的伤口

今池樱恋 一寸春心
复苏了我的躯体我的灵魂
不必等待我承诺什么
你 就是我最后的爱人

2004 年

生命中的你

生命中的你 是我心之沙漠的甘泉
涓涓细流 滋润我孤独干涸的心田

生命中的你 是我梦中苦苦的寻求
山水之间 抚慰我追梦寂寞的清愁

生命中的你 是无法缺失的空气
清澈透明 深深融入我的血液奔流不息

生命中的你 是五彩缤纷的一座花园
我愿是那园丁 耕耘出绿叶的繁茂 鲜花的璀璨

生命中的你 是百年结缘的相遇
即使黑发变成雪岭 依然是携手相随的伴侣

2017 年

杜占明的诗

作者简介

杜占明，1988 年毕业于吉林大学中文系，后在人民邮电出版社工作；主编有《儒佛道百科辞典》《中国古训辞典》《我悠悠的世界》（诗歌合集）、《中华孝道丛书》《中国历代帝王杀人史话》等出版物。1998 年辞职下海，创办盛云未来科技公司至今。

寂寞有福

家、城市、夜晚
很大很静
大到空荡
静到凄凉
像一个女人
用大把的寂寞
独守的月宫

你关闭自己
对外界不予理睬
也拒绝别人张望
期待着自己能
化解与世界的抵触

可是那个
制造身体与现实之间
紧张关系的人
毕竟是你自己

画地为牢
拒绝互动和欣赏
是自由
也是寂寞

有一种寂寞叫自由
而当自由唾手可得时
却如同超市里廉价的泡面
倒人胃口

肉体的吸引
牵动着你的灵魂
你希望自己的灵魂
能跟着肉体的喧哗走
当你
把暧昧归于清风明月
不惹尘埃时
传来的却是
你早已逝去的、惆怅的、爱情的
味道

与其让生命去寻仇觅恨
不如甘于平静、自由、芬芳
仰望快乐
也是一种寂寞的幸福
更何况
两个人当中
有一个人幸福

就够了

2000年2月14日

伐柯的诗

作者简介

伐柯，原名徐远翔，1969年出生于湖北省红安县。毕业于吉林大学考古系、中国电影艺术研究中心研究生部。1989年开始发表诗歌作品。1990年，创办中国高校民间大学生诗刊《校园诗四季》（后改刊为《边缘》）。1990年秋，加入中国作家协会吉林省分会。诗歌作品先后入选《超越世纪——当代中国先锋派诗人四十家》《最新当代大学生诗选》等多部诗歌合集。除了诗歌作品，还发表有中短篇小说《水竹盛开》《血荒》及散文、评论数十篇，著有影视剧本《热血天歌》《陈赓大将》等多部及传统文化系列丛书《中国智慧》（英文、西班牙文版）。

秋　客

天凉了
你远离村庄和房屋
枯败的高粱叶在更远的远方
羽化成千万条缟素
为一个人送行

乌鹊南飞
绕树的声音，风铃般鲜艳
这深哀的候鸟
将你孱弱而金黄的歌声
筑成巢，再掩埋
然后想其他季节的事

欲念消瘦，化作平凡人家的女子
在阡陌间栖息
或立成古旧的风景
如这候鸟，候你
一切羽白而生动

异乡人，为何驾上
同样消瘦如秋的马车
在这远离村庄、房屋和远方的旷野
寻觅颠簸已久的深秋
和那些枯败上衰老的微笑

一定有什么是马车载不动的
不然，缄默的老马不会金子般落泪
你不会在这丰盈的九月
咽下这些伏在秸秆上的沉思

1989 年 9 月，山西忻州

山南的雪

这是致命的长夜
难眠者在杂乱的记忆中奔命
上帝却想把所有的盐运往远东
去制造一场更重要的大雪

今夜，那一缕山南的鹅毛
反复击打着夜行者的哀伤
这朵雪一样的亡花
究竟飘荡了十年，五十年，还是八百年
像天书一样，温顺地将我覆盖和掩埋

在雅砻河的最深处
我清晰地目击到一只翻越掌心的燕子

在远远地围观冰川背后的风景
云端上的雍布拉康，青稞和酥油浇灌出的秋天
或者那些奔走的僧侣

这一切都与她无关
她只是在安静地等待一场大雪
来温暖她伤心的羽毛
以及冰川之上，可以栖居的一片森林
哪怕只有一段枯萎的树枝

十年，或者五十年以后
那年山南的雪，已经栖居在我的内心
就像那些僧侣遗失在雅砻河的乡愁
在灵魂最深处
侵蚀我奔流的血管
钙化成呼吸粗重的盐
被驱赶着，去酿造另一场远东的暴雪

可是，我分明清楚地触摸到
那只被冰川洗净的燕子，眼含泪水
就像古代诗人笔端卷起的千堆雪
在半梦半醒之间
痛楚地渴望一次命名
并且唤醒我的忧伤

2012 年秋

高唐的诗

作者简介

高唐，原名李富根。1983—1987 年就读于吉林大学中文系。在校期间，于《青年诗人》《诗神》《关东文学》等刊物发表十余首诗作；广泛参与了吉林大学中文系、吉林大学及吉林省高等院校的各类诗歌活

动；担任吉林大学北极星诗社社长和《北极星》杂志主编期间，与丁宗皓、野舟、杜占明等策划推出了诗集《审判东方》和诗歌报《世界四》。现居北京。

致 D

水面上渐渐清晰的
一张脸 那是我的日子
很熟悉的
黄昏
从我的呼吸里弥漫开去
哀乐中 混合着田野上
盛开的油菜花香
他们用另一个星球的
语言 告诉我
这是春天

你就是从这条河 沉入
我的泪底的 据说
在短暂的回眸中
你的手没有挣扎
我希望 你在最后的时刻
留给风的 是一朵朵笑容
梦做到尾声 依旧不醒
我不认为 这是一种厄运
岸边寻不见星星
就是时空之外试试
谁能说 你走的路
不是一个美丽的归宿
水是一种爱抚 让人无法
拒绝
在她怀中 你释放了所有的激情
远方的烛光 在夜色里
哼着同样的调子

到哪里去触摸你的目光呢
油菜花香再一次浓烈地
袭来

水面上曾经渐渐清晰的
一张脸 那是你的日子
很熟悉的
我突然明白
哀乐是为我而歌的
因为我还在岸上
因为我的梦 已经被你的动静
惊醒。

在枯木桩与蒿草之间

一根枯木桩 一丛蒿草
中间
你灿烂地笑
四下里 欲晴还雨的天气

我只是一个看客
镜头 与你同在一方世界
竟一个天上 一个人间
手可以扶正你倾斜的倩影
却扶不正自己倾斜的命运
美丽只在回首
还含一抹辛酸
一份疼痛

就像 一朵灿烂的笑
在一根枯木桩 一丛蒿草
中间
四下里一直欲晴还雨的天气

为你添一只寒蝉
为你成秋天的一角

就像 一根木桩为你枯在一边
一丛蒿草为你黄在一边
四下里的天气为你欲晴还雨

任白的诗

作者简介

任白，1962 年 2 月 4 日生于吉林市。1989 年 7 月毕业于东北师范大学中文系。现任新文化报社执行总编辑。小说、诗歌作品被选入多种选集。出版有中短篇小说集《失语》、诗集《耳语》。

十一月六日

十一月六日
窗外的街市在蒙蒙的雨中
我在黄色的灯光下
温暖是有限的
却使我远离街上的行人
和雨中的歌声

天气有些异样
去年此时早已下雪
我想到命运
和它曾犯下的错误
心平静得像一片沙滩
上面到处是漂砾
去年此时我有很多朋友
我想可能和寒冷有关
我们挤在一起

如同雪中的鸟
抗拒冬天也感谢冬天
而今天，十一月六日
我的冬天在看不见的地方
那些畏寒的鸟儿
也统统飞走了

1989年11月6日

在路上

在路上
路和时间混淆一处
人就是岁月疼痛的触点

在路上
双脚互相追逐
歌声缠绕，成为美丽的绳结

在路上
山把大地折叠起来
一堵墙友善地站在风的侧翼

在路上
雪花凝结在四十岁的早晨
一支香烟慢慢自毁冤魂不散

在路上
我们被力量驱赶着
红色的浆果在枝头兀自成熟

在路上
鞋子拍打地面亡灵纷纷惊醒
爱情辛辣的目光烫伤褐色的脊背

在路上
我啊是命运派出的一支箭矢
射中自己缓缓坠地

2009 年 9 月 21 日

郭力家的诗

作者简介

郭力家，1958 年 12 月出生于长春；1978 年考入东北师范大学中文系；1982 年进入吉林省公安厅劳教处工作；1984 年调入时代文艺出版社工作；1985 年，诗歌《特种兵》发表在《关东文学》《诗选刊》；1986 年，《远东男子》发表在《作家》，选入《共和国五十年诗选》；1987 年，参加诗刊社第七届青春诗会，发表诗歌《中国胃》《再度孤独》《探监》《准现实主义》；2008 年调入北京中华工商联合出版社有限公司工作。

我告诉儿子

门槛绊你阵风拽你沙砾滑进你的眼睛
世界总是和你过意不去

孩呵
你别哭
没有姐姐你也必须长大
没有妹妹你就去抱那只塑料做的小白狗

月光伸不出疼爱你的双手
月亮生来也孤孤零零
星星是泪

现在还不到流落的时候

孩呵
你别哭
没有哥哥你就一个人走路
没有弟弟你就攥紧拳头
拳头越小胆子越大
活下去
你的身影就是自己的弟兄

注定来到世界上是一个人儿
注定了要用透明的手臂
比比画画告诉世界
——我他妈的
什么也不在乎

孩呵
你别哭
泪水虽咸终流不出海啸
哭声如血也不会滴滴殷红
在你身边的每一刻
连我的胡子也是
你的弟兄
一岁
两岁
除了他还有谁
和你一直走向千年以后

孩呵
你别哭
为了你双眸清溪汩汩
树也忍不住流成绿色
石也禁不住跌作晚风

孩呵
你别哭
会讲话以前
你要让话长满自己的胸口
会流泪以后
你要让所有泪水
都往上流
一岁半了

孩呵
你别哭
一岁半的男子汉就是泥土上的一道雄风
穿不过栅栏
你就把它拆个粉碎
搬不动石头
你就拧紧目光
盯死它一直盯得它骨头生锈

孩子孩子
你干点什么都行一岁半了
你别哭

李占刚的诗

作者简介

李占刚，本名李战刚，曾用笔名哀愚。1963 年 1 月 4 日，出生于吉林省吉林市松花江畔。祖籍山东聊城。1983 年，毕业于东北师范大学政治系哲学专业。做过大学讲师和记者、编辑。九十年代，在俄罗斯做访问学者，在日本富山大学留学，并获文学硕士学位。从大二开始诗歌创作。1983 年，出版油印诗集《无名集》。1992 年 1 月，和任白、刘晓峰等创办民刊《家园》。2000 年，和刘晓峰、燕子、秦岚提倡创作以“宽容、快乐与飞翔”为宗旨的“蓝色文学”，并共同创办中日双语大型文学文化季刊——《蓝》。2011 年秋，赴瑞典斯德哥尔摩参加国际诗歌节并拜访诗人托马斯·特朗斯特罗姆。2014 年，毕业于中国人民大学社会学专业，获社会学博士学位。现为东北师范大学特聘教授，中国人民大学社会学理论与方法研究中心副研究员等。常居上海。2016 年，首次出版个人诗集《独白》。

四答灵魂

在没有英雄的年代
你渴望成为英雄
翻掌为雨
覆掌为云
这是第一鞭

在有英雄出没的夜晚
你常与诗句勾结
制造匕首和陷阱
谋杀情人
这是第二鞭

在英雄没路的瞬间
群狗狂吠
你以沉默欣赏并认为煞是好看
问题是你终于呼吸成狗状
这是第三鞭

在渴望英雄的年代
放弃渴望便是你的唯一选择
只能以诗句摧毁诗句
用灵魂拷打灵魂
这是英雄诞生前的最后一鞭

1989 年 7 月 27 日

清　明

妈，在您还在的时候
清明只是个节日
不欢乐，但也没有悲伤
在您走了以后
清明变成了祭日
红月亮挂上柳树枝头，垂下泪痕

妈，在您还在的时候
花木常开，但绿叶茂盛无比
在您走了以后
花偶尔在一夜间怒放，对，就是怒放
怒放的花语是：爱和想念
她们今夜变回动词，绿叶茂盛无比

妈，在您还在的时候
青山像朱雀那样轻盈，飞翔在云间
在您走了以后
青山变成了卧佛，云变成了绿荫
松花江水闪闪发光
在您眼前浩荡流过，您可听到低回的歌唱

善解人意的纷纷雨水
打湿我的头发，打湿渴望生育的土地
妈，自从您走了以后
雨丝也能令我的发梢阵阵疼痛
千里之外，土地在一年年衰老
但我能听到雨打石碑的声音

这些雨水，从江北下到江南
自从您走了以后
红太阳总是在正午才徐徐升起
回故乡之路，总是来不及干爽就又被淋湿

我和被打湿翅膀的晨鸟一起
成为荒草中的一颗，成为丧巢之鸟

妈，在您还在的时候
清明是无数天中的一天，充满热度
在您走了以后
清明是一天中的无数个念头
它们失魂落魄，和我一样
迷失在太阳和月亮之间，渐渐变凉

2015 年 4 月 5 日

刘晓峰的诗

作者简介

刘晓峰，1962 年出生。1979 年进入东北师范大学中文系学习，曾自费出版诗集《蹉跎岁月》。1991 年赴日本留学。1999 年，在日本与诗友李占刚等共同创办中日双语文学杂志《蓝・BUIE》。2007 年出版随笔集《日本的面孔》。清华大学人文学院历史系教授。

开始于梅田地铁站的1999

一盘生鱼片
一杯清酒
一杯淡淡的麦茶

那个人
已走过纪伊国书屋
夹两本写满铅字的杂志

人流的潮水
潮水的人流

站台上
那个人
漠然看着霓虹闪动串串文字

慢慢地
慢慢地爬进电车
就像沙漠的一滴水
瞬间消失掉了
那个人

站台上
满是新来等车的人们
他们不知道
曾有凉凉的
掠过北中国雪线的风
在冰冻的大地留下刀削般的痕迹

漂浮于大海的岛上
等车的人慢慢爬进电车
当电车徐徐启动
他们不知道
大海对面
一阵划过白杨树梢的风
三十年后
在这里
吹起过一片银色回忆

1999年1月1日

草丛中的CD

什么都再听不到
什么都不再让人听到
时光的哪一只手

岁月的哪一只手 划破你的脸
樱花飘下 春的季节已过
被思恋撕开的伤口
成长成红色斑痕

阳光下 草丛中
你永远沉睡的影子
如青春纯洁的叹息 飘过
流浪人茫然的瞳孔
再没有哪一只耳朵
能听到如花少年的梦与故事
也许有过离别和相逢
子弹与血仇 沉默与悲凉
一并封闭在灰尘
成为世纪谜一般的旋律
都市的喧嚣里 谁会
想到伤口底下
血仍在流

是背叛 是遗弃
在哪里 那些再不归来的人
无语的面孔
永远静静地陈述
永远让我静静地听你陈述
凝视你无形的带纹
一如凝视昨天的街道
晚场电影已经上映完毕
人潮散去
人们各自寻找属于自己的温暖
只有你扬首夜空看银河飞瀑
等待那些再不归来的人

此刻 雨还在下

此刻 雨落在你的脸颊上
落在中国的伤口上
此时此刻
一个世纪就要死掉了
时钟的针就要指向百年了

2000 年 12 月 8 日

刘在平的诗

作者简介

刘在平，男，1951 年出生于河南新乡，成长于河南开封。1968 年入伍。1982 年毕业于吉林大学历史系。1985 年毕业于吉林大学研究生院法律系。喜欢诗歌并常年坚持创作，大学本科期间曾在校刊公开发表诗歌作品，此后在《诗刊》等报刊发表过诗作，同时也在网络上以笔名发表诗歌作品。

狂 草

倚山的碑林 肃穆淹了眼睛 崇敬裹得腿脚发麻时
倏忽间 蹬出雷鸣错乱 撞响电闪轮回 观者
惊诧中手舞足蹈 摇晃着成了仙

墨香 酒香 串通了涌出来 半空里便出狂草
将正正的帝陵和圆圆的祭坛 都戳了个千疮百孔
长发缠绕日月 再倾泻留白 横斜了是云舒 竖歪了是雾卷
方巾酣得通透 儒袍醉得痴狂 甲骨文被折得七零八落
典籍上 帖子上 这碑林深处 才有了龙在飞 凤在舞

清泉旖旎 曲径徘徊 遇上石喊林喧 也要腾出激越
墨池悬在头顶 狼毫羊毫或撕下衣角袖口 俯仰时天高地阔

撇不是撇 捺不是捺 泼一桶兴致 西洋镜跌破了见识
方块字里抻出的飞流直下三千尺 与豪情万丈
挟剑气削了雕梁画栋 也是长鞭甩的 缨冠离头而去

醇香却飘出酿花的潇洒 吹山脊 闯天门 酿出的筝弦
流淌暗柳明松 也是疯癫癫 醉醺醺 音律不齐 将古刹的
钟和木鱼 敲乱敲碎 朝野绿林宗祠茅庐一台乱戏 红白谱都渗出
桃花出门的爽朗 化了玉玺 解了金戈 灶王爷钻出来
便汇报吉祥 上言好事 钟馗四方大脸 扎着狂草的胡茬

傲骨沾着冰雪 信马由缰 自然走的是文人驿道
给两尺扇面 丈半屏风 递出大漠孤烟 滕王阁的落霞飞远
替大唐拉开幕帘 刘禹锡放鹤 李杜吟着平平仄仄 声声猿啸
精美得拿笔当绣花针 缝到宋朝 织得大江乱石穿空
惊涛拍岸 词牌雅赋一走神儿 又是狂草 狂草

轴幅之间 隶篆沉稳三品 行楷端庄五味 却框不住
颠张的阔笑 狂旭的号啕 黑黑白白的疯鬼 抱着酒坛摆弄沙场
饮不着琵琶的将士 便刀枪抡血 将一篇《孙子兵法》
挥舞得曲里拐弯 帷幄内外 白骨黑血 分不清战死与醉卧
正史野史 找不准调门 总不离烟熏火燎 粗麻薄衣盖了

拥着繁花 绕着浓林 也遥望高楼 漫山遍野亲天近地处
野趣雅趣分不清的地方 岁月有意无意的边缘
总是滋生狂草 又缭乱 又蓬勃

2003 年

为什么我总是面对维纳斯

影子 总是将我的丑陋摔在地上
我已被风 重塑了千遍
殊死的 与穿透血液的自残搏斗之后
还是被大理石 那一尊冷漠

撞得丢盔弃甲而逃窜

反复寻找稳住目光的位置
你将双臂卸下
捆绑一下我的疯狂
然后残缺着 将完美投向远方
投向 我一生的狂奔
迈不过去的那道门槛

我已经可耻地屈从于年龄的役使
背弃了与你相识的季节
野火般的玫瑰 用尖尖的刺钉死我的马车

在玫瑰的霞光里
你又泼洒高贵的气息
星月篷帐完成的交换 敲醒我的眼睛
时间替你转身
我已不再把你冷漠的恩赐
翻译成阅读你时的愚蠢

为什么 在不同的天空下 我总是
面对着你 维纳斯
你何时注定了我 灵魂的属性

2016 年

陆少平的诗

作者简介

陆少平，中国作家协会会员。1981 年开始诗歌创作，作品散见于《人民文学》《诗刊》《诗歌报》《星星》《诗潮》《诗神》《诗林》《萌芽》《青年文学》《作品》等报刊，并被收入多种选集。出版诗集《一个女大学生的情思》《有赠》《时光层叠》，散文集《经纬小品》。诗集《一个女大学生的情思》获广西首届壮族文学奖，同年再版。《时光层叠》获 2016 年第五届黑龙江省少数民族文学奖一等奖。现在黑龙江日报报业集团工作。

世界之外有另一种声响

此时不知灵魂所在
一阵沁人心脾的波浪滚过
你就从浪尖上滑走
此时只有音乐
只有天堂的梦幻
托起你孩子般的天真
凫向陌生水域

音乐雨中你的思想被
分解在行板之中
分解在那支嘹亮的圆号之下
许多音符的身后有大潮代替你
满眶的泪水
冥冥中放逐昨天

向日葵结籽没有不去想它
理性之外
仅这个时候
使感情的潮水肆意奔放
像在你情人面前归于自然本色
放松你思想全部肢体全部
在世界之外 过去之上
凫起来轻盈地凫起来

白葡萄酒

低度而恒温的白葡萄酒
沉静如水袭人
永不会发怒地泛沫
悠香的清新有绕梁余韵
高脚杯很温柔
连笑声也具酒的味道
心形雅座的那一角
怕是有人不会笑了
独自斟饮
醉伊人成
一望到底的百川之水
不曾回头

静静地蓄满赠友诗
白葡萄酒平躺在高脚杯里
而时间修长手指的握姿中
如蛇盘绕

葡萄酒
白葡萄酒
已褪尽早霞和晚霞的羞赧
有一种被谁欣赏的空灵
在混浊的心门里
亮着晶莹

吕贵品的诗

作者简介

吕贵品，生于1956年。1968年开始诗歌创作，大学期间与徐敬亚、王小妮等人创办赤子心诗社。曾获《萌芽》优秀作品奖、《青春》优秀作品奖、《青年文学》优秀作品奖等。1986年，与徐敬亚等人策划和组织中国现代主义诗歌流派大展。1987年出版诗集《东方岛》，之后搁笔二十多年。2010年重新写诗并由作家出版社出版《吕贵品诗选集》。2016年出版《吕贵品诗文集》五卷，其中《丁香花开》为杂文、随笔、小剧本集，其他四卷均为诗集。当过知青、生产队长、大学教师、机关干部、公司总裁，现居深圳。

旧房子

人们都在传说
那座旧房子就要拆掉

从前
里面就结满了蛛网
还有人看到
那间空空的房子里
墙上有一个窈窕的影子在晃动
再也没有人敢搬进去住

从远方来了一个老人
他是瞎子
没有娶过老婆
他从容地走进了那座房子
感到非常舒适

他睡着了
一头母牛在远方哞哞地叫
他正地微笑着做梦

早晨他走近人群
有一只蝙蝠从他耳朵里飞出
那些有关墙上人影的可怕传说
使他自豪：自己是个瞎子

他经常把门锁上
对别人说
人老了就要出去走走
一停下来就会变成石头

他在那座房子里住了三年
有一个雨天
他突然走出去
说是去找他丢在路上的一件东西
可再也没有回来

而那件东西
就在那座房子里
后来被一个孩子发现了

那座旧房子空空
房顶上有一群活泼的鸟

1983 年 7 月 8 日

树在哭

琴声奏响 在天地间奏响
哀婉声叹得太阳惨红月亮惨白
在太阳的血中月光的水中树影瑟瑟
琴声提醒人们
全世界的琴都是树做的

每一块木头都记住了
风吹树叶声
雷电声
鸟声
雨水声
树枝折断声
今日琴把这些声音又演奏出来

还有制琴人的声音
演奏者的声音
谱曲的纸声
以及现场所有听众的声音全在琴里

这些声音欢乐的不多
大部分都是苦难
一棵大树被砍伐被锯被刨被凿
最后成琴

当所有的琴演奏到悲哀的乐章
听，那是一棵大树在哭

2012 年 5 月 11 日

一朵云疯了

早晨，天空有一面旗帜。淡白
不知是为了一个什么节日而飘动

中午，天空有一叶征帆。浅灰
不知是为了哪个港口而航行

入夜，天空有一块抹布。深黑
不知是为了何等盛宴而擦拭晚风

是一朵云。
随天而动由白变灰又变黑
变得心慌意乱 无所适从
俯视之躯把人间压得吱吱作响
黑越来越重……

这朵云渴望一道闪电把它撕裂
让碎片成宫殿之瓦覆顶那座古城

天空还是异常死寂
极度沉重的忧郁让它疯了
痴痴乱窜追逐着大地上的一个黑影

深夜，弯月的利刃割开夜幕
泻出一缕天光让它找到快乐之途
那就是重生
终于它哭泣着淅淅沥沥付之东流
一朵浪花在大海里奔腾

2017 年 3 月 11 日透析中

马波的诗

作者简介

马波，1970 年出生，四川仁寿人。1988 年进入吉林大学法学院经济法专业学习，后赴英国南卡斯特大学攻读 MBA 学位，回国后任长春大成集团进出口公司董事长。2012 年 3 月，因心脏病逝世于长春。

河　流

可以触摸的河流，水里的死亡
我与生俱来的恐惧

同时完成了开始和结束
如一枚玫瑰在贫血中被遗失。
流动的水，洁净的文字
而今已是缄默的歌唱
在我的骨髓里繁衍和消逝。

是谁在手指，阅读我粗糙的皮肤？
宁静的秋夜，在河流和黑暗上倾听
幸福从树上坠落并出现
它的闪光，令谁激动不已？
是谁的注视，透过河流
抚摸古代丝绸忧郁的喟叹？
在它的背影中，齿轮光泽清冷。

河流如此少的时代
我们在哪儿吮吸和洗濯？
古代河流的高贵
足以葬送你卑微的幸福。
纸上的河流，是否可以轻轻撕去
如同旧日的爱情和诗稿？

阳 光

我所看得见的死亡和黑暗
以及一切事物的本质
在最后的阳光之中
闪耀和折断。
我曾经擦亮的火焰
经由记忆
逐渐衰老，瘦弱。

黎明前，我的舞蹈和思维
弥漫于天空
与万物的灵魂

一起发出光芒，发出声音。
而阳光
美好的光，残忍的光
使我的语言变得恍惚

正午的阳光，它的热量，它的光明
万物自身温暖而透明。
正午阳光的强大
足以改变飞鸟的速度和方向。
我闭上眼睛
试图更好地理解阳光。

马大勇的诗

作者简介

马大勇，1972 年出生，吉林省农安县人。1989 年进入吉林大学中文系学习。1995 至 1998 年进入吉林大学攻读唐宋元明清文学方向硕士学位。1998 年进入苏州大学攻读明清文学方向博士学位，主攻清代及现当代诗词。2001 年 7 月至今，任职于吉林大学中文系古代文学教研室。2009 年受聘为教授、博士生导师。出版《晚清民国词史稿》《二十世纪诗词史论》等著作。主持国家社科基金、教育部基金等多项，在《新华文摘》《文学评论》等期刊发表论文近百篇。中国词学研究会常务理事，中华诗教学会理事。

平安夜·迷香

这是圣子即将降临的江南之夜，
眼前闪过六只翅膀的香艳蝴蝶。
西方传遍了桑塔·克劳斯泉水的铃声，
大地却沉寂着，像微澜一样宁静。

我像一只黯淡的野兽被囚禁在姑苏，
心情比最深的深冬都更加荒芜。
千年的佳人骑在彩虹上向四面高飞，
她们的容颜啊，使我的一生如此憔悴。

回忆中最软弱的温柔，还有
迷幻中最无用的闲愁。
午夜中最难握住的白银，
它的光泽原来这般容易破碎，不能接近。

南风吹来的香气，像丝绸一样颤动，
冥想里的爱情做个一转身的春梦。
剑光悬在壁上，总是吟唱着孤独，
我承认，怀旧的温馨牵动了空虚的幸福。

接近三十岁的人，他的命运已经如一首笙歌，
可是香风中幽幽的喟叹，比光阴还要落寞。
如果我爱上了木船和流水，局促的黄昏，
心上就不会落满尘埃和飞鸟，枯寂的花粉。

1998 年

在一个美好春日的黄昏，一种力量使我变得忧伤

在一个美好春日的黄昏
所有事物都静静的，不慌乱
保持一种生长的秩序
他们都是春天的孩子，默守着
自己的存在，没有多余的想法

在这个美好春日的黄昏
我穿过陌生的城市，像一滴水默守着
流动的规则

我离妻子一箭之地，离儿子一个春天
在这个美好春日的黄昏
我默守着长长的影子，夕阳
像回忆，也像希望那样灿烂
也是在这个美好春日的黄昏
一切都显得干干净净，那么陌生
这种力量使我变得忧伤
也使我的忧伤有一种克制的美

1999 年

马东凯的诗

作者简介

马东凯，又名马洪兴，1963 年出生于吉林省辽源市。1986 年吉林大学经济系毕业后在某国家机关工作，1996 年辞职。

初春之觉

月光开始变暖
春风的力量足以穿透树枝
篱边的母猫怀孕了
我的蛹，化成振翅欲飞的蝶

中午的阳光格外明媚
在陶盆中洒入几粒金达莱的种子

种子没有断毁
如果不会萌发
只好等待因缘的具足

曾经绽放一个季节的兰花
抽出新芽

给予充分的营养
使我再次一睹你的往昔芳容

咖啡的风景

冬天失去的
春天会重新开始

在一杯深褐色的咖啡中
不放一粒糖
为的是品尝和回味它的苦涩
享受苦尽甘来

冬季的阳光
摇晃着咖啡的缕缕浓香
浸满我白日的梦里

宋词的诗

作者简介

宋词，1957 年出生，山东胶州人，成长于黑龙江中俄边境小县城密山。1974 年，高中毕业后当过农民、建筑工、森林搬运工、木匠、播音员等，并开始写诗。1979 年考入黑龙江大学中文系。同年，被 1977 级师哥师姐创办的“大路文学社”收编，与曹长青、张曙光、杨再立、孙玉洁等一同开展诗歌创作和诗歌活动，在校期间开始在报刊发表诗作。1983 年大学毕业后到牡丹江日报社任文学副刊编辑。1986 年，与朱凌波、杨亿方自印合集《没有门的世界》。同年，与朱凌波以“体验诗”参加 1986 年中国现代诗歌群体大展。在《星星》《作家》《作品》《诗林》《关东文学》《一行》等发表作品，并入选《中国当代校园诗人诗选》《中国现代主义诗群大观 1986—1988》《当代诗人自荐代表作选》《一行五周年纪念集》等多种合集。1989 年初，自印诗集《宋词体验诗廿三首》。1991 年，自印诗集《宋词诗三十二首》。1998 年，出版旅行散文集《走来走去》。1995—2010 年十五年间，兴趣转至中国历史和佛学，诗歌创作与活动近乎中断，只在香港出版过一本丛书《宋词短诗选集》。2010 年后重拾诗笔。

雪天出门

下雪的天气
我喜欢出门
满怀激情
换上那双
踏过征程的旧靴
想起昔日
远方的路
只想行走
没有目的
就像今天
先去公园
看看笼中的豹子
躺在冰湖上
观赏万雪飞舞
再回到大街
惊奇这座城市
变得如此圣洁
路面很滑
车辆和行人
小心翼翼
让我感到自己
就是那只豹子
破笼而出
重归自由
正步态从容地穿过
慌乱的羊群
已经子夜
满城门窗

都已熄灯落锁
只有我
陪伴着
纷纷扬扬的雪
回头看看
走过的路
没有留下一丝的痕迹
悄然回家
脱下靴子
让自己重新
成为隐士

2002年冬作于牡丹江

飞抵上海

从虹桥机场下机
走进金庭庄园
我脱下外套
抖一抖从珠海
带来的云
抖得上海
满街春雨
郁郁和默默很惊讶
开车跑来看我
询问我怎么回事
我想了想
没有跟他们解释
只是打开窗户
让他们听了一会儿
雨中的鸟鸣
然后去默默家
喝了半夜红酒
把八十年代的

诗人兄弟
炒成一盘酒肴
挨个品尝一遍
喝着喝着
就泪流满面

2015年春作于上海

苏历铭的诗

作者简介

苏历铭，1963年出生于黑龙江省佳木斯市。毕业于吉林大学，留学于日本筑波大学、富山大学，主修国民经济管理和宏观经济分析。1983年公开发表诗歌作品，同年创办吉林大学《北极星》杂志。1985年与人合出《白沙岛》《北方没有上帝》等诗集。1986年以“男性独白派”参加中国现代主义流派大展。1989年自印个人诗集《田野之死》。1991—1997年旅居日本。1998年归国，重新在国内发表诗歌作品。2000年出版诗集《有鸟飞过》（北方文艺出版社）。2003年参加诗刊社青春诗会。曾参加《开》和《蓝》诗歌同人活动。近年来，出版诗集《悲悯》（2012年，时代文艺出版社）、随笔集《诗的记忆》（2013年，台湾新锐文创）、随笔集《细节与碎片》（2014年，时代文艺出版社）、诗集《开阔地》（2014年，作家出版社），多篇作品被选入不同版本的诗歌合集。中国作家协会会员，《诗探索》杂志编委。

东京的某个夜晚

浅草寺的香火熏黑了东京的夜色
灯火辉煌
银座的汽车长河亮如白昼
新宿东口的歌舞伎町
来不及系紧腰带
又被满嘴酒气的色鬼

扯落

一个骑自行车外卖的店员
正辨认方向
而居酒屋彻夜通明
山手线往来的乘客
匆忙间留下无数个故事
上野站的流浪汉正毫无顾忌地高声叫骂
让往来匆匆的公司职员
低垂黯淡的眼帘

矗立的高楼大厦的后面
一个定年退职的老者
索性独自饮茶
对面料理店的少女盯着光亮的橱窗
发呆

1996 年

在希尔顿酒店大堂里喝茶

富丽堂皇地塌陷于沙发里，在温暖的灯光照耀下
等候约我的人坐在对面

谁约我的已不重要，商道上的规矩就是倾听
若无其事，不经意时出手，然后在既定的旅途上结伴而行
短暂的感动，分别时不要成为仇人

不认识的人就像落叶
纷飞于你的左右，却不会进入你的心底
记忆的抽屉里装满美好的名字
在现在，有谁是我肝胆相照的兄弟？

三流钢琴师的黑白键盘

演奏着怀旧老歌，让我蓦然想起激情年代里那些久远的面孔
邂逅少年时代暗恋的人
没有任何心动的感觉，甚至没有寒暄
这个时代，爱情变得简单
山盟海誓丧失亘古的魅力，床笫之后的分手
恐怕无人独自伤感

每次离开时，我总要去趟卫生间
一晚上的茶水在纯白的马桶里旋转下落
然后冲水，在水声里我穿越酒店的大堂
把与我无关的事情，重新关在金碧辉煌的盒子里

2003 年

镜 中

正面照镜子
我看见少年的自己
嘴唇略厚，像是不善言辞
心底又像全部明白
脑门儿宽大，能上映宽银幕电影
人群中静若处子
思绪却翻江倒海
眼球如同水平仪里的水珠
寻找平衡点的晃动中
脚掌从未离开地面
憧憬远方，江桥上驶远的绿皮火车
让自己经常热泪盈眶
侧面照的时候
我看见两侧都已白发杂生
闪烁着银色的光芒
从青春到现在，像是动若脱兔
逾越所有的栅栏和陷阱
把都市当成草地

把阴影看成青草
在僻静处不断撕掉肌肤上的死皮
亮出生命的底色
天大的委屈都会搅拌到茶杯里
一饮而尽，转过头来
依旧一脸阳光
用目光垫平去路，用善意抚慰伤痕
不违心奉承
不与长得猥琐之辈说话

其实我最想看清今天的自己
北京雾霾弥漫
呛得不得不低下头来
而低下头，我看不见镜子
看不见镜中人
童年时脚面上被狗咬过的疤痕
也全然不见

2016 年

王鑫彪的诗

作者简介

1982年，在家乡哈尔滨师范专科学校政治系就读时开始学写诗歌。自1984年起，偶有习作在省内外报刊发表。第一次变成铅字的作品是发表在《青年诗人》的《南方姑娘》。后来，又在《诗林》《诗人》《诗歌报》《飞天》《北方文学》等陆续发表了数十首诗。

燕 子

燕子 今夜
我多喝了几杯

你知道因为什么
我摇摇晃晃
不远处的高层住宅
摇摇晃晃的光瀑
浇了我满脸满身

燕子 我出门的时候
你三三两两低低地飞
我跟朋友们去挺远的地方
有树有草厕所在室外的地方
去饕餮动物们的内脏
朋友们说我心事重重
我也清楚正在心事重重
说着说着我们就喝高了
说着说着窗外的雨就下了

燕子 分别了十几年
你一条短信
让我如此恍恍惚惚
不是那个年纪了
可我还是恍恍惚惚
在深一脚浅一脚
梳理高低不平的记忆
那些关于你的记忆
踩着回家的路

燕子 那雨
劈头盖脸地浇我
我回家的路上淅淅沥沥
我觉得身体发热
自内而外
并非六十度烧酒的热
一阵阵风来
我快烧起来了

我的心里淅淅沥沥

燕子啊 今夜
我打不开自己的家门
我迷迷糊糊感到
迷迷糊糊的钥匙
不见了

1998 年 8 月 21 日

肖凌的诗

作者简介

肖凌，1963 年出生于黑龙江省。1979 年开始在国内报刊发表诗歌作品。1983 年在黑龙江省文联铅印室工作。1987 年辞职，成为以稿费为生的自由职业者。1990 年调入黑龙江省作协《企业文化》杂志社任文字编辑。同年出版诗集《肖凌诗歌作品》。1994 年下海经商，先后在大庆广厦装饰工程公司任董事副总经理、广厦集团任董事副总裁。2006 年出版诗集《蔚蓝之我》。2009 年出版诗集《灵魂力量》。2010 年出版散文、随笔集《沿着梦想行走》（作家出版社）。2013 年出版诗集《里面的风景》。2014 年出版诗集《瓦解》（作家出版社）。曾在《诗刊》《人民文学》《诗选刊》《人民日报》《青春》《文汇月刊》等报刊发表诗歌。作品被选入多种选集。中国作家协会会员。

凝 望

苍茫夜空出现了凝视你的星星
那一定发生在你爸爸永闭双目以后
只有爸爸才这么向下看你
让你在隐含痛觉的寂静里想他
其实他想你更甚
有了孩子的男人的眼睛

都能变成夜里的星星
有一天当我再也睁不开眼睛
空中，就会有我的星星
你可以不去抬头仰望
而那一直向下
注视着你的一定是爸爸
他发出的所谓星光
仅仅是冷静的不可替代的深情

2003 年

这样流过的水

觉得自己越流越长了
却不知前面究竟剩下多少路途
一次次春潮
依旧还发生在结冰的尾巴上
这一路走来的水，并没有多深
也没有托送过像样的船只
我淹没那么多沉重污浊又破碎的记忆
努力让自己清澈见底
为了听别人说这是一条透明的
可以看到血液，骨骼
和灵魂的河
其实当所有流水纷纷回头张望
就是行将进入大海之时
或者，只是突然想起某一场大雪

2016 年

秀枝的诗

作者简介

秀枝，本名金秀芝，汉族，1968 年 5 月出生，吉林通化人。1988 年毕业于浑江师范学校，从事过教师、科研、编辑、公文写作、党务等工作。学生时代迷恋北岛、舒婷等朦胧诗人并学习写诗，曾用笔名金鸥。1986 年发表处女作，先后在《诗神》《诗人》等刊物发表诗歌，早年有诗作入选《少男少女抒情诗——当代中学生诗选》《1989 年爱情诗历》《五十六颗星座——中国当代女子最新诗歌选萃》《1993 中国诗萃》《1994 年当代诗人诗历》等。1995 年加入吉林省作家协会，以笔名“秀枝”先后在《诗林》《诗潮》《中国诗歌》《诗探索》《诗歌月刊》《作家》《绿风》等国内报刊发表作品。有诗作入选《中国诗典（1978—2008）》《中国诗歌二十一世纪精品选编》《2012 中国年度诗歌》《2013 中国年度诗歌》《2016 年中国最佳诗歌》《2016 年中国新诗排行榜》等诗歌选本。2009 年获“冰心儿童文学新作奖”。著有诗集《雨中的向日葵》和《白雪之上》，2011 年编辑通化籍诗人合集《长白雪》。

电　话

你的声音在空中 在山水云风以及
膨胀的夏天里
来到我的面前已经充满沙砾
我的喉因炙燥而复原
曾经得过的喑哑疾病

那株树的手臂已经伸向天空了
真想不到
岁月曾经忧虑成石子成叶
终究还是为敞向广宇绽破了伤口
而季节
总要保留悲壮而继续增大着

血色痕迹

只要确信了就不会
像那时流很多的眼泪
因而我告诉你
在这里生活很安宁
我很安宁
告诉你别担心
我没事

1988 年 4 月

我想去看一看你打铁

我想去看一看你打铁
燃烧的炉子，像一场风暴那么通红
你把颓废的铁块放进去
熔化它，锤击它，直至变成你想要的刀和剑
闪耀咄咄逼人的光芒
幼时我常去村里的铁匠铺看打铁
两个铁匠的大锤挥起来，你一下，我一下
砸出那么多乡亲需要的马掌、斧头、菜刀、镰
咣——咣——的打铁声总是回荡在村子的上空……
多少年来，那神奇的火焰一直在我心里升腾
我迷惘过，懈怠过，冷漠过
而火焰一直在燃烧，仿佛在等待一块铁
我想我就是一块闲置的金属
如果我也纵身赴火
经一番熔烧，锻打，淬火之后
会不会摇身一变，从此就有了用武之地？

2015 年 4 月

野舟的诗

作者简介

野舟，原名刘奇华，1965 年出生于安徽宿松。1987 年毕业于吉林大学电子系，在校期间著有诗歌合集《审判东方》《世纪四》及诗论《宗教人格派宣言》。1990 年成为北京先锋诗歌杂志《尺度》重要成员。著有诗集《复述》、小说《中间是水》、诗论集《发光的事物：一个独白》及译著多部。诗作曾入选 1992 年出版的《当代中国先锋派诗人四十家》。

镜子里

我的左边是雨夜 而
我的一生都在别的方向
但不在柏树林 残破的雕像
流不出与我同样无味的泪滴

不是那么多美妙的目光踏过
我的肩膀自始至终洁白
撒满了鸽粪
辉煌的时刻酷似雪片

那些秋天已成为同一种泥泞
落叶从未高过
自己的回声
落日已经穿过雨帘
我问一张纸片吹起的微风
一双手臂怎样挽留

而那个走在广场的侏儒
我的青春就在他身上
像每个从童年向后生长的人
我们一起热爱着雷声
闪电会使我们感动

最终想起镜子里人的一瞬

1990 年 8 月

小风景

整个四月我都在旅行
但不是每个四月
刺球花绕着花园开放
她们激动自己的

今年我去了老家
家都是老的
但我至少还像每个人
温和地生活着
可见家一直是死亡的劲敌

至于楝树为什么无意中结满果子
绿得像很远的子弹
云雀胡乱地欢呼
这份快乐
我曾经有过

1988 年 5 月

朱凌波的诗

作者简介

朱凌波，1963 年出生于黑龙江省牡丹江市。1980 年考上吉林财贸学院时写了第一首古体诗。1984 年大学毕业时写了第一首校园诗。1986 年写了第一首现代诗。1989 年弃文从商，退出诗坛至今。

世纪的创痛

没有伤口 世纪的创痛 遍布周身
贫困的额头 高高在上 苍白如血
俯瞰 一座飞鸟绝迹的城市
倾听自由的预言 粉碎

梦幻的石头 真实的河水
夏天的黑暗 轰动世界
混杂在各式各样的肉体间哭泣 清醒
脆弱的思想 极端的理性 升腾或毁灭

1980 年

预言的山坡

清凉的水漫过手臂 我的运气已到
周身疲惫 用整个下午 穿越一则古老的爱情故事
那个我们亲自喂养的精灵 在我的草地上自由生长
她用来世的眼神 将我直逼到生命的尽头

夕阳西坠 放弃时我已几乎拥有
绿色的眼底 飘浮着无数梦的蛛网
那些著名的鸟在我的上空 飞翔
我的盛夏我的家园我开满预言的山坡

1990 年

杜甫的草堂

北风怒卷
阴雨如泣
老杜抱病在床
长咳不止

一生的落魄
成了最大的荣誉

曾经悲咏的广厦万间
现今纷纷空置和烂尾

山河不变
盛唐仿佛再现
贵妃正当红受宠
只有诗歌沦为鄙帚

北风怒卷
阴雨如泣
老杜燃炉置酒
等待放逐的李白
来此痛饮长歌

午夜
灯火辉煌
关外的钟声
悄然响起

2010 年

邹进的诗

作者简介

邹进，诗人，经商。吉林大学中文系 1977 级。赤子心诗社七人之一。人天书店创始人。曾就职《中国》文学月刊、《人民文学》杂志。曾创办《金三角》经济评论杂志，任执行主编兼撰稿人。出版过六本诗集：《为美丽的风景而忧伤》（古吴轩出版社）、《它的翅膀硕大无形，一边是白昼，一边是黑夜》（古吴轩出版社）、《坠落在四月的黄昏》（光明日报出版社）、《今夜倚马而来》（光明日报出版社）、《假如终将痛苦地死去》（作家出版社）、《把林中的鸟赶进天空》（作家出版社），以及文集《始于赤子心》（吉林大学出版社）、《解读人天档案》（社会科学文献出版社），并与霍用灵合编《情绪与感觉——新生代诗选》（人民文学出版社）。《极简蒙古史》即将由社会科学文献出版社出版。

今夜雪花飘临

今夜，有贵人光顾
我生上火，让屋子尽量暖和
雪已经下了七天七夜

大雪封住了山口
我只能在屋子里等待
贵人到来，生活将会改变

大雪封住了道路
贵人仍然如期而至
随着一声马的嘶鸣

银铃响成一片
贵人骑在马上
巡视我的每一个细节

贵人披着雪袍
神话一般，从村外进来
若非我的前世姻缘

让我捂一捂她的手
在炕沿上侧坐
为我把杯换盏

贵人是只燕子
在屋檐下筑巢

盯着一本《古文观止》

它的叫声清凉油一般
抹在我的听觉上
让我听到天气转暖

贵人是蹒跚的老妇
雪地上她脚步轻盈
专程造访于此

趁着瞌睡走进记忆
在沙发上靠一靠
就过去一个世纪 而我

越来越像老太爷了
在躺椅上闭目养神
顺便把人生回忆一遍

坐着睡不醒
喝剩的酒，在壶里迷糊
窗外，宇宙混沌如我

贵人是逝去的亲人
弥漫在天气里
感觉到，只是看不见

雪地上，燃着温暖的火苗
想她的时候，她就来
今夜她如雪花飘临

2012 年

一棵蓝色的树

在路上
有一棵蓝色的树
一棵蓝色的树
树是蓝色的
一棵蓝色的树

春天，我走进山中
在荒芜之地，它稍纵即逝
我的白色的马
踏着星星般的蹄音跑来跑去

在流淌着车轮的路上
有一棵蓝色的树

在我疲劳的时候
在我将睡未睡之时
有一棵蓝色的树

席子和阳光一道展开
江上漂满了硬币
有许多的船和孩子
在他们中间
有一棵蓝色的树

远处，只剩下了房子
沙鸥被距离淡出了
现在，我只记得
有一棵蓝色的树

树是蓝色的
一棵蓝色的树

1986 年

《诗探索》编辑委员会在工作中始终坚持：

发现和推出诗歌写作和理论研究的新人。

培养创作和研究兼备的复合型诗歌人才。

坚持高品位和探索性。

不断扩展《诗探索》的有效读者群。

办好理论研究和创作研究的诗歌研讨会和有特色的诗歌奖项。

为中国新诗的发展做出贡献。

POETRY EXPLORATION

理论卷

主编 / 吴思敬

2017年 第2辑

作家出版社

主　管：中国当代文学研究会
主　办：首都师范大学中国诗歌研究中心
北京大学中国诗歌研究院

《诗探索》编辑委员会
主　任：谢　冕　杨匡汉　吴思敬
委　员：王光明　刘士杰　刘福春　吴思敬　张桃洲　苏历铭
杨匡汉　陈旭光　邹　进　林　莽　谢　冕

《诗探索》出品人：北京人天书店有限公司
社　长：邹　进

《诗探索·理论卷》主编：吴思敬
通信地址：北京市西三环北路83号首都师范大学
中国诗歌研究中心《诗探索·理论卷》编辑部
邮政编码：100089
电子信箱：poetry_cn@163.com
特约编辑：王士强

《诗探索·作品卷》主编：林　莽
通信地址：北京市丰台区晓月中路15号
《诗探索·作品卷》编辑部
邮政编码：100165
电子信箱：stshygj@126.com

目 录

诗学研究

多多诗歌创作研讨会论文选辑

沈奇诗歌与诗论研究

结识一位诗人

中生代诗人研究

姿态与尺度

新诗理论著作述评

外国诗论译丛

语言与诗意

李　点

人们常说语言是诗歌的灵魂。相对于其他文学样式，诗歌用词精炼，篇幅短小，对语言有一种自觉和自省的要求。“诗歌语言”不光是对语言之美的世俗表达，也是诗学的传统术语之一，在诗歌批评中屡见不鲜。可是要在理论上准确地定义诗歌语言却不是一件容易的事。在格律诗的时代，我们可以讲声调、对仗和韵律从而甄别某些“非诗”的语言，在总体上忽视规则之外的特例，从而到达“古典诗歌语言”的印象。在新诗的时代，我们强化诗的选词排行的自由而弱化语言的音质因素，越来越远离对于诗歌语言的任何形式主义的定义[①]。至少从文体学的角度，我们不能说新诗有自己独特的语言。对于任何一个具体的词汇，我们都无法判定它是诗歌语言或者不是诗歌语言。比如说，“我轻轻地来”是一句很美的诗，但也可以是一句与诗无关的日常表达。

这样我们便遇到了一个难题：我们既然不知道如何定义诗歌语言，我们又如何谈论它？ 英国文学理论家特雷·伊格尔顿在他的《二十世纪西方文学理论》一书里也遇到了类似的难题。在这部介绍当代文学理论流派的名著中，伊格尔顿一开篇就承认他不知道什么是“文学”，因为当下通行的有关文学的定义都充满了漏洞，经不起推敲。他以一种近乎诙谐的笔调对它们“解构”：文学写作需要想象，科学也需要想象；文学是美文，哲学的文字有时也很美；文学语言是对日常语言的变形和升华，可它是谁的“日常语言”？大学教授的还是码头工人的？在伊格尔顿看来，一切关于文学“本质”的寻找都是徒劳的，但文学的功能性却是可以描述的、理解的——文本通过阅读而被赋予文学的身份并在社会发挥某种文化的功能。基于此点，伊格尔顿有点“勉强地”得出了自

① 丘振中：《现代汉语诗歌中的语言问题》，载《诗探索》1995年第3期。

己的结论：文学是“被赋予高度价值的写作”，它是一个不稳定的“价值实体”，因为所有的价值判断都会打上历史和时代的烙印，而烙印的背后刻着意识形态与政治无意识[①]。

仔细考究一下，伊格尔顿对文学的“定义”也是有问题的。即使我们暂且同意他的一切言说都是有价值的言说的提法，从而推出一切写作都是“被赋予价值”的写作，我们还是不能厘清文学作品与非文学写作的关系。伊格尔顿的权宜之计是给文学加上“高度”二字，可是什么是“文学的高度价值”？是文学承载价值的密度还是质量？不管是密度还是质量，它们本身也是价值判断的问题。抽象地谈论文学是价值判断的产物而不考虑价值判断本身的历史性和文化内涵，这也许是伊格尔顿的理论“盲点”，但他的文学不是本质而是功能的“洞见”也与之密不可分。我们同样可以说，诗歌语言不是语言的本质，而是它的功能之一，一种最大限度地穷尽语言的表意性的功能。

伊格尔顿的文学定义虽然并不那么高明，但这并不妨碍他高谈文学，他把二十世纪的主要文学理论派别梳理得条条是道。对于诗歌语言我们也可以采用同样的做法：我们不知道怎样去定义它，但我们还是可以谈论它。实际上，关于诗歌语言的谈论，从诗歌开始之日就没有停止过，作诗的人和评诗的人已经把语言置于诗歌艺术的不可动摇的中心位置。新诗的诞生首先被认定是诗歌语言的一次革命，从文言文到白话文并不仅仅是中国诗歌在文体意义上的转变，而是“诗”本身的凤凰再生。所以纵观新诗一百来年的历史，其发展史上的每一次争议、每一个节点都与语言问题有关，比如“我手写我口”、散文化、欧化、戏剧化、民歌风、朦胧诗、口语诗，民间诗人与知识分子诗歌，等等，所有这些关于新诗的现在和未来的立场和主张无一不是起步于诗歌的语言资源问题，也止步于诗歌的语言资源问题。

虽然语言几乎成了诗学和美学的代名词，花费了新诗的全部注意力，但迄今为止新诗并没有因此而解决自己的语言问题，甚至也没有某个关于诗歌语言的共享的理论。现实是，每一个应时而生的诗学主张都是独领风骚若干年，在找到了自己的诗人并催生了一些经典作品之后，迅即成为下一轮诗学主张批评和背离的靶子，最终仅仅以“意义的痕迹”的形式而保存在文学的记忆之中。比如说，有胡适街头白话的泛滥，才有闻一多“枷锁似的”节奏；有李金发的外来语的简单堆积，才有冯至

① Terry Eagleton，*Literary Theory：An Introduction*，Basil Blackwell，1983，pp.10–15.

的十四行诗在汉语里的起死回生；有抗战叙述诗的平直，才有九叶诗派的戏剧冲突；有贺敬之、郭小川民歌风的抒怀，才有朦胧诗指向内心的超常的词语组合；有当代“纯诗”对突兀和惊讶体验的高度追求，才有今天梨花体和乌青体对日常经验的简单重复。新诗的诗神缪斯就像九月的秋意，在山尖和树梢之间来去匆匆，永远不肯久留。

新诗的这种状况原因很多，有传统美学和文化习俗的因素，也有诗之外的政治因素，而新诗诗学对语言的定位误差恐怕也难逃其责。这不仅仅是把诗歌语言等同于诗学本身的问题，而是从规范性的角度谈论诗歌语言，把它当成写法和模式。于是乎，浩瀚的汉语被分化成某些有限的板块和集合，取其一为圭臬，视其余为草芥。如上文所述，任何对诗歌语言的本质性定义，任何对诗歌语言的宏观或整体性的规划都是经不起推敲的，因为没有不可以入诗的词语，更没有只可以入诗的词语。“土豆烧熟了”可以入诗，“我他妈的喊了一声”也可以入诗。“祖国啊母亲”曾经是脍炙人口的诗句，现在却无人再写。王国维说：“‘红杏枝头春意闹’，著一‘闹’字，而境界全出。‘云破月来花弄影’，著一‘弄’字，而境界全出矣。”[①]“闹”和“弄”是两个普普通通的词，并没有内在的诗意，虽然诗人还在用，却再也没有创造出王国维所谓的“诗的境界”了。

上述例子表明，从非诗的语言到是诗的语言仅仅一步之遥。语言的文学性（有人称之为诗性）是诗人感悟世界的媒介，也是诗之所以为诗的理由。语言的文学性并不神秘，它是语言的根本属性之一，在语言的特殊使用方式中体现出来，如与日常语言的有意偏离，或是大量运用修辞手段，用形式主义批评的话语来说就是“使语言的陌生化”之后的效果。然而，“陌生化的语言”并不能定义诗歌，因为它不是诗歌语言一成不变的永久属性。从历时的角度来说，“陌生化的”诗句由于反复阅读而变得熟悉，从而造成“再说”的困难，这便是所谓经典给我们带来的“影响的焦虑”。从共时的角度而言，“陌生化的语言”很难说有统一的标准，一句话对于某一社会群体是陌生的，对于另一社会群体却是“亲近”的。确切地说，“陌生化的语言”是一种特殊的言语现象，来源于话语之间的差异，依靠某种有意的对比阅读而得到彰显。

所以，我们谈诗歌语言应该从诗人的视觉转向读者的视觉，把它当作读法而不是写法来讨论。这样一来，诗歌的语言就变成了诗中的语言，

---

① 王国维：《人间词话》，人民文学出版社2009年版，第3页。

两者之间是语言和言语的关系，前者是基础与规范，后者是表现与创造。从语言到诗中的言语是诗人的事，诗中的言语成为诗则是读者的事。诗要读（包括古时的背诵、圈点和现代的朗诵、细读），因为我们在读中发现惊奇，创造诗意。正如美学家朱光潜所言："诗是一种惊奇，一种对于人生世相的美妙和神秘的赞叹；把一切事态都看得一目了然，视为无足惊奇的人们对于诗总不免有些隔膜。"[①]农民诗人余秀华的诗作《麦子黄了》带给读者的正是这样一种惊奇："首先是我家的麦子黄了，然后是横店/然后是汉江平原/在月光里静默的麦子，它们之间轻微的摩擦/就是人间万物在相爱了/如何在如此的浩荡里，找到一粒白/住进去？"[②]平淡无奇的乡间景观，通俗直白的诗歌语言，提供的却是"突然发现"的阅读体验。物化的世界通过"再写"（对自然的主观化想象）而被赋予新的诠释，诗意从中油然而生。

王国维在《人间词话》中读诗（词）也是在"写"诗。他对"闹"字的一句评说延续了北宋诗人宋祁（998—1061）作为"红杏尚书"的美名，而同时也营造了作为读者的自我——他的美学立场和欣赏价值。王国维推崇中国诗歌写景抒怀的传统，并在这个传统中区别"有我之境"和"无我之境"。实际上，他的"无我之境"也摆脱不了人的影子，如代表"无我之境"的名句"采菊东篱下，悠然见南山"便无疑嵌入了人的视觉。如果说纯粹客观的写景从语言再现的层面来说本来就是幻觉，那么"红杏枝头春意闹"中的"闹"字就是在凸显人的观察角度，从而肯定人和自然千丝万缕的联系。同样一个"闹"字，在王国维之前的李渔却认为用得不好。他说："争斗有声之谓闹，桃李争春则有之，红杏闹春，予实未之见也。'闹'字可用，则'吵'字、'斗'字、'打'字，皆可用矣。"[③]很显然，李渔和王国维是完全不一样的读者。王国维读的是惊奇，是对前期美学经验的改造乃至颠覆；李渔读的是习惯，是对前期美学经验的印证甚至重复。

李渔也许是误读了"闹"字，可是他的"意则期多，字惟求少"[④]的主张却也不错，似乎与现代主义诗派的一些立场暗合。"字少"应该是修辞技巧的问题，其极限是向"无字"迈进，正如某些现代派诗人相

---

① 朱光潜：《心理上个别的差异与诗的欣赏》，《朱光潜全集·第8卷》，安徽教育出版社1993年版，第465页。

② 余秀华：《麦子黄了》，载《诗刊》2014年下半月刊9月号。

③ 李渔：《闲情寄偶 窥词管见》，杜书瀛校注，中国社会科学出版社2009年版，第250页。

④ 李渔：《闲情偶寄》，上海古籍出版社2000年版，第68页。

信的“最有技巧的诗歌就是一张空白的纸”[①]。现代诗歌经典多为短诗、小诗恐怕不是偶然，庞德的名诗《在一个地铁车站》英文原文仅十四个单词，至今依然是我们津津乐道的“字少意多”的典范。从泛意的“字”到特意的“字少”，也就是诗歌语言到诗中的语言的转化过程。

“字少”是手段，“意多”则是目的。“字少”有进入“意多”的自然优势，因为一个字比一个句子更开放、更有想象空间。然而，并不是所有的“字少”都能进入“意多”的境界。不管是字少还是字多，它们之间的组合安排才能决定意义的多寡。所谓的“组合安排”也就是结构主义诗学重笔渲染的“张力理论”，即词语之间对抗、矛盾、异质、互补、平行、重复等关系。用一个通俗的比喻，张力就是系在词语之间的一根弹力绳，其松紧程度与词语意义的远近有关。如果词语的能指和所指仅仅靠习俗、习惯和范式来维持，那么这根弹力绳就很松，张力即很小。反而言之，词语的能指和所指的组合越是反习俗、反习惯和反范式，弹力绳就越紧，张力即越大。艾略特曾经说过：“语言、词汇不断有细微的更迭，这种变化永久性存在于新颖的、意想不到的组合中。”这是这位“诗人的诗人”对诗歌语言张力问题的直观而又明睿的表达[②]。

结构主义诗学（俄国形式主义美学和美国新批评为代表）从语言学的角度张扬张力，把它看成是诗歌的灵魂、意义的起始。苏联文化符号学者尤里·洛特曼（1922—1993）认为，诗歌文本与其他体裁文体的根本区别就在于，前者把最多的信息压缩在最精炼的言语之中，是“语义饱和”的话语系统。信息量不足的诗肯定是坏诗，因为“信息即美”[③]。我们不能不佩服洛特曼的智慧与睿见，他把一个纠缠千古的诗学难题几句话就说得如此简单明了。然而，我们也注意到他的判断也局限于诗歌文本的结构本身，即信息作为张力的指涉与效果，而不去理会信息之间的区别。这是典型的发现结构而遗失内容的形式主义批评方式。

比如说，受惠于洛特曼的启示，我们可以说北岛不那么有名的一字诗“网”（《生活》）是一首好诗（虽然当年朦胧诗的批判者特别把这首诗拎出来作为“坏诗”的标本），因为它含有几乎无限的信息量。那么，把这首诗和北岛的下述诗句比较一下又如何呢？“是他，用指头去穿透/

---

① Terry Eagleton, *On Evil: Reflections on Terrorist Acts*, Yale University Press, 2010, p.91.

② 转引自克林斯·布鲁克斯：《精致的瓮——诗歌结构研究》，郭乙瑶等译，上海人民出版社2008年版，第12页。

③ 转引自 Terry Eagleton, *Literary Theory: An Introduction*, Basil Blackwell, 1983, p.101.

从天边滚来烟圈般的月亮 / 那是一枚订婚戒指 / 姑娘黄金般缄默的嘴唇”（《黄昏：丁家滩》）。这个诗节含有很大的信息量，但不是无限，因为读者的想象必须在爱情和求婚的语境中进行。圆的多重象征意义通过至美的语言在意象之间跳跃而指向爱的过程，从而使这首诗成为北岛的名诗之一。同为写春天的诗，海子写的是“那些寂寞的花朵 / 是春天遗失的嘴唇”（《历史》），保罗·策兰写的则是“那是春天，树木飞向它们的鸟”（《逆光》）。读他们的诗，我们不光要体会诗中言语所包含的信息的密度，更要领悟这些信息的质量，即他们怎样通过震撼的想象和反转的词语来承载个人的精神危机（海子）和历史重负（保罗·策兰）。诗人和评论家王家新说，他的诗勾勒的是“难予言表的恐惧感，从而将其真理性内容转化为一种否定性质。”[①] 这句话是王家新在评策兰，但我想对于海子同样适用。

我们已谈到了诗歌语言（无诗与非诗不可分），诗中的言语（阅读的惊奇）和诗歌承载的信息（密度和质量），下一步自然就是诗意这个话题。前三者虽然重要，它们只是通向诗意的充要条件，并不代表诗意本身。诗意是诗歌作为写作的归宿和目的，也是诗歌阅读的终极体验。在一般情况下，它还可能是一首诗合法性的标志。

那么，究竟什么是诗意呢？海德格尔说“人，诗意的栖居。”[②] 他所谓的诗意，既是艺术人生，也是对存在的总体性领悟。苏珊·兰格说，诗意“表达了一种虚拟的生活体验”[③]。她的诗意蕴含在对未经历生活的憧憬和向往之中。这两位学者都把诗意定位于哲学和艺术的结合之处，代表了人对生命和存在意义的终极追问。而这种追问一诉诸语言便使诗人面临表达的痛苦。存在于语言之中的自我如何能表现超越语言的意义？庄子在《外篇·天道》中说：“世所贵道者书也，书不过语，语有贵也。语之所贵者意也，意有所随。意之所随者，不可以言传也，而世因贵言传书。”这段话可以说是中国诗学中“言外之意”美学传统的源头。承认语言的工具性，承认它的有限和缺陷，然而利用它去逼近无限和完美的诗意，这便是诗人无法逃避的悖论。

“张力是通向诗意的‘引擎’”，诗学理论家陈仲义写道，“诗语

① 王家新：《阿多诺与策兰晚期诗歌：在上海开闭开诗歌书店的讲座》，http：//www.douban.com/event/11503976/discussion/21942609（2014 年 12 月 7 日网阅）

② Martin Heidegger，*Poetry，Language，Thought*，New York：Harper Perennial Modern Classics，2013，p.209.

③ Suzanne K. Langer，*Philosophy in a New Key*，Harvard University Press，1957，p.68.

的张力越强，诗意越浓；张力越弱，诗意越淡。当张力无限扩大时，诗语趋于晦涩；当张力无限解除时，诗语落入明白。”[①]这种在语言结构和修辞技术层面上对诗意的解释很有说服力，但“浓”“淡”“晦涩”“明白”这些貌似中立的词汇显示出一种“冷面”的超脱，与读者对于诗的美学体验似乎隔了一层。诗人王小妮描述诗意用的完全是另一套语言。她相信我们现在生活的商品和机器的时代是“诗意衰减”的时代，所以遭遇诗意也变成了一件很难得的事。“真正的诗意不在好词好句之中，也不一定在真善美之中”，因为“诗意永远是转瞬即逝的，所以诗也只能转瞬即逝，绝不能用一个套路和一个什么格式把它限定住。所以诗意是不可解释的，它只是偶然的，突然的出现，谁撞到，它就是谁的，谁抓住，它就显现一下，它只能得到一种瞬间的笼罩，瞬间的闪现。”[②]耐人寻味的是，王小妮以一个诗人的身份谈诗意，却把诗意定位于诗歌之外。然而，从她那诗意的语言里，我们却又能看出一种对于创作灵感的焦虑，以及面对普通而又神秘的生活的某些理想化的期盼。

关于诗意的叙述远不止两个版本。不管何种版本，想把诗意说清楚都不是一件容易的事。也许说清楚了，诗意也就不是诗意了，因为它关系到诗歌的本质以及诗歌作为艺术的功用与价值，所以是和文化和文明本身一样悠久的话题。从诗歌创作的角度，诗意来源于生活和经验，包含在诗人对信息的个性化处理之中；从诗歌阅读的角度，诗意蕴藏于诗语之间的张力，是对言语能指和所指关系的深度挖掘。如果说诗歌本身是一种高度“陌生化”的言说方式，那么诗意就是不能言说而又必须言说的未知的新奇——一个近在咫尺却又远在天边的未知的新奇。这就是诗意对我们永久的诱惑。

后　记

下面一个私人感悟因为与诗意有关，所以记载于此以飨读者。

2014 年末，日本影星高仓健离世。因为电影《追捕》，高仓健成了我少年时代的一个美好的回忆。他逝世的消息带来了几分惆怅，除了把《追捕》重看了一遍，还用心阅读了一些关于高仓健的纪念文章，其中记述的一件小事完全颠覆了高仓健在我心中的“任侠”的银幕形象。

---

① 陈仲义：《现代诗：语言张力论》，长江文艺出版社 2012 年版，第 87 页。

② 王小妮：《今天的诗意》，载《当代作家评论》2008 年第 5 期。

1997年，曾经在二十世纪七十年代和高仓健共享日本电影辉煌的制片人坂上顺与导演降旗康男邀请他再次合作拍一部叫《铁道员》的艺术片。高仓健不想拍，但碍于多年的友情，还是去见了降旗康男。他问：“这会是个什么样的电影？”降旗康男答道：“就像被一场五月的雨打湿了身子。”后来，高仓健在一篇题为《在旅途中》的随笔里回忆到：“那天从降旗家出来，我一面开车，一面回想着他的话，什么叫被五月的雨淋湿？不清楚，东大（东映）出来的家伙说话太难。不过从那时起，我已经一步跨进了《铁道员》。”高仓健对坂上顺和降旗康男的最后回答是：“虽然还不明白什么是五月的雨，且一块来淋一次吧。”① 一年后，《铁道员》拍成了，据说成了高仓健的最爱，这是他电影美学的集大成之作。“被五月的雨打湿了身子”是一句普通的语言，也是一行诗意盎然的诗句。它已成为我关于高仓健的不灭的记忆。

[作者单位：四川大学，美国亚利桑那大学]

① 叶千荣：《“不用农药，就靠汗水”：我所认识的高仓健》，载《南方周末》，2014年11月27日。

现代汉语诗歌的智性抒情与隐性抒情

——兼议“抒情传统”命题的有效性

周俊锋

知识与理性给予现代文化广阔的视野，现代诗歌因此触及历史、当下、未来的智慧与经验，智性投入使得诗歌的抒情特质发生积极的演变，进一步拓展汉语自身的诗性潜能。综观现代汉语诗歌的发展历程，无论采用记叙、议论、描写、抒情、说明等表达方式中的一种或几种，诗歌最为核心的内容仍是情感。换言之，在诗歌表达中叙事、议论、说明的背后，隐藏或内在地维系着一条情感的线索，情感的纽带始终联结着诗歌意象的组织与诗歌精神的传递，这是智性抒情与隐性抒情的魅力。不同时代的历史文化发生变迁，构成诗歌的情感内容虽有偏移，但实质上却有内在的承续性与一贯性，因此对抒情特质的学理分析显得尤为重要，闻一多、朱自清、沈从文对文学的抒情命题多有关注。陈世骧《陈世骧文存》、高友工《中国美典与文学研究》、普实克《抒情与史诗》、王德威《抒情传统与中国现代性》，以及陈国球、龚鹏程、吕正惠等学者从个人性、历史性、现代性等角度谈及“抒情传统”，寻求区别于“启蒙”“革命”之外的话语，反思中国文学的现代性进程。

在我们提出问题并力图厘清“抒情传统”论述谱系这一追溯道路上，话语内容略嫌驳杂，话语表述的方式和概念发生的语境往往被置于不太重要的位置，因此需要省视“抒情传统”命题的有效性。多数研究学者先行假设命题的合法性，并以此展开现代诗歌抒情传统的阐述，而另一些力图纠正偏颇的商榷文字却不能够达到证伪的力度，这两种研究思路和格局还需要进行拓展。梳理考证“抒情传统”的命题渊源和发展嬗变，可以选择从诗歌现象和诗歌文本出发，考察转型时期的诗歌生态和抒情特质的变化，特别是现当代诗歌中智性抒情与隐性抒情的演进，以期获得丰富“抒情传统”论述的可能性。

与其谋求宏观层面“抒情传统”论述的话语体系，不如将着眼点聚焦于抒情特质的具体演变。处于转型时期的汉语诗歌，从语言表达、审美追求、传播媒介、创作趣味等方面的创新，使得诗歌的抒情表达方式发生显著变化，影响诗歌发展的可能路向。诗歌的智性投入拓展汉语自身的诗性潜能，本文着重以二十世纪八九十年代的汉语诗歌转型为切入点，从诗歌文本出发考察转型时期汉语诗歌的抒情特点。在既定的文学传统构图中，智性抒情和隐性抒情成为一种新的抒情特质，诗歌由生活体验上升至知识经验的层面，从而凸显精神文化反思的厚重与质感。从这一趋势来看，现代汉语诗歌的智性抒情和隐性抒情，无疑有助于丰富和积淀以“抒情传统”论述为代表的诗歌理论建构。

一、重析“抒情传统”论述的概念语境

考察二十世纪八九十年代汉语诗歌的抒情特质，这一研究思路的确立需要重新回顾“抒情传统”命题的衍化，将宏观术语导向具体的问题层面。“抒情传统”的概念并非一种无端的假定，普实克和陈世骧作为中国文学抒情性特点的较早论述者，有意识地开创了这一问题的研究传统。我们对于“抒情”以及“传统”的定义，着眼点基于中国文学自身所积淀、延续的抒情特质，从诗骚辞赋发展至现当代文学。王德威在北京大学中文系的演讲中指出抒情的定义可以从一个文类开始，使得抒情的表述“推而广之，成为一种言谈论述的方式；一种审美愿景的呈现；一种日常方式的实践；乃至于最重要也是最具有争议性的，一种政治想象或政治对话的可能”①。作为叙述话语，普实克、王德威等人用现代性眼光对文学运动和文学作品进行结构化的解读，力图寻求一种正统、革命和精英文学立场之外的话语表述方式，从文学的抒情性特点上升至抒情传统的知识论，其“诗学的政治”可以被理解为一种“政治的诗学”。在不同学者个性化的研究视野中，“抒情性”作为一种话语表达方式，往往附带较多私人化的知识经验和文化立场。海外汉学家关注中国文学中的抒情性特点，对文学作品中抒情特质的阐释重点多为以点概面，客观上表现出对政治经济、历史文化等“大政治语境”的青睐。

“抒情传统”论述从最初提出开始，就伴随不少质疑的声音，这一命题的讨论可以将着眼点放在文学自身的抒情特质，而不应当急于制造或维护某种话语权力。陈世骧运用比较文学视野，在《中国的抒情传统》

① 王德威：《抒情传统与中国现代性：在北大的八堂课》，生活·读书·新知三联书店2010年版，第72页。

一文中概括提炼中国文学的抒情性“特色”，以期达到“中西比较”与平行研究。而龚鹏程在《不存在的传统：论陈世骧的抒情传统》中批评说：“陈先生和许多讲‘抒情传统’的先生们都忽略了：中国传统诗人与诗论在讲诗与情的关系时，一般很少说‘抒情’……陈先生一贯地用西方抒情诗来看待中国诗乃至整个中国文学……但中国文学的抒情却迥异于西方浪漫主义中的抒情。何以迥异呢？此抒非彼抒、此情非彼情也。”① 虽然批驳不乏新知灼见，但龚文并未阐明抒情的表达差异与抒情特质的区别。实际从批评方法上不难发现两人的分歧，是否承认中国文学的抒情性特点、是否足够形成一种抒情传统。龚文讨论中国文学对“抒情”的界定，兼涉“抒情传统”命题成立的合法性，二人的批评立论实有不契合之处。

“抒情传统”的定义，在《陈世骧文存》中侧重于提炼一种可供比较的中国文学“特色”，陈世骧将文学简化为诗经、楚辞、乐府、赋四类，再合并为诗骚两型，归总为抒情诗。其侧重讨论的是，抒情要素是否成为后世中国文学发展的主流，并可持续性地推进现代抒情文学的道统，这还有待继续证明。但是，中国乃至世界文学的发展，已经表明文学的抒情特质是文学生命力的关键。一种“传统”的形成需要文化的积淀，同时也是民族政治、经济、文化缓慢融合的历程。刘梦溪在《传统的误读》中纠正“儒家文化中心论”时说：“不是某一种单一的思想，而是各种思想的合力，铸成了中国传统知识分子的人格境界和人格精神。”② 毋庸置疑，我们考察一种“传统”的形成，重点在于思考这种文化特质是否具备长远的生命力和影响力，单一的回顾总结并不能够给予明证。在现当代汉语诗歌的创作和批评实践中，抒情特质的转向与积淀有着突出的意义，新的抒情特质更多呈现一种隐含式的表达，异于诗骚传统下的直接抒情或比兴抒怀，综合运用多种修辞或技艺，如隐喻、象征、反讽、白描以及戏剧化、多声部等多元组合的方式，诗歌成为一种智性投入与智慧写作。

“抒情诗为主”这一论述，成为从不同角度提出中国文学“抒情传统”的重要依据。文学自身作为一种语言艺术和表达媒介，广义被理解为：文学皆是情感的艺术表达。陆机《文赋》称“诗缘情而绮靡”，严羽《沧浪诗话》中“诗者，吟咏性情也”，但关键点是，当我们强调抒情诗歌以及抒情特质时，是否已经有意识地将文学意义扩大至文化内涵，

---

① 龚鹏程：《不存在的传统：论陈世骧的抒情传统》，载《美育周刊》2013年第3期。

② 刘梦溪：《传统的误读》，河北教育出版社1996年版，第20页。

进而上升为民族共同体的文化传统。从王国维、沈从文、徐复观等人的论述，比照海外汉学家的文学比较，凸显出中国文学传统自身的复杂性。陈世骧指出："中国文学的荣耀并不在史诗；它的光荣在别处，在抒情诗的传统里……以字的音乐作组织和内心自白作意旨是抒情诗的两大要素。"[①] 批评者认为此种归纳过于简单化，对中国文学发展历程的复杂性认识不足，这种客观局限阻碍"抒情传统"论述成立的有效性。普实克翻译和研究中国现代通俗小说，从典籍和资料出发，将主观与客观、抒情与史诗的辩证结合看作中国文学发展自身的动力点，并以此探讨中国现代文学。高友工侧重于构建形而上的知识论架构，探索文化史意义上中国美典的结构。王德威从晚清入手延续"现代性"这一研究话题，从"有情"的历史中梳理回顾"抒情传统"命题。诸多学者从不同侧面探析中国文学自身的抒情特质，但这类"分散的"抒情特质必然存在于各个时期的文学思潮和文本创作中，紧接着下一步将"抒情"过渡为"抒情传统"，并完全上升为中国文学传统的关键词，这一学理思路恐怕还需更丰富的确证。

"抒情传统"命题的提出，以及不同学术观点之间的批驳论争，背后隐含的导向是"中西之争"，也即学者对"以西律中"这一偏狭的反拨。事实上学术问题的争论，人为的障蔽比客观存在的实际分歧要多得多。"以西律中"或"以中律西"为代表的文化中心论断是存在诸多偏颇的，国内学者的著述囿于比较研究视野和结构体系的匮乏，学术批评侧重以往研究中疏漏的细节，研究的系统性不足；海外学者的论断多有鸿篇与创见，却也疏于对中国文化传统和文学实践的实际考察，随意性较强。"抒情传统"命题的表述，关乎论者的自身话语立场和知识背景等因素，以及受到个体差异化的审美经验的约束。考虑钱钟书在《谈艺录》序言中说：东海西海，心理悠同；南学北学，道术未裂。学术探讨需要中西汇通的比较视野，一味强调"中西之争"无异于画地为牢。"传统"正处于沉积深化的运动过程中，况且"传统"自身就意味着新的融合。换言之，"抒情传统"的概念有其存在的合理性和有效性，作为一种概念的提倡，现当代文学特别是汉语诗歌的发展正助力于当下"传统"的形成。现代诗歌的智性投入，使诗歌成为人们对历史文化与生存经验进行理性反思的精神窗口。

① 陈世骧：《陈世骧文存》，辽宁教育出版社 1998 年版，第 2 页。

二、智性经验下的文化反思：诗歌抒情性与现代性的对话

围绕“抒情传统”的概念语境来讨论汉语诗歌的抒情特质，首要关注的是诗歌自身承继的抒情内核和文化属性，而不是阔论文化视野下的“抒情传统”。实际上，当我们在谈论“抒情传统”时，某种程度上已经承认命题存在的有效性，继而反向溯源中国文学“有情的历史”，搜罗用以支撑“抒情传统”概念合理性的材料。诚然，这一学理逻辑本身是需要商榷的。抒情文学体系的构建，是一个相对开放、多元、共融的系统，转型时代的抒情文学及其创作为抒情话语体系注入新的血液。诗歌以其特有的方式回应时代的需求，诗歌的智慧写作不断挖掘汉语诗歌的抒情特质和表现形式。时代现实的需要成为文化反思的出发点，同时作为抒情性与现代性对话的关键内容，构成现代汉语诗歌在智性投入与隐性表达层面上的发展变化。

汉语诗歌抒情特质的变化发展，体现出抒情文学自身的发展规律，特别是不同时代与历史转型期诗歌抒情特质的自我选择，是文学对时代做出的积极回应。现代知识与理性的张扬，赋予汉语诗歌极大的思想力度和思维空间，抒情表达成为自由言说的重要媒介。从吴晓东、张松建、江弱水、李怡等学者对抒情性与现代性关系的思考论述中可以发现，在“抒情性”与“现代性”乃至“古典性”的对话过程中，知识与经验的积累丰富着抒情的内容。抒情从技术层面上升为知识层面，抒情特质隐含着时代的整体经验和知识结构，现代性纬度下对“抒情性”的考察，关注的是一种思想、言说、感受的方式，一种异质融合、消化吸收的文化属性。在文学与时代的对话过程中，诗歌抒情表达的广阔度、自由度与思辨性日趋强化，诗歌抒情的智性投入与文化反思日益明显。

对诗歌抒情的智性要素进行关注的研究者不在少数。从“五四”新文学初期，现代抒情文学体系呈现出自身的复杂面貌，创造社、新月派至二十世纪三四十年代闻一多、朱光潜、废名、李健吾、梁宗岱、朱自清等人进行现代诗学观念的体系构建，诗歌的抒情性与审美性是诗歌文体研究的重点。实际上，戴望舒、卞之琳、何其芳、冯至、穆旦等人进行现代抒情主义诗歌创作的成绩，充分验证西方文化、古典传统等思想资源以丰富奇特的抒情表达方式，促进汉语诗歌创作的繁荣。有观点认为三十年代前后，“主体在对客观对象的观照上逐渐由个人视角转向普遍人类视角，可看作现代主义诗歌知性写作对主情写作模式的颠覆”[①]，

① 周少华、王泽龙：《论中国现代主智诗的语言表达特点》，载《河北学刊》2011 年第 3 期。

而实际上，三十年代主智诗歌明显由“我”到“我们”第一人称复数的变化，并不能够直接呈现主情模式的衰微，而是另一种新的经验与新的抒情。“抒情作为技术的启示”[①]已然发生转变，抒情内化成为一种知识和经验，诗歌的抒情表达实则以智性抒情和隐性抒情的方式得到继承与拓展。一方面，古典诗歌传统与西方现代诗歌优秀的知识经验，成为哺育早期白话新诗创作的苗圃，现代抒情诗歌的表现形式与思想内容更加丰富和自由。另一方面，随着社会历史条件的成熟，中国文学从本土文化和时代特点出发，逐渐形成汉语抒情诗歌特有的情感内容和表达方式。现当代诗歌的技艺水平和智性投入，较大地拓展了抒情诗歌的表现力，现代汉语诗歌的抒情表达从情绪、节奏、意象、句法各方面，特别是在经验传达的方式上与古典诗歌抒情表达有明显区别。诗歌不单成为语言表达的一种方式，更承载丰富的独立思想和理性思辨，诗人个体的经验传达实际上融合了诗人及同时代人的知识结构和思维认识，因而共处于抒情的“大传统”之中。时代和生活的多元化需求，刺激着汉语诗歌的抒情特质不断演变，诗歌抒情表达的时代性、多样性、私人性更加凸出，智性投入成为一种共识性追求，现代汉语诗歌的写作更多呈现为一种智性经验下的文化反思。

二十世纪三十年代、八十年代，作为特殊的思想转型期成为考察现代汉语诗歌抒情特质变化的重要豁口，从中不难发现：现代汉语诗歌的抒情表达注重在字词音义方面承续传统的文化元素，但以古典诗词为代表的韵律、典雅、醇正、节制、含蓄等抒情特质，正在逐渐发生突转和变化。郭沫若在《论诗通信》中强调“诗的本质专在抒情”，二十年代郭沫若、徐志摩、闻一多、冯至等人的抒情表达雄浑矫健、晓畅凝练，三十年代诗人如戴望舒、艾青、卞之琳、何其芳的抒情风格深情而厚重，诗歌的抒情技艺既是现代的同时又是传统的。现代诗歌在抒情表达中化用传统，诗人卞之琳、穆旦、余光中、郑愁予、叶维廉等作品中充盈着满满乡愁，实则传达的是对社会时局和历史命运的忧思焦虑。在三十年代民族危亡的政治语境下，传统文化资源中的家国母题在现代汉语诗歌的抒情表达中具有同质性，血脉、亲情、族群等公共性和群体性的感情意识在诗歌中显著增强，多涉及民族忧患、历史担当、革命情怀等宏大主题。现代诗歌在革命与救亡语境中强调整体性和公共性，相对忽略私人化抒情，诗歌的抒情表达倾向于博大、规整、恢宏的意象体系和思想内容。太阳、火把、红旗等诗歌意象，集体传达出革命激情、救亡图存、民族认同的主题。

① 郭昭第：《中国抒情美学论要》，人民出版社 2013 年版，第 241 页。

而当代汉语诗歌则面临新的社会时局与思想状况，在抒情性与现代性的对话冲突中，旧有的抒情表达在一定层面上略嫌空洞和程式化，占据时代主体地位的个体声音、私人情感、现实场景成为诗歌抒情表达的重要场域。历史和民族的“厚重感”多转为平凡生活与现实境遇的“日常化”，诗歌的韵律节奏、声音色彩、诗节换行等方面的规整性和约束性逐渐降低门槛，口语化与散文化的诗歌抒情则成为主流。传统与现代的冲突带来的焦虑，在当代汉语诗歌的抒情表达中显得更为复杂，当代诗歌在艺术上采用更具现代性的白描、互文、张力、戏谑、片段、荒诞、隐喻等繁复的技艺，呼应着当下时代知识与经验的碎片化。从八十年代到九十年代的诗歌转型来看，汉语诗歌对历史文化与生存经验进行理性反思是一贯的追求，历史性的生存焦虑逐渐衍伸成为个人性的生存焦虑，诗歌抒情内容往往以小见大，重视细部的张力而并不青睐整体的恢宏。当然，仍然需要对杨炼、欧阳江河、雷平阳等诗人抒情长诗的创作尝试给予肯定。

诗歌的发展演进除了自身文学规律的支配以外，更受诗歌所处时的局影响、制约。三十年代与八十年代汉语诗歌共有的抒情特质，是诗歌积极响应时代与社会的需要传达历史关怀与文化反思。在抒情性与现代性的对话过程中，时代需要调节现代汉语诗歌的抒情表达策略，诗歌通过抒情表达的差异来回应时代的需求。现代诗歌的抒情表达更具公共性，而当代诗歌的抒情表达在公共性之外呈现个人言说，更加零细化、碎片化、私人化，更加贴近当下现实的日常生活，口语与琐屑的特点尤为显著。当代诗人在“火把”“土地”“黑夜”“黄昏”等传统抒情意象的使用过程中，逐渐甩脱文化和历史的精神重荷，回归诗歌语言自身与日常生活，忠于诗人个体情感的抒发和经验的传达，恰如海子在《日记》中所言“把石头还给石头”，韩东也曾呼吁“诗歌以语言为目的，诗到语言为止，即是要把语言从一切功利中解放出来，使呈现自身”[①]。当代诗歌的抒情表达面临崭新的生活内容，诗歌观念本身正处于激荡变化之中。因此，抒情性与现代性展开对话的进程中也存在激烈的交锋，抒情诗歌在客观上满足人们多元化的个性需求，积极切入现实生活的脉搏，于坚、伊沙、韩东、雷平阳等当代优秀的口语诗歌创作即是代表。而另一方面，汉语诗歌的抒情表达面临一定的危机，例如抒情诗歌自身思想资源的枯竭和技艺表达的落伍，文化反思色彩的强调同时也意味着九十年代以来汉语诗歌写作开始注意到自身的历史局限性。正如余旸所谈，“诗人们开始意识到诗歌写作实验的历史限度，意识到在写作的‘可能

① 韩东：《自传与诗见》，载《诗歌报》1988年7月6日。

性’与‘有效性’之间存在着的张力，同时又为当代诗歌的‘可能性’提供一种实践的动力”[①]，汉语诗歌的诗性潜能在试验中获得开拓。

现代汉语诗歌的发展，不断丰富和构建属于文学自身的“抒情传统”，抒情性与现代性的对话交融是时代语境下抒情特质自我选择的结果。现代知识和理性的弘扬，凸显人格独立、个性自由、思想解放等观念，现代诗歌的抒情表达方式更加自由、碎片化，充满野性与张力。古典抒情诗歌的韵律、典雅、醇正、节制等特质得到部分转化，以一种被消解、疏远、背离的方式得以在现代汉语抒情诗歌中重新被继承，更为注重诗歌抒情表达的思想性、先锋性、试验性。现代诗歌发展至当代更加关注个人心理、日常体验、生活压力，多样性与日常化的抒情成为一种常态表达，但这种“日常”由于理性思考与智性抒情的参与，因此具备经验传达与文化反思的色彩。现代汉语诗歌的抒情表达表现为一种智性经验下的文化反思，考察现代汉语诗歌的抒情特质，需要注意到抒情从技艺上升为知识和经验层面，智性抒情和隐性抒情为汉语诗歌带来的丰富变化。

三、汉语诗歌的抒情转向：以二十世纪八十年代末诗歌个案为例

现代诗歌的抒情表达在智性思考方面有着新的突破，诗歌的智性抒情实际是对“抒情传统”的创造性继承和延续，可以成为考察诗歌抒情特质的一个落脚点。诗歌阐释中不同的思维和视角所带来的错觉，往往将有关诗歌抒情表达的考察拘囿于单向度思维的局限中。换角度来看，诗歌的抒情并不排斥叙事和说理，抒情表达中理性与感性并非处于分离状态，智性诗歌所强调的理性思考和经验传达，不能够脱离诗歌的抒情表达而单独存在。相反，智性诗歌往往最大限度地发挥了诗歌的抒情性特点，利用复义朦胧、戏剧对白、复沓回环、反讽张力、悖谬冲突等多样化的艺术手段加强抒情表达的效果。从某种意义上说，汉语诗歌的抒情特质是诗歌叙事取向、说理取向的土壤和基础，没有诗意盎然的情感作基石，智性诗歌终会流于空洞和乏力。二十世纪四十年代前后，以卞之琳、穆旦、郑敏为代表的智性化诗歌发展方向，预示着汉语诗歌抒情特质演进的趋势：诗歌的抒情表达在官能感觉、意象营造、结构架设、修辞技巧等方面，以开创性的姿态迈出传统诗歌抒情的藩篱，同时接纳外来新思潮，拥抱时代生活的

① 余旸：《“九十年代诗歌”的内在分歧——以功能建构为视角》，人民出版社 2016 年版，第 192 页。

各个角落。知性话语的理论维度在赵小琪的论述中被概括为“经验的传达说、抽象的思考说、张力的综合说”[①]，诗歌文体的独立性得到重视，诗歌开始有着个性的见解与独到的思考，诗歌的抒情表达成为理性自觉的发声，这在八十年代末九十年代初的汉语诗歌发展中表现得尤为明显。

八十年代末的汉语诗歌是文学、审美、理想的乌托邦时代，这一转折期承续北岛、顾城、海子、骆一禾、芒克、多多、舒婷、杨炼，及至欧阳江河、于坚、萧开愚、翟永明、张枣、韩东、伊沙、西川等人的抒情诗歌创作，该时期的诗歌文本在抒情特质上从亢奋逐渐趋于冷峻，对业已成型的抒情表达范式进行反思，对既有文化传统的流逝表露出不安情绪。八十年代末的汉语诗歌，其抒情特质在表达方式上更趋独立性与智性化，甚至于消隐自我和消隐集体的解构倾向，并作为向九十年代及当代诗歌延伸的重要转折点。九十年代继续创作生涯的多多、王家新、西渡、桑克、伊沙、李元胜、雷平阳、臧棣等，诗歌中的理性反思因素逐渐增强，乃至成为诗歌的主体性内容。智性抒情预示着汉语抒情诗歌的一种转向，智性思考使得抒情成为一种表达方式和言说工具，“叙述”的功能在某种层面高于传统的“抒情”。现代诗歌对“抒情传统”的继承和延续，则表现为一种极度背离的“反抒情”姿态和“非个人化”倾向，反向回归既有的“抒情传统”体系。换言之，诗歌的“反抒情”意味着更高层面的一种新的抒情，“非个人化”意味着更新层面的个人化表达。

抒情诗歌的智性追求走向极端化，诗歌的口语化、个性化、日常化趋势有着更具私人性色彩的“叙述”，语言成为个人观念和思想表达的载体，诗歌抒情的真实意图愈加隐晦而难以捉摸。表面上看来，智性诗歌的说理性或思想性比重略高于情感性比重，但实际上诗歌对“情感性”有着更高的要求。智性抒情，有着更为多元的表达方式，琐屑、野性、张力、悖谬、分裂、碎片，姿态各异参差不齐的个性书写，特别是网络媒介的发展带来诗歌虚假的“繁荣”。诗歌的智性抒情，一方面表现为对既有抒情特质的背离和解构，自觉运用理性来质疑反思既有的观念和传统，作家们“总是忧郁的，充满了悲剧色彩”[②]；另一方面，智性抒情的隐微表达，体现出一种对文化消逝的深沉隐忧，无力消弭现代社会中精神生活的紧张感和危机感，现代抒情诗歌批判性倾向的表达往往是隐微书写而非显白写作[③]。我们从八十年代末具有代表性的诗歌文本中，可以发现一些高度类似的抒

① 赵小琪：《20世纪中国现代主义诗学知性话语的理论维度》，载《广东社会科学》2009年第1期。

② 普实克：《抒情与史诗》，郭建玲译，上海三联书店2010年版，第5页。

③ 参阅施特劳斯《迫害与写作艺术》，刘锋译，华夏出版社2012年版。

情表达。“蓝星诗库”于九十年代同时期辑选推出的诗歌选集有较大的诗歌影响，而对诗人戈麦、多多的关注，因种种原因则推迟到 2012 年 4 月第一版。戈麦 1985 年开始写诗至 1991 年自沉于京郊万泉河，诗歌创作只有四年左右时间；多多 1982 年开始发表诗歌，1989 年出国旅居荷兰十五年，后来继续走向诗歌创作的新高潮；王家新 1986 年开始诗风转变后，诗歌代表作品《瓦雷金叙事曲》《帕斯捷尔纳克》《反向》作于 1990 与 1991 年。

戈麦《誓言》作于 1989 年末：“好了。我现在接受全部的失败 / 全部的空酒瓶子和漏着小眼儿的鸡蛋 / 好了。我已经可以完成一次重要的分裂 / 仅仅一次，就可以干得异常完美 // 对于我们身上的补品，抽干的校样 / 爱情、行为、唾液和远大的理想 / 我完全可以把它们全部煮进锅里 / 送给你，渴望我完全垮掉的人 /……所以，还要进行第二次分裂 / 瞄准遗物中我堆砌的最软弱的部分 / 判决——我不需要省下的一切 / 哪怕第三、第四、加法和乘法……”[①] 诗歌对“渴望我完全垮掉的人”发出自己坚决决绝的誓言，“好了”表达一种拒绝争辩的姿态，以自我的分裂来对抗对“全部”“完全”（重复出现五次）的失败、颓废和垮掉，而现实与“异常完美”形成一种极端鲜明的对比。所有“全部煮进锅里”，借以意指包含所有东西的混杂性，但是对于混杂状态乃至悬而未决的局面仍旧不满意，渴望进行“第二次分裂”，更加愤激而彻底的破碎。对痛苦的深刻内省和决绝分裂，是戈麦诗歌最具代表性的抒情特质，这种智性思考源于现实和理想冲突下的生存危机感，也成为九十年代以后新时期汉语抒情诗歌写作的典范。同时，诗歌中“漏着小眼儿的鸡蛋”“一颗米粒”等隐晦内涵，造成诗歌抒情表达上的意义空白，以无意义的修辞来传达琐屑经验堆积的生活现实，戈麦这种个性化诗歌修辞在读解策略上可以被看作“有意味的形式”，而不必做严格意义上的意象剖析。

多多的诗歌从创作周期上延续至二十一世纪初，对当代诗歌有着参照的典型性。余旸在《“技艺”的当代政治性纬度——有关诗人多多批评的批评》一文中总结说：“多多流落欧洲写作的诗歌表现为一种紧缩性的记忆，决裂的充满张力的抒情方式，已经最大程度地呈现出诗人内心的紧张与绝望……而在‘追忆’中寻找到的，融合了青少年经验带有农业文明气息的文化中国，像唐诗宋词一样，重新激发出潜藏的集体记忆，但我们生活其中的现实中国却发生了天翻地覆的变化。”[②] 这一观

① 戈麦：《戈麦的诗》，人民文学出版社 2012 年版，第 103 页。

② 萧开愚、臧棣、张曙光主编：《中国诗歌评论：细察诗歌的层次与坡度》，上海文艺出版社 2012 年版，第 44 页。

点很好地揭示了诗人多多前后诗歌创作中抒情特质的变化轨迹。面对旧有农业文明经验的坍塌以及具有代表性的“犁”“北方”“麦田”“冬天”等一系列抒情意象的强调，母语及母语思维的短暂性割裂，多多这一时期诗歌的抒情特质呈现出较强的内部张力和野性思维，更趋于侧重一种“叙述”而不是“抒情”，这可以为考察现代汉语抒情诗歌情感内容和表达方式的转向提供一定的依据。例如《在原谅麦田的圈里》(2005年)：“割下这品级以下的/原先的湖，原先的姐妹//在寻找中消逝了/在雷的跑道上//埋着这出发/一袋光，克制我们的生活//我们实际的田地在哪里。”[①]诗人多多的去国体验，与麦地想象、北方田野系列抒情诗歌有着内在的精神互通性。抒情传统的割裂，旧有经验的消逝，在诗人智性思考中以“湖”“麦田”“姐妹”等替代性想象做了叙述性表达，这首诗歌较为典型地诠释出身处传统与现实的矛盾境遇中备受煎熬的生命形态，自我压抑与极度克制成为诗人精神主体集体呈现出的面貌。多多理性反思的广度和力度，在后续的诗歌创作中有着更进一步的加强，智性和隐喻更为娴熟，诗歌切入当下现实以及与当代思想文化进行交锋的过程中，伴随而来的是一系列阵痛和不适应，从这个角度能够更加清晰地看出多多与海子诗歌中“麦田”母题的重复与差异。

另外，还可以对比王家新前后期的诗作，在细节变化中对现代汉语抒情诗歌的抒情表达方式做一考察。《标准诗丛》中选辑王家新九十年代至2013年的诗歌，其中《另一种风景》《伦敦随笔》《纪念》《12月7日，霜寒》《写在余震中》《在雅典的一个港口》等，较为明显的特点在于文人抒情诗歌记叙生活以承载感情抒发。“抒情传统”浸淫下的理性思考，使得诗人富于英雄情结和文人担当，王家新这一系列早期诗歌作品中的抒情特质表现出冷峻深沉而又丰富内敛的痛苦。“这是你目光中的忧伤、探询和质问/钟声一样，压迫着我的灵魂/这是痛苦，是幸福，要说出它/需要以冰雪来充满我的一生”[②]，从《帕斯捷尔纳克》笔下肩负灵魂重担的“雪”至记述行旅和笔记式随感的诗性表达，及《橘子》《柚子》《树》等抒情诗歌中对日常性话题的超越，可以看出：王家新诗歌文本中对于智性思考和承续传统的复杂焦灼，逐渐回归于日常化与超越性的话语表达。智性思考和现代性生存焦虑，得到一种平衡或抑制，以其更加理性从容的姿态来担负当下时代知识分子的使命，以新的方式和方法承续既有的“抒

① 多多：《多多的诗》，人民文学出版社2012年版，第121页。

② 王家新：《塔可夫斯基的树：王家新集1990—2013》，作家出版社2013年版，第10页。

情传统”。正如吴晓东在《王家新论》一文中说：“书橱内部的‘雪’已经多少失去了在《帕斯捷尔纳克》等诗中的重量，成为日常生活中的风景。而这也许恰恰是‘雪’之常态。‘雪’不再担荷以往那种重量，却显出同样动人的品质。”[①] 然而，在实际现代汉语抒情诗歌创作的操作空间中，承续抒情传统的使命感愈发薄弱，对“痛苦”“黑暗”等一系列关乎群体精神生存危机的智性思考，也愈来愈呈现出一种私人性、小我化的表达方式，为“述说”而述说，为“记叙”而记叙，疏离了诗歌自身需要不断拓深的传统积淀。抒情诗歌自身的厚重感、历史感，在琐屑的日常经验表达中变得不合时宜，呈现出一种自发式的文化消解，加之娱乐化倾向、消费性元素的刺激最终发展成为当代汉语诗歌抒情中浅白、轻佻、机巧的一类。

一言以蔽之，汉语诗歌直面时代生活的现实需要，智性抒情和隐性抒情是诗歌在价值转型环境下的抒情转向，是诗歌文体在文学规律作用下的自身选择，对比八十年代前后的抒情诗歌创作不难发现，诗歌在意象选择、叙述策略、诗歌结构、修辞手法等方面做出相应的调整，智性倾向和私人因素共同促使了现代汉语诗歌的抒情转向。诗歌的智性抒情和隐性抒情，朝着散文化、口语化方向发展，融入网络传媒和流行文化的丰富元素，贴近日常和现实人生。实际上不难发现，抒情诗歌与时代生活契合的紧密与否，诗歌自身的抒情特质则会呈现不同特点，以知识分子为代表的精英文化与大众文化的审美趣味之间有着特定的差异。同时，这种抒情特质的差异性，在客观上促成了现代汉语诗歌抒情表达的丰富性与多样化发展。

四、智性抒情和隐性抒情：汉语诗歌抒情特质的当代呈现

考察现代汉语诗歌的抒情特质在当代的具体呈现，目的在于深化“抒情传统”论述在当代语境的有效性。当代诗歌的先锋性与主智性、私人化进一步融合，诗歌的抒情特质在进一步深化的同时，表现形式更加多样，“反抒情”的客观化叙事表达成为潮流，这在当代口语诗歌中表现得尤为突出。值得注意的是，第三代诗歌倡导的非个人化倾向、非文化倾向，其本身的矛头并非指向“抒情”，而是提倡对旧有抒情方式进行创造性的变革，从诗歌话语方式、诗歌意象体系、现代性意识等多个层面，拓展汉语诗歌的技艺水平和精神资源。日常运用的现代汉语词

① 吴晓东：《二十世纪的诗心》，北京大学出版社2010年版，第63页。

汇句法等进入诗歌文体，新诗发展至当代所历经的语言变革、思维训练等创新演变，所取得的成绩无疑是突出的，但诗歌资源的匮乏愈来愈局限当代汉语诗歌的发展突破。一个直观的例子是智性诗歌的反向修辞和歧义表达，从现代诗人穆旦、卞之琳到当代诗人昌耀、海子、戈麦、张枣等诗人诗歌的语言技艺发展，象征的游移不断增强诗意的不确定性，歧义表达造成的“复义朦胧”[①]一方面造就诗歌含义的丰富性，但同时也促成当代汉语诗歌抒情技艺发展方向上的单一与局促。

汉语诗歌的智性抒情在现当代社会思潮的参与下，表现形式更加多元化。穆旦诗歌中的象征意象“旗”“春”“五月”“黄昏”“微光”“赞美”“战争”在某种层面上凸显其潜层含义，即被遮蔽和被压抑的隐喻意义，反向修辞和质疑反思为穆旦诗歌带来独特深邃的精神力量。卞之琳诗歌的理趣以及人称代词的虚化，使得个体思考向普遍性的经验传达转变，抒情诗歌的私我情调向宽广的现代人性意识转移。海子诗歌《从六月到十月》中“订婚的戒指 / 像口袋里潮湿的小鸡”[②]，戈麦诗歌《家》中“摆上一颗颗红色蹩脚的象牙”[③]，西川诗歌《钟声》中“殖民时代教堂灰色的尖塔 / 像菜地里的一管青葱”[④]，张枣诗歌《死亡的比喻》中“孩子猜你的背影 / 睁着好吃的眼睛”[⑤]，多多诗歌《无题》中“两只假奶 / 勒紧了巴黎的心”[⑥]，翟永明《女人》组诗中“空气中有青铜色马的咳嗽声 / 洪水般涌来黑蜘蛛”[⑦]，欧阳江河诗歌《拒绝》中“漂泊者永远漂泊，/ 种植者颗粒无收。并无必要 / 奉献，并无必要获得”[⑧]，臧棣诗歌《豆腐已用深渊煮过协会》中“带毛的皮剥掉后，深渊的深 / 确实有点惊人，但还是没有深过 / 用深渊煮过的豆腐”[⑨]，雷平阳诗歌《高速公路》中“看路上飞速穿梭的车辆 / 替我复述我一生高速奔波的苦楚”[⑩]，张执浩诗歌《高原上的野花》中“我愿意终日涕泪横流，以此表达 / 我真的愿意 / 做一个披头散发的老父亲”[⑪]

---

① 参阅威廉·燕卜荪《朦胧的七种类型》，周邦宪等译，中国美术学院出版社 1998 年版。

② 海子：《海子的诗》，人民文学出版社 2012 年版，第 49 页。

③ 戈麦：《戈麦的诗》，人民文学出版社 2012 年版，第 99 页。

④ 西川：《我和我：西川集 1985~2012》，作家出版社 2013 年版，第 9 页。

⑤ 张枣：《张枣的诗》，人民文学出版社 2010 年版，第 74 页。

⑥ 多多：《多多的诗》，人民文学出版社 2012 年版，第 47 页。

⑦ 翟永明：《翟永明的诗》，人民文学出版社 2012 年版，第 3 页。

⑧ 欧阳江河：《如此博学的饥饿：欧阳江河集 1983~2012》，作家出版社 2013 年版，第 69 页。

⑨ 臧棣：《骑手和豆浆：臧棣集 1991~2014》，作家出版社 2015 年版，第 270 页。

⑩ 雷平阳：《山水课：雷平阳集 1996~2014》，作家出版社 2015 年版，第 2 页。

⑪ 张执浩：《宽阔》，长江文艺出版社 2013 年版，第 181 页。

等，从意象集成的方式以及抒情表达的策略，可以清晰而集体性地呈现当代诗人诗歌技艺的醇熟：一方面，意象作为汉语诗歌的核心要素具有颠覆性的变化，修辞的“无意义”表达衍生出更加丰富复杂的诗歌想象空间，尽管略显晦涩甚至诡异，但是诗歌意象的组合逐渐成为流动性、开放性的诗意系统。另一方面，过分开放杂芜的诗歌意象系统，使得诗歌的抒情特质呈现分裂状和碎片化，诗歌意旨难以集中或统一，象征与象征之间并不是处于相互配合的境地，过多飘忽游移的象征意象使得读者多有不知所云的惶惑感。读者即使能够揣测具体的意象指涉，但诸多象征意象的联结呈现碎片状态，并不能清晰反映某种完整深刻的印象和情感，造成诗歌读解的难度和隔膜。在当代诗歌写作的具体实践中，“肉感中有思辨，抽象中有具体”[①]，感性思维与理性思维的糅合融会更加自然，诗歌的抒情特质表面上受到克制和压抑，但实际上却得到另一种异质转化。由于象征和隐喻的大量参与，诗歌的抒情表达更加凝练而隐晦，这和传统诗歌的抒情表达呈现出较大差异。诗歌智性思考和经验传达的方式更加精巧而深邃，并且呈现出私人化、零碎性、口语式、诙谐调、反讽语，虚构现实与反向修辞使诗歌的精神内涵变得压缩而紧张，诗歌参与现实的激情与思想批判的力度得到增强，但同时诗人多集中呈现出自我克制和隐微书写的态势。

毋庸置疑，在当代诗歌中繁复多样的象征和隐喻充实着诗歌技艺，使诗歌想象更加富于变幻和奇异色彩，光影声色的混合交织，加上诗人有意为之的语言试验，诗歌句法过分零散和跳跃以及意象组合的超常搭配，加剧诗歌精神的内部张力和复义效果，这对新诗的解读构成极大的挑战。诗歌的抒情特质在智性与隐性表达的参与下，得到进一步的诗化和锤炼，感性与智性在日常口语式、散文化的经验传达中融为一体。知识分子与民间写作的纷争下，更加凸显出一种广泛的共识，即诗歌的智性投入以及运用诗歌进行质疑反思成为新的诗歌创作取向，抒情表达成为一种更新层面上的智性抒情和隐性抒情。罗振亚在论述中提到：“知识分子写作多采用与西方亲和、互文的写作话语，这在九十年代后殖民化的文化语境里本来无可厚非；问题是这种本该进行中西写作、文化上平等对话的资源借鉴，已严重地失衡为向西方‘拾人牙慧’的一边倒，被欧化得失去了民族性根基。”[②]实际上就“抒情传统”话语的考察来看，“欧化”或“现代性”的表述共同指向的是现代汉语诗歌自身积极探索

① 龙泉明、邹建军：《现代诗学》，湖南人民出版社2000年版，第65页。

② 罗振亚：《20世纪中国先锋诗潮》，人民文学出版社2008年版，第268页。

的努力，知识分子和民间写作之间的一致性大于分歧点，理性与质疑精神和现代人性观念的确立成为诗歌的共识，这在王泽龙《20世纪中国诗歌现代化历程的回眸》[①]一文中有过具体分析。

现代汉语诗歌的抒情特质在当代的具体呈现，首先表现为一种当代性与融通性，即当代文化生活参与下的“大政治”语境涵盖了“抒情传统”的概念语境，诗歌的抒情特质与智性表达交流融汇为一体。现代智性诗歌的发展历程，充分印证知识理性和文化启蒙的现代性意义，运用质疑批判和诗歌精神来生动再现、讽喻鞭笞时代生活的多个侧面，这是汉语诗歌发展的成绩所在。但同时也应看到，诗歌的抒情表达在当代文化中的尴尬境遇。一方面，在网络信息、娱乐消遣、视觉快感等当代语境冲突中，现代人群的生存焦虑愈演愈烈，诗歌反映当代生活现实的同时必然趋向于日常性、碎片式、口语化以及散文化的表达。个性多元的抒情表达方式更加零散破碎，诗歌杂芜浅白与标准失范的弊端还将继续存在，抒情诗歌的经典化道路还很漫长。另一方面，当代汉语诗歌的抒情特质成熟的同时必将面临诗歌文体自身的压力，诗歌抒情的技艺崇拜带来一定的负面效果。“太多人在写，谁都觉得自己可以写诗，谁都可以成为诗人。……在阅读上太追求一针见血的效果，追求诗歌中有一种快速击打我们、让我们感动的东西”[②]，抒情表达的先锋与晦涩带来不理解与读不懂，同时部分浅露媚俗的诗歌，其抒情表达丢弃了诗歌精神应有的厚重与质感。学者陈超在《个人化历史想象力的生成》中指出另一种困境：“与主观和绝对的抒情方式伴随而来的困境是，目下诗歌的词汇量在以空前的速率减少。这种减少是一种奇怪的减少——它以表面上的增大为掩饰。”[③]毫无疑问的是，汉语诗歌自身的抒情资源根植于当代生活与当代文化中。

综上所述，“抒情传统”这一话语体系的建设，依赖于现当代诗歌创作中更加丰富多元的智性投入和文化反思，特别是以口语性、讽喻式、散文化为代表的智性抒情和隐性抒情，抒情特质与智性写作的融汇成为当代诗歌重要的抒情表达方式。智性抒情与隐性抒情，预示着现代汉语诗歌的抒情潜能尚待继续发掘和创造。

[作者单位：华中科技大学人文学院]

---

① 王泽龙：《中国新诗的艺术选择》，华中师范大学出版社2013年版，第87页。

② 荣光启：《“现代汉诗”的眼光：谈论新诗的一种方法》，中国社会科学出版社2015年版，第295页。

③ 陈超：《个人化历史想象力的生成》，北京大学出版社2014年版，第36页。

多多诗歌创作研讨会论文选辑

【编者的话】

“近几年来，中国诗歌的核心回响着一个声音”，“这是一个迟到的声音，因为多多的诗，已经存在超过三十年。”（黄灿然：《最初的契约》，《〈阿姆斯特丹的河流〉代序》）多多的诗从一开始就显示出诗歌内含与技艺的繁复，他诗情的触须在不断触及现实的同时，又向诗人隐秘的内心深处挖掘，呈现出丰富而多重的阐释空间。多多的诗歌不仅在特定历史时期彰显了文学的启蒙主义价值，而且还以其诗艺的力量不断塑造着中国当代诗歌的艺术品质。作为新时期现代主义诗风的开拓者之一，多多为中国新诗的现代转型起了重要的推动作用。有鉴于此，中国当代文学研究会、河南师范大学文学院、河南师范大学华语诗歌研究中心于 2016 年 10 月 26 日—28 日在河南新乡联合主办了“新时期诗歌批评暨多多诗歌创作研讨会”。与会者把多多的诗歌放在新时期以来文学的大背景下予以研讨和解剖，不仅对于多多诗歌研究的深化，而且对于当代诗学建设亦有重要意义。本刊现选发钱文亮、夏汉、李海英、王学东四位学者的论文，希望能对多多诗歌以及当代诗歌的研究提供新的角度与参照系。

诗歌是语言的多功能镜子

——关于多多诗歌的札记

钱文亮

作为中国当代诗坛的“一个迟到的声音”，多多诗歌的价值与意义直到二十世纪末才开始引起比较广泛的重视。因为 1998 年第 6 期《天涯》杂志所推出的“多多诗歌小辑”，特别是该小辑中同时配发黄灿然的堪称“知音”的评论《多多：直取诗歌的核心》，不仅增进了读者对于多多诗歌贡献的认识，而且也全面刷新了人们对于现代汉诗的理解与评判尺度，甚至可以说，多多的诗歌与黄灿然的诗评，迫使人们不得不重新思考诗歌的定义。

在黄灿然的诗评中，对于多多诗歌中的神来之笔如数家珍，赞叹之情溢于言表；不过，大概是因为篇幅的限制，黄灿然对这些神奇诗句往往点到为止，以阅读感受的生动抒发为主，具体的分析展开不多。尽管如此，在这篇诗评被改名为《最初的契约》而代做多多诗集《阿姆斯特丹的河流》[①]的序言时，黄灿然还是做出了一个非常重要的注释，对于多多诗歌的佳句留给读者“神奇”或“通神”之感受的原因做了简短却精当的总结。

在《最初的契约》这篇文章唯一的注释中[②]，黄灿然在将多多那些“神奇”的句子与杜甫的一些名句做过比较之后，特别发挥了钱钟书《通感》一文所发明的诗学概念，认为从“通感”一词的字面意义而言，“这些句子就是通感。”但钱钟书所定义的“通感”，主要是视觉、听觉、触觉、嗅觉、味觉等感觉之挪移与置换，“而杜甫和多多这些神奇句子，主要涉及视觉和声音与心理、记忆、想象、文化和历史的互相打通与交通，尤其是涉及文字的象形性。读者不是通过修辞方面的鉴赏来理解和感受这些句子，而是凭直觉就立即看见并感受一幅生动的画面。”

根据《最初的契约》一文，我认为黄灿然不仅仅是揭示了多多那些诗句的“神奇”之谜，其实也给出了一个什么是“好诗”的普遍标准，如果再加上他对汉语诗歌音乐性的阐发，大概可以说，黄灿然《最初的契约》也深入洞察了汉语的诗性特质——应和于中华民族直觉思维发达的优长，借由象形文字与文化符号强大的暗示、联想功能，从而在读者的心中激发强烈而悠久的诗意感受与审美启迪。实际上，黄灿然在正文里已经表达过类似的观点，即：“多多另一个直取诗歌核心并且再次跟传统的血脉连接的美德是，他的句子总是能够超越词语的表层意义，邀请我们更深地进入文化、历史、心理、记忆和现实的上下文。”[③]在这些论述中，人们不难发现其与西方文论的“冰山理论”恰恰可以互证，除此之外，它也以更加清晰周密的逻辑阐发，再次印证了一个简单通俗却扼要精辟的诗歌定义：诗，是以最少的字数表现最多的内容。

黄灿然在评论多多诗歌的神奇魅力时，经常利用他作为翻译家的跨

---

① 多多：《阿姆斯特丹的河流》，北岳文艺出版社 2000 年版。

② 黄灿然：《最初的契约（代序）》，见多多《阿姆斯特丹的河流》，第 12~13 页。

③ 同上，第 11 页。

文化视野和作为优秀汉语诗人的敏锐眼光，将多多诗歌与古今中外大师级诗人的佳作对比，从而屡屡得出令人赞叹的结论；而且，敏感于诗歌与民族语言的特殊联系，黄灿然还经常以多多的诗歌为例，证明“注意发掘汉语的各种潜在功能”对于中国当代诗人的成熟具有多么重要的意义。在谈及这一点时，黄灿然特意举出加勒比海诗人沃尔科特的名句，进而说明多多在运用汉语方面也已臻出神入化之境。为了佐证自己的评价，黄灿然同时举出了多多诗歌中不少他认为堪称“神奇的句子”，例如：“牧场背后抬起悲哀的牛头”， 例如：“五月麦浪的翻译声，已是这般久远”，又如：“第一次太阳在很近的地方阅读他的双眼”，再如：“大船，满载黄金般平稳”，还有：“我听到滴水声，一阵化雪的激动；/ 太阳的光芒像出炉的钢水倒进田野 / 它的光线从巨鸟展开双翼的方向投来 / 巨蟒，在卵石堆上摔打肉体”……黄灿然认为，这些“太玄”的例子，已经超出可能分析的范围，它们“与其说是用汉字写成的，不如说是用汉字的文化基因写成的。”[①]

那么，多多诗歌的这些神来之笔果真是不可分析的吗？笔者对于这个结论并不完全认同，而且恰恰可以借用黄灿然的观点说，多多诗歌的“玄妙”仍然来自汉语的诗性特质——那种超语法超逻辑的暗示、联想功能，这种特质“通过阅读外国诗歌原文来借鉴，定会迸发璀璨的光芒”。的确如此。试举两例如下。

一、“大船，满载黄金般平稳”[②]

在被黄灿然所赞叹的“神奇的句子”中，“大船，满载黄金般平稳”这一句也是我很喜欢的。对于这一句，黄灿然在文章中倒是多费了些笔墨，在行文过程中特意停下来点评道：“你看过满载黄金的大船没有？当然没有，但为什么这个句子如此真实，好像‘平稳’这个词是为了形容满载黄金的大船而诞生的。”

黄灿然的点评显然触及了多多诗歌所特有的超现实的“真实”，也再次证明了多多在运用汉语方面的出神入化。但除此之外，笔者认为，多多的这一句诗歌最为重要的魅力其实是源自“黄金”这一个意象所具

① 黄灿然：《最初的契约（代序）》，见多多《阿姆斯特丹的河流》，第 6 页。

② 该诗句出自多多的诗歌《告别》，先后收录于《多多诗选》（花城出版社 2005 年版）、《诺言：多多集 1972—2012》（作家出版社 2013 年版）。

有的物理学、人类学、经济学、心理学、历史学、社会学、诗学以及日常生活经验等等丰富的蕴涵，换句话说，如果没有“黄金”这个意象，“平稳”的感受或“真实”的效果极可能荡然无存。为什么呢？

众所周知，在自然世界的贵金属中，黄金是最稀有、最珍贵和最被人看重的金属之一，关于它的物理特性、化学稳定性已经诞生过无以计数的论文与专著；但它又不仅仅是一种纯自然的特殊物质。简而言之，它应该是诸种金属中最具有“人文性”的贵金属，寄寓着无限丰富的人类的历史、想象、生存、欲望、情感、文化与精神等。因为黄金是全世界都认可的资产，几乎所有国家的人们对黄金的贵重价值都有共识，所以，就其自古至今都是世界通行的货币而言，它类似于构成人类生存基础的普适价值——这种价值不存在折旧的问题，其光辉和价值是永久的。在生命的世俗经验中，正是“黄金”的贵重、保质、耐腐蚀、不易腐朽，在数千年的历史长河中，黄金所带来的可信任感、可依赖感以及希望感早已沉淀为汉民族的集体无意识，“千金一诺”“朋友值千金”“兄弟同心其利断金”等格言、谚语即是显证。与多多的佳句相联系，每当“黄金”这个意象出现时，它所唤起的就不再是修饰“大船”的物理意义上的“平稳”，而恰恰是读者心理深层的信任感、依赖感、希望感和放松后的舒心感。这是其一。

其二，当“黄金”成为诗学意象时，“黄金”的高贵、不朽已经通过历代的联想、暗示直接转化为诗歌所要表达的精神特质，特别是在西方现代诗歌中更是成为一种纯粹、高贵、珍稀和永恒、不朽的象征。这种类似于原型象征的现代诗学意象自1980年代从域外传入国内诗歌界之后，深受年轻诗人们的喜爱，例如叶芝晚期名作《驶向拜占庭》中象征他的终极艺术理想的“金”，例如博尔赫斯的诗句“朦胧的光、紧缠的影/和一元初始的金”以及“宙斯化成的爱之金”[①]，例如俄国象征派诗人别雷的诗集《蓝天里的黄金》中通往永恒的“黄金”[②]……但是真正对先锋诗人发生语言和精神上的巨大影响或曰震撼的，却是苏联诗人曼德尔施塔姆的不朽名句：“黄金在天上舞蹈/命令我歌唱”[③]——诗人陈东东1989年在悼念海子、骆一禾的文章《丧失了歌唱和倾听》

---

① 诗句出自博尔赫斯的诗歌《虎的金》。转引自赵志方《虎的金：原型的继承》，载《阅读与写作》2000年第12期。

② 参见刘畅：《蓝天里的黄金——安德烈·别雷的早期诗歌》，载《世界文化》2012年第11期。

③ 诗句出自曼德尔施塔姆的诗歌《我冻得直哆嗦》，收录于《跨世纪抒情——俄苏先锋派诗选》，荀红军译，中国工人出版社1989年版。

中曾特别引用了该诗句。另据诗人王家新回忆，一次去诗人莫非位于双秀公园家的一个聚会，一向喜欢抄写好诗的多多，“一来神就亮起了他的男高音歌喉，来了一段多明戈，然后还意犹未尽地念了一句曼德尔斯塔姆的诗‘黄金在天上舞蹈，命令我歌唱’！接着又对满屋子正要鼓掌的人说：‘瞧瞧人家，这才叫诗人！哪里像咱们中国的这些土鳖！’”①

很显然，当时的多多已经领悟了曼德尔施塔姆的诗句所蕴含的纯粹而高贵的诗歌精神，以及因献身于至高无上的艺术理想而产生的神圣感与成就感，正如王家新在回忆他与多多的友情时所强调的：“‘黄金在天上舞蹈，命令我歌唱’，可以说这就是让我们走到一起的东西！虽然我亮不起他那样的歌喉。我们在一起时也只谈诗，不谈那些‘乱七八糟的东西’。他对诗的那种全身心投入的爱和动物般的敏锐直觉，也一次次使我受到触动。”②

实际上，被别雷誉之为“所有诗人中最诗人化的一位”的曼德尔施塔姆也被布罗茨基视为“献身文明和属于文明的诗人”，曼德尔施塔姆的诗的源头是世界文明，反过来，“他又对赐予他灵感的东西做出了贡献”。而我国著名翻译家刘文飞也认为，曼德尔施塔姆的诗有两个特征：以人的创造为诗题；力图介入文化的积累。因此，他的诗歌作品便体现出了极重的文化色彩③。

其三，借用诗人西渡 2016 年 10 月在“新时期诗歌批评暨多多诗歌研讨会”上的观点，“黄金”这一意象还可置于历史视域进行解读，尤其是当其与“大船”的意象联袂出现的时候；因为只需流行的历史记述与传说我们就不难想象到，“黄金”作为巨额财富的社会角色，也注定成为各种利益群体时刻觊觎、拼命争夺的主要对象。换句话说，“黄金”同时也意味着掠夺、争抢与战乱，充满历史性的动荡感，当“满载黄金的大船”出现时，其本身反而是“不平稳”的，所以，当诗人多多以“平稳”这一“专制性幻想”④修饰它时，恰恰与历史实际生活中的动荡常态构成强大的张力。

---

① 王家新：《我的八十年代》，载《文学界》2012 年第 2 期“王家新专辑”。

② 同上。

③ 此节关于曼德尔施塔姆的评论均引自刘文飞《曼德尔施塔姆：生平与创作》，载《世界文学》1997 年第 5 期。

④ 借用胡戈·弗里德里希在《现代诗歌的结构》一书中的观点，李双志译，译林出版社 2010 年版。

二、“一些着火的儿童正拉着手围着厨刀歌唱”

对于一个曾经生活在“文革”风暴的中心北京、后来又因为“文革”而下放到河北农村的历史亲历者和见证者，读者自然而然会关心多多的诗歌会怎样表现自己的“文革”经验。事实上，正如许多研究者曾经揭示和论证过的，多多的诗歌对于“文革”的反思与批判比比皆是，荷兰汉学家柯雷也指出过多多的诗歌具有“对那场政治动乱暴力本质的洞察。”但是如诗人钟鸣所指出的，由于文化和政治环境的原因，在每一个诗人写作之前便存在一种出于政治操纵的语言囚笼，它当然掌控人们对于历史的“记忆”，形成“一种冷漠而快速处置的单词现象”[①]，最终导致真正的历史记忆与生命经验的流失。而多多显然也洞察了和国家权力滥用密切相关的语言控制，在多篇作品中让自己的历史印象和生命经验通过“非个人化”的淬炼，大规模地采用深度意象、比拟、夸张和超现实手法变构语言，使得关于“文革”的历史印象和生命经验能够以令人意想不到的非常方式得到综合表现，而非肤浅的自我单向投射。多多诗歌的这种语言方式倒似乎是钟鸣观点的实践佐证，每一个词的介入“都应该是有条件的，它依赖于语义关系和最终不同的思想样式”[②]。而钟鸣的观点其实所推崇的又恰恰是汉语的“会意特性”，即汉语注重词与词之间的定位关系，文中的个别概念同整体意义相互确定，个别概念和命题随整体意义的变化而不同，具有不固定的特性，需要更多地考虑语境，或从上下文中悟出其旨意[③]。

在多多的作品中，《一个故事中有他全部的过去》堪称当代诗歌书写“文革”历史的经典，具有非常独特的艺术性和丰富的历史人文内涵。而这首诗之所以出色，并不是因为诗人个体出于自身厄运对于荒谬历史的愤怒与痛苦之情，而是由于其最大限度地发挥了汉语本身“全面网捞事物或让事物在多重空间自由呈现的特点”，“兼具模拟与表现的特点”[④]，在以诗歌的叙事集中诸多历史记忆和生命经验的同时，通过其中新异的词语意象及其组合而成的戏剧场景，有效启动本土读者的类比联想，使其既能对诗中感情有所感应，又能达到对于历史真相的直观

① 钟鸣：《笼子里的鸟儿与外面的俄耳甫斯》，载《当代作家评论》1999 年第 3 期。

② 同上。

③ 魏博辉：《略论中西方语言文字的特性与差异》，载《学术探索》2013 年第 4 期。

④ 王光明、荒林：《解困：我们能否作出承诺》，载《上海文学》1995 年 4 期。

体察。例如诗中"一些着火的儿童正拉着手围着厨刀歌唱"这一令人惊悚的、邪祟的超现实场景，突兀一看也许不明所以，但只要与上下文的"牛栏""火焰""敌对的城市"和"疯狂射击"以及多多同类题材的诗歌相联系，就不难理解其历史的现实语境即在"文革"时期，其所象征的历史图景恰恰是红卫兵挥舞红宝书、以革命的名义进行批斗、破坏和打砸的暴力行径。短短的一个诗句，既突显了红卫兵年少、无知的生理特点（"儿童"），又结合"着火"和"厨刀"的意象抓取了其因天真、狂热而导致的暴力崇拜（这又证明多多的诗歌不同于残存浪漫主义的"朦胧诗"），而"拉着手歌唱"则更给人一种原始宗教活动画面般的献祭仪式感，令读者不由自主地联想到现代迷信与人类远古蒙昧状态的隐秘关系，从而极大增强和深化了对于"文革"的反思与认识。不仅如此，"一些着火的儿童正拉着手围着厨刀歌唱"即使作为单独的诗句也给人留下鲜明的视觉印象，具有远古岩石图画或出土文物上的图像所具有的强大象征力量和神秘感，也带给人们厚重的历史感。相信这是多多留心其他门类艺术、知识并将其与自身历史记忆和生命体验相融合而独创出的超现实的"真实"，它来自内心，却又概括且穿透了历史，远胜于教科书的千言万语，充分体现了唐晓渡所指出的"异质混成的奇幻风格和尖新、精警、'语不惊人死不休'的修辞策略"[①]。

阅读多多的诗歌，多数人在为其雄浑而有力的生命质感所打动的同时，常常又会困惑于其师承与门派皆不明的"迷踪拳"般的诗歌语言，那么，结合于黄灿然的诗评、王家新的回忆和曼德尔施塔姆的诗歌精神，也许我们能够找到成就多多诗歌的奥秘。而多多诗歌中许多被黄灿然叹为"神奇的句子"，正是因为体现于"词的珍重"（茨维塔耶娃语）之中的纯粹艺术精神，因为充盈着丰富而深刻的生命与文化韵味，因为它们"总是能够超越词语的表层意义，邀请我们更深地进入文化、历史、心理、记忆和现实的上下文"，就像语言的多功能镜子，让事物与事物的联系从不可能变为可能，在亦真亦幻的艺术空间中让意义生成，让"道"现形。

在谈到当代另一位优秀的汉语诗人张枣的创作时，作为张枣好友的钟鸣同样指出过张枣在语言方面的多重革命意义。如前所述，钟鸣曾经把张枣的《镜中》与千年历史和当代政治所导致的"单词现象"做比较，在批评汉诗过早伦理化和理性化的同时，也批评了通过把复杂的语义关

① 唐晓渡：《多多：是诗行，就得再次炸开水坝》，载《当代作家评论》2004年第6期。

系转化为简单的语音（音响）来完成的语言控制，阐发了张枣对这种牢固的语言牢笼所进行的摧毁工作的意义。换句话说，通过这种摧毁工作，《镜中》创造了语言的游戏的一面、形上的一面和整合的一面，从而解放了诗歌的自由联想——语言的多重镜像功能。多多的创造虽然与张枣的革命面貌不同，但在新的诗学观念与方向上显然又是不谋而合的。

语言学者辜正坤在研究人类语言音义同构现象与人类文化模式的关系时曾经发现，大量汉语字词的发音与其所代表的含义具有某种心理—生理—物理方式的契合。而汉语言文字中潜在的这种音义同构现象使得汉语的音象与汉诗词曲本身要求的情韵味之间具有了先天性契合贯通的趋势，单是这一点，就足以使汉字成为世界上最有效的诗歌载体。但是，迄今为止，国人对汉字作为汉诗词曲媒介的审美潜在能力的挖掘仍然不足[①]。而自新诗诞生以来，由于“五四”白话文运动以及科学主义思潮对于古汉语的激进断裂，在强势的西方文化的压抑和进化论意识形态的笼罩下，新诗发展既对汉语本身超语法、超逻辑的语言功能认识不足，又对汉语本身诗性特质的重视与发扬不够——而古代的文论家在这些方面显然就远比今人自觉得多。幸运的是，1980 年代至今，多多、张枣等当代先锋诗人们的努力已经开始改变这种糟糕的历史状况。

[作者单位：上海师范大学都市文化研究中心]

① 辜正坤：《人类语言音义同构现象与人类文化模式——兼论汉诗音象美》，载《北京大学学报》1995 年第 6 期。

死亡赋格之后：我们依然得挽回

——多多诗歌中死亡主题的辨识

夏　汉

引　言

人类步入文明社会以来，生命的珍贵与珍惜是毋庸置疑的，在哲学上被叔本华作为无可争议的两项“权利”中就有生命这一项选择[①]。这固然缘于人的生命只有一次的本然性。那么，死亡作为一个生命的戛然而止，就不能不引起人的意识中复杂而强烈的感受——恐惧、悲伤、同情、慨叹等，而与之同步的是对于死亡的展示与表达的多样性——哲学的、伦理学的、社会学的、政治学的以及医学的，等等。在诗的层面，对于死亡的表达尤为丰富而深刻，概源于诗人在对于死亡的呈现中，除上述知性的把捉之外，还融入了情感与想象等主观的因素，故而，但凡呈现死亡主题的诗篇都让我们震撼而难以忘怀。

在现代诗里，我们发现死亡的想象与表达已成为一个显在的主题，波德莱尔就把自己的诗称之为“病态的鲜花”，那里充斥着死亡的气息。乃至于可以说，他开了现代死亡诗学的先河——让死亡溢满邪恶与丑陋，这远比浪漫主义时代诗人的死亡颂歌来得真实与深刻。从而“在躯体里呼唤死亡，在死亡的威胁下生存——以便在自己的诗中更好地斟酌在话语极限处瞥见的虚幻事物”[②]。可以说，死亡情结自波德莱尔以来，已成为一条诗学传统。乐于死亡主题幻觉的恐怕要数狄金森了，研究资料表明，她一生写了一千多首诗，而关乎死亡的就有四分之一。可以说，在狄金森充满张力的精神构成里，死亡情结充溢于诗行间，从而构成了她独有的诗歌样貌。而在拥有超验主义与现实主义文风，享有美国自由诗之父的惠特曼那里，我们也发现诗人对于死亡有着特别深邃的领悟，

---

① 叔本华：《叔本华论生存与痛苦》，齐格飞译，上海人民出版社2015年版，第66页。

② 伊夫·博纳富瓦：《论诗的行动与场所》，刘楠祺译，载《诗刊》2013年第6期。

他就说过生活是死亡留下的一点点残羹剩饭。源于此，诗人才拥有了大量歌颂自然与人类的诗篇——因为他深知生命的弥足珍贵。说到底，所谓死亡在诗人那里，都是身体以外的或心灵感觉与心智的幻觉，它们都在语言之中。因此我们说，探索死亡都是对未知的探索与想象。我们知道，西方诗歌拥有深厚的哲学背景，而西方哲学中死亡这个概念从哲学的肇始就发挥着“关键作用”，尤其在黑格尔那里，死亡被确立为核心概念与最高表达；海德格尔则把人描绘成向死而生的存在，从而在黑格尔哲学基础上对死亡做了有意义的“挽回”[①]。那么，西方诗歌中死亡主题的经久不衰就具有了其内在的诗学合理性。当然，在哲学家那里，对于存在或直观形象的意识有一个“难题”，那就是“意识只有通过对某个事物有所经验才会显现出来，它从来无法通过直接地把捉到它自身而存在”[②]，而在诗人那里却并非如此，诗人可以通过想象与联想经由语言做出形象的展示。唯此，诗人在死亡的主题的处理上也不需要像哲学家那样依赖于推理而陷入某种概念的虚妄之中，就是说，诗人可以依靠语言想象而“把捉”死亡的存在。

多多无疑是二十世纪五十年代出生的汉语诗人中最早接触西方文学艺术的幸运者之一。早在1970年代初，他就阅读了西方“黄皮书”，其中有贝克特的《椅子》和萨特的《厌恶及其他》等[③]。尽管还不够多，但毕竟接受了西方文学的启蒙，为其后倾慕的西方诗学做了荐引，这从他公开发表的诗篇里可以得到佐证。比如写于1973年的《少女波尔卡》显然是受到某篇西方文学的触动；而写于同一年的《手艺——和玛琳娜·茨维塔耶娃》更确证了诗人在那个时期就已经阅读了俄罗斯白银时代的诗歌资料或传记性文字，面对玛琳娜·茨维塔耶娃：“她，就是我荒废的时日……”接着，诗人玛格丽也成为多多青年时代的美丽想象。直到十四年后写出《1988年2月11日——纪念普拉斯》，可以说，诗人在心中早已锁定了西方诗学的记忆，以至于在一个特定的年份，有了去国的抉择。

事实上，在西方诗人中，多多最为推崇的五位诗人是保罗·策兰、勒内·夏尔、伊夫·博纳富瓦、巴列霍和里索斯。对于策兰，“我认为

① 乌尔里希·哈泽、威廉·拉奇：《导读布朗肖》，潘梦阳译，重庆大学出版社2014年版，第48页。

② 同上，第53页。

③ 多多：《北京地下诗歌》，《多多诗选》，花城出版社2005年版，第242页。

集中营（他的父母双双死于集中营）和苦难是他诗歌里根源性的东西。”[①]就是说，死亡是策兰展示的根本主题。那么，多多在死亡主题这个向度不会不受策兰的影响与诗意的触发，进而在诗篇里展示死亡的独异意蕴。

多多在飞地所做的一次讲演中[②]如是说：创造力不受理论限定，也不受其指导，但这并不等于说，它是不可能被启发的。它经常通过阅读，阅读经典诗歌形成共鸣与激发。理论自有其价值，但诗歌的文本更能把我们带入写作。他还说：如果心智的干预和组织过早，或者过多，便会固化，文字成型了，而诗性消失了。我们从这些话里，似乎可以悟出这样的意思，即一个诗人是趋近于诗歌文本而排斥理论的，其实这里披显了诗人的内在合理性。那么，多多在死亡主题的展示中，是“体现为一种现实与幻觉影子间的游动”和“从影像，声音捕捉转变为诗行”，还是更多地依赖于死亡的哲学性启发？我们更倾向于前者，而把后者视为写作的底蕴与支撑，正如他在这次演讲中说过的：“如果心智能够合并，才能把这种游弋的游动固定下来。”这样，我们对于多多死亡主题的辨识，唯有从其诗歌文本里寻找依据才能够贴近诗人的本意与诗的本体，顺从其写作的踪迹打开阐释的境界。或者说，在此背景下，对于多多诗篇中死亡主题进行思辨，才能得出合乎诗学规约的结论。

一、诗篇中的死亡主题：生命本体的多角度呈现

相对于生命个体，死亡作为生命的结束——仅从这一点来看，人对于死亡的恐惧感是正常的，所以，尽管叔本华做过长文去阐释死亡的非恐惧性和排他性，但他依然说：“死亡就是一桩极大的不幸。在大自然的语言里，死亡意味着毁灭，……所有生物一旦诞生在这一世上，就已具备了对死亡的恐惧。这种对死亡的先验恐惧正是生存意欲的另一面，而我们及所有生物都的确就是这一生存意欲。”[③]而更多的时候，死亡不仅只是涉及生命个体的终止，还包括绝望、孤独、苦难、困境、危机、劫数、厄运等因素催生的死亡想象[④]，从而给诗提供了宽泛的死亡转喻。

多多的很多诗篇都弥漫着死亡的气息，有来自生命个体的感悟，还

① 引自2015年12月04日《凤凰文化》，作者魏冰心。

② 多多：《诗歌的创造力》，《飞地》现场2016年7月16日，录音记录张蕴觉。

③ 叔本华：《叔本华美学随笔》，韦启昌译，上海人民出版社2004年版，第204~205页。

④ 陈仲义：《生命诗学的分支与半自动书写的语词暴力》，《中国南方艺术》2013年2月22日。

有来自时代的心理烙印与情怀，从而成为诗人的基本精神底蕴，也构成其诗歌的意涵特征。在《走向冬天》的前三节里，诗人动用了腐烂、尸首和棺木等词语，描绘了一幅萧杀与死亡的镜像，接下来的“犁，已烂在地里”，“结伴送葬的人醉得东摇西晃”表达得更加明白无误，不啻说，在诗人的内心拥有一个令人恐惧的死亡记忆，而“死鱼眼中存留的大海的假象……/ 六月地里的棉花一定是药棉”（《看海》）则让诗人深陷其中而不能自拔，或者说，时代让一个书写者宿命般地成为一位批判现实主义的诗人，以至于在日常物象里也会显现出来。尽管这是一种死亡幻象，但彰显着诗人此刻的精神姿态，就是说，诗人在自然万物中看出了死亡的多种可能性，并揭示出其心理映像，而诗人就是在这死亡的可能性里体验着生命的虚无。

在多多的诗里，出现较多的是“绝望”“孤独”与“血”这些词汇。从这些词汇里可以显现出诗人触动灵魂的、让人心痛的生命体验。或者说，这些晦暗而阴冷词汇的频繁出现，披露出生命深处悲伤、寂寞、无聊的感受，相伴而来的是人生的无着、自由的丧失以及生命遭受摧残与迫害的愤懑和对命运不测的恐惧感，以至于有了死亡降临的幻象和语言呈示。

绝望作为一个心理元素，有时候是与死亡如影相随的，它甚至像血液在血管里流淌着不被人察觉，但恰恰如此才会朝向另一个向度转化，乃至于成为死亡的化身。诗人尤其如此。他会在诗行间不经意地披露出来，比如多多在《没有》里，还是在早晨开始时，就有了“没有人向死人告别”的决绝喟叹，接下来的一系列并置的“没有”短句“一次次否决了在诗句里努力保持的微弱的、残剩的希望”“用戏剧性的突转展露了内心的冲突，好像是一次次向绝望深渊的俯冲”[①]，直至跌入语言的晦暗之中，这里绝望就已经转化为死亡的内涵。

在远离祖国与母语的异国他乡的日日夜夜，多多似乎有着排遣不尽的孤独心绪，而诗人对远方的故土是绝望的，因而便在诗里化作死亡的喻指。或者说，孤独是可怕的犹如死亡一样的情形，诗人把孤独视为另一种意义上的死亡，在《依旧是》里，诗人看到了“冬日的麦地和墓地已经接在一起”，这显然是一种极度的失望之后的心理判断，继而才有“四棵凄凉的树就种在这里 / 昔日的光涌进了诉说，在话语以外崩裂”的诗的诉说冲动和“你父亲用你母亲的死做他的天空 / 用他的死做你母

① 杨小滨：《语言的放逐》，（台北）秀威出版社 2012 年版，第 191~192 页。

亲的墓碑 / 你父亲的骨头从高高的山岗上走下"的凄楚的死亡怀念。在另外的诗篇里，"死人才有灵魂"（《锁住的方向》）和"死人也不再有灵魂"（《锁不住的方向》）的呐喊才显得振聋发聩——因为诗人是面对那个曾经的时代发出的，一如西默斯·希尼所说的那样："诗歌也许真的是一项失落的事业……但是每个诗人都必须把他的声音像篡权者的旗帜一样高高举起。无论这个世界是否落到了安全机构和脑满肠肥的投机分子手中，他必须加入到他的词语方阵之中，开始抵抗。"[①] 在《那些岛屿》里有"它们的孤独来自海底 / 来自被鱼吃剩的水手的脸"，"我 / 望到我投向海底的影子 / 一张挂满珍珠的犁 / 犁开了存留于脑子中的墓地"，可以体会出来，诗人对心中的孤独是异常的恐怖，这里袒露出诗人远离祖国，尤其母语时，他处于语言可怕的黑暗地带。同样在《这是被谁遗忘的天气》里，诗人也显示了一种极度的孤独情绪，在诗里，尽管呈现的是海以及与之相关的船、云朵、沙滩，但这空旷、荒凉里分明站立着一个人——或许就是诗人？这里被"遗忘"的不是天气，而是生存的无着，是人生的被遗忘和心灵深处的孤独感。这是诗人与这个时代的不妥协所导致的一种情怀。在他面前，世界已经没有"被记起"的了，甚至也不会有"一再消失"的东西。这里还似乎暗含着衰老的岁月，回首看，"天气"也是日子的代名词与延伸——那种天气的普通性其实就暗示了日子与岁月的平淡无奇的无意义性。

多多在诗里展示了诸多的绝望、孤独、无聊与虚无，或许他并无意向哲学家靠近，但在对于生命本体的语言想象中，却与哲学家不谋而合，就是说，多多在这个向度的展示抵达到哲学的高度，正如海德格尔所以为的"将自我自由地投射到我未来的种种可能性之中去，向'我的虚无'——也即我的死亡——探出身去"[②] 的那种境况。

在多多的诗里，我们还看到死亡的悲哀性，比如《博尔赫斯》这首诗，这是诗人在博尔赫斯墓前观看到的情景。一群又一群的人前来参观，只有热闹，而他们却聆听不到智者的声音，众人乃无梦之人。而实际上，在其他先人、智者的墓前也莫不如此，故而诗的开句"每个先知的墓前围着一堆聋子"才让人震撼。"而他，是我们的症候 / 对着拥挤的空白，谜 / 和它强烈的四壁"，诗人在墓前，或者说在前辈诗人那里寻找

---

① 西默斯·希尼：《信念、希望和诗歌：论奥希普·曼德尔斯塔姆》，胡续冬译，载《北京文艺网》2013 年 9 月 6 日。

② 乌尔里希·哈泽、威廉·拉奇：《导读布朗肖》，潘梦阳译，重庆大学出版社 2014 年版，第 59 页。

着知音与共鸣，那便是博尔赫斯的诗成为我们时代诗歌的引领与认同的声音，这里有一代诗人对于前一代诗人的敬仰，也是一个诗人对于一位大师的呼应。同时，在这盲目的拥挤里，看到一种或许也会与自身有关的悲哀——那种知音难觅的悲哀。所以才有下一节的慨叹：“他的死，早已通过更细的缝隙：/ 海，不是大量的水 / 是人群吞吃人”。这里，多多又回到眼前，他看到诗人之死的本相与本意传达给参观者，扩散开去，以其伟大的力量扩散着，但竟然被大量的聋人聆听不到，如同大海吞没和被人群吞吃，这里的表达不能不让我们感到悲哀。故而，“他无眼，而他是我们的视力”这个结句的高昂呼喊与高度的赞叹给诗提升到一个高度，达到了全诗张力与势能的最大化，也是“而他，是我们的症候”的一个蕴含的跨越，从而构成诗的语言之场的完整性，或者有效地呈现了死亡的另类形态。

在诗里，未必就一定要展露死亡的恐惧，就是说，诗可以在缘于死亡的转化中趋于复杂乃至于高贵，比如在多多《它们》这首诗里，“在你的死亡里存留着 / 是雪花，盲文，一些数字”就是如此，在这里，死亡是真实的，但不再是悲伤与惊恐，而是拥有了一种怀念与平静的记忆或美好的想象，说白了，诗人给死亡以诗与美学的高度。《致情敌》这首诗无疑是跟爱情有关的，那个时段，诗人正值豆蔻年华，爱是一个绕不开的话题，可是，他在诗里却写出了“射死父亲”“末日”“复活的路上横着你用旧的尸体”和“有我，默默赶开墓地上空的乌鸦”等词句，这里，显示出复杂的情思，拓展了死亡主题的疆域，那便是让死亡成为爱的殉葬的转喻。同样，在真正幸福的时刻，他也会想到死亡。在《致太阳》的感恩中，想到了死亡：“我们在你的祝福下，出生然后死亡”，但那是一种幸福。在《同居》里，他写到“因而能够带着动人的笑容睡去 / 像故去一样 / 竟然连再温柔的事情 / 也懒得回忆”是享受幸福。而在感叹命运与时代，诗人也想到了死亡：“呵，死亡、哲学 / 黑色花丛中萎谢的诗 / 还有土地、命运 / 白色栅栏中思想的葬礼”“让我们最后干一杯 /——死前相遇的伙伴”（《日瓦格医生》），那则是一个不幸。在哀伤之中，诗人会说：“是我死去的时候了”（《诗人之死》），这一刻，诗人拥有了叶赛宁抒情诗般的高贵。

从哲学的层面上，认同叔本华关于死亡的阐释是有其依据的，这源于他从本然意义上去看待死亡，则意味着生命个体在时间面前的一种自然结果，他甚至谈出死亡的释然：“虽然生命程序的维持有其某一形而上的基础，但这维持工作却并非不受阻碍，因而可以不费力气地进行。

正是为了维持这一生命程序，这一机体每天夜晚都要做一番配给、补足的功夫。所以，机体要中断脑髓的运作，分泌、呼吸、脉动和热量都部分减少了。由此可以得出这样的结论：生命程序的全部停止对那驱动这一生命程序的生命力来说，必然是如释重负。大部分死人脸上流露出来的安详表情或许就有这方面的原因。总的来说，死亡的瞬间就类似于从一沉重梦魇中醒来。”①我们在多多《节日》这首诗里寻找到一种同样的死亡意涵层面上的参照：“老女人/死去的屋里，有一股秋天的皮革味/我听到尘埃离开她时的叹息，一阵冬天的/乡下的低音音符，就停在琴弦的末端//‘把我像空气一样地放走吧’”。在这一节描述死亡的诗里，我们看不到恐惧与悲恸欲绝，有的只是一种平常的气息（秋天的皮革味）和一种微观视域的情感内现（尘埃的叹息）以及某种带有些微唯美性质的联想与展现（音符在琴弦的末端），不妨说，这里彰显了死亡的安详与安静，一种向生命“敞开的退路，返回到大自然的怀抱”②——那种时间老人赐予的生命释然的节日。

从生命主体的立场去看待死亡，其实它是外在于生命的，不妨说，当生命存在之际，死亡尚未到来，而当死亡来到，生命已经不再存在——这很像是一条跑道上的接力赛，那跑道就是肉体——生命与死亡交接的一瞬间，它们已经各自分离，永不相见，唯有时间注视着这一切。“伊壁鸠鲁就是从这一角度思考死亡，并因此说出这一正确的见解，‘死亡与我们无关’——他对这说法的解释就是：我们存在的话，就没有死亡；死亡出现的话，我们就已不存在了。”③那么，在这个世界，人对于死亡所有的表达都只能是一种猜测、推理与想象，即便那些宗教教义也莫过于此。这样，在古今中外经久不衰的诗篇中死亡主题的表达则是一种美学意义上的语言想象，犹如奥克塔维奥·帕斯在《鸟儿》（赵振江译）这首诗里写到的“我顿时感到死神就是一支雕翎，/却无人知道谁在拉弓”那样的茫然。多多则是这无数个死亡想象的独有的诗学表达者之一，而他的根植于生命个体的多向度死亡主题的呈现则丰富了语言想象的畛域。说到底，死亡主题并非只是哲学与宗教的垄断，诗人们依然在这个领域为诗歌寻找更深远的出路。可以肯定的是，正是像多多这样在将生命意识融汇于诗歌的过程中，也会将伴随而来的死亡主题上升至美学高

① 叔本华：《叔本华美学随笔》，韦启昌译，上海人民出版社2004年版，第212页。

② 同上，第212页。

③ 同上，第210页。

度，从而构成与哲学、宗教的死亡之境平行的人类文化传统之中。

二、在群体与时间中，生命个体死亡意涵的超越

在多多更多的诗篇里，我们看到，诗人并非只对生命个体的死亡予以追怀与思考，他还对群体乃至社会与时代发声，并将死亡置于时间的维度之中，通过想象，赋予死亡以多重语言形象。我们从多多最初的诗里，窥见其死亡的主题是在《当人民从干酪上站起》这首诗里。“屁股上挂着发黑的尸体像肿大的鼓”颇具有现代诗的味道，但又是近乎写实的句子，联系到诗里还有“血腥”“牺牲”“革命”的字眼，诗篇则暗示着那个过去了的看似激进实则荒谬的历史时期。《祝福》中的“难产”也暗含着死亡；在《无题》里，“弥留的躯体”和“牙齿松动的君王”均有着将死或垂死的意味。从这最早的几首诗里，可以看出诗人并非只将死亡置于个体生命的转喻之中，不妨说，他一开始就给予死亡主题以宽远的预设，从而获得了“一种意义之音乐的乌托邦”（罗兰·巴特语）。在《忍受着》这首诗里，追悼意味着一种亘久的反思，那是某种被无情篡改的父亲的声音，诗暗示着民众权力的丧失和被压抑。故而，诗人把死亡之光映照在社会层面上，或者说诗人已经从人的个体性死亡扩展到广阔的社会群体。那么，诗人笔下的死亡主题就愈加宽阔和拥有意涵的力量——哪怕这种力量是在“忍受着”的时代里。《从一本书走出来》这首诗同样触及了一个特殊群体的灾难性事件，或许是诗人读了一本关于矿难的书之后，才有了诗的触动与发生——自然，那是死亡的触动。显然，这是一首控诉之诗。在诗人看到的书里，那些描写矿难者的情景深深刺痛了诗人的心。我们能够想象，一群矿工掩埋在矿下，没有人明白真相，而只有他们自己明白：“没有另外的深处”，而那些装腔作势的哀悼更加可恶。矿难者无法瞑目，像灯盏照亮一切。他们绝望地呼喊：深处，是我们的！最后诗人吁叹道：只有“枕着他们，你就能重写”，悲愤之情溢于言表。

当诗人面对一个人物或一件事物，拥有了对死亡复杂的思忖与想象，随之而来的必然是复合的死亡意象的展现。在多多这里尤其如此，不妨说，作为一个强力诗人，多多拥有更多的死亡想象和对于死亡意象的经营的能力。在《一个故事中有他全部的过去》这首诗里，诗人给予死亡多个侧面的展示——显然，这里在影射一个过往的人物，那么死亡就从他这里生发，不仅关乎他自己，还涉及他周围的人群，尤其那些青

春无邪的女人；还有对他邪恶的揭示以及死亡之于他的必然；而最后的死亡成为一种纪念与微不足道：“死亡，已碎成一堆纯粹的玻璃 / 太阳已变成一个滚动在送葬人回家路上的雷”，这里，死亡与罪恶以及历史背景下的审判相关，或者说一个人——无论他是多么显赫，都避免不了死亡，而他在人生历程中所导致的他人的不幸，让他的死亡成为一个多余，成为一粒沙子般的渺小与无足轻重。同样，在《北方闲置的田野有一张犁让我疼痛》这首诗里，诗人为北方的田野赋予死亡的多重形象，为这北方的田野赋予了威严。从“像一匹马倒下”的春天里，从“一个石头做的头 / 聚集着死亡的风暴”里看到了死亡的风暴。显然，这里暗示着那块土地上悲壮的历史，自然，还有来自土地的伤害与杀戮，故而才会有“孩子的头沉到井底的声音 / 类似滚开的火上煮着一个孩子”的可怖的喻体，如此，我们才有一份来自于对于土地的形而上的尊崇与敬重。

我们在一种超现实的想象文本里，有时候可以通过分割的肢体来展示死亡，在某种意义上这种死亡的精神意蕴更显得突兀与强悍，这是一种溢出身体或个体生命之外的精神意指。比如在多多《地图》这首诗的最后：“你身后，有一条腿继续搁在肉案上 / 你认出那正是你的腿 / 因你跨过了那一步”。显然，这个精神指向是暗示那个旧时代的酷烈与恐怖，以至于导向一场毁灭性的政治灾难。而在貌似移步换形般的诘问里，一种生命力量的丧失更令人惊悚。多多在《过海》里，做了如是的设计：在海的开阔、自由的背景下，诗人联想到“那条该死的河”：“我们回头，而我们身后 / 没有任何后来的生命 // 没有任何生命 / 值得一再地复活？”这是可怖的世界末日镜像。尤其“我们身后—— 一个墓碑 // 插进了中学的操场”的特写镜头既催人泪下又让人绝望，故而才有“在海边哭孩子的妇人 / 懂得这个冬天有多么的漫长”，从而做出“没有死人，河便不会有它的尽头”的预言，这里诗人在诗行间直指一种政治实体或时代，力透纸背而发人深省。

《在秋天》这首诗里，多多则揭示了一个死亡叠加的情节，让一个人为的死亡为一个人的自然死亡陪葬，这种“一起，死去”给死亡本体平添了一份荒诞性，也向我们彰显了一份来自异域死亡的非人性的罪恶。同时，多多对于罪恶欲望这样的心理现象也在诗里做出比拟。比如在《他们》这首诗里：“死亡模拟它们，死亡的理由也是”，还说：“使死亡保持完整 / 他们套用了我们的经历。”在另一首诗里，诗人还梦到了梦的死亡（《早晨》），那么，这梦也一定根源于一个时代的溃败所导致的人生的无聊与绝望，以至于梦境都已经毫无意义。

在《死了。死了十头》里，死亡尽管发生在动物身上，但依然让人惊悚与同情。诗人在这里对死亡做了分割术，让其以器官的特写镜头震撼人心。这很像一部幻灯片，把死亡展现得淋漓尽致，尤其在活了、死了的饶舌的诗句里，引发读者去思索生命的尊重与保护是何等重要。而我们在《战争》这首诗里也同样看到了死亡的另一面，那便是一种无尽的遗恨被亲情所包围、容纳与谅解，这是注满生者对死亡的理解而不再是某种惯常的心绪。

不可否认，生命个体的死亡在某种程度上体现着一种现实性与社会性，就是说，一个人的死亡成为一个事件后，就一定会在现实中体现出来，会与其他人发生关联，引起人们的思索与行动，进而最终体现为一种社会性。在多多《从死亡的方向看》里，我们看到了这一点。本来，人死后，安葬是一个正常的事件，而缘于“总会随便地埋到一个地点 / 随便嗅嗅，就把自己埋在那里”，因而“埋在让他们恨的地点”，这里埋葬的或许是一位达官贵人的墓地，他们费尽心机的选择，却并非平民百姓看着的舒心之处，故而“他们把铲中的土倒在你脸上”，当然，“就会从死亡的方向传来 / 他们陷入敌意时的叫喊”是诡异的，只是一种死亡推测，不啻说这样的死亡引领人们的现实性评判，也给死亡带来社会性色彩。同样，《十月的天空》没有给我们秋高气爽，而是“十月的天空浮现在奶牛痴呆的脸上 / 新生的草坪偏向五月的大地哭诉 /……黑暗的地层中有人用指甲走路”的恐怖，通读全诗，可以看得出诗里展现出季节的灾难——或许跟时势有关，或者说，诗人在诗里昭示的是一个绝望的沉默，直至死亡，在死亡里有一个早年的美好怀念——当然，那是早已不存在的情景。

在人类世界，生命个体是短暂的，而在生命的长河里，逝者远远超过了活着的人，一如叔本华的一个说法：在我们的生命到来以前与失去以后，那些时间比我们的生命长得多得多[①]。故而在那个世界才有更多的居民——他们是“我们”的邻居，这是多多在《居民》这首诗里对于群体的死亡展示的又一个向度。在这里，诗人歌颂了逝者的永恒与自由，而生命个体是短暂的，仅在接吻与睡眠之间，就走完了生命的历程。因而那些居民“向我们招手，我们向孩子招手”，待新的生命诞生后，“一切会痛苦的都醒来了”，以至于“用偷偷流出的眼泪，我们组成了河流”成为我们的宿命。而在这看似悲观主义的视域里去审视生命的虚无，或

① 叔本华：《叔本华美学随笔》，韦启昌译，上海人民出版社 2004 年版，第 208 页。

许能够让人自身愈加清醒。

一般诗人面对一片墓地，最常见的就是缅怀、追思，让诗拥有悼词的脸谱。而多多在《沉默的山谷里埋着行动者》这首诗里，尽管也看见有人流泪，“但不是哭”，那是什么？这里其实彰显着一种巨大的悲恸背后的沉默—— 那这“死人的重量”可想而知，我们可以猜想那是一位民族英雄或一位正义的殉难者，他让这些活着的人在“希望之间的高原”里“被修复为无言”，这已经不是痛定思痛层面上的反思，而或许是一种极度绝望背景下的“无言”与愤慨，是策兰意义上的“移向词语的无声的沉默之中，这沉默使人屏息、静止，这些词语也变得十分隐晦。”[①] 而接着，诗人在“沉默的岁月里没有羔羊 / 鸽子就此飞出血巢”的突兀的转折与崭新的具象里引向另一个向度，那便是“悼文中的世界 / 从人的痕迹中隐去”后，“接生者的徘徊仍在投影 / 让脐带内的谈话继续”——这里透露出一次生命的诞生与延续，这才是死者最伟大的意义体现，也让诗篇成为一次经典的重塑。同时，我们看得出这种来自于生存的洞察与彻悟给予我们内蕴精湛的诗句，而在这诗行间所涌现的语言的力量则给读者以宗教般的温暖与魅力，从而让人们因为有了这些诗篇而拥有了寄托和希望。是的，作为诗人，纵然可以为一个时代投去死亡的一瞥，但人类拥有自身的伟大，历史与时间一道埋葬了无数倒行逆施者与无道的枭雄逆子，那么，诗人也就没有理由不给人类的未来以希望。我们在《五年》这首诗里，看到了多多的语言想象中——尽管是声嘶力竭然而却有着坚定不可置疑的对于死亡的翻转。在诗里，毒蘑菇、风景、舌头、脾气、精液与胎儿，都意味着生命的原动力及其力量的场域所指代的世界未来，诗人在这种讴歌式的诗行里彰显出人性的觉悟与文学的勇气，唯有此，方可以启迪人类的良知，让这个世界“不死”——不啻说，这里体现出诗的伟大功力，正如迦达默尔说的“在诗人和人类存在之间没有什么区分，人类存在，是一种要以每一阵最后的力气把握住希望的存在”[②]。

三、语言，诗人的信念；或死亡主题的词语考量

西默斯·希尼说过：“语言是诗人的信念同时也是他的父辈们的信

---

① 《隙缝之玫瑰：迦达默尔论策兰》，王家新等译，载《新诗评论》2009 年第 2 辑。

② 同上。

念，为了走他自己的路并在一个不可知的时刻展开他特有的工作，他不得不把这种信念引到狂妄、好胜的极点。”[①] 在当代汉语诗人中，多多即是拥有这种信念的人。他既注重诗的创造力，又在意诗的技艺，在他死亡主题的诗篇里依然如此：从诗意的营造到意象的选择，从词语到形式，多年以来，他都刻意为之。诗人曾大量阅读策兰的诗歌，被他不可解释的神秘所吸引，也深深震撼于其诗歌到达的陌生处，一个不可言说的领域。他还从勒内·夏尔的诗里体验玄妙、直观与穿透性，以及词句的欣喜；在博纳富瓦的诗里体验其“超理性”奥妙；在巴列霍的诗歌中领略断裂、破碎、超现实主义的意象和那种在现实的背景中突然提升出爱、悲痛和撕裂的力量[②]。多多如此深沉地在西方诗人那里汲取诗学营养，而熔铸自己的诗歌质地与形态。这为我们考察其以语言为核心的诗学技艺铺展了一条路径。我们看到，多多写于 1974 年的早期诗篇里，那将死亡升华为诗的美学高度也是当代诗人中最具标识意义的，比如诗人最早在汉语诗里给予乌鸦以死亡的美学想象，让他的诗在那个年代抵达了几乎无人能超越的高度：“像火葬场上空 / 慢慢飘散的灰烬 / 它们，黑色的殡葬的天使 / 在死亡降临人间的时候 / 好像一群逃离黄昏的 / 音乐标点……”（《乌鸦》）而在《父亲》这首最具死亡“现实”的诗里，我们依然看到了那个来自远方的情境，不妨说，诗人在现实场景里——尽管那是梦——依然荡开去而走向更远的想象，从而为我们呈现了一幅超现实的图景。多多能够把现实落在一个梦里，是梦就会离奇，它跟超现实主义有时候并不矛盾，但也不是一回事，就是说多多并非在运用超现实主义的技法而缘于梦使然。“我却总是望到那个大坡 / 像被马拖走的一个下颚那么平静 / 用小声的说话声 / 赶开死人脸上的苍蝇”，这里有“大坡”“说话声”“脸上的苍蝇”等日常细节情景，但“下颚”被马拖走显然又让真实跌入幻觉，从而淡化了现实。而接下来的一番慨叹则真实地拉远了梦的“真实”，让梦愈加抽象而淡漠，进而成为语言的远景。说到底，这是一首从现实图像走向遥远幻象的语言之诗。而在死亡想象中，一任其诗思走向超现实的情景，死亡就会变得扑朔迷离，成为一种实像的分解或稀释，而意蕴则在词语和意象的扭打中趋向主观意图。比如在《笨女儿》中，多多在去世的母亲这个死亡事实面前的多向度想象便是如此。在诗里，有夜、马蹄声、鞋以及风的超然想象，让死

---

① 西默斯·希尼：《信念、希望和诗歌——论奥希普·曼德尔斯塔姆》，胡续冬译。

② 同上。

亡的实像淡化或支离破碎，或者说，母亲故亡的事实最终只在想象与语言编织的梦幻一般的意境中。我们有时候还可以看到多多在诗里只为死亡做着纯粹的想象，比如在《麦子的光芒》里，“父亲的灵魂 / 移过国王的荒冢，挤进麦田上空的漩涡”，在这里，国王、荒冢似乎不必深究其有无，麦田上空的漩涡更是一种超验的幻象；及至“那早死的，已死的，死定的一年，还在 / 被流血的指甲抓着，抓住，抓紧”已经是一种恐怖记忆的词语垒砌了，而在“马死前，马鬃已经朝天飞卷”也已经沉淀为一个拥有具象感的死亡预言。诗人就是如此在死亡的远处，为死亡做出超出本体意义上的想象的拓展，从而铸造与死亡若即若离的语言风景。

将死亡的主题置入虚幻的形而上世界，是多多的又一个诗学特征。比如在《冬日》这首诗里为时日所做的追思：“黄昏最后的光辉温暖着教堂的尖顶 / 教堂内的炉火，已经熄灭 / 呵，时日，时日 // 我寻找我失落的 / 并把得到的，放走 / 用完了墓碑上的字”。在这里，诗人把失去的与失落的都归类于死亡的范畴，无疑拓宽了死亡主题的疆域，或者说让死亡这种形而下的具体发生上升为一种虚无的境界，从而摆脱了死亡的具体性所致的恐惧，也给予死亡以哲学上的普遍性，兑现了叔本华所描绘的从“死亡就是一桩极大的不幸。在大自然的语言里，死亡意味着毁灭”，到“我们存在的话，就没有死亡；死亡出现的话，我们就已不存在了。失去了某样本人再不会惦念的东西显而易见不是什么不幸”[①]的认知转换。故此，便让这种普遍性升华为审美的意蕴与语言层面。

当然，一个人的想象往往会发生扭曲，概缘于社会潜意识的内窥使然，在多多这里也是如此。比如“五粒冰凉的子弹 / 上面涂满红指甲油”（《你好，你好》），这样一个表达友谊的举动居然披示了死亡的旨意，的确让人惊悚。在《墓碑》里，除了在“这夜，人们同情死亡而嘲弄哭声”里披示了死亡的字汇，其余的诗句一概不再涉及。而细读中我们发现，诗人又是在围绕死亡展开想象：“漆黑的白昼”“巨冰打扫茫茫大海 / 心中装满冬天的风景”“倾听大雪在屋顶庄严的漫步”，等等，不妨说，墓碑就是死亡显在的标志，是“一个村庄里的国王 / 独自向郁闷索要话语”。从这首诗里，我们体会出诗人在死亡这个有着形而上意味的题旨里，又做着形而下展示的努力，就是说，多多力求在诸多具象里捕获死亡的喻体。

在多多的诗里，曲隐的死亡展示同样让人惊悚。比如在《噢怕，我怕》

---

① 叔本华：《叔本华美学随笔》，韦启昌译，上海人民出版社2004年版，第206页、210页。

这首诗里，“我更怕——被 / 一个简单的护士 / 缝着，在一张移植他人 / 眼睛的手术单下 / 会露出两个孩子的头”，这里两个孩子的头必定会有一个死者——眼睛捐赠者。而“从打碎的窗子里拔出 / 我只有 / 一颗插满玻璃碴的头 / 还有两只可憎的手 / 会卡在棺盖外”同样也隐含着一个亡者。这里很难看作修辞的结果，毋宁说是一个独异的感受与想象，你能够说“从一棵树的上半截 / 锯下我 / 的下半截”是出于一种修辞的需要还是那种根深蒂固的潜意识？故而，在这里，我不愿把多多归类于修辞型诗人，而只感佩其所拥有的来自死亡深层的感受力，是这种感受力成就了他的诗，而不是其他。

说到底，诗“是一种抵抗绝望的阻挠因素。它是一种抵抗死亡的坚定的论证”（阿米亥语）。绝望往往跟死亡相联系。故此，我们看绝望成为多多诗歌中常常展示的一个主题，一定拥有其更多诗学的深意，这让他在展示独异的精神之际，也给诗以冷峻而孤绝的风貌。比如：“人的无疆期待 / 便如排列起来的墓碑 / 可以穿行整整一个国家”（《在它以内》）诗句渲染了一种死亡般绝望的情绪，但它并非个人的，它是生活在这个时代的人们所共有的“负资产”。

在一首诗里，诗人可以预设复杂的意蕴，以求得表达的丰满。比如多多《北方的夜》，诗人在复杂的蕴涵里，透出一股死亡的气息，或者说，整首诗都笼罩在死亡的氛围里，而正是缘于蕴涵的复杂，你很难归纳出死亡所指的向度，或许诗人正是在生命、死亡与语言中展开复杂的诗思。

我们能够看出多多在其死亡主题的表达中，不断筛选新的物象及其转换的诗学努力，在《从一本书走出来》这首诗里呈现的一个物象——“樱桃地”引起我注意，也让我审视、猜测着它们是实指还是喻象。那里果真有一片樱桃地，还是从“已被一一码齐”的矿难者那里看见的不愿抿上的眼睛？还有诗里的“灯”，很显然，那就是矿工眼睛的代指。这样的物象给死亡更添加了诡异与恐怖的氛围。我联想到《在它以内》这首诗里有一句：“微小到不再是种子”，这看似平常的物象，其实颇费思量，往深处想，它似在指人类生命的原点，是构成大千世界的根本元素。而这个物象的前面竟是“埋你的词，把你的死 / 也增加进来”，后面则有“活在碗里”，很显然，这是暗示着作为“人的无疆期待”的——粮食——的命运：死亡的到来，诗就是在如此曲隐的物象转换中向我们传达着独特的意指。

在多多的诗里，词是第一位的，毋宁说，只有词才是诗人的立足点与出发点。在阅读中，我们发现这个字眼出现的频率最高，可以看出，诗人在诗里对词给予更多的预设。在《还在那里》这首诗里，词就是它自身；词是文化的基因，也是人类生命意识的基本元素，在《存于词里》："词拒绝无词 / 弃词，量出回声"，这里，词又似乎代表着文化与历史。词跟生命有关，就跟死亡有关，它也可以说是生命逝去后的证据，故而："为绝尘，因埋骨处"才有了诗"存于词里"——这在多多那里几乎是一个宿命。在《从一本书走出来》里，"深渊里的词向外照亮"，词在这里就是矿工，就是灾难与死亡，它像一盏灯照亮深处，也让那些制造矿难的恶人无处藏身。而《在无词地带喝血》里，"说的是词，词 / 之残骸，说的是一切"，词则代表被历史遮蔽的一切真相。在另外的诗里，还有"词拒绝无词""埋你的词"等，都分别代表了不同的意蕴。就像希尼在评论布罗茨基时说的："词语对他而言是一种高能燃料，他喜欢在词语抓住他时让自己被驱动。"①多多也是如此。

语言修辞是诗人的基本功力，多多在诗里有着更多的展示。我们在《北方的海》里看到了这样的句子："大地有着被狼吃掉最后一个孩子后的寂静"，这是一种嵌入的死亡表达，或者说它是一个外在的死亡，在这里，死亡并不存在，只是一个假设与想象，用以烘托"寂静"，故而尽管这里有着跟死亡相关的词句，而并不能归入死亡的主题，但又是关乎死亡的修辞。在《马》这首诗里也有着纯粹的修辞，但这种死亡修辞却最终落脚于死亡的意涵上，就是说，整首诗围绕着死亡的意指展开："灰暗的云朵好像送葬的人群"是如此，而"孤寂的星星全都搂在一起 / 好像暴风雪"是一个面对死亡恐惧的心理呈现，"黑暗原野上咳血疾驰的野王子 / 旧世界的最后一名骑士"则透出死亡即将到来的征兆，"一匹无头的马，在奔驰"犹如死亡自身的形象，在这里，所有的意象都成为死亡的象征。在汉语诗歌中，我们常常可以看到一种美好的想象总会最终跟死亡相关联，这不是一种生命意识的必然，却能够从一个人的心理层面获得解释，就是说，那种极度的情形唯有与死亡意象相联系，才能尽兴或尽意。在《我记得》这首诗里，多多如此写道："天是殷红殷红的 / 像死前炽热的吻""花的世界躺满尸体"，就是一种内心里极致的感应所导致的一种修辞效果。

经营意象是一门手艺，尤其写诗的人更是如此。而要经营死亡的意

① 谢默斯·希尼：《约瑟夫·布罗茨基：1940—1996》，维达译，载于《诗品微刊》218期，2014年6月23日。

象却非同一般，就是说，在对于死亡的想象中，怎样寻找意象考验着一位诗人的技艺。多多在死亡意象的经营上无疑是一位高手，他可以在超验的想象里让死亡抵达经验的层面，从而给读者以基本的诺许，当然，这也必须在读者自己找到了一把入门的钥匙之后。在《我读着》这首诗里，有这样的诗句："种麦季节的犁下托着四条死马的腿 / 马皮像撑开的伞，还有散于四处的马牙"。显然，在日常生活里，死马、马腿、马皮和马牙都是一个经验认知，而在诗里则是一个超验的形象，表现为一种生活的不可能，但诗人在"十一月的麦地里我读着我父亲"的主旨下，又成为让人能够接受的语言现实，不啻说，对于一个已故父亲所归属的大地，他所历经的死亡的多种情形都是可能的必然，一如"我读到我父亲的历史在地下静静腐烂 / 我父亲身上的蝗虫，正独自存在下去"那样。故此，我们体验出多多是多么强悍地为死亡主题寻觅着无限的诗学可能。而多多为死亡意象的经营几乎无处不在，哪怕面对风也是如此。诗人在《我始终欣喜有一道光在黑夜里》里如此写道："风的阴影从死人手上长出了新叶"，这个想象是惊人的，他为风赋予了生命力，这也是对大自然力量的最为精到的体悟。这里的"死人"也是一个喻指，似乎在隐喻一切丧失了生命力的事物，这样就揭示了一个道理：人在大自然面前是微不足道的，是风"驱散了死人脸上最后那道光"。而且，诗人在对于死亡意象的展示中力主显现一种过程，就是说，这种死亡意象拥有了自身的运动——那种生命体一样的运动。故而，在"长出"与"驱散"的背后，死亡最后凝聚为诗，这才是诗人最终的期许与伟大的劳作："写在脸上的死亡进入了字 / 被习惯于死亡的星辰所照耀 / 死亡，射进了光"。

结　语

从二十世纪七十年代初期，直至二十一世纪的十余年，多多笔耕不辍，立足于生命个体的独有感悟，意蕴拓展至生命群体、社会、时代与时间多个维度之中，写下大量的关乎死亡主题的诗篇。多多在死亡主题的表达中，根植于现实感受，展示阔远的想象，构筑丰富、硬朗的意象，完成了精准而生动的语言形式的编织，从而向我们提供了"生动的人类智识的例证"[①]，从诗篇的数量到精神意涵的强度，在当代汉语诗里都

① 谢默斯·希尼：《约瑟夫·布罗茨基：1940—1996》，维达译，载于《诗品微刊》218期，2014年6月23日。

非常少见，这意味着诗人内心始终在意于死亡主题的表达，或者说，他一直没有间断对于死亡主题的语言想象。而这种热忱与执着的背后，必定是生活与时代的赋予以及生命个体的知性省察，从而创造了完美的直觉和完美的智识，“为世界建构一种客观之美，添加于世界的原初之美之上”（费尔南多·佩索阿语）。不妨说，死亡主题已经成为多多诗歌中一个核心的主题，抓住这个主题就可以把他诗歌中很多重要的方面都串联起来给予一个完整的观照。唯此，将多多视为当下诗坛一位重要的汉语诗人也就成为一个无须置疑的结论。

2016 年 8 月 6 日—10 月 6 日 兰石轩

[作者单位：河南省夏邑县委老干部局]

多多的秘密：什么时候我知道铃声是绿色的

李海英

多多的创作秘密必定繁杂多样，至少我们听闻过：多多匠心独运地“用音乐结构他的诗”[①]；多多的诗是“关于张力和冲突的诗”，其魅力来自于“对诗的句法和结构张力的出色把握”[②]；多多的诗歌具备一种值得“骄傲的听觉”[③]；多多达到了“诗艺中的理想对称”[④]，等等。这里，我仅能据自己的理解思考其比较具有个人特征的一个：经验变形的秘密，这对于熟悉多多诗歌的研究者来说早已不是秘密，但对于偶然一读的读者来说则未必同样清晰，那么讨论这个秘密或有些许意思，借用利奥塔在《重写现代性》中的说法，“秘密”如同“罪行”，“一个罪行要完美，就必须有人知道它是完美的”，同样，“一个秘密如果没有人知道它是一个秘密，就不是一个‘真正的’秘密”[⑤]，不同的是罪行被人知道后就不再完美，而诗歌的秘密被说出后会成为一种“技艺”得以传递。并且由此秘密，或许可以牵连出其他的创作秘密，比如语言的秘密、意识形态的秘密、形象的秘密或隐藏的秘密。

我感兴趣的是技艺本身，因为诸如音乐性的秘密、听觉的秘密、张力的秘密（或抒情的灾难）、对称的秘密，以及我准备思考的经验变形的秘密，或许察觉到、欣赏或享用都并不困难，我不清楚别人有何感受，但清楚自己很难说清它们是如何运作的，说不清就意味着把握的飘忽不定、意味着描述时会远离诗本身而用作他途并灌注自己的意图，所以我

---

① 黄灿然：《最初的契约》，参见多多《多多诗选》，花城出版社 2005 年版，第 258 页。

② 杨小滨：《今天的“今天派”诗歌》，载《今天》1995 年 4 期。

③ 胡桑：《我所骄傲的听觉——论多多》，载《诗建设》2008 年第 2 期。

④ 王东东：《多多诗艺中的理想对称》，载《新诗评论》2008 年第 1 辑。

⑤ 利奥塔：《重写现代性》，参见赵雄峰编著《艺术的背后：利奥塔论艺术》，吉林美术出版社 2007 年版，第 125 页。

做的第一步工作仅是尝试分析“秘密”的发生过程，以了解我所赞叹的文本是如何根植于我心中且在阅读、思考、证实、引用时占据并融合于我心的。至于诗人的某文某篇的微言大义或见微知著或无所不至应是后续问题，于我而言应是如此。

讨论多多诗歌经验变形的秘密，我首先采用的例子是《阿姆斯特丹的河流》，之所以先用这个传说中是多多“代表作”的文本为例，自然是该诗确实提供了“经验变形”的较好例证，另外的私人原因是我曾在课堂上遭遇了一次质疑。我记得我的思路大概是：“河流”是最根本的原型意象，“思乡”是最常见的文学主题，用河流形象去呈现思乡之情，在当下的文学创作中可能变得困难了。但诗人，将远处的家乡经验——铁屑般的鸽群、跑满男孩的街道、秋雨后爬满屋顶的蜗牛与近处的异乡事物——阿姆斯特丹的河流、院子里的橘子树（此处存疑，因为中国的北方不产橘子，而荷兰流传着 “William of Orange” 的传奇故事。无疑问的是，“河流”是阿姆斯特丹最具有象征意义的景观，该市约有一百六十五条人工开凿或修整的运河，交错纵横地密布在生活的每个角落）——并置一起——于是完成了思乡的“造境”——橘子金黄的声息与太阳升起的光芒、鸽群扑棱的响动与珍珠坠落的跳跃、蜗牛的寂静与铁屑散落的状态、河水的灵动与街道的空阔等原本有极大差异的场景，被凝缩成一个“家园形象”的媒介物——“阿姆斯特丹的河流”——潺潺流水运来送去的是潺潺思念，而思念唤醒了故土的象征价值，于是言说者停留于微寒凉意的夜色里开始了长久且细致的自我观照与自我辨认（“也没有用”），于是“阿姆斯特丹的河流”成为诗人表达他在自然的启示中觉察出了自身存在的尴尬的起点，流落域外，不管被政治放逐还是自我放逐，地域与文化的双重阻隔都必然要使“流亡者”承受多重的压力，可“阿姆斯特丹的河流”也成为一种情感价值的表征，灵巧地再现了“思乡形象”的新模样。

该诗的变形方式至少可以从如下几个方面显明：

一是异域名称的变形。“阿姆斯特丹”仅是一个地名，不过若是把这个地名换成我们熟悉的“北京”“上海”，写成“北京的河流”“上海的河流”，该诗是否还能在第一眼抓住读者？“阿姆斯特丹的河流”的妙处似乎与“约克纳帕塔法小镇”“布宜诺斯艾利斯的激情”“冈底斯的诱惑”有类似的效果。

二是语式结构的变形。多多的诗里常常是中英语体交错在一起，比如说：“十一月入夜的城市”“没有男孩的街道突然显得空阔”“秋雨过后爬满蜗牛的屋顶”，有点儿像英语的“of”语式，描述性的、修饰性的、说明性的、限定性的词汇置于主体之前，“入夜的”“没有男孩子的”“爬满蜗牛的”是具有行动能力的事物（或人），但在他们所在的句子中发挥的功能则是事物的属性，他们是他们所修饰的那些静态的空间性场所“城市”“街道”“屋顶”的属性，“城市”“街道”“屋顶”才是占据主体位置的主体。另举一例可能看得更加清楚，多多的《1988年2月11日——纪念普拉斯》一诗中有句：“这住在狐皮大衣里的女人/是一块夹满发夹的云……/一个没有了她的世界存在有两个孩子/脖子上坠着奶瓶……”此句的语序类似于直译英文。

三是比喻的变形。“鸽群像铁屑散落”，这是极具个人特征的多多式的比喻方式，“歌声是歌声伐光了白桦林/寂静就像大雪急下”（《歌声》），“灰暗的云朵好像送葬的人群”（《马》），“当春天像一匹马倒下”（《北方闲置的田野有一张犁让我疼痛》），“我的五指是一株虚妄的李子树/我的腿是一只半跪在泥土中的犁”(《十月的天空》)……表面看这可能是一种“远譬喻”的方式，将表面上分裂的本体经验与喻体经验连贯起来，带给我们一种新的感受经验，实际上，本体经验与喻体经验都是最根本最日常的经验。那为何还能有新经验之感？多多喜欢在一动与一静之物中各选一部分属性连接起来，妙就妙在他取的“部分属性”不是你我常规意识到的那一部分。就说这句“鸽群像铁屑散落”，诗人取的是：盘旋至天空高远处散成（动作）星星点点的视景 + 收拢翅膀簌簌（声息）回落于屋檐树枝后的静静舒气 = 铁屑散落（画面），当然鸽子盘旋起落的动作、声息、构成的画面感要远远大于铁屑散落，那么为何阅读中这个看似新鲜的经验又让人觉得恰切呢？

第四……我还没来得及继续的时候，一位同学发言了，他说：“首先，我诗歌阅读经验有限，再者对于我所将要提出的问题而言似乎并不存在一个确定无疑的立足点，但恰恰如此，我想问：第一，为什么甚至不需要读第二遍我已认为自己是在阅读《静夜思》？第二，《静夜思》和《阿姆斯特丹的河流》是否有进行比较的可行性？第三，无论从创作构思还是具体内容及文本结构而言，此首现代优秀白话诗的现代意义和诗歌的独创性在哪里？第四，转换是否有明确的意图以及转换的意义是否有公认的价值？第五，抛开此首诗歌我心生质疑，我认为我们目前的现代诗实际书写、阅读效果和创作价值承载不了目前诗歌界的“体制性”和“内部”的赞誉以及明显的过度阐释。最后，我还想问，诗人如果是被迫流亡在外，那么他赋予八十年代的故都与生活一种自足的诗意，其目的是什么？他的反思在哪里？‘啊，我的祖国……’这种抒情是不是有些奇怪？思乡要升华为爱国的高度吗？”

学生的疑问让人振奋。这其实也是我曾思考的，多多诗歌中意识形态隐藏的未完成性的特点很明显，不管他有意为之还是无意为之，可能都有抒情泛滥的嫌疑，有一种“世界让我遍体鳞伤，但伤口长出的却是翅膀”[①]的表白之感。但我个人最喜欢的恰恰是多多去国后1990年代的作品，此时期，一个中国诗人故有的中国经验与根深蒂固的政治无意识和一个流亡诗人新得的西方经验与理想主义坚守糅和在一起，这必然在某种程度上呈现为经验的变形与抒情的悖论，也必然在感受、经验、情感的分裂、纠缠、搏斗中曲折地完成意图的表达，同样也会在不可想象或不可预料的并置中拓展了语言的广度与深度。此时期，多多既继承了一种诗歌传统也贡献了一种新的情感结构，尽管有些诗看起来很扭结。新的情感结构得以形成的诸因素中，我认为至关重要的是经验的变形，下面要用的诗例是《什么时候我知道铃声是绿色的》：

从树的任何方向我都接受天空
树间隐藏着橄榄绿的字
像光隐藏在词典里

被逝去的星辰记录着
被瞎了眼的鸟群平衡着，光
和它的阴影，死和将死

两只梨荡着，在树上
果实有最初的阴影
像树间隐藏的铃声

在树上，十二月的风抵抗着更烈的酒
有一阵风，催促话语的来临
被谷仓的立柱挡着，挡住

被大理石的噩梦梦着，梦到
被风走下墓碑的声响惊动，惊醒
最后的树叶向天空奔去

---

① 阿多尼斯：《短章集锦》，《我的孤独是一座花园》，薛庆国选译，译林出版社2009年版，第218页。

秋天的书写，从树的死亡中萌发
铃声，就在那时照亮我的脸
在最后一次运送黄金的天空——

1992[1]

该诗得到的喜爱度较高，研究者通常把它理解为对“语言”的书写。《现代诗三百首笺注》的题解为：“‘什么时候我知道铃声是绿色的’，意即‘什么时候我知道语言是有生命的’，‘铃声’比喻语言，这里指诗歌语言；‘绿色’象征生命。”[2] 王家新在解读《我始终欣喜有一道光在黑夜里》时也拿该诗做比较，把它看作多多对诗歌语言的探索[3]；张桃洲在探讨多多与北岛“去国”后的“中国经验与政治意识的书写”中也曾以此诗为例，说明多多诗歌对历史经验的处理或者一种对政治（比如中国性）的觉识“都是在语言的范围之内实现的，其最终的目标是为了磨砺语词”，并且“历史经验或政治意识经过变形或锻造，都被吸附到语言饱满的枝叶中而内化为后者的一部分，它们借助于语言的猝然爆发，升腾为一种富有冲击力的语感或语式”[4]。

本人也曾认为该诗就是对诗歌语言的思考。2010 年阅读多多时，我参考的文本是《多多诗选》（花城出版社，2005 年），没有找到《行礼：诗 38 首》（1988 年）、《里程：多多诗选 1972—1988》（1988 年）、《阿姆斯特丹的河流》（2000 年）这几本更早的诗集，然后用读秀搜索找到的期刊信息显示的都是 1992 年版的这首，当时《多多的诗》（人民文学出版社，2012 年）还未出版，后来发现该诗集中还有一篇《什么时候我知道铃声是绿色的》，标注的时间是 1985 年：

最后一批树叶离开枝干，又一次，冬天显露它的威严。
十一月——灰色的钟声敲响了，报告消逝的，永不再来：十年前，
冬天把最初的礼物放到橡木桌上——茨维塔耶娃，留下她绣花

① 多多：《多多诗选》，花城出版社 2005 年版，第 182~183 页。

② 郑观竹：《现代诗三百首笺注》，花城出版社出版 2008 年版，第 484 页。

③ 王家新：《读多多 <我始终欣喜有一道光在黑夜里>》，参见程光炜、陈陟云主编《诗意的微光》，花城出版社 2014 年版，第 23 页。

④ 张桃洲：《去国诗人的中国经验与政治书写——以北岛、多多为例》，载《江汉大学学报》（社会科学版）2011 年第 6 期。

枕上的温暖，留下她骄傲的惹人心碎的诗行……

十余年过于辛劳的斧声中，它去远。同样的深秋，没有能力召唤忧伤再次进入血液。像苍白的月亮从冬天的山上看到的那样，我已经变成钢铁的大海中一只萎缩的水母。当我陡然地喊着：要保持呵——改变老虎悲伤斑纹的疯狂！今夜像每夜，坐在桌旁像立在车床旁，我蔑视我的工作：爱的空气已经变得这般稀薄，简直可以扯破！

可我多愿为一个人，在十月宁静的夜里，把枕头哭湿；多愿继续做一个孩子，在做孩子时，我可以变成一匹马……

马蹄声嘚嘚啊，踏过马珍爱的影子，那是它们从与人类的友谊中驰开的声响……

什么时候，我只属于自己的了——什么时候，这个想法看管着我？类似一只船在鱼腹中的情景：你，还在反对自己吗？你，这个现实当中的你——还能够被你接受吗？普拉斯走入水中之时，梦的意义依然是隐蔽的。那是更多一点自由回到我们心中，我们便受不了的感觉。

思考开始逃避思想，混乱在大出血：如你不能面对自己，别处的真实是没有的。

别帮助自己，以看到心的无限大——那小小的魔术，我的骄傲，永远，永远，永远乘在神奇的车上，叶赛宁、艾吕雅、德斯诺斯、洛尔迦，当我想到，我们正在他们的头顶上走路，我们的一生就是为了到达这样一个开始。

当贪心的朋友们愿望活到九十岁，以露出晚年艺术家头上那块辉煌的秃顶，我想起我厌恶的，那些认识了没有带来狂喜的，那些倾向于记住——而记住的又是多么无力的。于是，我自责：总是，总是没有达到过一个开始，增加的就永远是已有的。

正是出于迟迟没有到达的原因，我们才继续朝前走，可只要一走——就永远不会到达了……

没有这样的烦恼，我们不能活下去。

十一月的黑地里，豆子破壳的声响影响月亮的边缘微微颤动，听到书卷有益地翻动，我欣慰：人们在工作啊……

1985①

多多用同一个题名“什么时候我知道铃声是绿色的”分别在1985年和1992年写下这两个文本的原因何在，我没有办法做出推测，但可

① 多多：《多多的诗》，人民文学出版社2012年版，第62~64页。

根据这两个文本推测它们之间的关系，对比两个文本：

时间语境：十一月、冬天、深秋、夜晚 → 十二月、秋天；

基本意象：最后一批树叶离开枝干、钟声、苍白的月亮、马、影子、梦、书卷、黑地 → 从树的任何方向、铃声、星辰、鸟群、阴影、噩梦、书写、天空；

情绪状态：改变老虎背上斑纹的疯狂 → 十二月的风抵抗着更烈的酒；

行为姿态：召唤、思考、自责、欣慰 → 接受、催促、惊醒、萌发；

人称代词的变化：十多个“我” → 仅剩开头处与结尾处的两个“我”，她、你、我们、你们、它们、朋友们（具体的诗人）→ 消失不见；

假若我继续前面的判断，把 1992 年的诗体看作关于“诗歌语言与创作的思考”，那么 1985 年的散文体显而易见是：创作的焦虑，这种焦虑极有可能是诗人在创作过程中自觉的意识，也可能是接受的暗示，哈罗德 · 布鲁姆的《影响的焦虑》最早的国内译本应是 1989 年版，要晚于多多的这篇作品，但 T · S · 艾略特的《传统与个人才能》早在 1930 年代就有卞之琳的译本，1962 年后又有新译，到 1985 年至少出现了四个译本。这一点并不重要。我曾想象，1985 年“十一月”的某个夜晚，诗人“思念着”自己所珍爱的诗人：茨维塔耶娃——“最初的礼物”“令人心碎的诗行”，普拉斯（我们知道多多写过好几首献给普拉斯的诗）——“更多一点的自由”，叶赛宁、艾吕雅、德斯诺斯、洛尔迦——“神奇的车”，这是一个不安、焦虑、自责的时刻——“总是没有达到过一个开始，增加的就永远是已有的”，也是一个自我感动、自我激励的时刻——“正是出于迟迟没有到达的原因，我们才继续朝前走”。此处的散文话语的“影响的焦虑”，其实在之前与之后的众多文本中都可以找到清晰的线索，比如一系列就语言与历史、生命、死亡、诗歌及诗人等多方面所做的思考，1980 年代的《醒来》《语言的制作来自厨房》和《技》，1990 年代的《我始终欣喜有一道光在黑夜里》《什么时候我知道铃声是绿色的》，2000 年后《不对语言悲悼，炮声是理解的开始》《我信》《诗的创造力》和《读一本书》，这些诗中其实都回响着一个声音：“这世界所有的诗行都是同一只手写出来的”（2010 年后的《读一本书》）。

目前我查阅的资料显示，1985 年这篇只出现于《多多的诗》（2012 年）一书中，是否可以推测，1992 年版其实是“重写”。我的目的不在于探讨“重写”的目的和意义，那是另一个问题。我感兴趣的是散文话语转变为诗歌话语过程中的某些玄妙，或前文说的诗人技艺的秘密。

就这两个文本，最直接看到的是散文话语变成诗歌话语，细节性描述隐去，象征隐喻性细节凸显，带来的直接结果是个体经验的变形，即更直接的个人写作经验变换成普遍性的写作经验，个体性的焦虑变换成一种普泛的焦虑，由此也引起了情感基调的变化。

既然话语由散文式的个人独白变为诗歌的抒情，那么言说者的立场和姿态也必然发生变化，仅通过人称代词及数量的变化就可以证明：1985年版中大约使用了十三个“我”、三个“你”、三个“我们”，还有“她”“它们”“他们”，言说者虚构了一个一直在场的听众在那儿听他滔滔不绝的诉说，近似于一种夸大陈述，给人一种“抒情的灾难”之感；而1992年版里仅剩开头处的“从树的任何方向我都接受天空”与结尾处“照亮我的脸”，将“我”的激烈状态从字面上抽取，从而让意象（树、字、光、星辰、鸟群、果实、风、酒、梦、墓碑、天空等）代替“我”施展情绪：1985年版展现了从犹豫、徘徊、不确定到坚定的过程，1992年版“从树的任何方向我都接受天空”在一开始就一锤定音了言说者的姿态，清晰无比地告诉听众（读者），从任何方向都接受的自愿性，后面又再次强调了决心，“天空”若是最高的去处，“最后的树叶向天空奔去”便是“我”的意志，情绪的饱满度依然还在且可能更加深厚，但却抹除了夸饰。

意象的变化也许并不明显，仅是同类事物的替换，意象所表征的内涵与前期的差别也不大，但变化后的意象，可能更容易达及诗歌所意图的主题，我的第一次阅读就直接把“铃声”理解为本雅明的“aura”：“在天空、光、字、树、词典这些诗性的图像之中，字犹如隐藏在树间的光，光犹如隐藏在词典中的字，在交互隐喻之中，诗人已经靠近了诗性语言那种神秘莫测的本质。”[①]另外的树、天空、风、鸟群、星辰，都是多多诗歌中一再反复出现的意象。胡桑有过如此分析：

> “树”是另一个在多多诗歌中占据独特位置的词语。它也具备声音的存在，比如这首诗中“树间隐藏的铃声”响彻始终。与“马”的迅疾而开阔的声音不同，“树”的声音更加切近于大地。它可以是一种怀旧的事物，比如当它突然叠映在阿姆斯特丹的河流影像之中时，就将时间移植入异国的空间：“十一月入夜

① 参见拙作《语言的制作来自厨房——简论多多诗歌语言的流变》，载《江汉大学学报》（社会科学版）2011年第6期。

的城市／唯有阿姆斯特丹的河流／突然／我家树上的橘子／在秋风中晃动。”（多多：《阿姆斯特丹的河流》）作为多多诗歌气候培养的主要生物中，“马”是主要的动物，而主要的植被则是“树”。当然，在多多诗歌中，“树”是语言的存在，这首诗中“字”“词典”“记录”“话语”“书写”等词语都指向语言自身和书写行为。更重要的，“树”是天空（“暴风雪”“暴风雨”“风”“天空”）与大地（“北方”“田野”）的辩证法，使多多的诗歌在开放的同时又向内凝聚：“从树的任何方向我都接受天空”。“树”又是光与阴影的辩证法，它在光线之下制造阴影：“光／和它的阴影，死和将死／两只梨荡着，在树上。”①

从胡桑的这种精细分析中可以得出一个事实，如果我们愿意，可以为多多诗歌所“培养”的树、天空、土地（田野）、鸟群、马（马群）、星辰、月亮、河流、风、雪、云、谷仓等主要意象，做出各自的词条分析，也可以对他常用的比喻方式、句式习惯做出相对日常的还原，这样做可能会比较清晰地还原多多是如何改装、重组、再建了属于他的话语系统和表征系统，或许能为理解多多诗歌之奇妙提供一些意想不到的路径。

然而，此刻我并不清楚我的还原是否可行，或者说除了教学需要之外是否会有人在意这些诗艺，因为我分明感受到 2004 年多多回国后的写作中，这些曾让我欣喜乃至激动的“经验”书写越来越少，或许诗人自己都在寻求一种新的变化或探索，或许我所理解的经验的奇妙性越来越难以达及。

［作者单位：云南大学文学院］

① 胡桑：《我所骄傲的听觉——论多多》，载《诗建设》2008 年第 2 期。

浅析多多的诗学观

王学东

面对当代语境，朦胧诗人多多以当代体验生命为核心的诗歌有着独特的当代特质，其独有的诗艺引起了广泛的关注。正如黄灿然在《多多：直取诗歌核心》一文中所说，只有诗人多多的诗歌创作才命中了中国现代新诗的核心。并且，黄灿然认为是毫不夸饰地“直取”，直接面对、直接针对“诗歌的核心”。因此，有人认为诗人多多，“他是当代诗歌一个绕不开的存在,甚至,他必将会成为汉语诗歌的一个强劲的‘传统’。”[①] 作为一个既直取了现代诗歌核心，并又将成为汉语诗歌一个强劲诗歌传统的多多，其重要的原因在于他为当代诗学提供了独特的诗学观。

本文的中心问题就是多多特有的诗学面貌是什么？而从多多的诗歌观念出发，不仅是为了重新解读多多的诗歌，更重要的是能为理解当代诗歌，以及当代诗歌的未来路径提供一些有效的思考。

一

要透视多多诗学的核心，我们首先面临和必须解决这样一个问题，即他的诗学基本面貌是怎样的？也就是说，什么是他的诗学原初起点和境域？如何才能标示多多诗歌的独特个性？

对于多多的诗歌，我们会提出这样一个唐晓渡式的问题：“多多的诗为什么一直保持着某种强烈的竞技特质？”[②] 这个发问对于理解多多来说，是很有效的方法。“竞技特质”并不是浮游于多多诗歌表层的印象，而是对多多诗歌较为确切的思考理路。可以说，追问多多诗歌中的

① 贾鉴、汤拥华：《流散与归来——多多诗歌二人谈》，载《华文文学》2006年第1期。

② 唐晓渡：《芒克：一个人和他的诗》，《唐晓渡诗学论集》，中国社会科学出版社2001年版，第171页。

"竞技特质"，就避免了空洞的思考，直接点击了多多诗歌的中枢。由此我们进一步的发问是，在多多的诗歌思考中，为什么要"竞技"？竞技特质作为多多诗歌的标志具有怎样的合理性？

要穿透掩埋在多多身上的层层迷雾，我们首先得切近多多自身面对诗歌的原初境地："我现在觉得写作不一定更重要，更重要的是建立你自己重塑了你自己。"[①]在我们的诗歌视野中，"惊天地、泣鬼神、正人伦"的诗学观念长久地占据着我们的诗歌思维，但是多多却说诗歌"不一定更重要"，首先就否定了诗歌，否定了诗歌重要的地位，而是看到更为重要的东西，那就是"建立自己""重塑自己"。在他的诗学观念中，不是诗歌，而首先是"自己"，并且是"重塑自己"，才是多多诗歌要表达的目标。也就是说，"自我律令"首先支撑起了多多诗歌，成为多多面对诗歌的第一个命题。

作为个体的多多，其特点在于他是一位有激情的人，而且是非常有激情的人。"诗人多多是一个有着孩子般激情的'大英雄'典型，他好像永远是生活在超现实主义的三十年代，他以那个年代诗界火红的核心人物不停地唱出'今天派'中最尖锐的高音。"[②]这样一位既是孩子，又是英雄的诗人，不仅仅有着个人强烈的生命冲动，更有着个人涌动不息的激情，这样的激情让多多争强好斗的个性得以彰显。当然，对于激情，更重要的是这种激情源于他内心的骄傲。他说，"最骄傲的人才能做诗人。我觉得大部分问题是没有骄傲，就出问题了，……像波德莱尔讲奢华讲骄傲，所有这些词都是更高意义上，诗人不是要禁欲的，但最禁欲的人很可能是有极大的欲望的人……人间算什么，怎么能满足我。"[③]没有骄傲，就没有激情，没有激情就没有多多，就不可能在那个时代唱出最尖锐的高音，就不可能成为个体的诗人多多。在多多的世界和经验中，只有骄傲、激情在不断澎湃、激荡、涌动。

在"骄傲"的背后，多多的个体生命才呈现了一个独具多多式的特点，而这也让多多的世界和经验的原初境域逐渐敞亮起来。即诗人自己所说的更高层次上、更高意义上骄傲却是不能实现的骄傲，而且还陷入了个体生命立法的悖论之中。也就是说，在这里，在诗人的个体生命中，

---

① 凌越、多多：《我的大学就是田野——多多访谈录》，参见《多多诗选》，花城出版社2005年版，第290页。

② 柏桦：《"今天"的激情》，《今天的激情》，上海人民出版社2006年版，第34页。

③ 凌越、多多：《我的大学就是田野——多多访谈录》，参见《多多诗选》，第288页。

诗人的骄傲就是诗人有着充沛的精力，有着强烈欲望的诗人，但是这种骄傲的精力、欲望、激情在人间不能实践，更不能得到满足，但实际上诗人多多却又不得不在这样的人间实践自己的精力、欲望、激情，“……诗言志，没有志何言诗？志是什么？志是在你身上没有实现的东西。”[①]沿着骄傲的“自我之志”的光明大道与不能实现的现实幽深小径两难交织的路途上，形成了多多诗歌中的悖论。然而，也正是这种悖论，形成了“竞技”，也就是激情与骄傲在多多的诗歌中撞击出耀眼的火花。由此，多多的这种竞技的火花，展开了现代诗歌的新途。

实际上，悖论中的“竞技”在多多的生命中早已成型，并且成为他诗学的基本面目：“决不受什么外在生存环境而改变而有任何影响，也就是说我已形成我自己。”[②]这个既是激情与骄傲的诗人，又在清醒地面对没有实现的现实，他要“建立自己”“重塑自己”，特别是作为一个早熟的诗人，他过早地明白了这个道理，过早地“形成了我自己”，个体和现实就永不可调和，也永不能融合。那生命中充盈的激情和骄傲，那个固定的自我，在大地上融合的唯一的办法就只能是竞技，而且是玩命式的竞技。所以，芒克看到了多多的竞技式的生命，“的确，我想没有比多多写诗更投入和玩命的人了。他硬是把自己从一个胖子写成一个瘦子。”[③]多多自己也承认了自己这样的身份，“开始是无知的孩子，然后变成自觉的抵抗者。”[④]最后，“竞技”还成为他对自我生命的最终定义。

让“自我”的生命世界，让自我的诗歌世界，在不能满足自我的世界中竞技，以“建立自我”“重塑自我”，形成多多竞技特质中的“自我主奏”，这不但是多多的诗学原初起点和境域，也标示了多多诗歌的独特个性。

二

多多诗学所形成的“自我主奏”式的竞技特质，在诗歌中又是如何成为可能的呢？只有深入辨析这一系列的“协奏”而形成现代诗歌的交

① 凌越、多多：《我的大学就是田野——多多访谈录》，参见《多多诗选》，第288页。

② 同上，第276页。

③ 芒克：《多多（诗人）》，《瞧！这些人》，时代文艺出版社2003年版，第14页。

④ 凌越、多多：《我的大学就是田野——多多访谈录》，参见《多多诗选》，第267页。

响曲，我们方可进入理解当代诗歌中发挥得如此繁复和震撼的竞技特质，也才能呈现出中国当代人存在的精神状况。

多多的这种诗歌竞技，首先是从与写作的竞技开始的，形成自我与写作过程的协奏。这种与写作过程的协奏和竞技最开始是在诗人和诗人的对手之间进行的，芒克说，“想当年，他叫着劲儿给我比写诗。”[①]面对诗歌创作，在多多的世界中，不是面对抒情达意，而是面对诗歌对手，展开竞技的表达，表达竞技。不是为抒情达意而写作，而是为了竞技而写作，这样一种冲动和自我释放的过程，这样的写作样态，可以说在中国现代诗歌史上是独有和罕见的，甚至说将完全改变对中国现代诗歌的认识。“到 1973 年底，我第一册诗集赢得了不少青年诗人的赞誉。……我和芒克的诗歌友谊自那年开始，相约每年年底：我们像交换手枪一样，交换一册诗集。”“1974 年底，我拿出第三册诗集，芒克准时同我交换了。”[②]而在这样的协奏与竞技过程中，最终涌现出来的依旧是诗人自身的激情和骄傲，依旧是自身生命力的彰显。多多的诗歌创作，首先是面对诗歌对手，进而是面对自己，在创作过程中与自己竞技。“我有很多句子，我的储存量至少是十年以上，就是不让它出来——让它瓜熟蒂落，你要经过人工的极痛苦的阶段，毫无灵感。”[③]他的创作呈现了一种艰难的思维过程，一种人工竞技般的努力，他的诗歌创作是对自我人工的痛苦付出，也是对自我内心的艰辛挖掘。并且对于已形成的作品，对于已成型的诗歌，诗人仍然如临大敌，仍然不满足，仍然不满意，似乎已写出的，或者正在写的诗作，都在对他挑战，他非得将诗歌本身，将创作本身驯服不可，“我说我的每首诗至少七十遍，历时至少一年，但是我同时写作，同时写多少首诗。”[④]这种竞技过程的结果就是，“他把每个句子甚至每一行作为独立的部分来经营，并且是投入了经营一首诗的经历和带着经营一首诗的苛刻。”[⑤]诗人与创作的独特竞技，就在于将一个诗人内在生命力的激情、骄傲、痛苦、坚守、执着、苛刻在诗歌的创作过程中荡摆、冲突、循环、扭结，挺立起现代诗人强健的生命之力，也挖掘出了现

① 芒克：《多多（诗人）》，《瞧！这些人》，第 13 页。

② 多多：《1970—1979 被埋葬的中国诗人》，载《开拓》1988 年第 3 期。

③ 凌越、多多：《我的大学就是田野——多多访谈录》，参见《多多诗选》，第 275 页。

④ 同上。

⑤ 黄灿然：《多多：直取诗歌的核心》，载《天涯》1998 年第 6 期。

代诗歌创作首先无法摆脱的一种命运。

诗歌作为一种特殊的艺术，语言是其核心，语言当然也就成为诗歌竞技和协奏中最重要和最核心的场所，也是诗人多多必须要驾驭的烈马。因此，在多多的诗学中，自我与语言的协奏竞技是其最耀眼和闪亮的一部分。这就是黄灿然所谓的“直取诗歌的核心”，“从朦胧诗开始，当代诗人开始关注诗歌中语言的感性，尤其是张力。……这方面多多不仅不缺乏，而且是重量级的，令人触目惊心。”[①] 柏桦也认为，“他始终如一地对诗歌的技巧有一种孩子般的好奇感和紧迫感。”[②] 他们都不约而同地看到了词语是诗人多多的竞技场和舞台，以及诗人在这个舞台上所付出的努力。特别是多多的诗歌倾向于短篇，这本身就是诗人对诗歌理论的一种诗学表达和诗学思考，他说，“让你写短，就逼迫诗歌直接进入最本质的东西——就是词语之间的关系，或者说词语之间的战争，搏斗，厮杀。所有这些大师都是这样，太厉害了，诗歌最高级的地方就是这个。”[③] 诗人在面对词语的时候，又开始面对竞技，而且诗人毫不掩饰自己在其中所做的这样的协奏，并且上升为“战斗，搏斗，厮杀”。

在这场词语竞技的过程中，诗人是从这样的几个方面展开的，其一是诗人让诗歌中的词语与词语竞技，这就保持住了词语自身在现代诗歌的活力。“多多诗歌中的冷峻不仅仅来自词语所产生的意义，更源于语言被巨大的压力所折弯时所产生的紧张感。”[④] 而且词与词之间不但是竞技，而且产生挤压的力量，引出词语更为丰富多彩的意义，“用形容词来挤压名词，用修饰语来挤压中心语，这种挤压产生出强大的张力，并牢牢控制住诗中涌动的情感。”[⑤] 其二是诗人创作中使句子与句子之间竞技，他说，“曼杰斯塔姆就是最厉害的，他那种转折就构成了落差，因为你要在这么短的时间里说出那么重要的主题，你怎么说，第一单句质量当然非常厉害，第二句与句的衔接，跳跃性，自然就出来了。”[⑥] 在词与词的竞技之下，词语的活力飞扬，而进一步在句子与句子之间的竞技之下，诗歌的内涵量和传达经验的可能性达到更为丰富的耀眼和闪烁。另外，诗人在诗歌中使用较多的是产生相对、相反意义的修辞技巧，

---

① 黄灿然：《多多：直取诗歌的核心》，载《天涯》1998 年第 6 期。

② 柏桦：《“今天”的激情》，《今天的激情》，上海人民出版社 2006 年版，第 34 页。

③ 凌越、多多：《我的大学就是田野——多多访谈录》，参见《多多诗选》，第 282 页。

④ 贾鉴、汤拥华：《流散与归来——多多诗歌二人谈》，载《华文文学》2006 年第 1 期。

⑤ 同上。

⑥ 凌越、多多：《我的大学就是田野——多多访谈录》，参见《多多诗选》，第 281 页。

使诗歌产生多种意义，这是诗人在诗歌中让意义与意义之间竞技，产生意义再生和繁殖的力量，“现代诗的一些核心技巧，例如反讽和悖论，在多多诗中也表现得非常出色，并且俯拾即是。”[①] 在这里的诗学之下，自我与词语，与句子，与意义的竞技，完全开放了诗歌，呈现了现代诗歌的一种全新的势态，“他那种语言冲击力是独有的，这对诗歌来说太重要了，或者说对汉语来说太重要了。”[②] 这样通过这三步，诗人多多自己与诗歌语言的竞技达到了极限，最终让现代汉语的魅力达到耀眼的程度，而且让现代新诗破译着现代生命和现代生活更为多层和繁复的密码，也将诗人自身的影子、诗人自我的力量全程绽放。

而多多的这场诗歌竞技，除了写作过程、除了语言，诗人对诗歌意象情有独钟，开展了与意象的第三场竞技与协奏。他说，“我从来不离开形象。”[③] 因为在诗人看来，意象首先就成为词语的中心，“那是自然形成的一种小气候，就是一种话语中心，话语中心我想就是意象——那个阶段，至少是。”[④] 而且在诗人看来，意象还有着独特的魅力，在诗歌中的地位是不容置换的，征服意象、创造意象成为诗学瞭望世界的窗口。“我们就是这么去认识，意象就具有认识能力，一切都包括在其中，完全来进行独特的雄辩性的逻辑性的东西我们是不要让它入诗的。”[⑤] 因此，多多的意象是建立在语言竞技的基础之上的，在语言的多重协奏过程中，就已经构建出了诗人的意象的世界，就已经将诗人的世界暴露出来了，“对多多来说，写诗意味着准确而坚决地切入语言，通过语言的重构创造出灼人的意象，并以此意象激活语言内在的张力。”[⑥] 在多多的诗歌中，意象成为语言和诗人自我的承担者和分享者。与语言的竞技营构出了灼热的意象，而最后又在灼热的意象之下，重新更新了语言形象和自我形象，现代诗歌和诗人的内在面目在多多的竞技和协奏中全面更换。

---

① 黄灿然：《多多：直取诗歌的核心》，载《天涯》1998 年第 6 期。

② 贾鉴、汤拥华：《流散与归来——多多诗歌二人谈》，载《华文文学》2006 年第 1 期。

③ 凌越、多多：《我的大学就是田野——多多访谈录》，参见《多多诗选》，第 269 页。

④ 同上，第 270 页。

⑤ 同上。

⑥ 汤拥华：《词语之内的航行——多多诗论》，载《华文文学》2006 年第 1 期。

三

多多的诗学观，切合自我的生命体验，切中当代诗歌的中枢。三重协奏诗学所呈现的“紧张诗歌”，凸显了多多诗歌的特色，彰显了当代诗歌的精神特质，也展现了中国时代的精神状况。

在他诗歌的三重竞技和协奏中，自我与写作的竞技，照亮了诗人作为个体、作为个人的强健的生命力，开启了诗人素质的奠基；自我与语言的协奏，带来了新诗中现代汉语充沛的内在生长力，昭示了现代新诗对现代生活强劲的及物能力；而自我在与意象角力和冲突中，现代新诗自身的面貌和基因由此而拓宽。并且，多多的自我三重协奏诗学，洞开了现代新诗的一种多多式专属的诗歌品类，这就是紧张诗歌。“我基本就是张力说，没有张力的诗歌，或者说不紧张的诗歌我是不读的，没有意思的。”[①] 也就是在多多的诗歌视域和诗歌实践中，他的落脚点和诗歌思考的起点是“张力”，这种张力就是我们前面所展示的三重竞技，在这样三重张力之下，一种直逼现代生存、彰显现代人生的诗歌才得以呈现，才成就了多多诗歌创作中独特的“紧张诗歌”，而也正是在这一命名之下，多多的诗歌个性才可能得以透视。因此在这个意义上，多多说，“我历来说我就是豪放派。”[②]“我根本不是朦胧诗人，我从来就没有朦胧过。”[③] 不是“朦胧诗歌”，也不是抒情诗歌，甚至也不是“思考诗歌”，而是紧张诗歌，才是多多的诗歌。在三重协奏之下，这种紧张诗歌的支点就是“硬”，最终形成了一种硬的现代诗歌风格。这不但是意象上的“硬”，“你们是非常强硬的一代，所以你的意象是非常强悍的，有力量的。”[④] 更重要的是一种精神上的“硬”，“我们也是毛培养的前期信仰，培养了勇气、造反、反抗——非常硬的一代，也是他们培养出来的。”[⑤]

这种现代诗学的特质，其特有质地在于“硬”的风格。多多从自我诗学起航，以三重自我协奏建立起自己的诗学维度，并形成了以“硬”

---

① 凌越、多多：《我的大学就是田野——多多访谈录》，参见《多多诗选》，第 287 页。

② 同上，第 271 页。

③ 同上，第 269 页。

④ 同上，第 272 页。

⑤ 同上，第 267 页。

为支点的紧张诗歌这样一种现代诗歌的独特品类。而这种紧张诗歌的旨归是诗歌趣味在于对世界的“对抗”和“对话”式掌控。他在诗歌中的竞技和协奏，主要是要解决自身的悖论，“自我之志”与不能实现的两难，诗人选择的语言解决之途，试图“通过掌控语言来掌控世界”[①]，但是我们看到这种掌握，不是说已经解决的掌握之法，而首先就是一种对抗，“西方诗歌的抗体是很强的，……他们的超现实主义根本不是一种逃避啊，是一种对抗啊。”[②]这种对抗的实质就在于，“诗歌以语言形式的复杂性和内在的紧张性，来抵御现实生活的简单粗暴和外界世界的压力。这正是二十世纪九十年代汉语诗人‘介入性’写作的一种极为重要的方式，多多以自己有力而清晰的写作证明了这一点。”[③]而更为重要的一点在于，多多的紧张诗歌，以对话来掌握自己和世界，“在个人与上帝对话，个人与他人对话、个人与个人对话之外，多多提出‘活人与死人对话’，就是要摆脱已经形成的东西。”[④]我们由此看到，除了“紧张”的对抗之外，这种“紧张”要实践的是与现实的沟通、交融、汇聚、互动、对话。

具有当代特质的多多诗学，多重的竞技、多重的协奏，多重的展开和延伸。面对当下生活既是对抗又是对话的驳杂融荡，其根本目的在于切入当代生存的困境。“紧张”特质，也是这种诗歌对话和对抗可能性的充分必要条件。而这一诗学所展现出来的时代精神状况，是为诗人自己保存了一份领地，为自我留守了一个场域，为个人的身份营构了一块林园，并最终达到当代诗歌与天地对话、与世界对话、与他人对话、与自我对话的可能，这是多多的紧张诗歌所昭示的中国当代诗歌的重要精神向度。

[作者单位：西华大学人文学院]

---

① 贾鉴、汤拥华：《流散与归来——多多诗歌二人谈》，载《华文文学》2006年第1期。

② 凌越、多多：《我的大学就是田野——多多访谈录》，参见《多多诗选》，第289页。

③ 朴素：《照亮黑暗 诗人多多》，载《青年作家》2006年第2期。

④ 凌越、多多：《我的大学就是田野——多多访谈录》，参见《多多诗选》，第278页。

诗学研究

多多诗歌创作研讨会论文选辑

沈奇诗歌与诗论研究

结识一位诗人

中生代诗人研究

姿态与尺度

新诗理论著作述评

外国诗论译丛

【编者的话】

沈奇有点像金代诗人元遗山，他一方面是诗论家，一方面是诗人。元遗山曾经写过论诗绝句三十首，其中最后一首是：“撼树蚍蜉自觉狂，书生技痒爱论量。老来留得诗千首，却被何人较短长。”元遗山生前寂寞，只能期望自己的诗留给后代评说。而今天的沈奇是幸运的，有机会能在 2016 年 9 月 24 日由西安财经学院、陕西师范大学出版总社主办的学术会议上，当面聆听各位诗人和学者论他的短长。这次会议名为“沈奇诗与诗学学术研讨会”，这是针对他既是诗人又是诗评家这样独特的身份而拟定的。元遗山有诗云：“鸳鸯绣了从教看，莫把金针度与人。”很多诗人拿出美好的诗篇就像绣女绣出鸳鸯一样让你尽情观赏，却不告诉你是怎么绣出来的；沈奇却通过他的诗歌作品把他绣出的鸳鸯给大家看了，同时又通过他的诗学文章告诉大家是怎样绣的。他真是一位难得的“金针度人”的诗人和评论家。为了让大家对沈奇作为诗人的创作成就与作为评论家的胸怀与人格有进一步的了解，本刊特选发程继龙、李森、王新、王士强几位学者的文章，以飨读者。

当代新诗的一副“古典主义”面孔

——沈奇论

程继龙

沈奇是中国当代新诗界中一个独特的存在。这不仅在于他是一个职业的批评家，一个从事诗歌写作和诗歌活动达四十年之久的诗人，还在于他在这些历程中，所展示出的令人敬佩的风骨和气度。在沈奇这里，写诗、讲诗、批评诗、研究诗，皆关乎“记忆与尊严”，或成为“过客的遗产”[①]。诗人丁当说：“他一直苦苦地用一条他的准则来维持诗歌

① 沈奇几部诗集的封面自题词。

和日常生活”[①]。批评家南帆说，在沈奇那里，“诗仿佛是这个世界唯一的重心”[②]。

读沈奇的诗集《沈奇诗选》（2010年版）、《天生丽质》（2012年版）及几部理论著作《沈奇诗学论集》（2008年修订版）、《诗心、诗体与汉语诗性》（2016年版），可大体寻绎出他诗艺、诗学发展的脉络。从1970年代末到1980年代前期，浪漫抒情时期；1980年代中期到2007年，现代主义时期；近十年来，借助“天生丽质”和“无核之云”两个系列实验文本的诗与思，进入到对汉语“诗心”“诗体”“诗性”的体认与重构。设若不满足于这种线性的、表面化的归纳，深入一层，肯定会撞见一些揪心的、岩石般坚硬的问题。与新诗发展的整体状况相当，“古典”的确是沈奇诗艺、诗学发展的一块基石，一个参照系，甚至一个带有归宿意味的所在。

新诗在“现代性”的路上一路狂奔，但也一直承受着“古典”的反向拉力，可以说是在“现代”和“古典”的张力空间中前行的。有所谓“现代性”，也有所谓“古典性”。作为与当代中国先锋诗歌同甘苦共患难、一路奋斗过来的沈奇，最令人深思的，正是他最终展示出来的“古典主义”面孔。

一、“道”与“势”——沈奇的“哲学”

沈奇有他的“哲学”。

单一的现代人，很难有自己的“哲学”。“古典”一词，自然使人联想到近代从法国兴起的古典主义思潮，强调理性、原则、规范，克服基督教文化式微所带来的全面混乱。也使我们想到中国“天人合一”的信仰，想到屈陶李杜、唐诗宋词，人们生活在一个相对统一的世界中，恪守着一种普遍的法度，践行着人人皆可理解的成规。及至现代，在一个彻底变乱的、以“动”和“反抗”为主要精神（闻一多语）的世界，难以形成对世界和自我的完整的看法。沈奇逆时而为，仿佛一位穿越到现代世界的古人，置身世界的混乱，他竭力想找到一套说法和活法。这一套世界观体系，化合了生活经验、审美想象、时代观念和古今中外哲学的碎片。他在年深日久的臆想和实验中，有着强烈的冲动，渴望一次

① 沈奇：《沈奇诗选》，陕西师范大学出版社2010年版，第415页。

② 南帆：《改变语词的方向——读沈奇的〈无核之云〉》，载《中华读书报》2012年12月19日。

性解决存在的混乱，找到自我存在的位置和安身立命之所。参照海德格尔的“天地人神”模式，我们亦可归纳出沈奇“哲学”的图景，“天地—人—语言—诗歌”，四要素及各自的衍生物配合相互间的实际关联和辩证逻辑，共同撑起了沈奇借以生存其中的思想殿宇。

“上游的孩子 / 还不会走路 / 就开始做梦了 / 梦那些山外边的事”（《上游的孩子》），这是沈奇早期诗歌代表作中的诗句。“上游”固然和他所出生的“汉江上游”“沔水古城”有关，但更是他对世界的一种自我命名。“上游”是世界的初始、源头和本相。他近乎固执地认为，他心目中世界的模样，就应该等同于实际存在的世界，最起码应该朝此方向回返与进化。他甚至发展出一种“上游的诗学”，“上游，水出发的地方”“上游，为成熟走失、永远想回而回不去的地方”[①]。在这个世界，“声音是向上走的 / 云烟是向上走的 / 心是向上走的 / 诗也是向上走的 //‘上’是什么？ / 上是轻 / 上是空 / 上是无”[②]，而“世界是原在的”[③]。这个世界本质、纯粹、未受尘俗的污染，且恍兮惚兮，充满形而上的色彩。那里日月空蒙，草长莺飞，野花静静开放，滋生万物的自然力量生生不息。这样的世界寂静到听不到声音，浩渺到看不清物象。沈奇自然地接通了老庄哲学的精要，征引《道德经》和《庄子》的话语来进一步描述这个世界：“万物源道”[④]“众妙之门”“天地有大美而不言”。于是老庄所启示的“体用不二”的“世界”的形象和性质，融汇到沈奇通过沉思、冥合所得到的内心那个“只属于自己的荒原”[⑤]。在反复的言说中，还加入了尼采、海德格尔式的言说。“万物先于人类的诞生而存在 / 此‘存在’即为‘道’”，“存在无言——/ 存在只是在着”[⑥]。这个世界呈不断敞开却自足的状态，人源于它，也臣服于它的内在规定性。

在这个理想化的、彼岸化的世界之外，当然还有一个现实中的现代世界。如果说前者是依于“道”的、依道而存的，后者就是依乎“势”的、依势而存的。在这种事关重大的元叙述中，沈奇还征引了孟子的话，

---

① 沈奇：《“水，一定在水流的上游活着”——论麦城兼评其长诗〈形而上学的上游〉》，《诗心、诗体与汉语诗性》，陕西师范大学出版社 2016 年版，第 201 页。

② 沈奇：《无核之云》，陕西人民教育出版社 2015 年版，第 125 页。

③ 沈奇：《诗心、诗体与汉语诗性》，陕西师范大学出版社 2016 年版，第 169 页。

④ 同上，第 162 页。

⑤ 沈奇：《无核之云》，陕西人民教育出版社 2015 年版，第 137 页。

⑥ 同上，第 126~127 页。

"枉道以存势"，"势"取代了"道"，天地的大美和心中的"澄明之境"被强行遮蔽了。现代人处在一个失去"原粹"的、沦落了的世界[①]。沈奇的"哲学"看似古意盎然，使人产生"不知今夕何夕"之感，但内里却有着强烈的现实针对性。作为一个当代诗人学者，他对"全球化"和中国社会、中国人在此浪潮中的巨大变化，有切肤的体验和深入的思考。他借用本雅明、恩斯特·卡西尔、尼尔·波兹曼等西人的说法来印证自己的看法。那个原在的、自然的世界不断被降解、宰制，世界被空前地"物化"，"灵晕"消失，工业化统治一切，标准化大行其道。世界被冷静而迷狂的工具理性肢解，变成可以量化、称量的平均物。对此，沈奇充满了焦虑感，对一个时刻追求"自由呼吸之空间"的诗人，这显然是难以忍受的。"楼台早没了/鹂便不知去了哪里/连炊烟也变味了/雨是酸雨"（《烟鹂》），由"古典"到"现代"的变迁，呈现出剜心刺日般的尖锐痛感。这种体验和焦虑，也正是二十世纪以来整个现代主义文学的普遍主题。在诗人的感知与表意中，"人"，也由庄子"逍遥游"般的个体变成了处境不幸的存在，"现代人类本质上是一种'语言的存在'，并且都是一种被'体制化'、被'通约化'、被'公共化'而成为类的平均数式的存在"[②]。于是，"人"分裂了，一个逍遥的、原在的人，成为被奴役的、面目模糊的人。就像尼采在《查拉图斯特拉如是说》中描述的"悬在深渊上的绳索"，靠自身的张力而存在，处于不稳定的过渡状态，需要奋力抵达前方另一端的彼岸。

这是沈奇对"世界与人"的性质和关系的基本认识，我们也借以看到了沈奇对更多文化问题的沉思。他没有就事论事，只在自己"诗"的范围里、修辞的、审美的领域里展开自己的精神劳作，并以一种隐秘而深沉的抱负，继续建构他的体系。这就是沈奇的神秘、难懂之处，尽管他的"元叙述"是用诸多话语化合、缝缀而成的。分裂了的人，处在一个同样分裂了的世界上，面临着一系列重大的、亟待解决的问题，在这样的危急时刻，"诗"自然地出场了。

---

① 这里的一些观点，可参看沈奇《"味其道"与"理其道"——中西诗与思比较谈片》，载《文艺争鸣》2014年第11期。

② 沈奇：《无核之云》，陕西人民教育出版社2015年版，第178页。

二、“诗心”与“诗性”——沈奇的“诗学”

沈奇的诗学是以对世界的“道器论”式的认识为基础、对人的处境和价值的追认为起点的。在这样一个离“道”与“本源”越来越远、日益下行的世界中，人受现代社会经济、体制、观念的重重宰制，失却了自由意志和神性，然而在诗人这里，一切似乎仍可挽回——经由诗，返回原在，返回人的自由心性；诗的存在，成为一种精神信仰，一种救赎行为——所谓“诗意如灯，天心回家”[①]。

“诗意”如永不寂灭的长明灯，点亮在社会文化空间，烛照晦暗的灵魂，指引人们找到回家的道路。“诗的存在是家园的存在——对于迷失的现代人，诗已成为唯一来反抗生命中的无意义以及对现代科技文明的焦虑与迫抑感，从而获得充实与慰藉的最后栖息地”[②]，“现代诗的本质，正是在于通过诗的获救之舌，来不断颠覆我们生来遭遇的语言制度，以求在新的语言之光中找回独立鲜活的生命个性”[③]。诗不单是抒情言志的行为、锻炼修辞的技艺，它集合审美和实践的双重特性，提醒人警惕社会习俗、文化体制、时代观念对人精神潜意识的反制和规训。诗激活感官和智性，驱导人们投身到观察世界和反思自我的精神活动中，看见迷人的微光，唤醒遗忘的初心，进而重新开始自救与自新的行为。诗歌最终是要造就自由、自得、自在、自若的个人。在沈奇的理解中，“自若”这个汉语味十足的词语，即自由在个人身上得到实现后的真实状态[④]。依了诗，自由穿梭于各种边界之间，反顾自身所来的诸种背景，看到现实的痼疾，沉迷于自我自由呼吸的状态。这样的“人”，这样的人格状态、精神主体，带有浪漫主义的气质，闪现着人文精神的强烈光芒。

在原本分裂的时代，在极言现代、后现代的当下，沈奇反倒找到了相对统一的、一贯的人格主体样式，甚至将诗本身，反向地变成了一种用以人格再造的审美功能和意志机制，以顽强对抗主体的矛盾和混乱。沈奇由此激活了汉语古典诗学的“文心论”与“诗心论”。“诗者——/为天地立心 / 为生命立言”[⑤]。心，是更内在的关键，是诗性行为和诗

---

① 沈奇：《无核之云》，陕西人民教育出版社 2015 年版，第 123 页。

② 同上，第 11 页。

③ 同上，第 14 页。

④ 同上，上篇第 153 条。

⑤ 同上，第 130 页。

意过程得以开启和推衍的肇始、本源。正如传统心性之学所强调的，离开人、离开心的一切事物和行为，都是凌乱和无意义的，新诗必须找到“心”的源头。只有这样，才能正道直行，进入“众妙之门”，而避免一时的妄作。

在对“诗心”的沉思中，沈奇拿来了“生命体验”这一法宝，而这正是当代新诗最宝贵的一个财产。“人生来是完整的、个性的、自由的，人对外来的强制、命运的折磨，对不能自由发展自己以获得幸福的生存局限的反抗是天生的，且到了现代愈演愈烈。正是这种对生命之痛的不断追问和不断超越，才使诗人的言说成为人类存在之最本质的言说。”①沈奇偏离了传统心性之学的规范，接通了现代人生命活动的真实存在，吸收了现代生命哲学的精华。生命之流在冲荡中左右奔突，又有它最终的方向，本身具有“无目的的合目的性”（康德语），一切长久或短暂的感觉、幻想、梦想都寓于其中。生命体验，就是将生命活动本身当成一种有意识的、持续的审美行为。沈奇尽管高度警惕现代社会的冲荡和混乱，但同时也将生命体验自觉地当成诗歌内容的来源、诗性行为的内在驱动力，以生命化的审美眼光来批评和衡量诗歌的优劣和成败。诗与生命合一，生命体验的种种因素和力量，充实原本抽象的诗心，也发展了诗心论。

接下来就是“语言”的出场了。这不单纯是因为“语言学转向”的影响、语言哲学对生命哲学的刷新。几十年来置身当代诗歌创作、评论现场，沈奇以其超乎寻常的问题意识，不断发现问题、提出问题、寻找解决问题的可能途径。可以说，沈奇有自己的逻辑。不能无视语言的存在，“诗到语言为止 / 诗到语言为始 // 恢复命名功能 / 重返生命初稿……/ 诗由语言而生 / 语言由诗而生”②。诗是语言的艺术，海德格尔时刻提醒人们：语言是存在之家，人依靠语言诗意地栖居在大地之上。语言不仅记录生命，而且为世界命名，语言的起源就在于对事物命名，这种命名本来就是诗的、美妙的。汉语就是中国人、中国诗人栖居的殿宇、最后的家园。这是沈奇最后认可的结论。然而这仍旧难以满足他心灵的渴望，他强烈地意识到，正是在当代新诗中，汉语本身的问题日益迫切地呈现了出来。

沈奇认为，新诗是现代汉语的产物，新诗的问题正在于现代汉语的问题。现代汉语是“移洋开新”的产物，以翻译语为主要形态的现代汉

① 沈奇：《无核之云》，陕西人民教育出版社 2015 年版，第 43 页。

② 同上，第 142 页。

语之书面语，受西方分析性思维和逻辑化结构的作用，加重了理性运思的机制，长期以这样的书面语来写作，难免造成食洋不化，甚至“本根剥丧、神气彷徨”的严重问题——沈奇用鲁迅的话来追认这一问题，也在郑敏、木心等人那里找到了大致相似的看法。由此，沈奇最终开出的药方是“汇通”。现代以来持“汇通论”者不在少数，比如宗白华、梁宗岱、卞之琳等。沈奇则有自己的论述，“内化现代，外师古典，汲古润今，融汇中西，重构传统，以求在现代汉语的语境下，找回一点汉语诗性的根性之美”[①]。同时借用当代画家石虎先生所提出的“字思维”理念，认定汉语特性及其诗性思维的根本在“字”，汉语的感知与表意，是依据一个个汉字来进行的，汉字本身音、形、义具足，带着文化的沉淀和情感的温度，这样的汉语才能贴切传神地表达中国人的神采和呼吸。现代汉语的不足，正在于违背了这一宝贵传统，“字思维”被代之以分析运思和谋篇布局，离观念近而离感觉远，变得诗性匮乏。因此，要提醒进而推进在现代汉语的惯性“编程”中，加补并融入“字思维”的传统，尤其是诗，正是恢复这一传统、实现“字思维”的最佳途径——诗和语言就这样相互提升。

现代人在现代社会漂泊无依，现代诗学也散乱无稽，沈奇花费了数十年时间，走了漫长的道路，最终找到这种建立在“汇通论”基础上的“字思维”法门，并以此来解决当代诗歌的问题，进行可能的平等对话。

三、“字思维”与“云烟感”——沈奇的诗

沈奇近年潜心持久创作的系列组诗《天生丽质》，有效实践了“字思维”的诗学设想。作为诗写与诗评双栖的沈奇，一边思考，一边实验，文本创作与理论思考双向推进，互为表里，别开一界。

在《我写〈天生丽质〉—— 兼谈新诗语言问题》一文中，沈奇详细阐述了自己的观点。立足于单个的“汉字”，兴发成词，这便是诗题的来源，如“茶渡”“怀素”“桃夭”“光荫”“依草”。这些作为题目的“词”，有的是从古典诗词中提取出来的，有的是现成的地名、物名，有的是旧词翻新，更多的是文字逗引、碰撞、一时偶发的创造。这种命题，本身就兼顾了汉字音形义及文化内涵等多种资源和可能，诗思的起兴、文本的展开，就这样开始了。将这些特殊的“词”剥离原有的

① 沈奇：《我写〈天生丽质〉——兼谈新诗语言问题》，载《文艺争鸣》2012 年第 11 期。

语境，搁置它们背后沉积的隐喻及意义，暂时置于完全陌生的情境，然后调取各方资源、煞有介事地进行亦真亦幻、错空镂虚的再创造。沈奇认为这样才切中了汉语的本性，恢复了语言最初命名的功能，而且发挥了创作主体自在自若的心性。

接下来对诗歌正文的写作，就是一种随方就圆的衍生、假戏真做的“填充”行为，他认为这才符合“情生文、文生情”的诗文传统。在这个过程中，自我前后奔突，又左右逢源，潜意识中的情结被激活，日常生活的经验被调动，阅读得来的想象被利用，旋生旋灭的意象被缝缀，如此等等，这是从内容方面而言。从修辞方面看，很多重要的方法或姿态被灌注了进来。一个是“悬疑性”，“即将诗中所有的意象和意境，均置于一种不肯定、不明确、自我盘结、古今对话的‘悬疑语境’中”[①]，打破线性思维和闭合时空，将古典诗句、古意、现代意识都错置在一起。另一个是“戏剧性”，将各种“意象”“语象”都角色化，使其在一个共时的舞台上进行自我表演。就文本实验的具体情况而言，所用的修辞不止此二者，还应该有他常说的“寓言化”，以及叙事、戏仿、悖谬、反讽等。

如此“天生丽质”式的“现代古典诗”之创生过程，应该说，不仅是一种写作方法，还是一种特殊的诗艺运思机制。它独辟蹊径地弥合了内容和形式的对立，且将其反复书写、塑造为新诗的一个新“体”，“字思维体”，或“沈奇体”——新诗文体范畴内部一个新生的“小文体”。沈奇多年来苦苦找寻新诗可能的“诗体”，或许就此暂可成立，成为合乎他理想的一个结晶，一种收获。这种“天生丽质体”，符合沈奇“诗是有造型意味和一定音乐性的语言艺术”的文体定义，也切合了汉语诗歌精要简洁的语言传统[②]。或许，这也暂且告慰了沈奇对新诗诗体混杂、不稳定问题的焦虑。最初的白话诗人胡适、刘半农等人有“增多诗体”的构想，新月派闻一多实验《死水》以验证自己的“格律诗”观念——百年新诗一直在找寻诗体，以应对“文体”的压力。这种探索，于诗歌发展、诗歌史是很有价值的。

试举二例——

---

① 沈奇：《我写〈天生丽质〉——兼谈新诗语言问题》，载《文艺争鸣》2012 年第 11 期。

② 沈奇：《无核之云》，陕西人民教育出版社 2015 年版，第 99~102 页。

酒 醒了
雪还没醒

是谁昨夜不辞而别

空空盈盈
一个白里

唯三两麻雀
叽叽喳喳

——《雪漱》

“雪”“漱”二字并置，生造出一个私语化的“词”，这一碰撞，犹如口误或笔误，无意间开启了一种想入非非的奇幻之旅，也仿佛返归了汉语初始生发、命名的天地玄黄中。于是开始“填词”，苦心孤诣地将“雪漱”二字草创的器皿填满、做细。题目涵隐的“雪”之意，被充分调动了起来，“是谁”一行很明显地有了情节感和角色想象：谁（友人？抑或一个根本与“我”不相干的人）昨夜不辞而别（“不辞”，是哀怨而去，还是兴尽而归？），时间、事件、角色均已具足，而“起因”被隐去，故事的一半不说了，只留待读者去补白。

其实从一开始，“雪漱”的大情境就已经设置，酒醒而雪未醒，暗示诗人似乎在“晚来天欲雪”时即已饮过，历经一夜梦游、一夜雪落，而后迎来一个美丽的雪朝。第三节直言雪之底色、之本质、之境界，结合情境来看，诗人酒醒，记起共饮者已逝，而后放下，安心赏雪。临了在天地一白的空旷里，添上三两麻雀，其色灰黑，其音啾唧，是说万物自由，还是曲意传达落寞别绪？按照“情境”来逆诗人之意，似乎通畅而圆满，一首诗也水到渠成地成立了起来。然而这样读诗，无乃过乎！机心过重而显造作。“酒 醒了”难道一定意味着“我饮过酒，现在我醒了”？还可能意味着是在说完全无关的另一人或一物“醒了”，酒也并没有饮，雪也没有下，无雪也可以“空空盈盈一个白”，这是禅家完全可以做到的，至于“漱”所暗含的意味，诸如“澡雪精神”“枕流漱石”之类，就须另寻索解。这就有了解构的意味，陷入解释的黑洞。还应看到诗中超量的空格、分行、分节，依照传统见解，此三种起调节节奏（视觉的和听觉的两方面）的作用。从语义表达角度，可以将三者统一命名为“留白”，留白是停顿、是分割，也是解压，随意、随缘地打住、跳跃，松开语言在时空中线性推进的波线，沿着小路旁逸斜出、观望、凝神，以求发生更多的弥散性意涵和歧义性。歧义性即是丰富的表征，这样最大限度地恢复着汉字的丰饶。那或大或小的空白，反向生发出无尽的意味，“无字胜有字”，这本身也应该属于沈奇所认为的“汉语诗性”。

沈奇的实验还有更为丰富的内容，即“现代禅诗”。他一直有意地“引进‘现代禅诗’的运思维度”，“既是‘现代禅诗’，骨子里便少不了现代感的支撑，古典的面影下，悄然搏动的，仍是现代意识的内在理路，只是这‘理路’中多了几分‘禅味’而已”[①]。庄禅美学，是古典思想、艺术中最可能通约于“现代性”的部分。道家从实有看到了“虚无”，禅家更进一步，从“无”看到了“空”，“空”可说是“有／无”之一体两面的完整存在状态。沈奇于此类诗思中，不仅喜欢指向“虚无的事物”，而且整个运思方式也经常呈现出时断时连、去留无迹的特点。切入，展开，分叉，宕开，追求艺术思维的复合性、共时性，刻意塑造文本结构的开放性和多样性。因而，一首诗的发生也就像禅悦、道悟的过程了——

云白 天静
心白 人静

欲望和对欲望的控制

——人群深处
谁的一声叹息
转瞬即逝

空山灵雨
有鸟飞过

——《云心》

“云”“心”二字就如国风中的“桃夭”“子衿”一样，突兀地并

① 沈奇：《我写〈天生丽质〉——兼谈新诗语言问题》，载《文艺争鸣》2012年第11期。

排站在一起，难分宾主，究竟是云的心、云一般的心，还是看云之心，不可确知，莫可名状。语法从前而后的限定律似乎暂时失效了，语义由一趋于多。从一开始就旨在破解言说的固定与单一。“云白”则“天静”，目击道存；“心白”则“人静”，天人互证。第一节塑造出自我观想、若迷若悟的禅意氛围。“欲望和对欲望的控制”，则是横插进一句谶语般的论断，打破此前塑造出的宁谧气氛，芒刺般划出一道漏着黑光的口子，且其内部逻辑本身就是矛盾互诘的。分节的空白和长长的前置破折号，意味着思绪的中断与陡转急下，茫茫世间，一声“叹息”破尘而出，而此“叹息”本身，亦不能出离世间。禅总是一种破解行为，包括对自身的破解，禅寄生在一切伪作带来的矛盾的罅隙里，无数的破解行为直至抵达“云在天心水在瓶”的空明境界。“叹息”的失效、被破解，甚至推翻了此前一切的观想，“云”“心”“欲望”，“人”和“我”的分别，只不过是“无相”之“相”（《金刚经》）。在心智与言说的轰然坍塌处，又重新生出一层天地，“空山灵雨 / 有鸟飞过”，天地本来自然、万物本来自在，“树为呼吸而绿 / 花为自在而开”（《怀素》）。

沈奇这些诗，充满了“云烟感”。这也是从风格学的意义上来说的。

余论：作为方法之一的古典

沈奇以自己独特的方式，顿悟的、分析的，诗话的、论证的，建立起了自己诗学的小世界。其中，对一个原在世界的想象，对人的完整性和价值尊严的守护，对诗歌救赎与重塑功能的期许，以及对汉语诗性本能的追认，均闪现着古典主义的光芒。

沈奇的诗学、“准理论”，作为创作观念，帮助他结束了诗歌的偶发性和零散性，给他多年的创作一个多少有点终极意味的方向，将数个阶段、数种理路的探索统领起来，使其成为一个有连贯性的过程。比如对早年生活的记忆、对现代社会的焦虑、对个人生命的内视、对传统的眷念，均统摄、笼罩在一种既先锋又怀旧，既现代又古典的格调中，也因此成就了个人写作的风格，提高了辨识度。作为批评理念，使他的批评遵从了相对统一的理论，在较为一致的基础上发现问题、做出命名。贯彻乃至反向深化他自己对诗歌的精深思考，助长了批评文体的形成，使批评真正有可能成为“一种别样的写作”[①]，使他的批评和研究成为

① 耿占春：《当代诗歌批评：一种别样的写作》，载《文艺研究》2013年第4期。

"有根的"行为，入乎个人心性之内，出乎学术公器之外，既能宏观把握，又能有的放矢，避免了习见的"强制阐释"。同时，也使他有了"沟通古今"的抱负。这都是难能可贵的，没有辜负他"为只顾造势赶路的新诗之众提个醒"的想法。

然而，一些问题还值得商榷。

例如，将新诗诸多问题的解决之道归结为"字思维"，是否有大脚穿小鞋的感觉？不错，汉字从其源头来看，确实有"象形""切体""及物"等先天优长，文言是以单音节为主的孤立语，具有简洁雅驯的特色，高本汉、张中行等有识之士也都持此种看法。但是不应忘记汉字、文言本身也有向抽象、曲折和繁复发展的倾向。更不应忽略现代汉语发展的时代语境和历史目标。一种语言质地的优化和品位的提升，包括词句的丰富、功能的改善，均应充分地语境化、历史化，更深地放在时代发展的现场和潮流中来整体推进。近几十年来哲学、文论的发展已充分说明，语言符号是多维的整体，语词的能指、所指、指称功能，都是通过反复的、多向的话语实践来实现和提升的。现代汉语在塑造自己的本体、实现自己目标的过程中，固然出现了质胜于文等诸多毛病，但现代汉语的改变已成大势和定局，有其自己的规范和功能，一些问题也不是通过简单反顾古典所能根治的，充其量只能提供一种镜鉴。另一方面，也应该充分认可并尊重当代新诗经过艰苦努力所获致的多元发展、多样展开的局面，这不是一句空话，多种感觉在积累，多种技艺在形成，众声喧哗、魏紫姚黄，多元就是多样，常以混乱无序为貌，不必为此太过焦虑。或许，更重要的是要忍受混乱，观察、记录、描述，维护这种开放的态势，这种正在展开的空间。要甘做尼采的"负重的骆驼"。

最后，还应重估"古典"，不应将其"本质化"。南帆先生在《无核之云》序言中敏锐地指出了这一点，"与众多反本质主义者不同，沈奇承认'道'的存在"。"本质主义"是一种根深蒂固的思维方式，坚信事物背后有稳固而统一的本质，透过现象看本质，最终可以找到唯一的解决之道。即使认可"古典"在宽泛的意义上更多的是作为一种气质、态度和泛型，也应该看到"古典"的开放性和多样性，欧洲有欧洲的"古典"，中国有中国的"古典"，即使是中国的古典，也有儒释道的"古典"、庙堂与江湖的"古典"等等，不可定为一尊，不管是显在的还是隐形的。寻找一个稳固的本质、建构一套统一的体系容易，但是建构一个真实有效的体系难。在此，想到日本学者沟口雄三"作为方法的中国"的思路，"古典"，不管是哪一种古典，都只能作为方法，而不能作为目标，而且只能是其中一种。要高度警惕将“古典”当成一种整体的态度和目标，而应将其局部化和策略化，使其服从于建构真正的“现代汉诗”的目标。我们在郑敏、胡兰成、木心等人对新诗、中国语言文化的论述中，看到了很多本质化的偏颇之举。

“古典”之风日盛，这与新诗应对传统的压力的实际情况有关。如前所述，新诗一直是在古典与现代构成的张力空间中存在、发展的，新诗需要在歧路彷徨中携手或利用唐诗宋词、庄禅美学。对“古典”的推行，既有国家意识形态的需要，也有萨义德“东方学”的意味。西方人以殖民者的偏见想象出一个景观化的“东方”，实际上身处“东方”内部的中国人，在现代性后起的关口竟也自觉地以西方殖民者眼光反观自己的内心、自己的文化，结果情不自禁地找到了一个本质化的“古典”，并以此进行自我界说和国际对话。

坚守古典和现代的界限，差之毫厘，将蜕变为一个复古主义者，而遗忘“现代”的初衷。

[作者单位：岭南师范学院文学院]

沈奇诗话《无核之云》之诗话

李　森

当代诗儒沈奇先生有一则诗话云：

人在世外独行远
梦于诗中偏飞高

沈奇《无核之云》诗话共二百则。此诗话集锦以“无核之云”名之，颇富深意。在文学艺术作品中，“云”通常被赋予某种隐喻。“云”之隐喻即是“核”。“无核之云”即是无隐喻的直观、澄明之云。《金刚经·庄严净土分第十》曰：“不应住色生心，不应住声、香、味、触、法生心，应无所住而生其心。”我理解“无核之云”，即是不住隐喻而生诗意的一个诗学维度。这是很高蹈的一种诗学表达。诗学之所以成立，在于语言可以在自身显现诗思风貌的时刻，凝聚诗意。诗学，是诗意的凝聚，是蕴的回溯，而诗歌则是诗意的迁流漂移，即诗意的风标绽放。《无核之云》开篇即呼唤诗意归来：

诗意如灯
天心回家

在这一阕呼唤纯粹而本真之诗的箴言中，出现了“诗意”“灯”“天心”和“家”四个“暂住之蕴”和“如”“回”两个“泅渡之蕴”。暂住之蕴是观念的生成，泅渡之蕴是链接观念的桥梁。“诗意”通过“如”的桥梁渡向“灯”；反过来，“灯”也通过“如”渡向“诗意”。如是，“天心”亦通过“回”渡向“家”；“家”亦通过“回”渡向“天心”。于是，泅渡之舟的左右和上下两岸，形成了某种同构之蕴：诗意即家；天心即灯。同时造就，各种蕴之间，相互映照，彼此漂移迁流，观念和蕴的碎片磨砺、碰撞的语言与心灵、诗与思、情殇与物语诸相对话的某种心灵结构画卷。

由是，我们看见，沈奇的心灵结构中翻卷着的各种诗学隐语，如片片飞鸿，亦如浪浪鱼鳞，既在心阙中激荡穿越，又自弃声色、自在流溢。比如：

有些秘密的踪迹
存在于时间之外
是诗的语言之灯
让它在一瞬间显形

“隐秘的踪迹”是心灵结构中诗意漂移的路径，而非观念的呈现。因为诗的表达如果有可靠的诗意生成，那么它必然是反观念或反概念的。可靠之诗的语言显露本身就是“隐秘的踪迹”。它如“灯”一样闪烁在“时间之外”，它创造了另外一种时间，因此，获得了与自然时间无关的“瞬间”。诗意所创造的“瞬间”，即是语言的“显形”。如果没有语言的“显形”，“瞬间”并不存在。因此，在沈奇看来，似乎诗意时间的显形，就是诗意创造的“隐秘踪迹”的显形。接着他说：“有些神奇的感觉 / 存在于事物之外 / 是诗的灵视之光 / 让它在一瞬间永存”。我们看到，“感觉”的“显形”，也非事物，而是在“事物之外”的“灵视之光”。这就是说，在沈奇的诗学中，“瞬间”的到达、停留，既不在时间之中，也不在事物之中，而是诗歌自身的流连忘返。他说：

物的世界
是一种借住

诗的世界
方是永生

这一阕可以证实，在沈奇的灵视中，自然的时间（“一瞬间”）和具体事物，并非诗歌（诗意）的驻留之所。一种非时间、非事物的诗，构成了“诗的世界”。他认为，“诗的世界”是一种“永生”的世界，是“有意味的影子”。这个“影子”很少有人认领。他说，“现实的白昼 / 物质的黑夜”，“以诗的虚无 / 给虚无的世界 / 一个有意味的 / 影子——”，“留给月亮去认领”。沈奇认为，万物的存在是“道”，时间的存在是“天”。“天”和“道”都不变，“所变只是人类的/‘思’与‘诗’”。能够打通“天”与“道”的“众妙之门”的，“唯诗之言”。

“众妙之门”是中国思想和诗意蕴发的生命之门。老子《道德经》第一章云：“道可道，非常道；名可名，非常名。无，名天地之始；有，名万物之母。故常无，欲以观其妙；常有，欲以观其徼。此两者，同出而异名，同谓之玄。玄之又玄，众妙之门。”沈奇的诗学一方面受道家学说的诗思浸润，不信任“诗”与“思”的概念系统，对语言面向世界的表达扩张非常警惕，谨慎立言；另一方面，又受西方当代诗学的影响，衍生出一种只信任语言自身诗意表达的、当代诗学中的语言本体论。他说：“存在无言/存在只是在着//在者无言/言者已非真在//诗以语言为迹/而诗心本无言”。因此，我们可以看出，沈奇的“诗”与“思”，是此两个维度碰触而生成的语言运动层面上的“诗—思”姿容。从这个角度看，沈奇的语言本体诗学不是那种凝固在概念系统和逻辑荆丛中的本体论，而在某种程度上，是可以用我所提出的语言漂移说诗学去阐释的。

请看他关于“诗”的两个命题：

诗是对世界的改写
诗是对语言的改写

第一个“改写”，可以说是语言从实相的世界超拔而出，蕴成作为诗意之语言的改写。这一改写，是对模仿说与反映论的背道以行。模仿说诗学与反映论诗学看似对世界或生活的亲近忠守，实则是一种利用语言承载世界图像和人为观念的诗学。我们痛心地看到，人类语言已在西方诗学，或臭名昭著的美学概念系统堆积如山的观念垃圾经营中，被糟蹋得体无完肤。因之，“诗是对世界的改写”这一命题，也暗藏着语言自身的纯洁性被玷污而堕落的可能性。不过，沈奇这位“诗坛老中医”，毕竟老道，他接着补充的“诗是对语言的改写”这个命题，已经对语言改写世界是否可靠进行了质疑。这就是说，在沈奇的诗学脉动中，我们能体悟到诗不仅能从世界中生发出非世界的诗意，与此同时，诗也在改写语言自身对诗意新生的禁锢。这就是，在有效的诗意生发的时刻，诗必然会从世界和语言两端脱颖飞翔。无疑，好诗，总是先创造出对世界和语言双重陌生的崭新诗意，而这种诗意，同时对所谓的诗的教义也毫不留情地背离。沈奇说：

改写语言便是改写
我们同世界的关系

——在这种改写中
世界复归陌生
令人神往!

可见，这种陌生感的确立，恰似鼓钹一样奏出了三个声音：世界即非世界；语言即非语言；诗即非诗。诗背向世界，背向语言，也背向诗。但必须指出，诗的这种背向，恰恰是“面对”。背向，是背向关于什么是诗的教条，背向关于什么是诗的语言的教条、背向关于什么是诗的世界图景的教条。面对，是面对诗意无限新生且漂移的那一个个陌生的世界、一束束陌生的语言之光、一阕阕陌生的世界之歌谣。换句话说，伟大的诗意永远跟语言、世界和诗在着，从来没有离开，但却因新的诗意的生成，而游离于诗意执障已经发生的语言、世界和诗之外。沈奇说：

语言是人的起始
诗是语言的起始

“人”和“诗”的内涵都在“起始”的那个时刻。那个“起始”的时刻，即在心—物、诗—思的进退磨砺之间。沈奇不能将那个磨砺的“起始”之处设置为空——他是一位儒道兼修的贤者，因此，他说：“何者是诗的起始 / 曰：天地之心”。“心”这个概念非常古老。《尚书》云：“人心惟危，道心惟微，惟精惟一，允执厥中。”《中庸章句·序》云：“必使道心常为一身之主宰，而人心每听命焉。”也许沈奇的诗学受到了传统心学的影响，才将“心”假设为诗意生成之出发点。北宋哲学家邵雍说：“心为太极。”（《观物外篇》）又说：“物莫大于天地，天地生于太极，太极即是吾心，太极所生之万化万事，即吾心之万化万事也。”（《渔樵对答》）南宋哲学家陆九渊认为：“吾心即是宇宙。”“六经皆我注脚。”王阳明对他的弟子黄直说：“人心是天渊。”又对黄直说：“心者身之主宰，目虽视，而所以视者心也；耳虽听，而所以听者心也；口与四肢虽言、动，而所以言、动者心也。”（《传习录·下卷》）王阳明还说：“人者天地万物之心也，心者天地万物之主也。心即天，言心则天地万物皆举矣。”（《答季德明书》）沈奇的诗学，是“解与心知”的诗学。他的“心知”之诗，“志于道”，乃是“宇宙之原生 / 世界之原在”；“据于德”，乃是“种月为玉 / 润己明人 / 种玉为月 / 朗照千古”；“游于艺”，乃是“直觉体悟 / 混沌把握 / 有趣则兴 / 意会而止”。他认为最好的诗，是与上帝对话的诗。不过，他所谓的与上帝对话，是一种“心会”，是“和上帝一起 / 沉默不语”。因此，这样的对话，是一种“精神之旅”，是生命存在的一种特殊的“仪式”，一种“与神同在”的生命祭祀。似乎他也认为，诗人都是自己生命的祭司：

诗是我们生命
内在的方向

当然，沈奇毕竟深受现代诗学的陶冶，所以，当他假设了“心”这个出发点之后，又开始怀疑“心”之本休负荷，与王阳明“致良知”的那种“心道”分别开来。或者说，当他给“心”注入了一些“心道”的内涵之后，他立即就皤然醒悟，不能给“心”太多的重荷之载，于是，他开始将“心”中的诗歌意识形态洗涤，同时又开始对“诗”重新命名：

诗是人世风景中
待填补的空白

诗是人性空白中
待填补的风景

当我们尝试着对这两则回环互补的诗学箴言进行解释时，我们又似乎被引向了“诗源于空白”和“心源于空白”这两个命题。由是，我们会想到，“空白”是“诗”和“心”的出发点。这个出发点是那样素朴而高古，犹如海子的《九月》的“草原”那“远方之远”，起源于“一个叫木头 / 一个叫马尾”的胡琴那样令人滋生虚妄和惶恐。沈奇君无疑是少有的懂得诗的诗论家和诗人，不然，他的“诗—心”不会如此荒疏和空明，不会如此悲智又欢喜。此时，我当然会想起李义山的《锦瑟》绝唱：

锦瑟无端五十弦，一弦一柱思华年。
庄生晓梦迷蝴蝶，望帝春心托杜鹃。
沧海月明珠有泪，蓝田日暖玉生烟。
此情可待成追忆，只是当时已惘然。

锦瑟的“无端”雅奏，当然起源于“空白”的“诗—心”咏叹，恰似“风—春”之空。然也，“空白”不一定是“空”，但“空”是“空白”的重要内蕴。“诗”从“空白”出发，或与“心”同时出发以远；在出发点处，“诗—心”同构为诗之蕴。如果用佛法去解释，那么，佛法中“八识心王”之第八识阿赖耶识——种子识——本性与妄心、善与恶聚义等蕴相，就会像“世界”的门一样被打开，“诗—心”的那个“空白”就会被各种破门而入的“风景”瞬间“填补”。也许，破门而入的，是比“风景”更富有席卷力量的“风暴”。但可以肯定的是，无论“风景”还是“风暴”，都会将“诗—心”作为“空白”的那个原初（“初心”）的虚静填满，同时，将“诗”裹挟而去，让“诗”走上无端漂移迁流的道路。沈奇说：

生命原本是一个错误
诗是对这个错误的弥补

生命和诗意，在其漂移迁流过程中总是“将错就错”，相互弥补。诗意无端漂移的维度，如万花筒中的灿烂碎片，无端地绽放，仿佛时光中的蹉跎年华。我们应该悲智地领略到，在多数诗意营造中，“诗”（诗意）或被价值观系统裹挟，或被某种既定的诗意之咒裹挟，或被无诗意的语言浊流裹挟。“诗”（诗意）开始呻吟、流浪，无家可归。“诗—心”可能就在这种种裹挟中被埋葬，被固化。于是，“诗”被抛弃，人亦被抛弃。沈奇对此充满恐惧，一直恐惧着。他的“诗—心”在呼唤“诗”回家，一直在呼唤着。这或许就是沈奇心中念念不忘，蕴蕴流连的那个“乡愁”。沈奇咏叹：

与诗为伴
乡愁如梦

诗路即回家之路
——并暗自交换
流浪的方向

沈奇的“诗意乡愁”是“流浪方向”的假设，“诗”可以在无数方向上“回家”，指向“乡愁”，接受“乡愁”的初心浸润。因为，他的确痛心地发现，“世界的虚假 / 在于语言的失真 / 生命的虚无 / 在于存在的失重”。以“乡愁”替换“诗—心”，是一个心灵之蕴对另一个心灵之蕴的替换，是咏叹的“诗—心”一阕向着另一阕的奔突。这种替换与奔突，其实就是诗学语言的漂移迁流，也是心灵结构内涵之蕴的漂移迁流。事实上，我必须痛心地宣告，没有所谓诗学这种东西，就像没有所谓的美学那种东西，有的只是诗蕴语言在回乡之途中的漂移暂住、闪烁激荡。沈奇应该认同这种看法，否则，他就不会以诗的形式进行诗学语言的创造。沈奇在他诗学研究道路的晚近时期，突然觉醒，倡导诗话书写，实际上已经在以行动反对学院派的诗学、美学谎言——到底有多少学院派教头的心灵结构由语言垃圾堆积、靠逻辑浊流回环——他懂的。沈奇的诗学在文体上的这种回归，即是人和语言的携手回乡。正如《二十四诗品》是二十四首诗一样，沈奇的《无核之云》二百阕，也是二百首诗作。古往今来，每一首卓越的诗歌作品，都是一束诗学之光；反之，一则卓越的诗学作品，也是一首璀璨的诗歌。大人物的所谓诗学，其实都是“诗—心”的初次创作——他懂的。

沈奇的诗歌和诗学“回家之路”有一个“最高点”，这个最高点仿佛笔直的炊烟指向的那个最高点——天心。或许沈奇并没有意识到，但我看到，他的那个“天心”的最高点，其实也是出发点——“空白”之起点——空蕴。这个起点当然不是凝固不动的，而是漂移幻化、像心之太极一样旋转着的某个蕴之“位点”。沈奇说，“心灵与头脑 / 激情与智慧 / 以及诗性直觉的 / 纹理射线——”：

在生命意识的最高点
聚合
绽放
第二次的诞生！

所谓之“第二次诞生”，其实是无数次、无限多的“初次诞生”。那个“最高点”作为一个空蕴的“位点”，的确没有既定的东西可以索取，更没有“诗的本质”可以捏造，按沈奇的说法，那是“只属于自己的荒原”，是心灵结构的一片深远的荒地——某种语言修辞蕴成的乌有之乡。在那个荒原上，诗随蕴生成，也随蕴凋敝。以海子的诗句看过去，在那个荒原上，“目击众神死亡的草原上野花一片”；以沈奇的诗学箴言看过去，诗在那里竖起了“追梦的云梯”，打制“忧郁的容器”，“——通过这条路 / 我们才可能走到 / 神的所在之处”。事实上，“最高点”之“神的所在之处”，与“最远点”之“荒原”，都是人之生命“展开”与“回归”的同一个地方，同一个太极旋转着的空蕴深渊。在那个地方，生命可能作为诗意正在生发，也可能作为诗意正在死去。不过，生命无论处于什么样的境地，作为精神性的存在，都需要以心相许：

以梦喂养
以诗耕种

正是在那个生命自我“喂养”和“耕种”的“位点”上，沈奇反思了韩东“诗到语言为止”那个著名命题对任意扩张到语言之外的诗思的看护。是的，诗不仅要警惕语言任性的逻辑扩张，警惕价值观重若磐石的语义挤压，警惕所谓“诗的本质”的无聊挖掘和反映，还必须在语言的锅灶里燃烧、蒸腾，让如歌如诉的袅袅炊烟重登诗意神性的天梯。沈奇说：

诗到语言为止
诗到语言为始

恢复命名功能
重返生命初稿

锦绣之诗从语言始，却永远是“生命的初稿”，从来没有完结，也不会抵达诗的目的。诗和诗意的“流浪”没有目的。因为“无核之云”是“空谷足音”，不是每个人都能听见，贾岛《寻隐者不遇》可喻此说：

松下问童子，言师采药去。
只在此山中，云深不知处。

因为诗和诗意只在漂移迁流时刻，才被激活为音声形色的流光异象；因为沈奇说过：“诗思之处诗不在 / 诗在之处诗不思”。请听沈奇吟诵：

云深不知处
诗心比月齐

从沈奇这位诗儒创作的《无核之云》诗话中俯拾皆是的珠玑诗偈可观，作为本体的那个“诗心”之核也是不存在的，否则，他就不会在诗思无法言说之处使用诗的比喻自我泅渡，闯一生情关赋流云，寄诗蕴之殇于明月。

2016 年秋 于昆明燕庐

[作者单位：云南大学文学院]

找寻“心”之栖所

——关于沈奇近年的诗与诗话创作

王士强

说起来，在当代中国诗歌界，沈奇一直是一位“非典型”、不好“界定”的人物：他写诗，但主要的是以学者知名，作为诗人的沈奇，则一再被遮蔽或时隐时现；他研究诗歌、评论诗歌，但路子比较“野”，不那么符合所谓“学术规范”的要求，也不太为学界“主流”所接纳；二十世纪“新时期”之初，诗歌界的主导潮流是现实和浪漫，他注重的是先锋和现代，及至二十一世纪这些年，“现代”已经无往不胜、所向披靡时，他却好像转而回归了传统？

没错，沈奇确实比较特异，还有点不“合群”。不过，对于一位真正的诗人、学者来说，难道还一定需要“合群”吗？独立、自由与个性，难道不正是诗与诗学存在的基础和前提吗？无论是在诗歌研究还是诗歌写作中，沈奇也确实都有些不按套路出牌，常常剑走偏锋。不过，现在看来，他的剑走偏锋，却往往能直击要害，或者说，他的戛戛独造或独辟蹊径，实际上从未偏离诗与诗学之正途，而恰恰是对诗与诗学之本质和尊严的捍卫。

这是我读沈奇先生近年来的作品，具体来说，是其诗集《天生丽质》（文化艺术出版社 2012 年版）和诗话集《无核之云》（陕西人民教育出版社 2015 年版）的一些感想。阅读中，让我产生了少有的发自内心的欣悦，我感觉，我可能读到了两部重要甚至杰出的作品。这两部作品虽然形态、内容上均有差异，却也有相得益彰、相映成趣的地方，于是想放到一起讨论，或可得出一些有意思的发现。

一

在一定意义上，当下时代，是一个崇“脑”而抑“心”的时代。“脑”代表理性、冷静、权衡、社会化生存，“心”则代表情感、温度、自足、个体化生存。现代社会的高度竞争、快速流动，使得“脑”的向度被极度张扬，而“心”的向度经常受到压抑。如此，越来越多的人越发聪明、高智商，但也同时心脑分离，情感冷漠，变成了政治动物、经济动物、冷血动物，并产生形形色色的社会问题。究其原因，还是现代人走得太快，把自己的“心”走丢了。现在人们说某某是“有心人”，已经成了极大的褒赞，可是，难道不是本应如此吗？

“心”，古已有之、人皆有之，只是现在的人不小心把它弄丢了，或者，而今人的心其实也还在，只是不受重视，被遗忘在了角落，让人以为它早已缺席不在了。沈奇近年于诗于诗学所探求的一个重要方面，就是重新发现、找回那颗素朴、原初的“心”。他在《高原》一诗中写道：“今夜 在高原 / 不洗澡 洗心”，早已蒙尘的心，洗一洗方可找回“初心”“本心”，找回原初本在的那个自己。“洗澡”只能清洗身体的外在，“洗心”才是更为内在、根本的，“洗心”方能真正“革面”，否则即使“革面”，也只是一种表面现象，难持长久。沈奇诗体诗话《无核之云》的第一节就说“诗意如灯 / 天心回家”，这里的“天心”庶几与“真心”“童心”“赤子之心”近之，有这样的天心，自然处处会有诗意，有发现的惊喜，有思绪的飞扬。

现代社会追求“快”，高速度、快节奏、变化多端，而沈奇近年的“诗心”所在，无疑是在召唤一种“慢”，静一静，等一等，慢慢来：“慢的历史中——/ 方有生的乐趣 / 方有美的细节 / 方有诗意的 / 回忆与向往 // 急 生事 / 慢 生诗”（《无核之云 · 89》）。的确，诗由慢而生，慢下来的时候，人才会注意周边，发现“环境”以及环境中的美，才会贴近自然，重新与自然建立真切的关联，同样，也才能发现自身，聆听自己的心跳，感受自己的体温。慢下来的状态才是诗意的状态，也是自然的状态。精骛八极，心游万仞，观古今于须臾，抚四海于一瞬，思接千载，视通万里，神与物游……由此，他打开了自己，张大了自己，宇宙成为自我的器官，同时，又收缩了自己，隐匿了自己，自我消泯于万事万物之中。这是真正的自由状态，真正的诗之状态：“诗要自然 / 如万物之生长 / 不可规划 // 诗要自然 / 如生命之生成 / 不可模仿”（《无核之云 · 91》），“诗 是天然的 // 天然的诗 / 居住在——/ 天然的诗心 // 天然的诗心 / 居住在——/ 生命的初稿”（《无核之云 · 93》），“浑圆地生成 / 宁静地坠落 / 带着汁水、芳香和核 // 诗 一个完整 / 而独立的创生”（《无核之云 · 94》）。这样一个自然、天然、浑然的世界，未经篡改与污染的世界，方是“天心回家”的诗的世界，沈奇近年的诗与诗话，正是对这样一个世界的描述、厘清、唤醒。

贫乏的时代，诗歌何为？没有诗意的时代，诗歌何为？奥斯维辛之后，诗歌何为？今日之诗歌，到底是不可承受之重，还是不可承受之轻？沈奇给出的答案是："有重的诗 / 有轻的诗 // 重 要重得 / 有骨头有肉 / 有风韵 而非 / 一块道学家 / 用来唬人的惊堂木 // 轻 要轻得 / 如一只飞鸟 / 而不是一根羽毛"（《无核之云·79》），诗歌可以"负重"，但应做到"负重而不失灵性"，诗歌应该"承美"，但应做到"承美而不失心魂"（《无核之云·80》），诚哉斯言！

面对现实生存的种种功用、效用，诗歌终归是"无用"的，这种"无用"不是对于诗歌的贬低，有时恰恰是一种褒扬。"无用之用"，"无用之为大用"，正是诗歌的核心特质之一。沈奇以"云烟"概括此种特质："山无云烟 / 不生灵物 // 人无云烟 / 不生逸气 // 文无云烟 / 不得润活 // 诗无云烟 / 不得灵动"（《无核之云·131》），进而叹赏："回看云起时 / 诗意独苍茫 // 得'云烟'者 / 得千古！"（《无核之云·133》）。云烟者何？若有若无，若远若近，若即若离，可远观、可回味、可怀想，而不可亵玩、不可窃为己有。诗有云烟，方得生命。人有云烟，方具襟抱。

二

在"一切坚固的东西都烟消云散了"的时代背景之下，其实仍然有道统、文脉在暗中流传。所谓文化，正是这样一种顽强甚至顽固的存在，而诗正是这其中的一部分；诗歌所守护的，是文化中最为核心、最为恒常的部分，一切在变，但诗意如常，诗的精神和本质并没有改变。就此而言，天不变，道亦不变，诗，同样不变。

现代新诗与旧诗、古体诗相比，无论从内容、形式还是语言、技艺等层面，都已发生天翻地覆的变化。这其中，诗与非诗的边界越来越模糊，乃至分崩离析，造成新诗影响力渐次衰微，是不可忽视的一个方面。沈奇近年潜心《天生丽质》系列诗歌的创作，其立意在"古典理想的现代重构"，特别在语言层面上，刻意改变现代汉语过于僵硬、失去弹性的状况，重寻汉语原本的丰饶、优雅与灵动，且于整体诗风上，让人重温了某种暗香浮动、似曾相识的古典诗意，接通了一个伟大而悠远的传统，这是文化上的"根"或"本"。而其随之伴生的诗话集《无核之云》，则是以诗的形式，对新诗的本质和基本问题进行阐发、述论，在"新"诗之"变"中论说其"常"。

沈奇近年"心仪"的这一诗歌理想与旨趣，自然并非要返身复古，而是试图在极言现代之单向度语境中，唤起一些被遗忘的文化记忆和汉语诗性，同时也力图在现代情境中，发现生活背后所隐藏的古今一脉的诗意。

我们都知道，当此时代，简单地回到古典意境其意义并不大，因为人们的生活方式、思维方式都已经发生了巨大的改变，不可能再返回过去了，重要的是要找到现代情境中与古典意境相融通的部分，使之润泽、滋养、丰富现代人的精神生活。沈奇的这些作品里面，包含了“现代”与“古典”的对话，是具有当代性、现实性的，而不只是书斋生活、文人趣味的拾遗。唐代诗人韦应物有诗句：“我有一瓢酒，可以慰风尘”，而到沈奇这里：“花间一壶酒 / 酒是勾兑的假酒 / 花是塑料花 / 愁是真愁……”境况已然大为不同。再如《烟鹂》所写：“烟是烟雨 / 鹂是黄鹂 // 不是读张爱玲的小说 / 早忘了 人世间 / 还有这样的丽词 // 听“鹂”已奢侈 / 如 古老的经典 / 何况还有“烟”做伴 // 南朝四百八十寺 / 多少楼台烟雨？”——

楼台早没有了
鹂 便不知去了哪里
连炊烟也变味了
雨 是酸雨

只留下这个
失忆的词
让人失意……

这里面所包含的情状非常复杂，富有张力，由“失忆”而“失意”，却委实又呈现出了一个“诗意”的世界。古今对照，举重若轻，沈奇的如此诗笔，亦堪称“神奇”。

中国新文学的先驱鲁迅有诗句云“寂寞新文苑，平安旧战场。两间余一卒，荷戟独彷徨”，沈奇也写有他的《彷徨》。他如此写道：“在城市 / 我们失去自己 / 在荒原 / 我们寻找自己 // 人群的深处 / 是人的消失 / 自然的深处 / 是自然的荒废”——

两个深处
两重孤独
两处彷徨
两种寂寞

两种不知所措中
苦无葬心之地

这里面所表达的情境与鲁迅所写自不尽相同，却也不无相通之处。那种孤独、寂寞、彷徨、纠结，庶几近之。这里所谓“葬心之地”尤其值得重视，人们常说“死无葬身之地”，“葬身之地”固然重要，可是认真想想，“葬心之地”其实更为重要：设若心无归依，即使有葬身之地，生命亦无栖所，若有葬心之地，即或无葬身之地又有何妨，生命同样可得自在、圆满。如此，葬“心”之地，才真的是至关重要的。

三

何谓诗人？沈奇说：“被命运所伤害 / 或 准备去 / 伤害命运的人”（《无核之云·125》），一语道出了诗人与“命运”之间的关系，其中所包含的内容极为丰富。

关于诗人，沈奇又说：“生命理想的 / ‘捕虹浪子’ // 语言家园的 / ‘守望人’”（《无核之云·127》），这里指出了诗歌“生命”与“语言”的双重属性，两者确如鸟之双翼，缺一则不平衡，飞之不高、不稳。

关于诗，沈奇又言：“诗 是‘隔岸观火 / 疏离于时代 而又 / 窥视着时代的变化 // 诗 是‘火中取栗’/ 投身于生活 而又 / 跳脱于生活的拘押”（《无核之云·122》），诗歌之于时代，确实需要这种既“入乎其内”又“出乎其外”的能力，既要体现诗歌之“常”，又要体现诗歌之“变”。这当然是有难度的，但唯其如此，才是诗歌之为艺术的理由。

此生如寄，白驹过隙，而诗歌则可能比肉身存在更久，甚而获得“永生”，如沈奇所写：“物的世界 / 是一种借住 // 诗的世界 / 方是永生”（《无核之云·6》）。如此，诗歌自然具有极为重要的意义。不过，这种意义更多的在于其个人性、内向性，在于对个体内心的滋养、抚慰，《无核之云》中有多处论及诗的此种特质，略引数则：

> 诗是弱者的深呼吸 / 那隐秘的 / 自尊和骄傲 / 没钱也直着腰
>
> ——《无核之云·157》

> 诗 是偷闲者 / 淡淡的下午茶 / 喝的人各喝各的味道 / 不喝的人忙别的 / 什么事去了
>
> ——《无核之云·160》

> 诗 是于时代暗处 / 发光的萤火虫 / 提着一盏 / 只照亮自己的小灯笼 / 在荒荒的野地里跑 / 不为什么地跑
>
> ——《无核之云·161》

诗 镀金时代的 / 私人邮件 // 诗 物质暗夜的 / 精神闪电

——《无核之云 · 163》

在这样的偏于“弱”的、个体的、诗歌本体功能方面的论述之外，沈奇也对于力量型、外向型、社会化的自由等，有着鲜明的推崇与强调，“自由”的品质之于诗歌而言，同样是不可或缺的：

诗 让我们免于 / 成为类的平均数 / 并重新获取 / 独立自由的 / 本初自我

——《无核之云 · 87》

一个能跳脱出 / 体制与惯性的拘押 / 而自由思考的人 / 总是会最先接近 / 诗与真理的人 // 诗是选择“不”的选择

——《无核之云 · 88》

在体制的网络上 / 诗 永远是一只 / 失效的“鼠标”

——《无核之云 · 124》

如此的形式亦“诗”亦“话”，实际上是以诗论诗，具有元诗的性质，完全可以当作诗来读。这些诗话称得上切中肯綮，对诗歌的本质进行了形象化的解说。诗歌最为本质的部分的确是不可见、不可知、不可解、不可说的，正如沈奇所谓之“无核之云”。云朵的组成是看不见的水汽，花朵的核心空空如也，但是通过变化的云图、零落的花瓣，无疑可以让人们更好地认知其构成，也能够在一定程度上领略其神韵。

四

写到了这个份上，活到了这个份上，历经四十余年诗路历程的沈奇，确乎称得上是写明白、活明白了，其人其诗均呈现出一种通透、澄明、淡远的特质。

这么说并不是要否定沈奇此前诗与诗学的意义，主要是因为，在我看来，沈奇晚近的这些诗与思，有着更为鲜明的个人烙印，艺术的水准和价值也要更高一些，的确写出了属于自己的、别人所写不出的作品。沈奇此前的一些作品也很优秀，但大多仍是在时代的写作潮流框架之内，未必能凸显出其独有的特质和追求，而现在的这些作品，更像是在经历长跑之后或有意或无意的一次爆发，异军突起而成为一个高峰，在其个人作品谱系中的意义更为重要，在诗歌史上应该也能留下印记。

沈奇《天生丽质》和《无核之云》的写作，是在接近六十岁以及六十岁之后，一定程度上说已经是创作上的“高龄”，而他近年的创造力仍可谓繁茂强韧，达到了一种自如、睿智、随心所欲、无所挂碍的境地，可以说是向晚愈明。由清晨而黄昏，沈奇数十年与诗歌亲密无间、同舟共济，为诗所“害”的同时也受诗之“惠”，如此的人生智慧与境界，便是诗歌给予诗人最重要的回馈之一。

对于沈奇而言，他的内心是有所归依、有所依靠的，“心”有所属、有所本。这其中难免会有纠结、痛苦、无力甚至无望（在这样一个艰困、矛盾重重的时代），但他身上仍然有着不一样的气质，有着某种古风、傲骨、诗性。这一切，自然还是由于他独特的“诗心”所在，由于他自己所言的“心斋”所在：“诗贵有心斋 / 方不为时风所动 / 亦不为功利所惑 / 而得大自在 // 有大自在之诗心 / 方通存在之深呼吸”（《无核之云 · 141》）。

在《无核之云》压轴的第二百则中，沈奇写道：

此刻——谁
没有经过洗礼
谁就没有归宿

——诗的洗礼
自由
孤独
还有……爱

诗意如灯
天心回家

“天心回家”！

拥有“天心”、初心、本心，并守护它，这样的人是有福的。当然，“天心回家”并不是一个静态的结果，而更多是一个动态的过程，不断地返回天心、不停地找寻本心，才可谓“活着”，才可能更为长久地“活着”。诗歌存在的意义，便是让人真正地“活着”，并且能够更为长久地“活着”。

［作者单位：天津社会科学院文学研究所］

诗味还随画韵长

——从诗画融通视角论沈奇之诗与诗学

王 新

当代诗坛诗评家与诗人沈奇，典雅而新锐的文品、笃实而渊阔的学品、古朴而清通的人品，早已广为播扬；然而，近十年来，他诗心两用，多情而移情，悄然进入书画界，策展、评画、写一手清秀的书法，积累了殊为不俗的视觉艺术经验，而且这些宝贵的经验，涓滴浸润在他实未忘情的诗歌、诗学与诗心之中。我们可以注意到，在沈奇诸多富有创见的诗学思想中，总对偶性地隐现着书学、画论的峰影，因此在诗画融通的视角里，阐发沈奇之诗与诗学，当不牵强。

下文即从诗之基质（意象）、诗之发生（随机）、诗之行进（气脉）、诗之圆成（余味）四个层次，与书画对偶互文，展开论述，以期为沈奇诗与诗学研究，打开新的视域，亦期为汉语新诗研究与创作，提供新的经验。

意象与笔墨

有感于当代诗歌界“格律淡出后，韵律放逐，抒情淡出后，意象放逐，散文化的负面尚未及清理，叙事又成为新潮流，口语化刚露出新鲜气息，又被口沫淹没”[①]诸多形形色色的“非诗”横行泛滥，沈奇在其文章中，反复论及汉语诗歌之诗性，要注意返回到可称之为“晶体”的诗学美质，即意象、诗眼等；他认为意象、诗眼即为诗句中的高光（绘画术语）与水晶，且水晶是造型性的，自主自明，每一个都闪耀着自足而鲜亮的光芒，这才是汉语诗的基质；而西方诗歌是属于“积木”式的，主要靠结构支撑来实现。部分汉语新诗之沦为“非诗”，就是因为背离汉语字、

① 沈奇：《沈奇诗学论集》卷一，中国社会科学出版社2005年版，第245页。

词诗性思维，忽视炼字、炼句，只注重经营篇构。

要而言之，这里的“晶体”与“高光”，落实而言，即是意象（包括事象），意象的质量，包括声音、形态、色彩、质地、意蕴、动势等，皆需细细敲锤与炼化，“波漂菰米沉云黑，露冷莲房坠粉红”，老杜诗歌意象经营，沉实而鲜亮，形态、质地、颜色、动势，一应而俱全，且毫不着力，实值得新诗借镜。沈奇在其诗集《天生丽质》中，正遥承此脉心香，单诗题而言，每一个都是敲锤字、词意象的佳美案例，如“秋白”“茶渡”“叶泥”“烟视”“依草”“印若”“如焉”等，惯常以为的意象即“名词”，在此就变得非常局囿，意象显然还可以是动词、形容词，乃至虚词，如果置身到“句”的语境中，意象碰撞、跳跃、融入，就可幻化出更加斑斓万象的诗境。

诗歌意象，对应中国画来说，就是笔墨。笔墨是中国画的“水晶”，如果没有笔墨的追求与修炼，很难说有中国画。北宋韩拙即说“笔以立其形质，墨以分其阴阳”，明末书画家董其昌曾言“以境之奇怪论，则画不如山水；以笔墨精妙论，则山水绝不如画”，现代黄宾虹认为“论用笔法，必兼用墨，墨法之妙，全以笔出”。可见，有笔有墨，笔与墨合，笔精墨妙，一直是中国画、尤其是文人画追求的至高标准。

笔墨一词看似简单，实则非常复杂，从形态而言，包括笔墨点画、笔墨程式、笔墨形势、诗书画印笔墨全韵；从内涵而言，包括技术形态、身体情态、文化品态等层层融入的内质。简单来讲，就是点线及其组合，复杂而言，就在这个点、线里，有文化、没文化，有修炼、无修炼，修炼高、修炼低，可以敏感而直观地呈现出来：吴镇与黄公望的区别，八大山人与石涛的高下，朗朗昭昭；绝对的书（笔墨）如其人，画（笔墨）如其人。一个有修炼的人的笔墨，是养出来的，以经史境界、诗词教养、佛道修为、碑版野味，涵容，濡养，追求圆味、厚味、金石味、书卷气等。如董其昌，可以画得很熟，但又在熟中求生，文雅，清洁，带着一股生味，这就是笔墨。

可见，书画笔墨宛如汉语诗之意象，两者在中华文化的同一厚土上，各表一枝，相映成趣。

文生文与迹生迹

意象炼成，象象并置，象象生成。诗人画家石虎先生倡导“字思维”：“汉字有道，以道生象，象生音义，象象并置，万物寓于其间。”也就是说汉字以字象为要，音义从之，诗即是字象与字象并置，碰撞，蹉跎，融化，由此应物象，开万化。沈奇以诗人的敏感，对此极为推崇，并尤其注重其中“象生象”的发生机制，“胸中并无成竹，乃是无中生有，象来不期而至，象来不期而果”，由此，他引卞之琳语，好的汉语诗“小处敏感，大处茫然”①。

另一方面，他在《天生丽质》系列诗作里，实验探索此种随机生发的发生机制，按他的说法，是想从过于信任和依赖现代汉语的句构、篇构式写作中跳脱出来，反顾并整合古典汉诗的字词思维，对此，他用了“随机”“随意”“随心”“随缘”四个词来概括。实际上，一首诗的完成，全过程，简而言之，无非有三：感物兴情，因情生文，以文生文。前两阶段在现代汉语诗学中尚较为注重，对于“文生文”阶段，则每每忽略。沈奇特别着意这种随机、随意生发的兴发感动状态，看重并实践汉语一个意象、一个字词，便可以自由兴发、组合、衍生的生发能力，显然，这是更为体贴创作的本真状态的。当然，或许可以补充的是，一句诗容易自行衍发，整首诗未必就可以全部依赖兴发感动，随机推演成篇，在“文生文”的兴发推荡中，尚需适当控制，才能臻于完美。

汉语诗歌写作中的“文生文”，在绘画里，可称为“迹生迹”。以往艺术理论，在“含蓄”勃发的创造态势上，无论中国的“澄怀味象”，还是西方的“酒神迷狂”，都注重在创作前，涵泳其势，做足功夫，然而并不强调创造过程本身的生发力量。我的师祖“德国学派”大画家全显光，根据多年亲切鲜活的创造体验，提出了“循迹造型”理论：在素描教育中，他主张在画到熟练的基础上，要故意画乱，脱去桎梏，在乱的笔触、点线、图式中，逐步生发，找到秩序，乱而不乱；在色彩中，他把寻找“色彩配方”的过程，直接移到了画布上，他可以用任意原色起稿，然后通过重叠、并置，根据画面上出现的各种新的效果、偶然要素，进行掌控，调整，生发，因势成色。素描、色彩的这种创造状态，就是典型的“循迹造型”②。

根据画面的迹痕、迹效，来刺激、调整与生发创造，全显光特别重视艺术中的“迹”：他在石版画中，奏刀直干，充分发挥石版材质肌理，利用创作中生发的各种偶然的粗粝的“痕”和“迹”，如《心·星》等

---

① 沈奇：《诗心、诗体与汉语诗性》，陕西师范大学出版社2016年版，第26页。

② 王新：《孤往雄心：发现“德国学派”艺术大师全显光》，广西师范大学出版社2016年版，第120页。

作品；他解析伦勃朗油画中大笔纵横、却细腻入微、曲尽其妙的笔触痕迹，郑重告诫学生油画是写出来的，而非涂、改出来的；他在齐白石、黄宾虹的作品中，也掘发种种精妙的笔迹、墨迹、水迹；他说，甚至在民间高明的油漆工手下，层层平涂里，也掩盖着有力的笔迹。所以全显光个人的油画、水彩、水墨等，都充满着层层叠叠肌理富厚的以笔运色的痕迹，这些痕迹成功地把他的空间性形式要素，转化为时间性创生序列，让人浮想联翩，满目绚烂。

显然，这种“迹生迹”的过程，把身体的韵律感和场域感都兴发出来了，臻于创造的自由状态，不可抑止，这和沈奇诗学探索的“文生文”状态，可谓异曲同工。

气脉与气韵

沈奇论诗与写诗高妙处，在非常敏感于诗脉起伏流衍，即诗中之文气、文脉的波澜起伏。熟悉中国古典文学的人都有经验，好的诗歌哪怕没有多少意象，好的文章哪怕只是说理，但字里行间都有气息，形成一种有韵律的气脉，这个气脉如果用现代理论而言，我觉得就是韵律感。由于家学因缘，我自幼亲近古典诗词，很多诗篇可以朗朗成诵，及至今天，一读到那些气息不好、气脉不畅的地方，喉头处就会梗塞不舒。我曾著文，强说诗词之“气脉”，以南唐后主李煜的词《相见欢》为例：

无言独上西楼，月如钩。寂寞梧桐深院锁清秋。剪不断，理还乱，是离愁，别是一番滋味在心头。

“无言独上西楼”，气之丝缕生成，过“月”，一顿，而“如”字轻轻滑过，到“钩”，猛有惊心一转，并且转出了气之余韵，由是而弱，正好接上“寂寞，梧桐，深院”（寞、桐、院，短仄而润），奄奄一息、上下起伏的气脉，然后“锁清秋”（清秋，平亮），一下开阔，聚首成池，摇漾余音。“剪不断，理还乱”气脉自生，且粗壮，但流向离“愁”（离、愁平柔）有柔化之状，在“味”字的再度柔化下，转向“心头”时，已成丝缕，摇漾，氤氲。两阕最终都归向了一个生气荡漾的场域。可见，气脉这个东西是确实存在的。

沈奇指出“是不同的语感区分了不同的诗人，也区分了不同的诗歌写作。杰出诗人的不可模仿性，正在于其独特的语感”[①]。以其小诗《茶渡》为证：“野渡 / 无人 / 舟自横，// 那人兀自涉水而去 // 身后的长亭 / 尚留一缕茶烟 // 微温”。如果仅以意象来说，到“尚留一缕茶烟”就已经很好了，但气脉未畅，后以“微温”紧接收结，气脉就非常完整了。由此可知，沈奇语感确实非常锐敏与鲜活。

归纳而言，一首现代诗的韵律形成，关乎几方面：外在的平仄押韵，内在的意象疏密，思想浓淡，叙事的波澜起伏，情绪的微妙婉转，身体本能的自然呼吸等，且这几个方面要达到梁宗岱所谓的“炼化”，即可成“气脉”了。

诗之气脉，正与画之气韵同。潘公凯指出，笔墨包括笔墨点画、笔墨程式、笔墨形势、诗书画印笔墨全韵四大方面，但收拢这四方面的，即是画之气韵。气韵具体而言，由点画到笔墨程式，到笔墨形势，到诗书画印笔墨全韵，即是流动与氤氲其间的气脉之节奏与旋律。中国文人画追求音乐节奏（主要是雅化节奏），画面节奏是一个画家手上功夫的表征，小到画上一石一草，陈子庄云，“石上之点，应有浓淡虚实、疏密高下的区别，总之要有抑扬起挫，构成节奏感、音乐感、诗意”[②]，证之于绘画，则莫过于黄宾虹先生的山水画最为合适，千点万点、千沟万壑，排荡出一阕轻重浓淡、远近高低的磅礴的笔墨乐章。一般来说，文人画节奏，主要通过笔法节奏、墨法节奏与意象节奏来实现。

而画面旋律的形成，主要通过用笔行气、墨韵互渗、水法贯通、布势开合四个方面实现。荆浩云“笔绝而不断谓之筋”，董逌《广川画跋》卷六则说，“笔运而气摄之”，潘天寿先生云“运笔要点与点相联，画与画相联……使画面上点点线线，一气呵成，全面之气势节奏，无不在其中矣”，这些已经十分明了地指出，笔与笔间须气脉不断，这是旋律形成的重要前提。至于其他三者，兹不赘述。

余味与余韵

凡是一首好诗，沈奇提到要有“味道”，有“余味”“余音”，即，除了字面和意象，或者整个结构以外，整首诗里总得有一些多出的、通

---

① 沈奇：《沈奇诗学论集》卷二，中国社会科学出版社 2005 年版，第 23 页。

② 陈子庄：《陈子庄谈艺录》，河南美术出版社 1998 年版，第 111 页。

达于无的东西，他概称为“文本外张力”[①]。如果用古典诗学的话，勉强可以称之“境生象外”，但现代诗因为多了反讽、荒诞、戏剧等手法，故象之外，未必是“境”，依据传统批评重“品”、重“味”的特点，称为余味当是恰切。唐代司空图在《与李生的论诗书》中说到“文之难而诗之难尤难，古今之喻多矣，而愚以为辨于味而后可以言诗也”，他拈出的即是“味外之旨”，亦即“余味”。

比如沈奇在评论于坚诗作《塑料袋》时，指出该诗妙在将寻常琐碎细节，纳入戏剧化叙事，如电影蒙太奇一样，在独特的语感中，幽默，荒诞，渗出言外之余意与余味。并非巧合，司空图论诗，拈出“味外之旨”（余味），他同时还拈出了“韵外之致”（余韵）；而气韵一般常用于品画，可见诗之余味，与画之余韵，有紧密亲缘。南朝谢赫在“六法”中，标举“气韵生动”为首义，气韵一词，在画学中，便居于核心地位；故一幅画气韵之生动，即为有“余韵”。

何为生动呢？大而言之，全幅上以形传神，能在具体的意象之外，传更多对象的神采，画家的格调；中而言之，在构图上追求郭熙所谓的“高远、深远、平远”，韩拙所谓的“阔远、迷远、幽远”，由远而入无；小而言之，在笔墨中能葆有更多鲜活的身体气息、苍茫的阅世况味、深厚的文化品位。证之艺术史，在中国倪瓒的山水、黄宾虹的山水、西方伦勃朗的人物画中，总荡漾着这样氤氲不绝、挥抹不去的余韵与余味。

综观以上诗之意象、诗之发生、诗之气脉、诗之余味四个方面，实质上也正是沈奇多年来殷殷苦苦对汉语新诗“诗性”之追索与“典律”之重建的要义，在诗画融通的视域中，这一努力的深刻与可贵，由此更可朗然。顺其逻辑，汉语新诗之诗性，得以豁然呈现，简概为五：其一细节直观，好的现代诗一定能让日常生活的细节经验得以鲜活直观的呈现，有让人眼前一亮的全新创造；其二远境眺望，诗歌能打开、接通更辽远的境界[②]；其三意象营造；其四气脉把握；其五余味酝酿。显然，沈奇的诗与诗学可供发掘的富有包孕性的思想，远不止此，拙文仅仅是以蠡测海，抛砖以引玉，求教于诸位诗坛方家。

[作者单位：云南大学艺术与设计学院美术系]

---

① 沈奇：《沈奇诗学论集》卷一，中国社会科学出版社2005年版，第32页。

② 王新：《茫茫世景中的风雅颂诗》，载《东吴学术》2015年第5期。

诗学研究

多多诗歌创作研讨会论文选辑

沈奇诗歌与诗论研究

结识一位诗人

中生代诗人研究

姿态与尺度

新诗理论著作述评

外国诗论译丛

寻常诗意与爱的可能

刘　波

聂权的诗，越来越趋向于某种现实性，当然，这一现实并非完全是俗世意义上的，而是他在竭力靠近某种真相，这真相里有残酷与冷漠，也有温暖和爱意。就像他经常触及的“弱势”“沉默的大多数”和那“一小片阳光”，这些冷暖色调的人生融合在一起，看似矛盾、冲突，甚至不乏对立和对抗，然而，它们又不得不同处于一个时代，其交叉存在本身，就构成了我们生活的真实格局，同时也构成了聂权笔下诗意存在的可能。这也是我愿意去读聂权诗歌的缘由，面对那些令人揪心的现实，他没有控诉，也没有说教，他在给出自己切入人生与观察人世的角度，每一次下笔，每一个意象，都出自眼中所见，心中所感，触之深，识之切，这为人生的写作心态，当是聂权朴素运笔的前提，更是他前行的动力。

一

我还记得前两年和学生们在课堂上讨论聂权诗作《疯子》的情形，面对这首“疯子”之诗，好多学生一脸茫然。他们不明白，自己在校园中经常能碰到的某类外表疯癫的人，何以在诗人笔下成了一道“内心的景观”。诗人是这样讲述的：“活在这个尘世间，他多少有点 / 可笑，甚至 / 多余。这个疯子 / 这个曾经的山西大学的教师 / 每天穿行在草木之间，以往的 / 供职之地，蓬头垢面 / 提一黑色旅行包 / 呜里哇啦地喃喃自语 / 不知者视他为游荡的小偷 / 知晓者避他如避蛇蝎 / 偶然迎面撞见，不知有多少女生 / 从侧边，落荒而逃 / 我只曾见他两次面部收拾得干净 / 不久又乱草丛生。很多年了 / 已无人有兴趣探究他的疯癫之因 / 也无人愿意与他对视 / 但透过那些枯萎又复活的春日草木 / 我却看见，他的踉踉跄跄 / 摇摇晃晃 / 蕴含的是不同于植物的 / 别一种 生命之殇”（《疯子》）。聂权作为亲历者，他记录下了这个“曾经的山西大学的教师”几乎到此为止的人生命运。对于疯癫之因，诗人说无人有兴趣探究，但我们或可找出更多理由，以解释这其中难言的苦涩，然而，这些是无济于事的，“疯子”教师行为举止的常态化，也就成了诗人难以逃避的回忆。

学生们是面对诗人笔下的疯子茫然，还是面对《疯子》这首诗本身的不解，我至今也不清楚，或许各种原因都有吧。只是，我们在校园里，在大街上，在世间各个角落，都能碰到这样的疯子，但我们多数时候一走了之，还是因为遇到的多了，见惯不惊。当聂权以诗人的敏感重新调动他的记忆时，疯子不仅仅是他书写的一个对象，而是他在精神上的疯癫，已构成了对每一个人世敏感者的触动，继而获得共鸣。诗人是在可怜那位曾经的大学老师吗？我想，没那么简单，这种疯“蕴含的是不同于植物的/别一种 生命之殇”，这才是诗眼，乃诗性呈现之关键。这不完全是一种对个人的同情与可怜，而是一种人生的大悲悯。

聂权有他自己的正义伦理，这虽不是其写诗的标准，却成了他下笔的参照。诗人走进个人的生活，也是切入了这个时代的脉搏，他希望以厚重之文字来感受这个社会的心跳，以平视之姿来承担自我的责任。这可能无关多么高尚的知识分子气质，它就是来自一个人的良心，也源于他看待世界的方式和角度，并伴以平和的、真挚的、深沉的追问。当很多诗人选择以大开大阖之激昂宏阔来进入诗歌时，聂权走了一条“寻常”路，写最寻常的人，立足于最寻常的生活，这看似一条平凡之路，却也不失为写人生之诗的大道。他有一部诗集，名为《一小块阳光》，也是其同名诗作。从标题来看，虽为“小诗”，却含深意，有着对日常经验至为凝练的重塑与再造。“一小块阳光/透过蒙尘的玻璃窗/落在桌旁的水泥地上//它带着秋日的气息/慢慢照亮一家人/清贫而温馨的生活：/旧但洁净的厨具/小客厅油漆脱落的木柜/白瓷碗、妈妈晨起做饭的背影/和桌边诵读声朗朗的孩子//秋凉了，风声和树在窗外晃荡/一小片阳光/却是那么亮，仿佛/让整个世界都充满了温暖”。由一小块阳光引出的生活感慨，可能也有不少人尝试过，但感慨往往在不知不觉中就滑到了某种语言暴力之境，而无法转化为更内敛的诗意。聂权的节制性感慨，恰是其个人平淡体验后的自然诉说，他拒绝了狂欢，也无涉于在语言上炫技，仅遵循自己求得“寻常”的信念，那一切真实，便都可尽收眼底，也同构和共鸣于他写作的初心。

聂权在为《一小块阳光》这一诗集名称做阐释时，曾谈到了他的创作理念：“切入最平凡的现实生活，用最大程度的真实临摹，将这个世界上一部分人心灵中的阳光呈现出来。”无论人生多么卑微，生活怎样惨烈，我们活着的动力，肯定不是绝望，在向死而生的途中，可能那一小片阳光，就是爱与希望的融合体。诗人从不公不义中挖掘真相，从芸芸众生里寻找“活着的亮点”，也从平凡、平淡和平静中淘洗经验，那落在笔端的诗性文字，可能就是我们的希望之光。这是诗人将目光投向民间的体现，他从那些被遮蔽的背景中，也从被我们绝大多数人所忽略的个体与群体里，找到了属于这个时代的“乡愁”，它是诗人内心无法割舍的记忆，他必须记录它，见证它，并最终完成对它的自由言说和深度反思。当这一切冷的记忆诉诸笔端，它们在不经意间带上了诗人的体温，于是，不管是乡村记忆，还是城市经历，都被转化成了一种精神观照的产物。这些体验和经历一旦投射在诗人笔下，我们的记忆与感知之门，由此被开启；而关于生活本身的审美，也就相应地成为我们和诗人之间的情感纽带，因为它是带着乡愁在书写自我独特的历史与现实。

二

聂权在写每一首诗时，都是将自己置于其中，他虽为书写者，其实也是参与者和亲历者。只有真正将自己放到诗里，他才会以感同身受的姿态去写出那些隐忍、微妙与内在的声音。诗人把自己放到诗里，这是危险的，如果处理不好，就可能成为一个全知全能的主宰者，沉迷于炫耀和自我絮叨，自己也就成了诗歌的敌人。对于聂权来说，他愿意且不得不去冒这样的风险。和凭借虚构与想象完成的“句法转换”不一样的是，聂权的诗几乎都取材于他真实的日常生活，“记录的是一个大的时代中一个普通个体生命的真切的爱、疼、痛楚和快乐，诗中的每一份情感，几乎都可在我过往的生命中找到对应的事物或事件”，这是聂权书写人生之诗的底色，他是在这样的底色上完成自己的创造，并赋予了诗歌以爱与痛混杂的美感和力量。

如果说聂权诉诸现实的写作是因为要直面时代的残酷，那么，他退守到往事中的选择，难道是他抵抗遗忘的途径？一段时间以来，他不断调动记忆，频繁还乡，以构筑某种历史感，当然，这种历史感的祖呈，并非刻意，它是诗人拥抱生活与记忆之后的自然流露。《两家人：五孔窑洞》《在六舅姥爷家，听香表姨讲故事》《土塬上的小驴子》《二十多年前暖崖村的一刻》《窑洞中的小鼠·偷什么》《偷酒·香表姨》等诗作，都是诗人反顾往事时的诗意回声，真切，温暖，而字里行间又隐藏着浓浓的乡愁意绪。聂权从容稳健地道出的回忆，正对应了因时代变化所带来的心境之变，当他在讲述《油灯下狼的传说》时，我却从《奔跑》一诗中，洞察到了两个年轻人在贫乏里渴望向上的生活。诗人在叙事中逐渐靠近某种凝聚着淡淡忧伤的诗意，舒缓有致，但又隐藏着青春通往成熟的一种紧迫感。甚至可以说，这种阶段性的人生过渡，又何尝不是以“奔跑”的形式完成的。当所有的往事都随着时间流逝飘向了远方，它们化为诗本身时，就是诗人在向一个时代致敬，那是属于他个人的时代，因为那里铭刻着自我最真实的情感和记忆。

生命的活力在聂权的诗中，基本上体现为一种向下看的眼光，这种诗意的营造，并不是因诗人要构建他的“世外桃源”，他所希望逃离的，恰恰就是那些被很多诗人所美化的生活。这种生活可能是浪漫的，在远方的，在高处的，总之是远离人间的，聂权对此非常警惕，他和自我、和生活的讨价还价，其目的无非是想从中找到最真实的那一部分。如果不与生活计较，大度里可能装下的皆是空洞，回到生活，回到现实，回到个体的发现，那就是在向离我们最近的现实讨要一个时代的标本。就像在《不忍》一诗中，他对我们习以为常的乞讨行骗场景的再现，其意图不是为了做翻案文章，而是客观地陈述事实，“我知道这可能 / 又是一个骗局。繁华柳巷口 / 一名中年男子的头磕得有力 / 冷风中的声音凄凉地 / 回响在下午的灰暗闹市：谢谢啊！谢谢啊！ / 但一床薄被裹着的不辨面目的老人 / 白发被寒风吹开，吹开 / 萧萧，似故乡山冈无遮拦的白杨 / 那一刻，我只看到 / 她只是一位老人；只知道 / 她也是一位母亲”。骗局背后，诗人所看到的，仍然只是这一幕凄苦的现实。即便是扮演和假装，这种毫无尊严的“行骗”，给当事人带来了什么？给我们带来了什么？又给诗人带来了什么？他通过记录场景和自我反思，更多的不是在向外界倾诉，而是在给自己，给多数人一个提醒：当面对无可申诉的人生时，我们是否还需要保持一种不忍之心？对他人的，对自我的，对世界的不忍之心。

任何一个诗人都可能会有他的难言之隐，有的埋藏心底，有的诉诸笔墨，皆以情感作为出口。聂权自然地偏向了那种为人生的痛感书写，他有时甚至是在逼视时代的暗处，将那些现实苦难、内心伤痛和灵魂之劫都展现出来，它们也可能正是温暖生活的内面与参照。我们不选择逃避，不刻意去消解，以探寻真相的方式靠近写作本身，那就是对生活至高书写精神的回应。

三

聂权极少去写那些非常态的传奇故事，他虽然也用叙事来完成对诗意之门的开启，但他并不关心怎样去讲一个精彩的故事。叙事在诗中只是一种形式，是诗意的一个载体，他所渴望达到的，仍然还要深入到精神和思想的层面，以找到对应现实的尖锐性和力量感。

尖锐是聂权这几年诗歌写作中的一个关键词。我印象至为深刻的，是他将与诗人张二棍的谈话写进了诗里，整个过程并非如我们想象的那样惊心动魄，从其讲述来看，甚至有些不动声色。非洲母亲因生活所迫，到小饭馆卖掉了自己的孩子，"起身、送客 / 阳光斜了下来 / 小男孩，已经被做成了 / 热气腾腾的 / 几盘菜，被端放在了桌子上"（《下午茶》）。这"人肉宴"看起来如此普通平常，而如此罪恶，又需要谁来承担？诗人没有继续追问下去，他也不需要追问，这个事件本身入诗，就已经足够引起我们反思了。人的处境与我们的立场有关吗？诗人有他的原则，他不是要暴露，而是要为世界的真相寻找一个恰当的表达出口。这出口关乎情感、本能、理性与良知，他由此进入，也从此出来，这一过程，终以诗歌的形式被定格于语言的空间。

出于书写者的良心与责任，有多少种失败的人生被诗人不厌其烦地演绎和转化？猎奇心态只是一时之意，但终究不会是长久之道，他还要从日常生活里发掘出永恒的诗性，并找到自我启蒙的途径。从其近作中，我发现，聂权越来越钟情于书写小人物、小场景、小事件，这不是乐趣使然，而是其眼光和姿态决定了他必须经过那条"向下看"的路，才能真正通往诗的自由王国。他写最后一个太监，写少年时遇到的理发师，写相亲的老男人，写十四岁的弃儿；他写经时光磨砺的铁卵池，写过去的圆白菜，写冬天的石榴；他也有感于各种自然或人生状态，比如写一个舒朗的清晨（《清晨》），写一个少年的不归路（《二月》），写一种孤独的恐惧（《惧怕》），写午后的温暖时光（《午后》）……在这些或直接或间接的书写中，诗人要么通过历史还原对话的场景，以尽力达到某种真实的再现；要么在恢复记忆和正视现实中去体验，让一段故事带出另一段故事，以抵制遗忘，守住诗意存在的诸多可能。

诗人从不讳言作为一个小人物的悲伤与快乐，因为他自认为是其中的一员，他由此也有足够的信心来写出小人物的丰富性和复杂性。比如，他写那样一个人，就像是在写他自己："他是一个小人物，半小时前 / 刚从琐屑杂务中脱身 // 没有一个人 / 能全得这世上自由的生活 / 蛛网般

的现实 / 给他们大大小小的限制 // 踏着薄雪 / 快到家了 / 清凉的雪意迎面而来，吸入脏腑……”（《小人物》）这日常之诗中透出的平凡之意，就是我们多数时候的人生现实，诗人写下了它，就是在为平淡的诗意寻找属于它的位置。如果说《小人物》代表了多数人的人生景观，那么《不逊之心》，则真正将小人物的日常诉诸细节的描绘：“瘦削如一根草的老男人，修草工 / 在给春日草坪浇水 // 他安静，专注 / 只看草 / 仿佛，那是全部。// 他有一个胖妻子 / 永远在他身后嘟嘟囔囔抱怨 / 她又黑，又丑，有时 / 显现咆哮的嘴脸 / 他有三个儿女，乖巧孝顺，逐渐长大 / 仍穿着和他一样，贫穷卑微的衣裳 // 他慢慢臣服了这一生 /——一个人，只有一生。/ 但是，命运之神！原谅他吧 / 偶尔的走神，身子的一动，他对你的 / 不逊之心”。修草工的人生境遇，是对这个世界上小人物命运最精准的注释，而这所有叠加的人生存在，又真正构成了我们当下写作的精神传统和现实内涵。

诗人写了这世上更多的无奈，就像他所看到的，“都是已甘于接受的面容”（《五十》），这不用去虚构，就已显得真切，也足够让诗人清醒。也正是清醒的立场，让他在渴求希望时，也自然地去审视，去批判，去剖析所身处的时代。“我固执地认为，自己对个体生命的各种状态的呈现，虽不完整，也未有足够的深度，方向却是正确的，从本质上说，它不应该是一种自我的暴露，而是一种个体的还算有勇气的自然的展现、自我解剖、反观与审视，不是对世相百态阴暗面的揭示，而是对平凡而滋味纷复的现实生活与美好灵魂的追索，它不是对人世间痛楚的一种搜寻，而是因我们共有的对大地厚重深沉的爱而生的一种挖掘，不是在抛弃根，而是在回溯源头，寻回‘诗无邪’的一个根系。”聂权如是说。

这段真挚的创作感言，或许可以用来解释他何以用批判意识来质疑、反观与审视，那是因为他心中有爱，有着切入灵魂深处的大爱。这种大爱让诗人在平视生活的同时，也促使他从生活中探寻日常诗意和人生内在的命运感。

[作者单位：三峡大学文学与传媒学院]

诗歌中的小说笔法及其所营造的意义世界

——读聂权诗歌《理发师》

赵目珍

随着时代和文学自身的演进，各种文学体裁在写作路径的演化上似乎有一个趋于借鉴与融合的趋势。在近年来对诗歌的阅读中，我发现诗歌与小说联姻的现象越来越普遍。八〇后诗人肖水的《渤海故事集》就“试图同时拓展诗歌和小说的边界，在两者交汇之处修筑语言的城堡，安置生活中难以察觉的潜流”。同时，许多评论家在对现代诗的批评中也开始经意或不经意地使用“故事”“讲故事的人”“讲古”等术语。可见，文学自身是一直在朝着更深远更宽广的方向演进与发展的。

读聂权的《理发师》，第一感受就是诗歌采用了小说的笔法，主要体现为设置悬念、节制叙事、环境烘托、细节处理等几个方面。

诗歌的开篇，诗人采取的是一种自问的方式，实际上也是设置了一个悬念。对于作者而言，这也许只是一个不经意的开头，然而却直接引起了阅读者对诗体故事的兴趣，同时也为作者接下来的回忆伏了脉，做了引子。从文学写作的惯常视野来审视，它就是一个小说的笔法。不过对于小说而言，这种手法早已构成审美疲劳。然而诗人在此处借以处理诗歌的开篇，却带来了一种异样的审美，让人倍感新奇。

此外，诗歌叙事与小说叙事在写作上有一个共通的美学原则，那就是节制之美。然而，相对于小说，诗歌在叙事上的节制处理难度更大，更需要一种精良的驾驭，因为诗歌本身就是精炼的艺术。诗歌叙事节制的独特性在于，小说是借重于叙事的，而诗歌却并不以节制叙事为旨归，它更加注重的是叙事之外的无限敞开的那一部分意义或者说节制之外更多其他的可能性。为此，诗人在进行节制叙事的营造时，就面临着一个如何把握“遮蔽”与“去蔽”的平衡问题。聂权的这首《理发师》在写作上明显展现了一种节制的叙事艺术，对于“理发师”故事的袒露与遮掩把控得非常到位。诗歌写出了故事情节中的冰山一角，那就是——理发师的被捕，而对于被捕的原因全诗却只字未提，只是以理发师“知道他们为什么来，他等待他们/应已久”来做“敷衍”。其实这更增强了阅读的悬念。除了这一点，第三节的开头一句——“得让人家把发理完”，也处于一个独立设置的地位，前后并无主语，发言的“主人”遂成为一个谜。这句话到底是谁发出的？警察？还是理发的“我”？给人留下一个难解的悬疑。中国传统的诗歌艺术讲求意在言外，在诗歌叙事的进行中设置“悬念”，似乎也可收异曲同工之效。

诗歌的第二节，从诗人对少年时那次理发的回忆开始，然后简单地交代了理发室的内在环境——“屋里有炉火/红通通的/有昏昏欲睡的灯光”，这似乎在暗示理发师所在的环境是一个近于封闭的环境。这本来是一个令人“昏昏欲睡”的“境界”，然而诗人突然插入新的情节——“警察推门”，一下子打破了昏沉中的寂静。并且，接下来诗人还对警察的这一行为举止做了一个非常典型化的譬喻——“像冬夜的一阵猛然席卷的冷风”。很显然，这个譬喻带有一种冷森森的风格，它实际上直接暗示了理发师身上所发生的这个故事的结局是一个悲凉的结局。而这两处描写与小说中常见的环境烘托手法极为类似。

诗歌的最后部分，诗人设置了一个细节描写：“偶尔忍不住颤动的手指/像屋檐上，落进光影里的/一株冷冷的枯草”。尽管诗人在前面已指出理发师“知道他们为什么来，他等待他们/应已久”，加上“他沉默地为我理发/耐心、细致”这一叙述，仿佛作者的用意是在表现理发师在面对“灾难”来临时的冷静和沉着，然而诗人又用“手指偶尔颤动”来泄露出他内心的不安。并且，诗人接着又用了一个非常形象的比喻来刻画理发师的手指：“像屋檐上，落进光影里的/一株冷冷的枯草”。这仍然是一个细节性的处理，尤其是“冷冷的枯草”这一形容，一方面突出了理发师手的瘦削，另一方面也凸显出理发师手的温度，后者其实又直接暴露了理发师的内心。

从以上四个方面的剖析看，诗人对理发师这一形象的建构可谓形神兼具，而且以点带面、半遮半掩地铺垫出了一个让人欲罢不能的引人入胜的悬疑故事。正像作者开篇所问的那样，阅读的人读完此诗也会一直带着同样的疑问——“那个理发师/现在不知怎样了”。这是此诗得以成功的一个非常重要的关键。

当然，诗人不仅仅是要为我们用诗的方式来讲述一个故事，在营造故事的同时，诗人也通过个人的思想和诗歌理念为我们建构起了另外一个意义上的诗歌世界。聂权是一个非常关注小人物并且注重从日常生活中发掘诗意的人。这使得他的诗歌在思想上呈现出了一种带有强烈悲悯意识的人文主义情怀。诗歌中的理发师无疑就是作者发现的一个小人物，故事的发生已经是很久以前——作者的少年时代。然而时过境迁如此之久，诗人的心目中仍然不能忘却这样一个小人物，并且一直对他的“后来”牵肠挂怀。可见作者的悲悯并非一时兴起，而是根植于血肉与精神之中。“第三代”诗以来，在诗歌中书写个人化的隐秘体验成为写作的主潮。而聂权在写作上游离于这股大潮之外，更多地实践着对中国诗歌传统中现实主义精神的继承与发扬，突出了现代诗的历史感和人文性，为新世纪诗歌坚守住了又一个写作的方向，也使得现代新诗的前景变得更加广阔。

[作者单位：深圳职业技术学院人文学院]

【附诗】

理发师

聂 权

那个理发师
现在不知怎样了

少年时的一个
理发师。屋里有炉火
红通通的
有昏昏欲睡的灯光
忽然，两个警察推门
像冬夜的一阵猛然席卷的冷风

“得让人家把发理完”
两个警察
掏出一副手铐
理发师一言不发
他知道他们为什么来，他等待他们
应已久。他沉默地为我理发
耐心、细致
偶尔忍不住颤动的手指
像屋檐上，落进光影里的
一株冷冷的枯草

优雅里是否流淌着愚昧和无耻

马启代

在美感与痛感的抉择中，我更倾向于那些战栗着书写出来的诗行。

第一眼看到《下午茶》时，我首先想到的是洛夫的《剔牙》：“中午 / 全世界的人都在剔牙 / 以洁白的牙签 / 安详地在 / 剔他们 / 洁白的牙齿 // 依索匹亚的一群兀鹰 / 从一堆尸体中 / 飞起 / 排排蹲在 / 疏朗的枯树上 / 也在剔牙 / 以一根根瘦小的 / 肋骨”。在此我不想就文本的艺术特点饶舌，这两首诗选择了“下午茶”和“剔牙”做诗题，所揭示的却是黑暗残酷的“现实真相”——无论大众的非正常死亡来自何种原因，无论灾难的原因来自战争、饥荒还是社会制度的暴虐，也无论这些死亡满足了同类还是野兽，面对“人肉宴”和“尸体”的存在，作为人类一员的我们都需要反省自问。

我曾怀疑过它的真实性和它所可能带来的非议。因为在自然雾霾和精神雾霾笼罩下的人们，物质至上成为人们不自觉的律条。也许我们应当提倡英国贵族式的“优雅”，应当倡导牙齿“洁白”式的文明，也许急剧分化的社会现实让很多人来不及思考快速发生的一切，麻木和混沌成为不得已的心理特征。但总有人冷眼观察、皱着眉头思考，不停歇地呐喊。很庆幸，诗人恐怕就天生属于这一类人。所以，读到这首满是苦味和血腥味的《下午茶》，我为有人忧患地审视着这个世界、解剖着这个社会，并给众人昭示着精神高度和灵魂光亮而欣慰，为有人像无语独坐的“斯人”昌耀一样冥思苦想着这个星球上的人类命运而感奋。

知道聂权多年来偏向于痛感书写和逼视苦难，选择不逃避、不消解的姿态，以探寻真相的方式靠近写作本身，我信任这样的写作。

这是一首有爱的诗，是清醒的诗，带血的诗，犹如闪电和霹雳，它让我们逼问自己和这个时代：优雅里是否流淌着愚昧和无耻？

[作者为山东诗人]

【附诗】

下午茶

聂 权

在我们开始喝茶时
一个黑人小男孩，在地球那边，被母亲牵着
送给小饭馆老板
太饿了，她养活不了他
她要活下去

在我们谈起尼日尔、迈都古里时
黑人小男孩，被饭馆老板
拴了起来，和几个小男孩
串在一起，像一串蚂蚱。母亲
从身材矮小的老板手里拿过的一叠钱，相当于人民币
一千元

在我们说到鳄鱼肉是否粗粝腥膻时
饭馆老板挨个摸捏了一下，凭肉感
选出了刚送来的
这个孩子，把系他的绳子解开

当我们谈及细节，非洲待了三年的张二棍
微微叹息，饭馆只是简陋草棚，有一道菜
是人肉

起身、送客
阳光斜了下来
小男孩，已经被做成了
热气腾腾的
几盘菜，被端放在了桌子上

寺院，与诗歌

聂 权

一

扬州的一座寺院，将出时，忽有一阵微风吹过，一个角落的枝、叶、花微晃、轻回，相互的呼应和抑扬令人陡然怔住。风像一道轻微的拈花微笑的闪电和它们融合在一起，又像一道有形的波痕刹那间传回，一刹那的水乳无间的低伏与轻昂，像镜中佛颜、水中之相、空中足音，妙不可言，却无处追寻。

顿时，想，最好的诗歌，神韵也当如是，合于自然本身的奥秘，妙，不可言，不可追寻，令人无可指摘。

二

越来越喜欢先秦的古歌和乐府的歌辞。

真实、质朴、热烈，不掩饰真切的人性，浑然天成，涌自胸臆，不假一丝雕饰。

“明明上天，灿然星陈，日月光华。弘于一人。”

“沧浪之水白石粲，中有鲤鱼长尺半。”

“公无渡河，公竟渡河。堕河而死，当奈公何。”

“闻君有他意，拉杂摧烧之。摧烧之，当风扬其灰。”

“天上何所有，历历种白瑜。桂树夹道生，青龙对道隅。凤凰鸣啾啾，一母将九雏。”

唐诗美则美矣，大则大矣，高如泰山，深如瀚海，然而更像近乎完美的精致的艺术品，少了一份情感原初的冲动，少了一份与自然、日月、山川、草木共同生发的情怀。

三

声音很微弱，但是还是要说。

诗歌是人的文学，为什么不去写人性？

我的一位朋友，一位已然成名的实力女诗人，说，有的诗歌，是写她的真实生活和状态的，这些诗歌，她往往不敢给别人看。

这是当今诗歌背景下的一种苍凉。

周作人在 1918 年提出了“人的文学”的概念，反对非“人”的“妨碍人性的生长，破坏人类的平和的东西”，倡导表现人性的文学，这应该是正确的方向。但是，近百年后，人性化的写作在当下的诗歌中仍然极少；曾听一位翻译家提起，西方的诗人对中国诗歌最大的诟病，就是对人性和灵魂奥秘的探索的缺失。

真实的人性，并不是丑陋的物事，它是一座宝藏，闪耀着人生或细微或璀璨的丰富的光芒。那些光芒，使我们的现实人生和灵魂世界富有。

四

作诗无定法，无论哪一种方向的写作，都可能抵达诗歌的高峰。

然而，一定有一个类型的作品，最接近诗歌的本质，最接近诗歌本质的作品，一定是最好的可以传世的作品。

诗歌本质的找寻的过程很艰难，像我们找寻生活的本质一样艰难。

找寻到了生活的本质，诗歌的本质可能就找到了。

探寻的路程还长，但诗歌的本质里一定会包含一些词和词组：诗与歌、真实、法自然、原初的情感、尊重——人性。

[作者单位：诗刊社]

诗学研究

多多诗歌创作研讨会论文选辑

沈奇诗歌与诗论研究

结识一位诗人

中生代诗人研究

姿态与尺度

新诗理论著作述评

外国诗论译丛

在人间澡雪
——论朱零的诗歌

曹 霞

天苍苍，野茫茫
我这副肮脏的躯体
不经过酒精的擦拭
如何配得上这洁白的尘世

——朱零《风雪那拉提·雪后饮酒图》

在论及朱零的诗时，刘年用“傅红雪的刀”形容之：“简单，直接，没有废话，一刀致命。”[①] 这个比喻精妙而准确，我相信它所蕴含的江湖侠义、浩荡人间的气息也是朱零喜欢和倾心向往的。在阅读朱零的过程中，我就时常被那种轻盈而结实的力量所击中。他的语言的直白爽朗与内涵的广远辽阔构成了逆向的反差，如同在他粗犷侠客的外表下，实有一颗细腻敏感的心。他将在人间领悟到的大惑大爱一并纳入这诗心愁肠，饮酒，写诗，望朗月，观清风，行走江湖，偃仰啸歌，在群山里深醉不醒，在雪原中痴立不言。所谓快意人生，诗意人生，也不过如此了吧。

写到这里，我意识到，要谈论朱零，我必须摒弃学院派的正经八股和被人反复使用过的那些苍白陈腐的词汇，我必须以一种无限接近这位诗歌剑客的迅疾明朗的风格，才能准确地描述出、勾勒出我在他的诗歌中感受到的尖锐与震动。而一些在阅读中渗透出的体悟，传达出的主体特质，以及一簇簇诗性的电火石光，也促使我、引导我进入一个与朱零进行精神对话的场域。

---

① 刘年：《诗，酒，剑——评雷平阳的<出云南记>和朱零的<回云南记>》，刘年新浪博客，http://blog.sina.com.cn/s/blog_3f7d31760101i7lg.html

一

读过朱零诗歌的人，都不约而同地注意到他诗歌中的“叙事性”。在他的许多诗作里，都包含着一则微型“故事”或者说是“事故”。“一块名不见经传的石头 / 一经命名为大理石 / 立刻价值连城……/ 可与一栋 50 万的别墅 / 等价交换。”（《苍山背后》）“在牙医王恒华的诊所 / 他左手拿着钳子　右手拿着钻子 / 笑眯眯地要求我 / 露出羞于见人的 / 一口坏牙。”（《给我的牙医》）这样充满动感和情节转换的诗句比比皆是，那里跳跃着、演绎着种种人生世态的影像。

事实上，朱零对诗歌的叙事倾向从不掩饰。作为中国最高级别文学期刊的诗歌编辑，他在不少场合都一再强调自己对于“真实、鲜活”诗歌的向往以及对“抒情”的某种厌倦[①]。我以为，他拒绝的是当代诗歌中那些“朗朗上口”的四季歌、节庆歌、小情歌、口水歌的恶趣味。倘若任由当代诗歌的某些继承和积累往下走的话，难免会落入陈腐的窠臼，遭到历史的抉择性遗弃。他趋“叙事”而远“抒情”，便是意识到了后者对诗歌意象、意境和意蕴的戕害性稀释，希冀用维度结实的叙事为骨架，支撑起诗歌的丰沛含量。这种诗歌观念为刊物带来了清新明朗、刚健有力的风格，有效地矫正了当下某些诗歌空无一物和伪装深情、假造壮丽的高潮，也将他自己的诗歌与众多绵软无力的“抒情”区别开来。

朱零并不讳言自己的诗是“口语诗”，但同时严正地指出它和“口水诗”不同，它是“有情节、有冲突、有戏剧效果的”，而后者没有。我向来认为，“影响的焦虑”其轴心不在于影响源，而在于被影响者的主体性选择。面对浩如烟海的诗歌遗产，必须是主体的心性气脉与某一种、某一类诗歌产生了化学反应，才能将之撷取出来，熔铸以自己的价值观和美学观，从而诞生诗歌的美学新质。“口语诗”是向着“朦胧诗”（或说是向着诗歌的固化和僵化）的反拨，其中蕴藏着文化的再塑力量。汉语应当具备对抗现代工业文明规定的量化和秩序的能力，“口语诗”便是将中国文化的活泼力量进行诗性再现的努力。朱零的诗歌选择里无疑也蕴含着与之类似的一种反叛、再造，以及解构和建构的尝试。

当朱零置身于时代和生活的海洋中时，他感到自己和绝大多数人一样正被万马奔腾、光鲜体面的假象所包围，一些人入迷了，一些人困惑了，一些人离去了，而他要以“在地化”的语言为“矛”，像堂吉诃德那样

---

① 朱零、余笑忠、李亚飞：《中国诗人面对面——朱零专场》，载《中国诗歌》2016 年第 2 期。

向庞大的风车宣战。种种切肤痛感遍布他的诗行，微小却尖锐的“刺”扎在诗布上，一再惊醒那些在平庸寡淡的现实中逐渐麻痹的心。他写天桥上的乞讨者被勒索，却只能是“老腰直了直，二胡要继续，生命要继续 / 他一定有着不为别人所知的痛”（《天桥上》）；他写病室里正在走向生命尽头的“张三 李四 王五和赵六”，一无所有的病人什么都没有，“只有病”，“过不了几天 / 连病 / 也会离他而去”（《病友》）；他写化装舞会上各色人等的表演，有钱人装流浪汉，打工仔装老板，而真正的“衣衫褴褛者”却在这里找吃找喝，是舞会中“唯一一个 / 保持本色的人”（《化装舞会》）。在白居易墓前，他想到虽世易时移但“居哪儿 / 都不易”（《在白居易墓前鞠躬，是不对的》）；在小煤窑可怖的人祸里，他震惊于人心的叵测与阴暗（《挖煤的人》），他平静地描写死亡，“死神面前，人人平等。”（《死神》）诗人的取景器无所不包。他看到人间消息和世态万象，看到生命的本然形态如何走向衰败与残弱，看到被畸形的社会规则压抑和掠夺的人们如何挣扎与生存。不过，他并不流露出悲伤、愤怒，一种自我节制的力量将他的情绪凝敛在短短的诗行里，反而令那里暗暗滋生出了哀悯与沉思。

在此，我还想提醒读者注意，在朱零众多展现社会世态的诗歌中，悄然容纳着另一类诗，即对于政治的戏谑书写。它们数量不多，所涉范畴也有限，却像暗夜里微红的钢锭，结实得熠熠发亮。作为 1969 年生人，朱零对于意识形态残骸有着天然的清理兴趣与独到的处理方式。他采用“相反的写法”[①]，将宏大与微观、雄伟与卑微、国事与家事等种种二元项进行对照，不只写出了历史的悖谬和酷烈，也不惮于展露自己对于那段历史的价值判断与情感态度。关于自己出生的 1969 年，他从《毛主席语录》的亿万出版量写起，在“红色革命”的中国，同时发生的还有上山下乡、林彪当选副主席、刘少奇冤死等重大历史事件，“而制造我的父亲 / 却在遥远的大西南建设边疆”（《一九六九年》）。还有那首非常有意思的《判断题》：“下列哪种提法是错误的 / 革命不是请客吃饭 / 革命就是请客吃饭 / 革命不是请客，就是吃饭 / 革命不是请客，是吃饭 / 革命是请客，不是吃饭……”后面还有一长串“严肃”悖论，令人绝倒。我以为，这是最见诗人戏谑性智慧的一首诗。他在“革命”一词上玩的文字游戏让人想到鲁迅那段著名的“革命，反革命，不革命。革命的被杀于反革命的。反革命的被杀于革命的。……革命，革革命，

① 胡桑：《隔渊望着人们》，上海书店出版社 2016 年版，第 104 页。

革革革命，革革……”[①]，于毫不费力的谈笑间便令“宏伟”灰飞烟灭，这是不得了的才能。虽然历史已经证明“革命不是请客吃饭”这句话的庄严实为荒诞，但能够像朱零这样不耗费、不依凭其他文字，单使用话语本身，通过它的多重自我缠绕就能够抵达其自我消解，这是颇为精壮简净的，也是很具有冲击力的。

朱零的“叙事性”并非轻飘飘、发甜的“故事会”，而是寓含着深刻的时代观察。描摹出“和谐”之下的心灵的震荡、精神的幽暗路径，是作家的重要职责，这使他在面对那些虚假的、丑恶的、惺惺作态的社会历史现象或人或事时，解构起来毫不手软。我以为，这是朱零诗歌的重要价值。

二

或许有人就此做出判断，认为朱零是一个冷酷虐心的诗人。但认识他的人都知道他是有性情的，不仅是诗歌剑客，也是酒中壮士。好写诗、善饮酒，这在中国文化里有着悠久传统。李白“斗酒诗百篇”，“自称酒中仙”（杜甫《饮中八仙歌》），为中国人留下了一个将诗意与酒意相互糅合的瑰丽传说。李白喝酒我们没有见过，朱零喝酒我们却是见过的。商震有录于此：“他是我见到的唯一一个能长期只喝酒而不吃粮食的人，也是我见到的少有的酒醉后不闹的人。”[②]酒量、酒胆、酒品俱好，堪称“三好”先生。

酒中有锦绣文章，亦有侠肝义胆。朱零固然对时代精神痼疾有尖利的针对性，但在写及故乡和家人时，往往于疏阔处见真情，在自我调侃中不经意流露出温软爱意。他的故乡有两个：浙江和云南，一为出生地，一为成长地。他一方面嗔怨这种“分裂”使得自己难以有确定的“根”，无法像其他作家那样追根溯源；另一方面，他对两个故乡都深怀眷恋。他出生在浙江，幼年即随父母迁往云南，可他对江南风物的心心念念未曾断绝：“（老屋）随便地往江南一摆 / 就是几代人遮风避雨的衣衫”，“老屋的主人 / 在另一种更纤巧的老屋里 / 长眠。”（《老屋》）他写乡村难以割断的情感，慨叹乡村符号在都市被异化和重新包装。我们可以看到，乡村在他的回忆中慢慢降落下来，在静物的质感中保持着恒温的内核。

---

① 鲁迅：《小杂感》，《而已集》，人民文学出版社2007年版，第137页。

② 商震：《不醉的朱零》，载《诗刊》2006年第7期。

诗人也热爱少年时代成长的云南，那里的高天阔海、青山碧湖，都赋予了他的诗歌以长空放晴的爽利和热忱，也赋予了他“怒江般”波涛翻滚的血性、“不轻易弯腰”的禀性以及“最美好的青春”[①]。他的诗集就命名为《回云南记》，与雷平阳的《出云南记》恰成有趣对照。他写在云南“看云”的舒朗：“云南离云是那么近 / 你甚至可以随手拉过一片 / 来嗅一嗅它的芳香。”（《在云南看云》）他写云南的物事风俗，品味似的反复打量，仿佛它们身上亦沾惹着彼时彼地的热风快雨和深情厚谊。比如那把从迪庆带回的“藏刀”，它的锋芒让诗人不自觉地低下了头颅，比如在罗里蜜彝寨喝酒，他“宁醉不屈”，愿与彝族同胞“同归于尽”，诸如此类，充满敬意又不乏谐趣。再比如他写苍山、蝴蝶泉、崇圣寺、怒放的花海，少不得一撇一捺的庄重与热爱，但又为它们可能将在现代文明的侵蚀下消失而深感忧伤。

对物如此，对人亦然。朱零在诗和文章中都提到过自己的饮酒“三好”来自于父亲。及至成年，当他自己也成家立业，对于父亲和家人的感情便成倍地灼热滚烫起来。他有不少诗都是写父亲的，《我越来越像我的父亲了》《和父亲并肩走着》《惊闻父亲住了院》《一件衬衣》，他还有一篇很长的交织着心疼与心酸的散文《陪老头去远方》，将豁达潇洒、爱喝酒爱游玩的父亲描写得淋漓尽致。在诗中，他依然以“叙事”展开对父亲的讲述：“我”在三十岁以后，发现自己“越来越像父亲”，走路的姿势、准时上下班、买菜煮饭、等待爱人回家；可是，当“我走在父亲生命的间隙里”时，又觉得自己与他如此不同：“他的忠贞不渝是一株常青树 / 我是旁逸斜出的枝条。”这是自嘲和自省，也是诗人为了烘托父亲的品格而设置的风趣对比。当父亲因胆结石住院之后，“我”通过“酒”和他建立起了既幽默又温情的联系：“我已继承了他的 / 好酒之风 / 只是 / 我经常喝醉 胆囊里 / 还没有石头”。某种程度上，这超出了父子关系，是一个生命个体对另外一个生命个体的眺望与凝视。

诗人对父亲的情感是复杂的，而在写到母亲、二舅、妻子、女儿时，他又是那么地单纯明朗，无怨无悔地爱着、疼着、念着、缱绻着。母亲的慈爱、长辈的庇佑、妻子的相伴，都使得他一再地往回忆里头走去，在那里再次摩挲生命中曾经有过的青翠光阴：母亲托人捎来一块“护身符”，“我把它放在胸口 / 就像紧贴着我面带羞涩 / 日渐苍老的母亲 / 我听见她怦怦的心跳 / 我看见她的双眼 / 噙满了泪花。”（《护身符》）

---

① 朱零：《回云南记》后记，北岳文艺出版社2013年版，第182页。

二舅一生贫穷孤独，病弱无用，但是，“二舅喜欢我的时候 / 比一千个女人还要温柔。”（《二舅》）家人的爱像江南雨季一样丰沛多汁，女儿的出生又赋予了他全新的身份和感情，拉扯着他，牵绊着他，指引着他走向一条神秘的未可知的道路。女儿是他的“作品”，那么地娇小柔嫩，仿佛一个刚刚绽开新芽的梦境：“想起此前我爱过的那些女人 / 没有一个 / 能让我看上一眼 / 心痛一生。”（《作品》）有时候想想，人生真是苦啊，受不完、熬不尽的坎坷，可是因为有着这么多的至亲血缘，它又是如此地丰富浩茫，让人深深着迷，难以舍弃。当诗人将这丰满厚重的亲情、重复雕刻的生命、五味杂陈的感触都一一浓缩在诗句里时，他写的不仅是自己，也是“人”的普遍性命运。

在写及这些浓得化不开的爱时，他有些羞涩，似乎羞于将内心最为隐秘的情感袒露出来，就好像一个打遍天下无敌手的武林高人，因为情感的袭击突然在众人面前暴露了唯一致命的弱点而深感惶惑。他需要寻找平衡，这平衡便是嬉游人间的玩笑和幽默。读朱零的诗常有会心的笑，他将自己在家里的地位写得那么卑微，将自己在生活中的位置放得那么边缘，这里面其实蕴含着诗人的机智和透彻。你看他写“一家人”充满了俏皮和调笑：岳父、岳母、妻子和“我”一起逛街，他们三个拉着手说着方言，“我”落落寡欢。但也有距离消失的时候，就是买单和拎包。“回到家我也不得安宁 / 她们一家人都在 / 试新衣服 / 而我要去淘米做饭 / 谁让我没买新衣服呢。”（《一家人》）谁说这里面有埋怨、有愤怒？只有无尽的愚己悦人的自嘲，以及在自嘲里绽放的幽默火花和亲情爱意。再看他写父亲的“嘱托”：“你结婚后 对老婆 / 既要严加管教 / 又不可一味打骂 / 更不能因为溺爱 / 而放之任之 不然 / 到了晚年就无法收拾了 想当年 / 我就是 / 太宠你母亲了。”（《嘱托》）在对父子命运相承的幽默描写中，灌注着浓密的爱。他的《朱子家训》则将“朱家”的生活状态调整到了标准草根的位置。是“黎明即起，洒扫庭除”吗？不，“我做不到 / 我生下来就爱睡懒觉”，且木讷、口拙、老实巴交、囊中羞涩，一个安分守己的良民，“至于以后 / 或腾达，或落魄 / 或俗常 / 听天由命。”你说这是谦卑也好，低调也好，我却在里面读出了在人间嬉笑游玩的从容和淡定。当然，他有时也用这幽默调侃别人的生活：“他们把自己的灵魂暂时安放在 / 罗汉寺里，灵魂既已出窍 / 还要肉身何用？”（《游什邡罗汉寺》）在《奉天寺谒卢舍那，却喜欢上了阿难》和《喜欢妇好，却不喜欢她的葬礼》两首诗中，诗人更是抵达了在菩萨低眉与人间悲欢、历史意志与现代情感等种种复杂世相交织中游弋的悠然。

说到底，这一切都取决于人生态度。朱零是憎恨假道学的，也坚决地反蒙昧、反无趣。他的人生大写着一个字：“好玩。”如其诗友所说：“在朱零那儿，真话要好玩的说，它能分辨出一个人的秉性与心胸。”他自己坚定不移地执行这一路线，总是“以嬉笑的言而无信来说出那些言之灼灼的真理”①。就连他那个精灵般秀慧可爱的女儿朱朗仪也被他叫成了朱发财。如果没有幽默和智慧做底子，又哪来这份洒脱和自信呢？这样的话，我们也就可以理解，为什么他的有些诗能够在轻快的落脚处显出疏朗和阔大。

三

朱零有不少诗写到历史遗迹、边疆高地和荒漠雪域，写那里的寂静与辽远、未被扭曲的纯净与天然，写那里的人们是如此地赤诚纯朴，在觥筹交错、酒酣耳热中素面相见，倾心相谈。这些非世俗化、非实利化、更加接近生命本质的元素，对身处红尘漩流中的诗人有着莫大的吸引力。这种身与心的反差并非罕见。对于在思想上保持着警觉和反省的诗人来说，愈是深入现代文明、城市文明的欲望深处，他们本性之中对于洁白的向往便会浓度愈增。同时，我们也不要简单地将之理解为文艺青年“在路上”或者“波波族”的美学——一种自我阐释大于实践功能的做法，这在朱零那里是刚好相反的，他写出的、说出的，可能只是他所经验的一小部分。他将自己在高原边地的经历进行白描细摹，在朴素的诗歌中再次回应心灵的袅袅余音。

当诗人意识到自己正在进入历史的沼泽时，他的笔触止住了快，止住了讽，而像木质车轴那样逐渐地缓慢下来。他用“物”将一段段历史凝固住，不断地触击其曾经存在过的形态和边界，就连他使用的量词，也因为掺杂着边地的旷远和历史的兴亡浩叹而剔除掉了单薄，变得厚重端方起来。诗人写到宁夏的一座明朝遗留下来的古城“兴武营”，那里有“坍塌的残垣”、挺拔的酸溜草、苦犊子草、芨芨草，低过古城的“一朵一朵的树”（《去兴武老营的路上》），一切都呈现出被时间打磨、消耗的形态。而让诗人慨叹的不只是时间，还有那些遗留在土地里的生命，“战争过后的兴武营城 / 滋养玉米的 / 是先人的骨髓 / 和血肉，以及敌人的骨髓 / 和血肉。”在这片戈壁滩上的残垣中，在历史留下的斑

① 孙磊：《朱零记》，载《诗歌月刊》2010 年第 5 期。

驳记忆里，还有“守营者的后人”，以及承担着历史书写功能的“宁夏诗人杨森君”（《兴武营》）。这样，诗人便在“人与物”“物与史”的连接中，完成了历史与当下、宏观与个体的相遇和编织。

我喜欢他最近的两组诗：《望甘肃》和《风雪那拉提》，写的是边地风光与风俗，它们迥异于中原地区的汉族文明，因为更接近天空与边界而趋向于人性和生存的纯粹。在写到牧羊人、雪原、奔马、羊群时，诗人的笔触洁净单纯而有力量。在天山和祁连山相接的地方，“骆驼和羊群 / 在山峦间游吟 / 有几匹马儿打着响鼻 / 像唱花儿的王四哥 / 突然冒出的高音”（《望甘肃》）；在雪原那高高的山岗上，“马群、羊群和牛群 / 它们按照不同的调门 / 各自在雪原上歌唱 / 牧羊人不仅仅牧羊 / 他还有马群和牛群 / 牧羊人有牧羊人的调门。”（《风雪那拉提 · 牧羊人的歌唱》）显而易见的是，朱零并非唯自然论者，无论写到何处、何地，他的笔下总是有“人”的，风景必须开启价值维度才能进入他的视野，“自然”与“人文”的弥合构成大地上最动人，也是永恒的底色。

正是对“人”的关注，使得朱零即使徜徉在荒凉的雪域高原，也能看到那里蕴含的光辉。他的诗中因此有哀怜的凝视，有明亮的见证，亦有友爱的吁请。他在被运往远方、等待不可知命运的羊群身上看到了“波兰、奥斯维辛、东帝汶、马尼拉、卢旺达”以及“南京”(《望甘肃·洗羊》)，这种历史悲剧的联想不仅赋予了诗歌以深度价值，也为诗人带来了广阔的人文空间。在草原上，他看到万物皆有影子，但“疼痛没有影子 / 灵魂没有影子 / 菩萨没有影子”，而那架失联的马航 MH370，也没有留下影子（《望甘肃 · 影子》）。这是从形而下到形而上的抽象化升腾，可以看到诗人的目光始终缠绕着“人”的故事、“人”的命运。他和朋友在哈萨克老妇人家里做客，接受她简单洁净的招待，为无法酬答而感到羞愧。他将这份突如其来的善意播撒到更为广阔的领域，在那里领悟更高意义上的哲理：“生活需要不停地寻找 / 需要上升以及陌生感 / 旧的景物我们熟视无睹 / 寻找陌生人与陌路人 / 在我们的生命中 / 显得愈发重要。”（《风雪那拉提 · 山坡》）这种将历史、自然与人文相互镶嵌的经验，让他的诗变得绵密高远。

我注意到，这个来自于烟雨江南和亮烈西南，本当兼具柔情与阳光质的诗人，却对高原之雪有着刻骨铭心的恋慕。《风雪那拉提》中有多首以“雪”为主题的诗歌。他将雪中所见所闻以生动的笔触勾画出来：“白雪之上是天空 / 天空也是白的 / 两者之间并没有 / 明显的过渡 / 雪天一色 / 万物苍茫”（《雪后饮酒图》）；“雪原上时而嘈杂 / 时而孤寂 / 一匹马猛然间的一个响鼻 / 惊飞一堆雪花。”（《牧羊人的歌唱》）动与静，人与物，沉默与声音，自然与生命，安详地组合在一起。他在茫茫雪原上看到灯盏似的星星，看到发出咯吱脆响的薄冰，在雪中感受着结实和坚硬：“是否白雪覆盖了我们的歌喉 / 为什么我们内心的波澜 / 在雪地上被冻成了 / 坚硬的骨刺。”（《风雪中晚归》）诗人还运用了与雪完全不同的物质“火”来烘托它，打开了它冰冷的内核：“漫天的暴雪从地上 / 往天空飞奔 / 仿佛大地深处的火焰 / 灼疼了它们的肌肤。”（《暴雪从地上向天空飞奔》）雪的奔跑和火的追赶——一个不可思议的悬殊，却都具有强烈的温度与浓度。诗人在极端的冲突中收获着从“物”中迸裂汹涌而出的诗意。

在这些诗歌中，诗人依然保持了对“叙事性”的执着，在这里，所叙之事的主体是雪，它的洁白、漫舞和高纯度有力地矫正和刮除了附着于世间万物的污垢。当诗人看到积雪被人踩出“污水与污泥”时，他认为脏的不是雪，而是人（《山坡》）。他在茫茫雪原上领悟到了“人”的卑微与渺小：“在那拉提雪原 / 我们反而显得瘦而黑 / 被白雪映衬 / 内心因虚弱而格外谨慎……在积雪眼里 / 我们这几个黑点 / 随时可以被抹掉。”（《光芒》）在《洗白与辩白》中，他用的第二人称“你”并无确切所指，而具有普遍意义：“在雪地上翻滚 / 也不能让你脱胎换骨 / 内心的卑劣与肮脏 / 并不会因为外衣上裹了一层白雪 / 而变得纯洁。”“雪原就是天堂 / 白雪就是你的裹尸布 / 天空上盘旋的秃鹰 / 是渡你的引路人 / 雪豹和雪兔 / 可以伴你到天堂门口。”这百分百的洁净是每个人都可以用来追索灵魂的路牌。

因此，当诗人将雪的清洁功能像戟、像剑、像刺一样朝向自己掉转过来时，我完全理解和明白了他的决心：在人间澡雪。在大雪纷飞、白茫茫一片大地真干净的人世间，诗人举起一把雪，庄重地、虔敬地用雪的力量为自己的身体和精神来一次痛快彻底的沐浴。我们未尝不可以将那首《洗白与辩白》中的“你”理解为诗人自己，他严苛地约束着自己在雪原里的姿态和动作，期求内心无限趋近于一尘不染而能够匹配这雪的洁净，他选择的意象如“白雪”“雪原”“雪豹”“雪兔”乃至于“裹尸布”也都有一个共同特点，就是“洁白”。在诗人的意念中，只有这洁白，才能陪伴人最终抵达天堂的门口。

澡雪的干净、干净的死亡让诗人想起了逝去的故人，比如兄长般的韩作荣。当他在雪域高原上痛心惊呼“兄长 / 此刻，我们还能去哪儿躲藏？”时，他无疑已经决定了自己的墓葬应当是这雪意，这干净的无色，如此才能追随逝去之人的灵魂。他借“兄长”之名道出了如何躲避肆虐狂风并最终获得不朽的方法："唯有站着不动 / 任他埋葬，来世 / 我们才有可能不腐。"（《雪原风中，致作荣》）他还有不少诗都写到了与死亡相关的事物："死神""坟场""雪原葬仪""铺满白床单的停尸房"……它们都指向洁白与像洁白那样的终极虚无。但诗人并不悲伤，在《冬虫夏草》中，他用洁净的雪意和珍贵的事物缝合了生与死、人与动物、大地与雪原之间的界限，写出了生命的宁静与安详：

我更喜欢冬天的那拉提
置身于这宗教般的沉静中
我愿大地把我也染白
在这场葬仪中，我希望自己
就是一匹马，或者一只羊
被奉献
最终，被那拉提的雪原
接收，让我在来年
冬天转世为虫，夏天
转世为草

在诗人那里，和"澡雪"具有同等功能的是酒，"不经过酒精的擦拭 / 如何配得上这洁白的尘世"，就这一句已足以传达朱零为什么对酒有如此浓烈而长久的热爱。那拉提雪原只能是在冬天的某一时刻抵达，而酒，却无时无刻不可以相伴，帮助诗人获得雪一般的洗涤与洁净。明白了这一点，或许我们就能够理解，为什么朱零会在酒中醺然、陶然，乐此不疲。

不知读者是否注意到，随着朱零在生活中的领悟与书写的精进，他诗歌中的"叙事性"逐渐淡化了"故事"而织入了"抒情"，一些带有主观色彩的判断、慨叹与暗暗的决心介入了修辞，沁入了叙事的质地。从诗歌史的发展来看，"叙事性"与"抒情性"并不矛盾，而如何能够在保留诗歌个性的基础上，撷取更多的诗艺来丰富自我的表达，倒是值得诗人长久琢磨的问题。在这一点上，朱零是有收获的，也是有创新的。他近年的诗歌产量并不高，却有着明显的进步，这来自于诗人对于高远旷达、洁净无尘的精神的追求。我强调他的"澡雪"，便是阅读其后期诗歌的领悟。这让我感到，即便当下诗坛颇多乱象，即便有人在诗中做小伏低，或者让琐屑无聊占领诗歌某一阵地，但总有人在认真地写作，一丝不苟地对待每一行诗句。这样的诗人是可以让人期待的。

［作者单位：南开大学汉语言文化学院］

诗与诗人：谁是谁的影子

王单单

我对朱零的诗接触并不多，或许是他作为诗歌编辑，为避发表之嫌刻意写得少吧。以前读过他的诗集《回云南记》，其诗给读者的印象是从幽默诙谐、简单直白的叙述中或揶揄或批判，从而揭示事物真相，达到诗意的自然呈现。相比诗歌，我读他的散文更多一些。直到在2016年第10期《诗刊》“视点”栏目上读到了他的组诗《望甘肃》，我才又改变了以往的看法，他的诗歌成就绝不亚于散文。

在《望甘肃》那组诗歌中，《影子》给我留下最深的印象。读罢掩卷，有种莫名的忐忑，似乎我们严于死守的秘密被他毫无保留地捅破了，真相如泄洪般从这个闸口里决堤而出。诗歌从“小鸟”“屠刀”“骏马”“肉身”这些具体可感的意象入手，且“屠刀”“骏马”这两个意象有定语修饰词“高高举起的”和“飞奔的”，当形容词或定语在当下诗歌写作中被嫌弃甚至粗暴驱逐的时候，朱零在这首诗中让我们“蓦然回首”，惊奇地发现用词的准确性至关重要，修饰词放对了位置也是必不可少的。接下来是“疼痛”“灵魂”“菩萨”以及“一个人离开一个人”中间隔着的距离这些抽象的意象，整个小节虚实结合，动中有静，诗意在从容的叙述中循序推进。

逃生的路上
有匆忙而凌乱的影子
废弃的家园
有昔日主人的影子
电闪雷鸣中
有世界末日的影子
绞刑架下，有一具长长的
偃旗息鼓了的影子

上一个小节中的“影子”一词使用的是它的本意，而从本节开始，影子的意指有了更宽泛的指向，它有可能是宿命的安排、生存的真相、活着的证据、某事件遗留的问题等，整个诗歌内部空间也因此变得辽阔。但诗歌仅停留在呈现上是不够的，想要抵达诗意的内核，必然要有进一步的追问。接下来：

一万个诗人中
只有一个能留下
自己的影子
一万个航班里
只有 MH370
没有留下影子

通过有与无的对比，形成了一种强大的张力。诗歌从叙述上的起伏跌宕，成功摆脱了一排到底的写法极有可能出现的平庸与低级。

我居住的黑桥村
有自己的影子
崔各庄乡
有自己的影子
朝阳区，有自己的影子
北京市，有自己的影子
北京市的西边，有高高的烟囱
那是晨光下的八宝山
投在大地上
最惊心动魄的
影子

最后一节，诗歌回到作者熟悉的生存空间，整首诗的情感和思考都得到了具体的落实，似乎一切叙述都是追问，而答案就藏在这里：“北京市的西边，有高高的烟囱 / 那是晨光下的八宝山 / 投在大地上 / 最惊心动魄的 / 影子”。行文至此，名与利、生与死、人类之殇与个体命运、世界大背景与个人生存小环境等问题，一切不言自明。整个结尾直截有力，干净利索，既有戛然而止的回声，也能感觉到诗意的延伸似山间清泉般汩汩流淌。

《影子》运用了传统的排比手法，似乎在光怪陆离的当下诗歌写作中早已司空见惯，但是于平凡中出奇制胜才是这首诗歌令人拍案叫绝之处。作者从十九个意味深长且错落有致的排比句中，将诗意层层推进，将真相层层剥离，甚至在诗歌内部气韵和节奏上都有着精确的把控。这是一个诗艺纯熟的诗人，他的收发自如与游刃有余，让人想起“人诗合一”的说法。那么，对于这样的诗人，他和诗歌之间，到底谁是谁的影子？

[作者单位：云南省镇雄县文体局]

【附诗】

影　子

朱　零

小鸟有自己的影子
高高举起的屠刀
有自己的影子，草原上飞奔的骏马
有自己的影子
肉身有自己的影子
疼痛没有影子
灵魂没有影子
菩萨没有影子
一个人离开另一个人
中间隔着一个影子

逃生的路上
有匆忙而凌乱的影子
废弃的家园
有昔日主人的影子
电闪雷鸣中
有世界末日的影子
绞刑架下，有一具长长的
偃旗息鼓了的影子

一万个诗人中
只有一个能留下
自己的影子
一万个航班里
只有 MH370
没有留下影子

我居住的黑桥村
有自己的影子
崔各庄乡
有自己的影子
朝阳区，有自己的影子
北京市，有自己的影子
北京市的西边，有高高的烟囱
那是晨光下的八宝山
投在大地上
最惊心动魄的
影子

互文性或一种文学观念的更新

——读朱零《致普拉达》

张海彬

初读朱零《致普拉达》这首诗歌时，最先吸引我的其实是诗歌所表达、言说和探讨的关于生与死的主题，尤其令我着迷的是其诗歌关于死亡的主题。因为相对于生的磅礴的生命意志，死亡的寂静反而更加体现出广袤无垠的世界。但事实上，这种关于死亡的魔性引领我进一步进入诗歌语词编织的结构世界之后，我不再沉湎于死亡带给我的这种梦幻般的气息中，因为死亡可能带给我另一种新的启示。这种命定般的启示可能引领我重新去理解朱零诗歌《致普拉达》引出的另一个诗学问题，即互文性。这个问题的引出可能有助于我理解一个诗人和另一诗人之间的关系。这个关系不是个体意义上的关系，从更宏大的意义上来讲是个体所代表的文学传统之间的关系。从另一个维度讲，那是语词与语词之间的关系、结构与结构之间的关系、思想与思想之间的关系。然而，对这样一种关系本身的理解何以变得如此重要呢？那是因为在本质意义上，这会影响甚至决定我们如何判断一部文学作品是否是文学作品，或者一部作品是否具有文学性。也就是说，这个问题涉及文学之所以为文学和我们何以使文学成为文学的话题。以下笔者就朱零这首诗歌引出的有关文学性和互文性话题进行一些尝试性的探讨。

互文性这个概念来自法国思想家克里斯蒂娃，她曾前后在《巴赫金：词语、对话和小说》《封闭的文本》和《文本的结构化问题》等数篇论文中都使用了这个词。克里斯蒂娃的“互文性”作为一种理论话语是在《整体理论》中亮相的。在这部理论文集中收录了德里达、福柯、克里斯蒂娃等先锋理论家的论文。他们的理论思想试图把文学看作超越文字和结构的东西。他们企图对形式主义和结构主义进行一种僭越，并把文学放置在更加广阔的背景中来理解。他们认为文学不是“创作”，也不是表达，也不是模仿和再现这个世界。而是一种文字的生产，这种生产本身就是语言生产，也就是赋予语言意义的过程。他们批判的是，仅仅把文学看成一个封闭结构的观念。他们还认为应该借助人文学科的其他方法和途径理解文学和进行文学生产实践。

克里斯蒂娃的丈夫索莱尔斯觉得，“互文性是一个关键概念，他认为任何文本在一定意义上都是对过去的文本的摧毁。”[①] 这种摧毁伴随着重新阅读这些文本，更新这些文本，或者移位这些文本，甚至深化这些文本。朱零这首《致普拉达》在某种意义上，和多个文本产生关联，并构成了某种关系。首先，诗歌的题目是《致普拉达》。曼奴埃尔·贡萨雷斯·普拉达是作为秘鲁国具有重要影响力的诗人和散文家享誉文坛的，他曾对秘鲁文学做出过重要贡献。因为他的诗歌不仅涉及的题材广泛，包括宗教、哲理、爱情以及政治等领域，而且他的诗歌广泛借鉴了法国象征主义、浪漫主义等流派和思潮的创作技巧和方法，同时也受到波斯文学和欧洲其他地区文学的滋养。普拉达也在当时诗歌的音韵、节奏以及诗歌中具有音乐性的部分进行了先锋性的实验，并取得了卓越的成绩。在国内的汉译本中，其赞颂爱情的诗作《致爱情》以及哲理诗歌《生与死》等颇受欢迎。在这里提到有关于曼奴埃尔·贡萨雷斯·普拉达的一些信息，是因为朱零在诗歌题目中使用普拉达的名字就意味着有可能激活普拉达这个文本背后所蕴含的相关信息。而且通过诗人题目的语气可以看出朱零欲和普拉达隔时空对话的意图。这样一来，普拉达这个文本就算是被朱零新的文本移位到汉字的时空和文本结构当中最显著的位置，也就是作为题目。这是一种强化，无论普拉达作为一个诗人，还是作为一个文本，都在此刻得以强化。不管是一般的读者或者是专事文学批评的读者，当看到这个题目的时候都会在大脑的阅读记忆中搜索有关普拉达这个文本的所有信息。就在此刻，无论是这首诗歌的写作者还是读者，普拉达这个文本在每一个个体的思维和记忆当中被激活和强化，并且读者们也会有强烈的愿望，期待诗歌的开始。

在法国本土有一个关于互文性的支脉，则持有相对狭义的互文性概念。他们认为互文就是一个文本总和，这个文本总和则包括了与其他全部文本之间关系的综合。比如，一个文本内部的否定、引文、戏仿、转述等。热奈特则把这个概念引入自己的学说中，并产生了跨文本关系学。法国巴黎大学的孔帕尼翁教授也曾对法国互文性理论做出过重要的理论建设。孔帕尼翁强调，互文性是作为文本创作过程中的一种动态实践，引文这个词本身不仅是名词而且也是动词。他认为应用引文是一种行为，这种行为看起来表示得很清楚，比如用引文出处标出引用文献的来源等，这个引用行为，在新的写作语境中会生长出新的作用，而写作本质上就

① 秦海鹰：《互文性理论的缘起与流变》，载《外国文学评论》2004 年第 3 期。

是不断地重新写作，不断地拼贴、阐释和评论的过程。在朱零《致普拉达》这首诗歌中，一开始就引用了普拉达的诗作。“什么是生活？身在梦乡而没有睡觉，什么是死亡？已经入睡又失去梦乡。”[①]于是，普拉达的诗歌《生与死》的结束部分恰恰成为朱零这首诗开头的部分。因此，同样的诗句在“引用”的动作结束之时，它在两个诗歌文本之间的功能就已经开始发生变化。这两行诗句是普拉达诗歌《生与死》中的诗眼，是整首诗歌探讨的终止符，是普拉达诗思的结晶。引用的行为使得这种诗思的结晶，最终则成为朱零诗歌言说和探讨死亡与生活的起点。正如热奈特在跨文本关系学中所提到的那样，互文是一种文本的综合体。这一综合体中包括了各式各样的文学技巧和手段。

朱零《致普拉达》中，在引用行为结束后，诗人迅速转向另一种叙述模式，即转述。诗人转述了普拉达的诗歌《生与死》中关于生与死的讨论。朱零诗歌的第一节是引用，第二节诗有四行诗，虽然第二节诗歌的第一、二行诗歌带有某种怀念、对话或倾诉的语气，但整个第二节诗歌总体上是一种转述的语气。在这种转述的语气中，可以看出一个诗人对生活在另外一个世界的已故诗人的崇敬之情。诗人在感叹普拉达用一句诗总结了人世间的生，用另一句诗总结了人世间的死。诗人在短短的几行诗中深情地倾诉，以至于让读者以为诗人是在给一个老人讲述关于老人年轻时候的事迹一般。这使得两个文本之间建构起一种转述的跨越文本和时空的特殊关系，这种关系的建构意味着诗人在新的文本结构中重新激活了转述的内容，并赋予其新的语气和意图。

在朱零《致普拉达》的最后一个诗节中，诗人似乎从那种浓浓的倾诉、转述以及回忆的气氛当中重新回到现实世界，从高蹈的生与死的问题中回到“如今”为起点的现世时间。首先，诗人在第三节的第一行诗中确认了普拉达肉身的死亡，只是诗人还是用“入睡”这个来自普拉达《生与死》中的语词来描述死亡的真相，但当诗人在第三节诗的第三行中重新使用“入睡”这个词汇时，其意义已经不是第一行诗中所谈的死亡了，也不是《生与死》中的“入睡”的意义了。在此刻，“入睡”的意义发生了深刻的反转。这种反转关乎诗人、切中诗人自身焦虑的原点。这时诗人从“如今”这样大的时间范围反转到属于诗人的特定的“今夜”的时间范畴。这种反转来自诗人对死亡深刻的焦虑，甚至感到来自遥远的死神的逼迫。

法泰尔认为，互文性就是一个读者把一部作品放在之后的作品和之

---

① 赵振江：《拉丁美洲历代名家诗歌选》，云南人民出版社1988年版，第113页。

前的作品之间的位置来感悟。朱零在面对普拉达《生与死》这首诗作的时候，他首先是一位读者，是属于普拉达的读者。当朱零完成自己的诗作《致普拉达》之后，他不再是一个诗人，他又变成一位读者。只不过，这次他是自己诗作的读者，属于《致普拉达》的读者。正如法泰尔所言，把这个感悟的行为和过程看作一部作品文学要素的重要组成部分。而朱零作为读者和创作者的双重身份，用深刻的感悟建构了这个新的文本。事实上，法泰尔这样的观点来自他新文体学的理论建构。这种理论的本质性任务就是考察读者在这种互文的文本中感受到的异质性。这种文本中感受到的新的异质性，事实上对互文性的理论建构有新的贡献，其本质意义是更新人们看待文学的观念。这种观念不是指向作者本身及其文学创作的抄袭或剽窃，也不是比喻意义上讲文学中的社会文本和历史文本，其真正的目的就是重新回到一部作品如何具有文学性。在这个意义上，朱零的《致普拉达》在提醒我们如何重新认识一部作品的文学性仍然是一个急迫的问题。《致普拉达》还提醒我们：一部文学作品的文学性可能就是指向一部作品和其他作品，甚至是人类文学创作的整个文学遗产本身。

[作者单位：北京师范大学文学院]

【附诗】

致普拉达

朱 零

“什么是生活？身在梦乡而没有睡觉，
什么是死亡？已经入睡又失去梦乡。”

亲爱的普拉达
人世间的生死
你用这短短的两句话
就做了总结

如今，你已经入睡多年
早已失去了梦乡
而今夜，我迟迟不敢入睡
我渴望梦乡，但我更怕
过早的失去

注：普拉达（1848—1918），秘鲁诗人。

论足球的射门技术与一首诗的诗眼及结尾

朱　零

写诗的人当中，球迷很多，当然，伪球迷更多，瞎起哄的人也多。我自认为是个真正的球迷，欧洲杯和世界杯，不管半夜几点，只要眼睛能睁开，肯定都是在看球，万一睡着了，也是在电视机前、在球迷的呐喊声中入梦的。

每当周末，不管是意甲、德甲、英超或者西甲，只要有我自己喜欢的球队的比赛，我肯定是守在电视机前的。实在没什么比赛可看了，中超我也看。有一次，朱发财觉得有点不对劲，走到沙发前看我一眼，然后盯着电视屏幕看了老半天，发出一声夸张的叫喊："老爸，你现在连女足都看啊？"弄得我很尴尬，赶紧换台。

比赛就得分输赢。足球场上，想赢球就得进球，想进球就得射门，球场上双方拼了半天，为的就是最后的这一脚射门。这射门的门道可就多了，有守门员直接一个大脚，开进对方球门的；有西班牙式的无锋球队，从自己的后场就开始倒脚，几十脚传递过后，直接倒进对方球门的；有意大利式的防守反击，抓住对方的一个失误，通过快速反击得手的；有德国式的强悍进攻，日耳曼战车直接碾压对手，于敌军阵中取对方上将首级，如探囊取物的；有巴西式的通过个人超强的能力，晃晕对方门将，轻松将球推进球门的……如此等等。

足球最后玩的，就是这临门一脚。不管教练如何排兵布阵，进球才是硬道理。如果把一场比赛换成写一首诗的过程的话，这临门一脚，就是诗眼，很多时候，就是结尾那一句。

有的人自从看了几本西方的后现代入门丛书以后，开始玩花活儿了，不把诗眼当回事儿了。整首诗里意象纷呈，技术纯熟，看得人眼花缭乱，就像是西班牙球队在那儿不停地倒脚，但就是没有射门，玩的是过程，图的是自己痛快。

我当然也喜欢日耳曼战车碾压式的进攻，但那是需要实力的，很多时候，还需要天才。在一首诗里，那种从第一行开始就有着气吞山河的气概，一直到最后一句，整首诗一气呵成，浑然一体，让读者屏气凝神，连喘息的机会都不给，可惜这样的作品并不多见。这样的诗歌，每一行都能打动你，每一段都让你拍桌子叫好。

更多的写作，还是意大利式的，稳扎稳打，取胜靠的是防守反击。开头那两段的铺垫，就像是后卫传球给前卫，稳步向前推进。如果前腰能找出空挡，给前锋喂出直塞球，那前锋要做的事儿，只有一件，那就是面对守门员，冷静射门，如果射偏了，那就浪费了一个好题材，如果射中门柱或者被守门员奋力扑出，仍然不失为一首好诗，如果打进了，观众席就会掀起人浪，欢声雷动。这样的进球，就是诗眼。

有时候，也喜欢许多巴西式的进球，有些写作过程跟巴西队在球场上的表现极为相似。巴西队往往靠的是球员个人在场上的灵光乍现，也就是所谓的靠灵感进球，有些球明明不可能进的，巴西队员却总能给人带来惊喜。有些句子，就像天外飞仙一样，在平淡无奇的段落里，突然就冒了出来，但整首诗除了那一两句之外，其他并无可取之处。可是话说回来，一首诗能被人记住一两句，已经不错了。就像巴西队经常输球，但进的那几个球，总被世人津津乐道。这种情况，在诗歌写作中被称为有句无篇，但就这一两句，仍可称为诗眼。我们现在流传的许多格言警句，就是这么来的。

诗歌的谋篇布局和球场上的阵型，并无固定格式，许多时候都是根据局势的变化而改变，不变的是进球的信心和决心。两者还有一个相通之处，就是千万不可拖泥带水，对于足球，该射门时坚决起脚打门，对于诗歌，最后一句该结束时坚决结束，别在那儿婆婆妈妈，喋喋不休个没完。

[作者为诗人]

诗学研究

多多诗歌创作研讨会论文选辑

沈奇诗歌与诗论研究

结识一位诗人

中生代诗人研究

姿态与尺度

新诗理论著作述评

外国诗论译丛

羞涩的对位法

李国华

初识王东东时，彼此都是学生，在同一位老师那里修行。东东是带艺投师，诗歌诗评皆已闻名。不过，在老师组织的读书会上，倒有些墙里开花墙外香的意思，这位最有名的同学，虽然见解过人，言辞却是极谦抑的，仿佛是未出茅庐，不敢语惊天下。读他的诗，似乎也有这么个印象，虽然有些句子会突然“伸出霹雳的爪子，将我紧抓”（《给菩萨的献诗》），但总觉得他还收着劲，并不是一路泼风刀法，将预先部署的语词都使将出来。待要追踪蹑迹，往往却只见“雾霾中隐现的亭子”（《土城——对亭子的渴望》），见到的早不是他预先部署的内容。王东东大约始终觉得“隐喻比逻辑更迷人”（《云·后记》），而我的追蹑往往从逻辑的方向展开，彼此错位，自然难以揣测诗人的天机。这情境有点像《民主猫》里的样子——

> 我对躺在木柜上的猫说：“民主来了，你还在睡觉吗？”想要叫醒他。
>
> 没想到那专制猫一下子从柜台上跳下来，在充满了不容置疑的气氛的半空中扭过脸来对我威胁地说：“专制的时候也没有影响我睡觉，你民主也不能！”话音刚落，他就跳进了地板上为他准备好的没有屋顶的毡房里。
>
> 这民主猫呼呼大睡，看也不想看我一眼。只剩下我，还在赞美着他在空中的英姿。

我从逻辑出发，试图推敲民主、专制和睡觉的关系，但诗中的“我”在意的则是专制猫“在空中的英姿”。“在空中的英姿”是否隐喻着关系中的某个平衡点，就像王东东曾经念叨着要在隐喻和逻辑之间建立黄金分割点（《云·后记》）一样？这样的理解未免显得乡愿，刻意取悦作者。那么，我姑且顺着逻辑的方向展开，谈一谈我自以为是从王东东的诗中读到的内容吧。

我想从一首也许不太重要的《给侄儿》说起：

下午飘雪，我见到祖母和她的两个伙伴
她们围着火炉，在我面前谈笑
面色红润。她们也和我说话
我因为感到她们耐久的生命力
而心中害怕。虽然我知道
她们并不会吞噬我

夜里我又看到睡梦里的你
半岁的你，无意识的你，你的脑袋
像拨浪鼓在被窝里不停左右摇摆
你是婴儿，可你自己并不惊奇，至少
现在，而我已在你面前露出我的全部惊奇
那么好，如果值得惊奇，世界也只是一只气球

这首诗表面上有两组对位关系，一组是“我”和“她们”，另一组是“我”和“你”。对于“我”而言，“她们”是强大的他者，但二者仍可沟通，不存在“吞噬”这样的兼并关系；“你”虽然只有“半岁”，甚至还“无意识”，但也有着惊人的强大的主体性，逗引出“我的全部惊奇”，“自己却并不惊奇”。“她们”因“耐久的生命力”令“我”“心中害怕”，而“你”则因“无意识”而令我“露出我的全部惊奇”，这构成了一组内在的对位关系。“耐久的生命力”隐喻着历史以及与历史相关联的经验、教训、文化等象征系统，“无意识”“半岁”“婴儿”隐喻着本能及与本能相关的欲望、直觉、情感等象征系统，“我”在两种象征系统之间。那么，就表面上的对位关系而言，《给侄儿》一诗触及的“我”与其他主体之间互为主体的对位关系，“我”的主体性是从对位关系中获得的，表现为某种程度上的主体间性；从内在的对位关系而言，诗歌触及的是“我”的主体性的建构如何从不同的象征系统之间获得平衡。在如此复杂的对位关系中，既要提防“她们”的“吞噬”，又要理解“你”对于“我”的“惊奇”的“无意识”，“我”的叙述因此不得不显得谦抑和节制，“我”照顾到了对位关系中“他者”的利害，也就不能干脆利落地呈现“我”自身。这大概是和郭沫若的《天狗》或

穆旦的《我》极不一样的关于“我”的语法，对自我的主体性的理解，从一个相对而言单向度的、内倾性的自我观来到了对位性的、主体间性的自我观。诗中的谦抑、节制和细微的游移到底来自什么呢？仅凭《给侄儿》一诗，也许难以有什么答案。

读到《羞之颂》时，我以为我读到了一部分答案：

难道天神不也会感到羞涩
当他对一个凡人产生爱情？
为了克服羞涩，他才变成牛
变成天鹅，甚至，一阵金雨。

在“天神”与“凡人”这组对位关系中，“天神”通常会被认为是高高在上的，“凡人”无所谓主体性可言。但《羞之颂》给出的图景全然不同，“天神”不仅没有高高在上，而且因为“对一个凡人产生爱情”，就必须“克服羞涩”，变易自己的形象。不是“凡人”按照“天神”的意志展开爱情，当然更不是“天神”按照“凡人”的意志展开爱情，彼此都是按照“爱情”的意志展开爱情，而在展开的过程中，“天神”改变了自己的形象。这就是说，“天神”和“凡人”各有自己的“羞涩”，必须“克服羞涩”，才能建立结构关系。将这具象的说法解释为抽象的逻辑，即是不同的主体必须通过克服各自的主体性才能达成和解。但这克服并非让渡，更非消解，不同主体间的和解倒可能是一种欲望意义上的交融：

你用羞涩来挑选男人
却终将遇到一个比你还要
羞涩的男人，挚爱中的男人
用他的羞涩击败了你的羞涩

彼此的“羞涩”相互混战，结果却是爱的诞生。既然有“击败”的问题，也就意味着“羞涩”这一欲言又止、不够顺畅的情绪状态是含有杀伐之音的，所谓和解也好，交融也好，乃是辩证的结果。在这里，“羞涩”应是多重意义上的隐喻，指不自信的心态和情绪，指刻意保护自我的意志，指难以表达的捕获欲望，指自我克服与重构的主体诉求，也指主体间相互产生关联时的壁障和通道。但我更倾向于从“羞涩”里寻找一种节制，即“天神”对于“凡人”的节制，“我”对于“半岁的你”

的节制。为了“爱情”，“天神”学会了节制，没有动用威权去捕获“凡人”；而“我”也没有把“惊奇”强加给“半岁的你”。“天神”比“凡人”多了神之力，“我”也比“半岁的你”多了些什么，但在王东东的诗行里，多的那些并不算数，而那“无意识”的，或许才更值得玩味。我在这样的逻辑里看待王东东诗中与古人、历史、往事的瞻对。他试图以第一人称的方式钻进朝鲜使者、鲁迅、普希金、阮籍、卢卡奇、堂吉诃德……情绪、欲望和意志的情境，寻找建构这一系列对象的线索和缝隙，却未能刻尽形象，往往以疑问句或让渡式的判断句收束全诗，表现出一如既往的谦抑和节制。虽然站在历史的尾端，有种种倒放镜头的理由，王东东却没有让那种可能的优越感膨胀起来，从而避免让诗中的对象变成靶子和猎物。在与严复瞻对时，他甚至发现“中国人肚子里都有一个达尔文，中国人肚子里的达尔文 / 肚子里又有一个赫胥黎伸出舌头和中国人讲道理”，复杂的历史仿佛是嵌套式的迷宫，一不小心就会得出似是而非的历史后见之明。古人、历史、往事，在王东东看来，大抵都有其自身的主体性，每一次书写都是交战，诗人只有“克服羞涩”，才能获得某种辩证的结果。我也以同样的逻辑看待王东东那些带有明显的游记特征的诗。不管走马观花，还是深度游历，王东东多在对位法中抽绎诗思。例如《故宫》：

我走进了围栏，旅游者的大门。
一只手，从背后推开我。一队士兵
也不怕引起共振，在午门里喊口令
我很快看到高耸的宫殿

碎裂的地面方砖。在每一个高处，
我的目光悬测着边界。我看到
微小的公民们，迷茫的公民们
在低处走着（其中有一个知识分子模样）

带着惋惜的心情。但这不出意外
没有看到皇帝，也没有看到
急步行走的太监。嘉量和日晷让宫殿倾斜
和仙鹤合影，乌龟在脚下爬动

听到后脑檐角乌鸦的尖叫
想起我是来皇宫里消费，

没有比这更合适。坐起参观，寻找厕所，
单纯从技术角度考虑皇宫的生活：

我们的现代，只是为了某些人的惬意？
在乾清门前的广场上，还是御花园前
那儿有几排椅子。坐着休息
像等待朝见的大臣，迷糊了一会

日已西斜，认同背包的游客
如果我们心中的屋宇，也这样宽广
在皇家花园流连，不想去看珍妃井
如果家天下的意思，只是家里也有个天下

也这么端庄、温柔、严谨有序
外面要威严得多。虽然，凌霄还没有复活
小侄子爬上假山，难以喝止
母亲了解我的心思。时候还不到

她看不到百花盛开。但谁不想被这些花木簇拥？
（一时间，连慈禧太后也获得了理解）
她的手轻摸我的头
仿佛我的反骨已得到修正

诗中有多组对位关系，不必一一细表。重要的是最后两句“她的手轻摸我的头 / 仿佛我的反骨已得到修正”，尽管通过“仿佛”一词增加了不确定性，还是提升了全诗的反讽品质。全诗都是在细微的反讽语境中一点点抽绎出来的，不乏“也不怕引起共振”“微小的公民们”“家里也有个天下”之类的大词小用、正话反说、反话正说……的措辞，反讽效果极为明显。但如果不是最后两句将诗歌的叙述者“我”编织进整个反讽语境中，不仅诗歌的张力大受影响，而且整首诗的对位也会大打折扣。有了最后两句，“我”也变成被反讽的对象，嵌入全诗的对位关系中，从而使得叙述者的权威受到制约。而一旦叙述者的权威受到制约，全诗带有诗眼意味的一句“我们的现代，只是为了某些人的惬意？”就不仅表现为一种锐利的质疑和判断，而且显得生动、可爱。一首诗中的质疑和判断在显得锐利之外，尚有生动、可爱之致，我以为是极难得的，也是诗的胜利。要不然，像《长春十四行》中这样的结束：

善和恶一样多，即使在教育中也是如此，
但最终善也许能胜出一点点，就如一个人
可以原谅他乡的乡愿，却不能原谅故乡的乡愿。

不是缀在将“我”置于对位之中的诗境后面，就未免失情。幸运的是，王东东几乎总是将那些看起来颇为警策的句子包裹得好好的，即使锋颖乍现，也能感觉到，这家伙还收着劲呢。

但收着劲归收着劲，读来读去，也会觉得王东东是“坐在马车上战斗、阅读和旅行”（《开封十四行》），羞答答是羞答答吧，“杀人如草不闻声”，他不惮于战斗，甚至是乐于战斗的。他所描摹的那个堂吉诃德“冲上前去搏斗，血肉之躯随长矛 / 磨得发亮，风车是我们血肉之躯的另一形式”（《堂吉诃德》），是他留在诗中的自我的镜像。一切关于日常生活的咂摸和重复咂摸，一切关于古人、历史和往事的重新叙述，一切关于一己之游踪的反复隐喻，似乎都是王东东的“血肉之躯的另一形式”，王东东通过语词的游戏和实践，将自己切割出多种样态，祭奠自己的陈迹，也祭奠他所生存的时代的残酷、悲凉和幸福。但他也还是欲言又止的样子。

这就让我又想起在老师组织的读书会上，王东东发言，徐徐地说着，说着，说着。没有声音了。

老师问，说完了？

王东东回答，完了。

他似乎总等着外界给予他一个暗示，然后才在欲言又止的地方画上休止符。

[作者单位：同济大学人文学院]

记录生命的努力
——论郑小琼诗歌的见证式叙事

田硕苗

近年来，越来越多的打工诗歌出现在当代诗坛，其中以写打工题材出身的诗人郑小琼更是受到诗界的不断关注。虽然郑小琼近期的诗歌创作显现出向智性书写的转化，但她早期的打工题材诗歌依然值得深入探讨。笔者发现，以见证式文学叙事的角度重新审视郑小琼早期的打工题材诗歌，会得到一些新的启发。

"见证"一词，原为法律上的专业术语，后被引入文化研究领域与文学研究领域，成为"见证叙事"以及"见证文学"的重要词义来源。"见证文学"也可称为"亲历者文学"，即在"二战"中的幸存者书写的文学[①]。当"见证文学"传入中国之后，文学评论家开始将这一理论与"伤痕文学""反思文学"结合起来，以阐释小说在理论以及实践意义上起到的见证历史的作用，开创了中国文学见证叙事的研究。见证文学通常符合这样几个特点：叙事主题是亲历者或者目击者；叙事的内容是客观存在的真实事件；叙事的视角为见证者视角。见证文学的中心含义在于做见证，记录自身亲历的事件。通常以第一人称，叙述"我"的经历，被称为见证叙事。见证文学的书写一般在回忆录、自传、纪实性散文以及历史叙事类文体中出现，在我国的文学研究中，一些反映"文革"历史的小说文本被理论家引入见证文学的范畴进行讨论，并且取得了一定的成果[②]。

笔者认为，在见证文学或者亲历者文学的书写模式之下，还隐含着一种叙事模式，即见证式叙事。见证式叙事来源于见证文学，但又与见

---

① 徐贲：《"记忆窃贼"和见证叙事的公共意义》，载《当代外国文学》2008年第1期。

② 例如，沈兴培、姜瑜：《刍议当代小说的见证叙事——以"文革"题材小说为对象的研究》，《福建师范大学学报》(哲学社会科学版)2012年第3期；陶东风：《见证极权环境下的人性变异——〈血色黄昏〉解读》，《文化研究》2013年第5期。

证文学有所区别。见证式叙事首先是一种叙事，具有包括人物、时间、地点等在内的基本叙事要素；其次，见证式叙事带有强烈的见证式特点，这一见证式特点决定了作品在叙事的过程中保留了见证文学的亲历性、真实性、在场性等基本特征。基于此笔者认为，见证式叙事不等同于见证文学，它是一种文学叙事模式，是一种摆脱了西方见证文学灾难书写的框架，将叙事视野拓展到日常生活，记录现实人生的书写方式。

一般来说，记录历史、反映现实的书写任务都是通过写史、口述、自传、回忆录以及某些纪实散文等形式来表达，诗歌作为一种感情表达最特殊最感性的文体，更多承担的是文学性表达的方面。不过，从中国辉煌的诗歌史来看，诗歌从未真正脱离过社会现实而独立存在，它在表达对现实的观照方面同样发挥着重要作用。但并不是描写现实、表现对现实关切的诗歌作品就一定是见证式的诗歌叙事，只有真正符合达到见证式写作的标准，才会成为见证式的诗歌书写模式，而笔者认为郑小琼已经在乎其中。在以往对于郑小琼诗歌的研究中，评论家大多执着于对郑小琼打工题材诗歌中语言、意象以及生存与写作的关系或者围绕郑小琼诗歌写作转型层面进行讨论，而在本文中，笔者将以见证式诗歌叙事方式对郑小琼关于打工题材的诗歌进行一次再解读。

作为亲历者的书写

见证式的诗歌写作，首要条件在于亲眼见证，在于亲历。这就直接导致诗歌写作强烈的真实性、纪实性以及在场性。何言宏在谈到当代中国的见证文学时提出，“坚持真实”是见证文学对待历史、对待现实以及对待写作者和文学自身的最为基本的伦理状态[①]。同样，见证式的文学叙事也是如此。坚持真实的书写，将所见所闻如实地记录下来成了见证式文学书写的最重要的特点。而郑小琼恰恰做到了这一点。在以打工题材为主题的诗歌中，她大量采用纪实的话语、在场的姿态，客观地再现了真实的打工生活。郑小琼曾经说过：“作为一个亲历者比作为一个旁观者的感受会更真实，机器砸在自己的手中与砸在别人的手中感觉是不一样的，自己在煤矿底层与作家们在井上想象是不一样的，前者会更疼痛一点，感觉会深刻得多”[②]。她自2001年发表诗歌作品以来，尤以打工题材的诗歌作品

① 何言宏：《当代中国的见证文学》，载《当代作家评论》2010年第6期。

② 郑小琼：《写诗与打工一点也不矛盾》，载《深圳特区报》2007年6月21日。

赢得广泛关注。她以自身的打工经历以及采访的九十六位女工的人生经历为题材，用诗歌真实记录了她与她们的生活境遇。

郑小琼自卫校毕业后抱着一腔热血南下东莞打工，然而现实的无情与理想的破灭使她产生了强大的心理落差。这种落差使得她一度陷入迷茫。她在自己的诗歌中写道："或者多少年后，在时间中缓慢消失的自己 / 我不知道的命运，像纵横交错的铁栅栏 / 却找不到它到底要往哪一个方向"（《方向》），她讲道："我是一个伤感的人，不肯原谅我流逝的青春。"（《热爱》）在对现实巨大的失望之后，郑小琼选择用诗歌记录下自己的遭遇，以亲历者的观察角度对自己所生活的环境进行了见证式的诗歌书写。《车间》中，诗人写道："在锯，在切割 / 在打磨，在钻孔 / 在铣，在车 / 在量，在滚动 / 在冷却……/ 车床在，镠床在 / 刨床在，叉车在 / 线切割机在，量尺在 / 马达在，冷却剂在 /……/ 五分钟时间上厕所的放行条 / 两分钟的开水房 / 扑面而来的胶水味，苯味 / 铁锈味，油泥味，汗味，体臭味 / 狐臭味，烧焦的包装袋味 / 她们无法翻越的睡眠 / 弯曲的，长条的，折形的 / 片形的，方形的，薄的 / 厚的，圆形的，块的 /……的成品，半成品 / 修理品，报废品，零件 / 重放，堆栈，摆置，打包 / 它们听见 轰——/ 哧——，噗——/ 吱——，嘶——/ 咚……/ 咚，咚……/ 咚，咚，咚……"

在这首诗中，诗人调动起主体的全部感官机能去感受自己的工作环境以及工作状态。在"在——""——在"的声声重复之中，在"——味""——的"的词语描述下，诗人用语言的罗列，以视觉上杂乱、听觉上轰炸、嗅觉上侵袭的爆炸式狂欢书写在不动声色中为读者描述了一个人被机器吞噬了的现实、一个真实存在的工厂世界。这是真正下过车间，到过厂房的人才能够写得出的诗篇。在这首诗中，诗人不着一字表达自己对工作车间的态度，她只是在真实地描述、真实地记录，将所见所闻所感拿给我们看，但仅仅如此，读者在其中已经读到了带有窒息感的震撼。

另外，值得一提的是，在创作打工诗歌方面，郑小琼的可贵之处在于：她不仅看到了与她具有相同遭遇的打工妹的生活，同时她还用诗歌记录下这一不为人知的群体。诗集《女工记》正是这样一部作品，郑小琼通过记录九十六位女工的真实生活，写下了"中国诗歌史上第一部关于女性、劳动与资本的交响诗"。《年轻妓女》中，读者仿佛看到了"她们坐在那里嗑瓜子 打麻将 / 站在流动小贩的麻辣烫车旁边 / 纤细的手指涂满了指甲油 带着 / 银饰品或者佛珠 裸着的手臂上 / 印着蝴蝶的花纹

黑色低腰短裤 / 将臀部的欲望勒出　蓝色的眼影 / 有对尘世的不屑与迷茫”，在诗人的眼中，“有时我经过 / 她们的门口　看见她们涂得苍白的 / 脸　诱惑的脸　有如被高楼打扮的 / 城市或者国家　无法窥探出胭脂底下 / 苍白与孱弱　她们艳丽的服饰下 / 掩藏着疾病的躯体与灵魂”，最终发出“这么多年来　我经过行政中心 / 面对四周的繁华　背后是贫民区与 / 挣扎中的人民……这些 / 让我活在深深的担忧之中”的感叹。

这是一群以出卖肉体为生的女孩，她们的年龄大都二十出头，有些刚刚十六七岁，正处于人生的花季，正是享受温暖与呵护的年纪，但在郑小琼的诗歌中，那些所谓的美好销声匿迹，取而代之的是贫民区里的瓜子、麻将、银饰、佛珠，妓女身上的短裤、黑袜、眼影、指甲油，美好的花季青春被污浊的现实裹挟而去，一个个黑暗意象的展示将读者拉扯到现实中。诗人在此以一个旁观者的视角来审视并记录下了自己看到的现实，用近乎残酷的笔调展示了这群打工少女的悲哀。郑小琼怀着极大的人文关怀为读者揭开了这一群类的现实面纱，同时也完成了对她们生存现状的见证。在郑小琼的诗歌中，无论亲身体会还是作为目击者、亲历者，笔者都能强烈感受到这种见证式的诗歌写作模式，这种模式才是郑小琼诗歌真正的价值所在。

单纯的诗歌叙事视角

当诗人以目击者、亲历者的身份来表现诗歌时，她展示出来的诗歌叙事视角是固定且单纯的。这种单一的诗歌写作视角恰恰成为见证式诗歌叙事的特点。第一人称的亲历者角度、第三人称目击者角度成为这一诗歌叙事视角的标志。

当诗人在描写自己的亲身经历之时，她用自身的观察视角来写自己的所思所感，同样也用诗歌的方式追溯内心感受，表现在具体写作上则是触景生情的诗歌描写。例如，郑小琼描写自身被罚款经历的作品《十一点，次品》：

> 十一点疲倦的次品碰到我的疼处，十一点的 / 辛劳不够一次寒冷的罚款，一月六百四十块 / 的工资，二十九天班，一天十一个小时 / 一个小时二块钱，次品：罚款十块 / 数字此刻是一只张牙的蝎子，它 / 噬咬掉了你的七点、八点、九点、十点 / 还有尚未来临的十二点，你的时光原来 / 如此纷乱的，洁净的，

衰弱的……它们此刻 / 像一块疲倦的铁，躺在罚款的机台 / 它柔软的腰身切断，镀上不再属于你的镍 / 十一点，次品从手指间走过 / 三千度的炉火在你的心中也冷了下去

罚款，一个打工者最害怕的字眼。诗人将罚款的现实体验借助时间来加以阐释，将一个原本充满人事纠缠的外在场景内化成了自身的内心体验。上午十一点与次品绑定，从此这一时间被赋予了罚款的意义。诗人罗列着自己熬过的工作时间，计算着工资与工时的不公，用数字在不动声色间展现了罚款的无情与巨大代价。在诗歌的最后，她终究没有忍受住这一残酷的现实，不由得发出“十一点，次品从手指间走过 / 三千度的炉火在你的心中也冷了下去”这一形象的感情表达足以透过文字让读者体悟。

“当作者以第一人称‘我’作为叙事视角时，这个‘我’不仅是一个方便的叙述角度，而且是一个对经验真实的承诺和宣称，这是一个别人无法替代的我，一个非虚构的我。”[①] 同时以第一人称叙事，将自身的亲身体验记录下来，往往对事物的感受细腻且具体，在叙事事件上也脱离不开自己的主观感受。而在对他人的描述过程中，则通常以第三人称旁观者的视角，来展现具有见证式的诗歌叙事。

倾下来
更低一点，四十五度，六十度，七十五度
垂下生活的十字架
他，一个来自内陆的男人
拉着砖块，钢筋
挺直脖子从工地上走过
它缓慢的脚步展延着
在四十度的烈日下

他缓缓地移动
他倒下，砖块压着他疼痛的尖叫
与黝黑的躯体

诗歌以第三人称“他”勾勒了一幅人力砖车图。这是一首朴素而真诚的诗歌，它没有晦涩难懂的意象，只有一个形象的“十字架”让读者

① 徐贲：《“记忆窃贼”和见证叙事的公共意义》，载《当代外国文学》2008 年第 1 期。

清晰地感受到沉重的力量，它也没有过多的渲染之词，只是以数字入诗，让我们在数字的力量下感同身受。此时，诗人以一位旁观者的视角来审视这位劳动者，没有过多流露自身的感受，但诗句中一个个倾、拉、挺、展延、倒、叫的词汇叫读者不得不体会到一份吃力的疼痛。诗人在诗中不谈过去，不聊未来，她的叙事仅限于当下。但恰恰是这样，诗人以有限的叙事视角为我们打开了无限的想象空间，这种诗歌叙事方式正是见证式诗歌在描述他人时的叙事特点。

个人记忆与创建公共记忆

郑小琼关于打工题材的诗歌不仅是文学作品，它也是诗人（现实生活中原生态的经验，在当代诗坛上，这份经验独属于郑小琼，因为她最早涉猎并写得深透，所以从文学史的视角审视打工题材诗歌时，第一个跳脱在评论家视野中的就是郑小琼）自身的一份独特个体经验。在这份独特经验中，郑小琼给公众带来的是只有她拥有的独特个人记忆。无论从自身对黄麻岭的描写，对"铁"的叙述，还是对工厂车间工作状态的描绘以及对女工的独家采访，这些都是郑小琼才拥有的原生态经验记忆。她有着其他诗人写作者没有的一线打工经历，她有着其他打工诗人没有的对女工境遇系统而全面的调查并记录的背景。这些不仅为她本人的诗歌创作奠定了基础，同时，当郑小琼以这种深入生产一线创作出来的诗歌作品问世之际，她的诗歌已成为无论社会学还是经济学都需要关注的关于改革开放后中国农民工研究的重要记忆，所以从这个意义上，郑小琼打工诗歌所构筑的独特个人记忆构成她诗歌价值的基础。

郑小琼以亲历者、目击者的身份写下的诗歌文本，几近原生态地记录下她的个人记忆，同时，这一个人记忆客观上触碰到了她的整个经验世界。在郑小琼的打工题材作品中，读者从《黄麻岭》中感知到打工者生存的困境，他们不眠不休地加班、熬夜，以透支身体和生命的方式换取微薄的薪水，他们被人歧视，只因为是外地打工者，在有些工厂中，打工者的权益得不到保障，工伤断指之后只能自认倒霉……从《女工记》中，读者了解到世间还有如此多的跟我们年龄相仿却命运差距如此大的女孩。她们背井离乡，只是为了补贴家用，可是当她们将青春散尽之后，却只带走一身病痛返回家乡。同样一些女工，因为种种原因走上了卖淫的道路，用身体埋葬了自身的未来。为了生存，要忍受亲人分离之痛，孩子一个个成为留守儿童，来到城市同样与丈夫相隔，家庭的危机、工作的危机都折磨着郑小琼笔下的女工。如若没有郑小琼这样的书写，恐怕如今我们还不知道有一个如此隐秘的社会群体，在遭受着如此的人生际遇。正是因为郑小琼，因为她的《黄麻岭》她的《女工记》才让这个群体走出沉默，让公众看到了她们的伤痛。

历史是在不断删减和遗忘中树立起来的。一部人类历史的书写往往成为伟大人物的历史，这是残忍而现实的事实。而见证式的书写模式就是要反抗这种大历史叙事，它以历史细节以及对小人物命运的描写来对抗历史被选择性遗忘的角落。在现实生活中，我们往往会选择性遗忘。在情感层面，不是每个人都想要真正探索隐藏在光鲜表面历史的另一面。但是郑小琼却这样做了，她的诗歌的出现打破了工人诗歌写作的格局和模式，她以几近对立的方式为我们展示了高楼林立的城市背后，建设这个城市的人们的真正生活，她的诗歌意义在于让人们不能忘记，这个社会还有一类人群，他们的名字叫作“打工者”。

社会中的每一成员都有自身的个体记忆，个体记忆是一个社会的集体记忆和公共记忆的基础，个体记忆具有松散性、随意性，因而，只有聚合了个体记忆并通过共同的价值认同以及必要的公共空间或场所，个体记忆才会转化为集体记忆[①]。在见证式叙事的过程中，郑小琼选择了以自己的亲身经历所内化的创伤记忆试图来建构起民族的集体记忆。创伤记忆建构的目标是：“以有说服力的方式将创伤宣称投射到大众，使创伤宣称的受众扩展至包含大社会里其他非直接承受创伤的公众，让后者能够经验到与直接受害群体的认同。”[②]郑小琼曾经说过：“当知青们或者右派们用文字回忆着他们的苦难，而中国最大多数比他们更为苦难的人群却是失声的。”[③]郑小琼以自身经验试图去完善这个时代的公共记忆，她的这一行动已彰显出伟大的质素。

笔者认为，社会舆论和诗歌批评界执着地将关注的目光以及研究视角聚集在郑小琼打工题材诗歌的根本原因，正是因为郑小琼的诗歌创作不仅具有文学的意义，更重要的是它还具有社会学、伦理学的价值。假若单独来分析郑小琼打工题材诗歌的美学价值是不切实际的。应该看到，郑小琼通过自身打工题材的诗歌创作来反抗遗忘以及试图构建公共

---

① 沈兴培、姜瑜：《刍议当代小说的见证叙事——以“文革”题材小说为对象的研究》，载《福建师范大学学报》（哲学社会科学版）2012年第3期。

② 陶东风：《文化创伤与见证文学》，载《当代文坛》2011年第5期。

③ 周发星：《独立行走的自由——郑小琼访谈录》，载《创作与评论》2012年第4期。

记忆的内在努力，与社会各界以及研究者达到了心理上的共鸣。所以，这也正是郑小琼本人一再反对以“打工诗人”的身份将她定位或者评论界表示郑小琼的诗歌创作已转向智性写作的呼喊[①]，也是依旧不能强有力地转移研究视线的原因所在。

郑小琼是平凡的，她只不过是万千打工者中普普通通的一位。但郑小琼也是不平凡的，她凭借个人独特的人生经验，勇敢地为中国当代诗歌增添了另一份真诚。郑小琼的诗歌，它见证了中国改革开放宏伟进程下为生存而挣扎的平凡小人物的命运，它见证了在中国改革开放进程中城乡二元体制下社会的阵痛，同时它也见证了个体在面对社会洪流时的无助与反抗。虽然郑小琼在之后的诗歌创作中开始转向对历史、人类、空间等理性的思考，但她前期的打工诗歌却值得坚持研究，并且，这种对她打工题材诗歌的持续关注，将会为她近期诗歌创作的研究打下坚实的基础。期待她有更大的成就！

[本文为2016年度教育部哲学社会科学研究后期资助项目“景观视域与空间构境——新世纪十五年新诗发生现场及创作研究”（16JHQ043）的阶段性成果。]

[作者单位：首都师范大学中国诗歌研究中心]

① 罗执廷：《从“打工妹”到“知识分子”——试论郑小琼诗歌创作的转型》，载《扬子江评论》2011年第6期。

叩问时间
——高鹏程博物馆诗歌意象及其汉语诗性建构

马晓雁

二十世纪中国的社会动荡与“人”的主体自我的无处安放，在话语层面呈现为语言的不断变革和新的追求。“从某种意义上说，现代中国人的漂泊状态和危机感正是在现代汉语的不稳定状态中生成的。”① 但从另一方面看，这种不稳定状态也是诗歌语言觉醒的确证。当代诗歌在二十世纪后半叶经历了从政治化写作到个人化写作的嬗变，同时，当代诗歌也在诗学本体的纵深中不断探索与提升。在当代诗歌语言觉醒的过程中，诗人、理论家在世纪末即认识到当代汉诗“汉语诗性”重建的重要意义。郑敏在探问民族母语、文学写作和文化继承与发展的相互关系中回顾了二十世纪百年汉语诗歌新变过程中的得失，从民族语言发展变化的规律性角度指出：“若想抛弃汉语的根本象征、指事、会意等以视、形为基础的本质，将其强改为以听、声为基础的西方拼音文字，无疑是一次对母语的弑母行为。”②

进入二十一世纪，虽然当代汉语诗歌创作并未出现人们期待的嘉年华现象，但新世纪诗歌在重建诗歌理想和诗歌秩序规范过程中注入了新质，在诗语从二十世纪末的“单质型”向“复合型”转型过程中，当代诗歌的汉语诗性得到重塑。在新世纪崛起的诗歌群体中，高鹏程的诗歌对汉语诗性的挖掘与呈现不仅有语言意识的意义，同时也具有个性特征的意义。从诗歌本体而言，高鹏程的诗歌对当下诗歌最大的贡献与启示在于其意象的塑造与对汉语诗歌诗性的探索与实践。

① 张向东：《20世纪中国诗歌语言观念的演变》，载《甘肃教育学院学报》（社会科学版）2004年第2期。

② 郑敏：《世纪末的回顾：汉语语言变革与中国新诗创作》，载《文学评论》1993年第3期。

“博物馆”意象群的发现与呈现

意象蕴含着民族独特的文化心理内涵，体现着民族独特的审美与哲思方式。意象的发现与成功塑造往往成就诗人在文学史中的经典形象，成功的意象甚至会在文学史经典化的过程中脱离诗人、诗作成为独立的自足体，进而成为民族的文化符号。顾城的“黑眼睛”、海子的“麦地”等因其高度的凝练与丰厚的蕴含而成为当代文学史上重要的诗歌意象。纵观高鹏程的诗歌创作，“石浦港”“县城”“博物馆”系列诗歌无不透露出诗人对主体“处境”的质疑与拷问，也是高鹏程诗歌给当代汉语诗歌在意象上的独特贡献。例如县城这一意象，不仅是诗人生存和观察生活以及思考存在的第一现场，同时也蕴含着当代中国特有的社会风貌，记录着当代中国的社会变迁，表达出特定群体在社会变迁过程中的心理轨迹。而博物馆系列则在更高的时空意识关照中探询着人、人类的过客身份。

自“黄土高原”至“海岛之滨”，生活环境的变迁带给诗人观照世界方式的巨大变化。同时，也让诗人完成了精神上“异乡人”的身份认领。正是“异乡人”的身份让他从“逝者如斯”这一抒情结构的迷局中参透、开脱，进而发现博物馆的哲思内涵。相对于时间而言，没有什么不是它的过客，一切终将成尘。“我们生来就走在通往它的道路上”（《清明博物馆》），人生天地间，与万物同为它的展品。诗人识破了博物馆的魔幻术：时间即为空间，空间即为时间。丝绸、刀剑、瓷器……所有这些展品都带着时间的釉质，时间，是博物馆这一空间展台上唯一的展品。过去、现在、未来，在博物馆这一特定空间中成为“共时性”的存在物。博物馆是时间戎马倥偬的场所，“时间呼啸、静谧”，“只有薄薄的时光 / 沿着青铜器磨亮的边沿滑动 / 只有瓷器开片细微的声响，回应着时间内部 / 幽远的叹息”（《在国家博物馆参观中国历史文化展》）。“与其说是砖石、朽木、泥土 / 不如说是时间 / 构成了它的建筑材料”（《废墟博物馆》）。当然，“共时性”的空间存在并非取消了时间的本质。时间即空间，万物不过是时间的具体呈现。时间瞬间在博物馆中一一呈现，万物的演化过程在博物馆中凝固、物化，一个王朝的兴衰；一个女子的荣枯；一场台风的起灭；一星泡沫的涨消……时间的容颜也在这些展品中斑驳陆离地映现。诗人无意追问，时间的博物馆以幽冥之声道说历史的原址与原质即时间的流逝，而博物馆以空间的形式核聚着时间，博物馆即时间的有形呈现与空间状态。在《尘埃博物馆》中，高鹏程为他的“博物馆”系列写下最后的诗章：“我想，这是文明最初也将是最后的形态。”此后，诗人不断建构着他诗歌的“博物馆”，道说出“高于内心和时间”的展台。从物象到意象，从有形到无形，在思、语言与诗性的探索中完成了“博物馆”从诗歌表述对象到诗歌本体的塑造过程。

汉语诗性的挖掘与释放

早在2009年给安德鲁·怀斯的献诗中，高鹏程便写下了自己诗歌的精神底本，同自己一样，这位“依靠乡愁取暖”的人怀着孤寂“沉溺于/事物自身的秘语”，他们隔着物理时空“在夜晚倾听海边破损的螺壳里收留的声音”，分别以画与诗让“那些未曾说出的话语和光”，“沉淀下来……”（《遗世录——献给安德鲁·怀斯》）于是，高鹏程在“倾听”与“沉溺”中用博物馆这一意象群落应和了诗对诗人的召唤，在诗语道说的过程中，使汉语诗性得到充分的挖掘与释放。

首先，其诗歌汉语诗性建构体现在对语言审美特性与表达功能的“钻研”上。汉字具有具象、可观的象形根性，其音形义的结合具有天然的审美表现力。高鹏程完全自觉于此，在灵感的闪现与“窑火一样的炙烤和煅烧”中，诗人捕捉和追索着汉语诗歌优雅、蕴藉与空灵的美学特性。同时，这种审美特质又恰切地表达出“事物本身的密语”，呈现出汉语本身的超强表现功能。例如，在《茶叶博物馆》中，诗人“发现”并“呈现”出“煎熬”一词。这一汉语词汇在这里至少体现了三个层面的功能和意义：描绘事物本身的属性、表现主体内心情境、呈现语言的审美价值。此外，在漫长的语言流变过程中，语词的原始意义可能会逐渐湮没而只留下其比喻意义或抽象意义。作为一种语言陌生化的方式，高鹏程的诗歌会着意挖掘语词的原型并激活其原始意义。《茶叶博物馆》中的“煎熬”、《熨斗博物馆》中的“熨帖”、《秤砣博物馆》中的“权衡”，诗人追溯这些语词文化源头的内涵，让沉睡已久的原始意义得以再生。正如卡西尔在《语言与神话》中所言：语词经历着往返不已的灵魂轮回。“好文字的质地，仿佛/青瓷釉色上的那一抹清凉”（《青瓷博物馆》），诗人在直觉与运思的过程中采撷着文字叶芽上晶莹的露珠，使其在映现事物本质与表现诗人情思之时也呈现出民族特有的精神气质。诗人也善于在历代诗人递相沿袭带有文化积淀的基础上叠用、累加，从而加强语词的蕴藉力。例如《废墟博物馆》中“在秋风中痛饮夕阳的人”，将“秋风”“愁”“酒”“夕阳”这些本已具有丰厚文化内涵的意象叠用，从而蕴蓄出更加强大的语言表现张力。除语词上对汉语诗性的挖掘与释放之外，其诗歌语言构造、语气节奏等要素都具有汉语诗性的创造机能。当然，更需要强调的是，高鹏程的诗歌并未因为字斟句酌而失去篇章的整体诗意。

其次，在长久探索之后与瑞典诗人特朗斯特罗姆《路上的秘密》的遭遇是高鹏程诗歌里程的一个新高地。在该诗启发下，高鹏程的诗歌不仅葆有创作之初的感性与灵性，更多了几分智性。不再仅仅基于瞬间的灵感的闪现，更多地为诗歌注入了智性因素而具有了哲思品质。万物都在“秘语”，诗人要做的就是倾听它们，并参悟它们。一切对象物都是“我”的映现，在思与诗之间对存在探问：关于将在的命运，关于此在的身份，关于现实的生存。面对茶叶博物馆诗人以“煎熬”一词了悟“世界大抵如此：熄灭的炉火。凉掉的茶”（《茶叶博物馆》）的本相；面对刀剑博物馆，诗人以“收敛锋芒”省悟“它们都曾是光的主人。而现在 / 它们都是黑暗的囚徒”（《刀剑博物馆》）的历史辩证法；面对尘埃博物馆，诗人参悟出宇宙万物的本质，“正是这些灰尘构成了时间以及 / 真正作用于这个世界的神秘力量”（《尘埃博物馆》）；面对泡沫博物馆这个“精微的宇宙”，诗人道出“水，最终消失在了水中”的无痕无迹与归宿；面对清明博物馆，诗人有疑问有不惑，“毋须讳言，我们都将死去。死，永远都是 / 无可奈何的事情 / 无须故作旷达”，但一座清明博物馆，“它真正的目的，只是为了提醒活着的人 / 更加珍惜”（《清明博物馆》）……总体上，博物馆系列的思考主要基于“这是否说明，我们此刻……活在未来目光的展览里”（《居家博物馆：木居年代》）的追问和对“我们有限的人生 / 不会比一片碎瓷更光亮 / 也不会比一粒稻种更有价值”，“我们庞大的城市，最终只占它展橱内 / 很小的一角”（《余姚博物馆》）的慨叹！

博物馆系列诗歌将散落的古老文化符号以语词之线连缀并锦绣成诗，从物到词，从古至今，从中到西，从有形到无形，从庞大的帝国到精微的泡沫……在对万物做诗语征用的过程中，诗歌主体在诗的、历史的、文化的以及阔大的自然界中驰骋，收放自如。但诗歌并未朝着单一的诗歌气质在阔大与超脱的线性方向无限延宕。与之相反，诗歌在原本可以纵横捭阖的场域中却蕴蓄出滞重与缓慢的风格与气质。在阔大的诗境与滞重的风格形成的矛盾统一中，诗歌获得了它整体上的艺术张力。同时，其诗歌也并没有完全坠入虚无或流连于对传统文化根须的品咂或迷失于言辞织体的构建中。在进入和把握住语言的瞬间，真切的生存感受与生命体验使得主体得以“幸存”。

（本文为宁夏哲学社会科学规划项目“PZ201201”、宁夏师范学院 2013 年重点科研项目阶段性成果）

[作者单位：宁夏师范学院文学院]

借文字取暖

——李寒诗歌印象

王　永

乡党李寒有一博客名为“空寂与欢爱”，出版一诗集也取同名，而在我对他的诗歌的阅读印象中，“空寂”与“欢爱”也成为其中的两个关键词。

空　寂

我们生存的空间充满了喧哗与骚动。高高的塔吊转动的声音，水泥搅拌机旋转的声音，电焊的闪光和电钻令人不胜其烦的声音，加速着城市丛林的生长。街道上，高分贝低重音的音响应和着城市激越的心脏的翕张，连同如过江之鲫的各色汽车的喇叭和刹车声，淹没了行人匆匆的脚步。当然，更有人们的种种欲望，在洗浴中心的红灯里，在星级酒店的绿酒里，或在正义的围墙的暗影中，放肆地膨胀。置身于不断提速的时代火车上，伴随着些微的晕眩，人们也身心俱疲地忙（忙字，从心从亡——古人的智慧令人佩服）着，主动或被动地，无暇放慢脚步，打量一下西天的云霞，清理自己内心的野草。

所以，在这样的背景下，空寂，是一种心境，也是一种修养，更是一种能力。

苏东坡有诗云，“空故纳万物，静故了群动。”虚静一直是中国（古典）文学所推崇的创作心态。经由空寂的心境，空寂的修养，空寂的能力，李寒发现了“那些城市中的可怜人 / 多像走动的吸尘器”，并且有意识地“调慢了生活的时针 / 轻轻撣落自行车上的浮尘 / 前行的途中 将尽量低下头去”（《浮尘》）。凭借着空寂的能力，他甚至能使繁忙的生活暂停下来，“从烦琐中抽身而去，让灵魂飞起来：/ 慢慢打量周围的世界，/ 去发现那些 / 被匆忙的尘世疏忽的美丽。”（《暂停》）

刘勰在《文心雕龙·特色》里提到“入兴贵闲”，这也是关于审美创造心态的一个重要命题，意即排除冗繁事物的干扰，涤除玄览，保持心神的清虚澄澈，感兴就会不期而至，神思盎然。的确，除却喧哗与骚动，空寂下来的心灵更加灵敏和易感，继而心生神圣和领悟，所以，在大海边，李寒能“让大海的蓝，吓得灵魂出窍”，突然全身松软无力（《去年在威海》）；所以，在一片杨树林，“淡淡的阳光毫无遮拦地/照耀在林间的空地上，残余的积雪/吐出青蓝的湿气。/我又一次停下脚步，在它们中间穿行，抬头仰望了片刻，/发现天空，又高了一些。”（《杨树林》）甚至，虎尾兰、满天星、文竹、仙人掌这些日常生活中不起眼的植物，都被他取为诗名，成为移情的对象。

不独对于身外之物的观照和领悟，空寂下来的心灵，更使得李寒对于自己的内心变化和生命的状态探幽烛微，心弦的颤动和神经的疼痛交织一瓣心香——“面对宁静之美，/我的赞叹暗藏于心，/我更多体味到灵魂的灼伤和神经的疼痛。”（《河北作协·初冬》）“我一个人在暗处坐着/突然有些乱，有些忧伤”（《微凉》）；“同时冒出的，/还有我眼中突然的泪水，/它们瞬间恢复了/我与这个世界断绝已久的联系。”（《阵雨》）甚至，能在空白之中进入生命的禅意状态：“这是尘世的哪一天——/我茫然独坐，/像一滴浓墨，意外地落上宣纸。静静地，黑着。”（《空白》）空寂下来的心灵，才能时常“失神”，“时时感到来自灵魂深处的疼痛”，察觉“体内的黑暗”和“体内的闪电”，并生发为诗篇（句中所引皆为李寒的诗题）。

在空寂的状态下，诗人李寒甚至进入了迷醉的高峰体验——

世俗的灯盏，一朵朵熄灭，
躁动和喧哗，也向着梦境深处迁移
最美的事物，你们看不到，安睡的人呀
它们正一件件向我次第展开

我深谙，一人独坐的幸福
听青草间的虫鸣，像瞬息开谢的昙花
两条清溪从肋下流过：潺缓
一片湖泊在内心荡漾：安详
七颗星辰向天宇疾飞：空旷

——《独坐》

也正是空寂的状态，使他能（在诗歌中）无欲无求，保持苏东坡“一蓑烟雨任平生”式的洒脱：“前面的路途还长，管它呢 / 要睡，就睡到被黄昏的阵雨叫醒——逍遥乎寝卧其下。”（《蝉鸣》）

里尔克说，“自从个人初次尝试在短暂事件的河流下面寻找自我，自从他第一次努力在白日的喧闹中倾听，一直深入到自我的最深层的寂寞当中，——现代抒情诗便存在了。”李寒的诗歌就是这样的“现代抒情诗”。

欢 爱

如前所述，对于诗人李寒来说，“空寂”，既是一种创作心态，同时也构成了诗人的创作题材。诗人另一创作题材便是“欢爱”。

“永恒之女性，引领我们飞升。”大诗人歌德如是说。对于诗人这样的多情种子来说，“永恒的女性”永远是激发诗人创造力的源泉，是孕育诗人想象力的子宫。李寒的诗集《空寂·欢爱》，便是题献给三位女性的，即“母亲、妻子小芹和女儿晴晴”。作家池莉说，天赋其实是一种爱，其实，对于诗人李寒来说，反过来说也成立，爱也是一种天赋。这种天赋就表现在他那些动人心弦的爱情诗篇之中。

关于爱情诗，著名的美学家朱光潜先生曾比较过中西爱情诗在情趣上的差异性：西方经典的爱情诗歌以“慕”见长（西方的骑士传统是其决定因素之一，所以诗中常有“我的太阳”“我的玫瑰”之语），而我国的经典爱情诗歌则长于“怨”。此论体现了朱先生的洞察力和概括力，像“曾经沧海难为水，除却巫山不是云”，“此情可待成追忆，只是当时已惘然”，“人面不知何处去，桃花依旧笑春风”等爱情诗所歌咏的无不是幽怨的“苦爱”。当然，朱先生所论主要针对的是中国的古典诗词。但不可否认，在现代汉诗里，经典的爱情诗歌也多是吟咏此去经年的离别之苦、求之不得的相思之恨，如“在这般蜜也似的银夜”里刘半农吟诵的《教我如何不想她》，徐志摩饱蕴着“甜蜜的忧愁”的《沙扬娜拉》，戴望舒“消散了她的叹息般的眼光、丁香般的惆怅”的《雨巷》，冯至的“我的寂寞是一条蛇”（《蛇》），还有张枣的“只要想到一生中后悔的事，梅花就落满了南山”（《镜中》）。相较于这些幽怨感伤的爱情诗，李寒诗中的浓郁炽热的“欢爱”别具特色。比如这首《爱她的……》，就将幸福与战栗呈列在爱的铺排之中——

爱她的一切，爱她的全身
爱她的肉体
爱她肉体上突出的部分
爱她的发梢 小巧的鼻头儿
爱她湿润的而翘起的小嘴
爱她带电的舌尖
爱她的锁骨 小指的指肚儿
爱她光洁的脚踝
爱她的弹性的乳头儿 会轻唱的阴蒂

爱她的灵魂
爱她灵魂裸露的细节
爱与她接触的刹那
那刺穿骨骼的战栗

——《爱她的……》

让我们再欣赏一下李寒的这首《春困——给小芹和晴晴》——

小麦在高楼的阴影中绿着，哪个
倒霉蛋的风筝，又挂在了
电线上，随风摇荡
春日的午后，工地的嘈杂远了

我像上帝，踮起脚尖
逡巡在你们梦境的边缘
或者，似一只蝴蝶
栖止于一册打开的书页

白昼渐长，沙尘退去
一枝怒放的桃花，做了你们昨日的
花冠。如今你们睡着
空气中还荡漾着淡淡的芬芳

我就在你们身边，像一个孤独的神
呵护着你们的梦，倾听沙漏中的

时间，一点点落下，像沉入杯底
碧绿的茶尖，缓缓

你们春天般安静，偌大的房间
也如春天般空旷
阳光的影子渐渐西斜，阴影拉长
我仍不愿唤醒你们。

——《春困——给小芹和晴晴》

在如同碧绿的茶尖缓缓沉落杯底般静谧的氛围里，面对着春睡中的妻子和女儿，李寒蓦然被幸福的闪电照亮，这是爱的幸福，诗人陶醉其中，不能自拔。这种陶醉感（我想还有一定的成就感），在恍如化身为“蝴蝶”甚至是“上帝”和“神”的自我感觉当中毕露无遗。

刚才说到，对于诗人李寒来说，爱是一种天赋。这还表现在他对于爱极为敏感——“恰似敏感的爱，隐藏在肉体深处的 / 心跳，每一下都引它颤动”（《文竹》）；“我的眼睛和心灵 / 对爱和美、疼与痛，/ 始终保持了婴儿般的敏感。”（《我爱上了……》）正是由于“敏感的爱”，他往往能抓住那种最温柔最内在的瞬间感觉，尽管文字质朴，“情圣”李寒的诗句竟能如此深挚感人、刻骨铭心、荡气回肠——

我们拉着手，或者衣襟 / 生怕一不小心 / 将对方遗失 // 为了不使你的生活 / 再添一丝苦涩 / 我甘愿把泪水里的盐 / 全部重新咽进肚子（《白夜——给小芹》）

没有什么可以永恒，多少年后 / 我也是随风飘忽的尘埃，/ 但我肯定是，春天飞入你眼中的那一粒 / 让你渐趋淡漠的记忆，/ 又一次充盈了泪水……（《独坐——给小芹》）

我清楚，/ 它的灯芯，一起在倔强地燃烧着，/ 爱人和女儿的灯笼，/ 就依偎在它的身边，/ 它要把前面的路，/ 照得尽量远些，再远些——（《人皮灯笼》）

五十年之后的夕阳中，/ 硬化的心脏，有一小块儿 / 当你偶尔想起她，/ 还会轻轻地软一下，/ 疼一下。（《邪恶爱情》）

李寒有许多首献给“小芹”的诗，我甚至想，这个芳名为“小芹”的女人，肯定成为众多情郎李寒的女粉丝们“羡慕妒忌恨”的对象。

我还想引述一段里尔克《永不枯竭的话题》中的话：把艺术“带到我们的居所里来，就像人们把神从高大的教堂里带到亲切的卧室里一样，这样，它便不再仅是神秘和令人畏惧的，而且还是亲切温和的。艺术必须分享我们小小的经历和愿望，不可以远离我们的快乐和节日。”由于“敏感的爱”，使得日常生活中的——而不是凌空虚蹈的——“小小的经历和愿望”“快乐和节日”，在李寒笔下纷纷化为动人心旌的诗篇。这里我要指出的是，与众多爱情诗的唯美感伤的青春抒情相比，李寒笔下的“欢爱”虽也热烈，但明显多了成熟和智性，让人读来心里踏实。

借文字取暖

诗歌何为？在这样一个科技理性、工具理性占支配地位的“二流岁月”，对于诗人来说，这必然是一个不断重临的噬心追问。

帕斯捷尔纳克说：“写吧，写吧，诗人，你是时间的人质。”李寒显然接受了作为“时间的人质”的命运，并拿起了诗歌与时间周旋——“自从诞生那天起，/就成为被命运劫持的人质。……我写下的这些文字，多么无用，/可它们温暖着/我的今生，它们浸染了我的血，我的泪，/附着了我的魂魄。”（《墓志铭》）“说吧，忧伤！//田野已亮出金黄的麦茬，/蝉声也在林间响彻，/那些风云来了，又去了/说吧，忧伤！……说吧，忧伤！//从前的日子在指间流逝，/烛花照泪湿，春宵一刻短，/还有多少风雨等在路上，/说吧，忧伤！”（《说吧，忧伤》）

李寒自陈：“这些年，我把生命抵押给了文字，/试图让它代言/说出我的苦乐与悲欢。/试图让它流着我的血，/说着我的话/和我保持相同的体温，/发出和我的心灵/同样的呐喊或呻吟。”（《文字》）让我们且看李寒这首《雪中穿过丛林》——

那些雪压痛了松枝，
这时候不能有风，不能有鸟的翅膀划过
更不能有一个人的叹息
那些松枝不堪重负，稍重的呼吸
就会让堆积的白
倾泻而下

你从森林中穿过，肉身多么沉重，
它不能在雪上飞
不得不留下深深浅浅的痕迹
你不能像一头熊，
在积雪下舔手掌，打呼噜，回忆，无所事事

必须在天黑前走出去，
走出这场覆盖山巅和深渊的大雪
必须不触痛
一根托着白雪的松枝，必须看到
远远亮起的一粒灯火

——《雪中穿过丛林》

这首诗容易让我们联想到罗伯特·弗洛斯特的名篇《雪夜林边小驻》，在我看来，这两首诗中的情境都构成了一种人生旅程的隐喻。在这首诗里，李寒通过“不能”“不得不”和“必须”反复纠葛、缠绕，写出了生命的坚忍和应有的理想的光辉。

在逝者如斯的时间之流里，作为“时间的人质”的诗人，必然会更加敏感于生活的飘忽和生命指针的暗影的移动——“为什么一只青色的苹果/那么快就拒绝了牙齿//一把剪刀，在你的体内/走来走去。”（《拒绝》）“即便在梦中，它也用牙齿脱落/头发转白，双眼失明，惊醒我。”（《我感受着我的肉体》）在这人类被抛于世的宿命和生命之重的困局里，诗人虔诚地感谢诗歌的赐福，因为，“无用的诗歌”缓解了诗人与世界的紧张关系（《飘忽》），“只有那些纸张，可以令他稍稍脱离大地的引力。”（《轮回》）

诗歌，对于李寒来说，是一种“宿命的冲动”，就像一只飞蛾，有光还不够，还“要在火焰间寻求解脱”（《飞蛾》），就像“一把生锈的锯子，在腐烂的木头里/寻找火焰”（《日子》）。在可以视作诗人创作观的《文字》一诗里，李寒如此写道：

多年后，我的这些诗句
肯定会和我的肉体一样
化作烟尘。
然而，我仍旧奢望

有人会读到它们，
并且叹息：
“哦，茫茫世间
还有这样一个过客
这样一个借文字取暖的人。”

——《文字》

现在，我们可以回答“诗歌何为”这个问题了。对于李寒来说，诗歌是一种“火焰”。像那个丹麦的小女孩点燃火柴，李寒点燃了文字，借此“取暖”（前面提到他将人生旅途比作“雪中穿过丛林”）。将诗歌比作灯、火，在中国当代诗歌史上不乏名篇。比如海子的《祖国》：“……万人都要将火熄灭 我一人独将此火高高举起 / 此火为大 开花落英于神圣的祖国 / 和所有以梦为马的诗人一样 / 我借此火得度一生的茫茫黑夜……”在这首名诗里，我们可以看出海子那种“虽千万人，吾往矣”的孤绝与悲怆。还有两首同题为《点灯》的诗——

把灯点到石头里去，让他们看看
海的姿势，让他们看看
古代的鱼
也应该让他们看看光亮，一盏高举在山上的灯

灯也应该点到江水里去，让他们看看
活着的鱼，让他们看看
无声的海
也应该让他们看看落日
一只火鸟从树林里腾起

点灯。当我用手去阻挡北风
当我站到了峡谷之间
我想他们会向我围拢
会看我灯一样的
语言

——陈东东《点灯》

他为什么要点灯？为什么
要和人心一样的黑暗作对，和风，和流沙
一样滑动的城市

较量？他不想去石头里点灯。他就在你的门前。
圆圆的灯光照着门环，像挂在眼角的泪滴。

——韦锦《点灯》

前者带有“唯美”的意味，通过“让他们看看”的重复、“一盏高举在山上的灯”的意象和最后一节，我们不难看出诗人鼓足勇气的自信、不肯屈尊的高傲以及精英的启蒙心态（在英语中，“点灯”和“启蒙”的词根相同）。而后者中的“他”（诗人的自我对象化）“不想去”继续努力地维护这种姿态，“他就在你的门前，圆圆的灯光照着门环”，这里表明了诗人深入当代，保持现实关怀的写作立场。他只想用那小小的灯光照耀你的家门——确切地说是你的心灵，只希望以诗为礼，在这个冰冷的机器时代能带给你会心的温暖、灵魂的慰藉。当然，从中我们也可以看出诗人自我体认的是一种堂吉诃德式的挑战者形象。

比较这几首同质隐喻的诗歌，我们会发现诗人形象和创作心态的变化，这是颇有意味的。相比于海子的悲剧英雄形象，李寒无疑更加低调，或者说更加“现实主义”；相比于陈东东和韦锦分别想去启蒙和照亮的“他们”和“你”，李寒更加关注的是“我”。我们可以说，李寒的诗歌表现出更强的个人化色彩，他更加关注小家庭的“快乐和节日”、一己的内心律动和神经疼痛。但是，这种“为我所用”的诗歌并不因此就变“小”（这里指审美价值和影响力），由于这种个人化的情感具有公共化的价值，这样的文字同样可以温暖“无限的少数人”。

[作者单位：燕山大学文法学院]

诗学研究

多多诗歌创作研讨会论文选辑

沈奇诗歌与诗论研究

结识一位诗人

中生代诗人研究

姿态与尺度

新诗理论著作述评

外国诗论译丛

敏锐的学术目光与扎实的学术功底

——读许霆《中国新诗自由体音律论》

古远清

在中国新诗发展史上，自由诗是相对于格律诗而存在的一种诗体。比较起格律诗的探讨来，自由诗的理论建设显得严重滞后。在这种情况下，许霆最近由复旦大学出版社出版的《中国新诗自由体音律论》，正好填补了这一空白。

不管从哪种角度观察、哪个重点来讨论中国新诗文体的建设，许霆的《十四行体在中国》《旋转飞升的陀螺：百年中国现代诗体流变史论》《中国现代主义诗学论稿》及《中国新诗韵律节奏论》，都将在中国新诗研究史上占有重要地位。不管我们同不同意他的观点，许霆其人其作参与建构新诗文体所做的努力和贡献，都将记载在新诗批评史上。

从二十世纪八十年代开始，中国新诗研究走出了“战歌和颂歌”的误区，迎来了历史的新时期。这时的新诗研究不再强调“旗帜和炸弹”的功能，教化作用亦退居二线，诗体建设提上了议事日程。在新的文化语境中，新诗研究抛弃了“十七年”时期“政治标准第一”的条条框框，诗歌创作的内部规律受到空前未有的重视，开启了一个诗歌研究的新纪元。正是在这种情势下，许霆开始了中国新诗发生的原因、中国现代诗学体系的建构研究。他如何在前人研究的基础上提出一系列新见，已有论者评述过，不再赘述。值得重视的是，作为后劲十足的新诗理论家，许霆除了写出极富原创性的一系列诗学著作外，他在《中国新诗自由体音律论》中，成功地构筑了中国新诗自由体音律理论体系，再次展示了他敏锐的学术目光与扎实的学术功底。

评论家的个人经历会对其研究产生一定的影响，这是文学研究史上常见的事。尽管这种影响是潜移默化的：不直接呈现为评论题材的选择和研究立场、态度的变化，而只是作为一种潜在的精神因素，渗透到他对文学的认知，渗透到他的评判标准之中。使读者感到诧异的是，许霆的“正业”是长期在高等学校从事党务工作，但他的理论素质并没有因此变得“政治化”，仍然保留着江南秀丽山水中陶冶形成的细腻柔和。他对新诗的要求，从不以“政治正确”著称，而希望诗人的作品都具有音韵之美。关于新诗自由体的音乐美的特点，闻一多等人已论述过。许霆在充分吸收国内外学术界成果的基础上，独辟蹊径地提出了自己的见解，如他不采用别人使用过的“韵律”“节奏”的名称，而别出心裁地使用“音律”的概念。依据某些论者的观点，中国诗律传统是如王力说的“声律”，西方诗律传统则是“音律”。许霆没有走前人走过的道路，去强调这种中西的差异，而是在各国通行的意义上使用“音律”的说法。该书以黑格尔的“音律”说来构建自己的理论框架，将“音律”划分为节奏音律与音质音律两大块。《中国新诗自由体音律论》第二、三、四、五章谈音律，以丰富翔实的资料向我们介绍了自由体诗音乐美的源头和发展状况，是该书一大重点。第六、七章谈音质音律，第八章谈音义关系，无不体现了作者广博的学术视野，使得该书的理论建构有很强的理论依托，这是一个能够为许多诗人和读者所接受的体系。

新诗自由体所构筑的世界丰富多彩，许霆没有全方位论述而只是选取“音律”下笔，其研究视角独到，有较强的创新性。如该书第一章“作为语言的新诗自由体”，从诗质与诗形、字形与语音、韵律与节奏等方面去揭示自由诗体音律的语言学因素。在后面的论述中，强调自由诗体的音律是汉语的音律，这主要是指现代汉语的音律，因为音律从根本上说就是民族自然语音的自然特征，这样的论述不仅使该书纲举目张，而且凝结成一个对新诗文体研究非常具有引力的磁性观点：由节奏运动、节奏语型、音质音律、语调新变、音义关系构成完整的理论体系。这体系如船，上面满载着自由诗体采用顿诗节奏的理论，以及自由诗体的音义关系理论、自由诗体对等的诗功能理论、自由诗体的节奏语型理论。如果这船离开了节奏音律和音质音律这两翼，也就对诗歌创作的创新失去了导航的意义。研究自由诗体的最终目的是为了提高创作水平。基于这种目的，作者紧扣新诗的语言问题展开，紧扣世界近代以来诗律发展的最新趋势展开，这是一种深层次的思考。

如何将黑格尔关于诗歌音律的理论与中国诗论家的阐释结合在一起，如何将诗人的诗学主张及其创作实践加以对照和分辨，这就需要编织理论图谱。只要把个人见解放在当代诗歌理论批评史的谱系中，自由诗是否需要音律、自由诗之自由如何理解，以及自由诗体的节奏单元如何划分、自由诗节奏运动有哪几种要素，便迎刃而解。有了这种分辨的学术参照，让众多理论为我所用，也就有了科学的根据。

勒内·韦勒克曾将文学研究分为“外部研究”与“内部研究”。所谓“外部研究”指的是研究作家的生平、作品产生的时代背景及其政治经济状况、社会面貌、时代思潮，而“内部研究”是指解释和分析作品本身。《中国新诗自由体音律论》不仅有“外部研究”和理论阐述，而且有许多具体诗作的分析与印证。这分析，体现了作者良好的艺术感受能力，如闻一多《火柴》：

> 这里都是君王底
> 樱桃艳嘴的小歌童：
> 有的唱出一颗灿烂的明星，
> 唱不出的，都折成两片枯骨。

许霆认为，这是一个复句结构。第一、二行跨行，主要成分是“这里都是小歌童”，在“小歌童”前用了两个带有感情色彩的修饰语；第二行后的冒号显示了前两行和后两行是总说与分说的关系。第三、四行分说“小歌童”的两种命运，句子结构变化避免单调，第四行实际上是假设复句结构。“闻一多的自由诗借鉴西诗语言结构，推进新诗语言体式发展。”在这里，许霆用细读文本的方法，带领读者走向闻一多所缔造的艺术世界，这就是勒内所说的“内部研究”所呈现的生命力、凝聚力和融摄力，这是自由诗体多元开放的基础。

《中国新诗自由体音律论》在建构中国新诗自由体音律体系时，参照了中国现当代诗论家的谱系。在许霆描绘的“自由诗体的理论成果”中，无论是刘延陵的诗体特质论、胡适的“诗体解放”论，还是郭沫若的“内在律”理论、艾青的“散文美”理论，都遵照了论从史出的原则，不至于沉入碎片式的泥潭。以接近一本百科全书的态度来阅读《中国新诗自由体音律论》，读者不仅可分享到“隐喻与句段”“内律与外律”“句式与情感”的理论成果，而且还可以自行将书中的各章各节按自己的方式重新归类，由此读出新的意义，达到“参与式阅读”的另一层惊喜的效果。

在“网络淘汰一切”的时代，新诗的读者远比不上网络小说，尤其是一些年轻人对新诗经典作品渐行渐远，诗坛甚至被讥讽为“写诗的比读诗的人多”。这反映出一种复杂的文化现象：一方面，极富韵律结构的类似戴望舒的《雨巷》这样的经典作品，不会因为边缘化而改变其价值；另一方面，我们也必须看到，新诗尤其是自由体新诗的文体建设及其研究，必须进一步深化，这样才能吸引读者亲近经典。许霆所从事的新诗韵律节奏及其自由体新诗音律的研究，正有助于新诗经典的生命力与读者产生对话后，更好地得到释放和延续。

总之，《中国新诗自由体音律论》是一部散发着艺术气息和问题意识的著作，著者以掷地有声的话语探讨了自由体诗的艺术魅力问题，其思考也许还有不周延之处，某些章节还存在引文过多的毛病，但该书建构的中国新诗自由体音律体系和提出的不少创见，均值得诗人及研究者深思。

[作者单位：浙江越秀外国语学院中文学院，
中南财经政法大学中文系]

一部个人史、家族史、时代史的心血之作

——读赖施娟著《陈良运传》

李舜臣

在传记的写作中，作者与传主的关系显得尤为重要。两者之间的亲疏关系，不仅关涉材料的收集、整理和遴选，还会影响到作者的叙述策略与评价立场。综观世界传记史，为已故丈夫撰写传记者，并不多见；特别是在“男尊女卑”的古代中国，更为罕见。据我所知，这类传记中最为有名的当属玛丽安妮·韦伯在二十世纪初为丈夫马克斯·韦伯所写的《韦伯传》。这本《韦伯传》，因征引了大量信件和其他原始资料而获得了巨大成功。韦伯的研究专家京特·罗特甚至认为：“如果不是玛丽安妮·韦伯，她丈夫的全部著作就不可能获得后来在社会科学领域内的重要地位。”①

现在摆在我面前的这本多达四十五万字的《陈良运传》②，著者也是传主的妻子——赖施娟教授。赖施娟的写作目的不像玛丽安妮·韦伯那样纯然彰显丈夫的学术成就和意义，而只是为了“到时我不能空手去见他，我想带上我的传记和他的传记，我们一起切磋，共同商讨……”（第4页）这种素朴的初衷和愿望，决定了她的写作重心不在于具体评述陈良运的诗歌创作和学术研究的成就，而更致力于叙写他作为儿子、丈夫、父亲等多种身份的日常生活，以及从诗人到学者、教授的转变过程中体现出的勇气和魄力。透过这种平实而富有“质感”的叙述，不仅鲜活地呈现出个人成长的历史、家族的变迁史，更折射出二十世纪四十年代以来中国社会的沧桑巨变。

陈良运出生于二十世纪四十年代初江西萍乡一个矿工的家庭。旧社会的矿工命运悲惨，生似地狱作牛马，死则草席裹尸埋。“脸上总是沾上煤屑”的父亲陈海泉，唯一的指望便是儿子陈良运，因为算命先生预

---

① 玛丽安妮·韦伯：《韦伯传》，阎克文等译，江苏人民出版社2002年版，第2页。

② 赖施娟：《陈良运传》，海峡文艺出版社2016年版。

言他将来会是“相公”。中国的算命先生虽时常说些糊弄人的“鬼话”，却总能使人深信不疑，有时竟成了维系穷苦家庭的希望，就像是阴暗、狭长的矿井中那盏微弱的矿灯。陈海泉对儿子的“相公”命似乎笃信不疑，竭己所能，供他上学。年幼的陈良运没有辜负乃父的期许，极喜读书，连“通书”、《日用杂字》《时事手册》之类的读物，竟也爱不释手。但因家庭贫困，买不起书，很难满足他强烈的求知欲，只能凭借来的《三字经》，小学老师、村里医生赠予的《水浒传》《美术》等杂志，开始人生的“诗画启蒙”。

赖施娟完全可以用更为悲情的笔调渲染陈良运催泪的童年，但令人稍感意外的是，她的叙写显得异常的内敛和谦抑，字里行间甚至充满着脉脉的温情：洒满月光的草坪，凉风习习，孩子们依偎在父母的怀里，听着老人讲三国故事；黄昏时分，姐弟俩眺望披着晚霞归来的父亲，等待着分糖果的喜悦；日本鬼子来了，举家躲进深山，孩子们却在绿树茅草中捉迷藏，吃鸡肉，喝鸡汤，“躲过了中华民族这场灾难”。赖施娟这样举重若轻的叙述，固然是为了诗意化陈良运的成长环境，但背后其实深蕴着一种更为深切的情怀：苦难深重的炎黄子孙，就像荒原中的野花，尽管历经风雨沧桑，却总是乐观而顽强地绵延不息。

赖施娟还不厌其烦地叙写了与陈良运息息相关的人与事，他的父亲、母亲、二叔、三叔、满叔、兰姑、桂姑、姐姐，还有影响他的朱锡文老师、发小钟家福和不知名的高医生，甚至连同这些人物儿孙辈亦不惜文墨。这些人物的“表情”和“群像”，映现的其实是二十世纪云谲波诡的历史镜像。几年前，赖施娟就曾发表过个人史《活路》，已展现出对家族“群像”的描述能力；而在这本传记中，这种描述显得更为熟稔。这种看上去略显琐碎的叙述，渗透了作者的良苦用心，也是“个人史”“家族史”写作融注的结果：一方面细致地凸显了传主成长的背景，唤醒家族的回忆；另一方面也是对写作初衷的回应——百年之后，他们可以在彼岸世界共同追忆现实世界的亲朋。

赖施娟以陈良运为中心展开的故事，皆娓娓道来，犹如树荫下与人话桑麻、拉家常，但细心的读者其实并不难体会这种叙述之下的“潜文本”——二十世纪波澜壮阔的历史图景。这主要是因为她的叙述基本是以人带史，以事叙史，将个人描写置于历史情境当中。坦率地说，二十世纪四十年代出生的知识分子当中，比陈良运经历更传奇者大有人在，况且他平生定居的萍乡、南昌、福州，都远离政治、经济、文化的中心。但是，陈良运又是一个极负良知和担当的知识分子，个人的思想、情感与时代的脉搏始终紧密相连。

陈良运的诗歌创作是在萍乡起步的。萍乡，这个中国中南部并不起眼的城市，在现代革命史上却有着特殊的意义。1922 年 9 月，安源路矿工人大罢工爆发，这是中国共产党成立初期领导的一场大型的工人运动。大罢工的胜利，不仅极大地鼓舞了当时的工人阶级，更为后来湘赣鄂革命根据地的建立打下了坚实的基础。六十年代，一幅题名为《毛泽东去安源》的油画风行全国，印刷数量累计达九亿张之多，更使得萍乡获得了与井冈山、瑞金、遵义、延安等地一样的意义——红色的象征、符号。赖施娟没有刻意地描述这一宏阔的历史图景，而是隐含于对陈良运六十年代的诗歌创作历程的叙写之中。陈良运在这片红土地上写下的第一首新诗便是《我向往北京》。高中阶段，他更去安源路矿采访，探寻革命胜迹，归来后便一口气写下十三首短诗，总题为《历史的瞳人》，发表在 1959 年第 12 期《人民文学》（庆祝建国十周年专号之三）。受此鼓舞，他更一发不可收拾，长诗《安源工人的怀念》《黄洋界放歌》《阳台抒情》等都先后刊发在权威刊物上。这些以“红色安源”“无产阶级革命”为题材的诗歌，根植于时代和生活，朴质而嘹亮，是那个时代诗歌的最强音符，也是安源这片热土馈赠给陈良运的诗魂和灵感。“诗已成 / 转瞬黄洋界 / 没了云踪雾影 / 巍巍十万青松 / 皆是当年红军 / 千里攒云绿竹 / 节节贮满豪情！”（《黄洋界放歌》）应当承认，这些气势磅礴、昂扬亢奋的诗作，因抒情主人公的隐退，隐喻、象征等手法的摒弃，更多地表现为一种集体情感直白而浅近的抒写，缺少朦胧、含蓄之美，不太符合现代的审美观念。赖施娟也认为“现在看来，尽管已过时”，但她提醒读者不要脱离时代、环境去评价他的诗歌。审美观念的差异，决不能成为我们苛责那个时代诗人的理由；相比于他们的真诚、率直和执着，身处物欲横流、道德沦丧时代的人们，难道不更自觉卑微吗？

与那个时代的大多数知识分子一样，二十世纪五十年代以来的历次政治运动，都与陈良运如影随形。“大炼钢铁”，他被下放到山区劳动，改造思想；“四清运动”，他被迫“写整别人的‘黑材料’”，旋即又被人贴了大字报；“文革”中，要不是“牛鬼蛇神”，要不就是管“牛鬼蛇神”的人。尽管陈良运饱受了种种迫害和煎熬，但赖施娟的叙述仍显得出奇的温和，笔下的人和事也多是充满着善意。这显然不是赖施娟故意“屏蔽”了某些事实，而是她深知这是时代的悲剧，重提个人恩怨已毫无意义。她曾叩问：“‘十年动乱’结束将近四十年，至今我都不明白，这场史无前例的所谓‘文化大革命’，应该由谁来‘说清楚’？！”

（第 110 页）深陷在这场“浩劫”中的人们，其实都是牺牲品，孰是孰非，真的很难说清楚。赖施娟以“同情的了解”处理了这段复杂的历史，显示出了她独到的清醒和理智。

被裹挟于政治斗争中的陈良运感到无比的失落、彷徨、痛苦，更为徒耗于政治运动中的宝贵青春而椎心摧肝，向往的诗人“桂冠”看上去越来越遥不可及，他一度想将名字改作“陈倒霉”，诅咒命运的不公。然而，他并不甘于命运的安排，誓要“侦破生命的密码”：“我要把生命的密码侦破 / 不惜将灵魂再一次切割 / 我要把所有的遗传基因 / 重新来一次组合。”（《生命的密码》）因此，当冰凌解冻、春回大地之时，陈良运又重展歌喉，唱响了《长江，一片流动的土地》《长江入海赋——献给向四个现代化进军的祖国》《智慧的春风》等激情澎湃的诗歌，抒发了对浴火重生之后的祖国母亲的诚挚之爱。

七十年代中后期，朦胧诗悄然兴起，陈良运敏锐觉察到这是新诗的一场变革，也尝试着创作的转型，写了《无题》《今天、自己及其他》等不同以往风格的作品，有的还发表在《人民文学》《诗刊》等刊物上。但是，他很清醒地意识到，自己的诗情逐渐退却，创作转型并不成功。赖施娟披露了他从 1979 年 6 月至 1980 年 2 月的部分日记，里边全是焦虑、痛苦和挣扎。这种以转述日记的方式，不仅能使传主在书中现身说法、自我剖析，而且能够真实地展现那个时代的日常生活和他在各种思潮中的心理动向。

对于一个诗人来说，诗情、灵感的消竭，不啻生命的结束。歧路彷徨当中，陈良运重新开始设计自己的“大业”，转而从事新诗评论。他的第一篇新诗评论《论艾青的艺术风格》就发表在《文艺报》上，很快便引起了评论界的注意。1981 年，他被邀请到北京参加第一届新诗评奖读书会，与吴思敬、刘斌、苗雨时等合作写了《四人谈：读 1981 年的新诗》，纵论当年新诗发展的现状和趋势。陈良运转而从事新诗的评论，表面看是因为并不成功的创作转型，其实也是他数十年创作经验积累的结果。他对诗歌艺术孜孜追求，并非仅凭着一腔热血，而是能自觉总结创作得失，提升理论修养，这从他早年《安源工人的怀念》的长篇创作札记便可见端倪。札记中，他逐字逐句推敲，反复考究思路，已经显示出诗歌评论的思维能力。此后他的新诗评论，至八十年代，先后结集为《新诗艺术论集》和《新诗的哲学和美学》，在全国产生了广泛的影响。

陈良运是一个“拼命三郎”，每日清晨七点起来工作，从来就不满足已取得的成就，就像他在诗中写道："你的面前是一座高山 / 你还在山脚下盘桓 / 多少比你登得高的勇士 / 正竞相地攀向巅峰。"(《自勉诗》)八十年代中后期，他又凭借着惊人的毅力，转而研究中国诗学，第一篇论文《中国古代诗歌理论的一个轮廓》便发表在古典文学权威刊物《文学遗产》，随后又出版了重建中国诗学体系大厦的《中国诗学体系论》和《中国诗学批评史》著作；九十年代中后期，他又开始研究美学、易学，挑战一个个学术的山峰。赖施娟很少在书中直接评述陈良运的创作水平和学术成就，一般涉及这方面的内容，都是征引学界同人的看法。例如，评《中国诗学批评史》征引了钱中文的序，评《< 周易 > 与中国文学》征引了傅璇琮的序，等等，这类评价显然更具有信服力，既是对陈良运学术成就的公正褒奖，也深刻体现了陈良运本人对待自己学术的态度："半点心血，点滴于斯。仰天无愧，毁誉由之。"

《陈良运传》的叙事主线是他的诗歌创作和学术研究，在这条主线之下，为更全面凸显陈良运的个人情性，赖施娟也经常撷取他日常生活中的趣事。"童心趣事"一篇，便集中刻画了一个淘气地放鞭炮、玩玩具的陈良运，一个拾贝壳而被警察误认为间谍的陈良运，一个丢三落四、不谙世故的陈良运。这些轶闻趣事的描写，不仅增加了行文的趣味性，也更鲜活地呈现出他童心未泯、率真坦荡的真情性。

熟知陈良运与赖施娟的人，都非常羡慕他们极富浪漫色彩的爱情。两人因缪斯女神而定情，每一部新书出版陈良运都会在扉页题写献给爱人的诗歌，他的墓碑上镌刻的也是爱情誓言："谁也没有把谁辜负，脸上没有惭色，心头没有愧疚；丝丝白发，满脸皱纹，是我们事业——爱情的忠实记录。"虽然赖施娟因为在《活路》中对他们的爱情已有过详细的记载而省却了诸多细节，但读《陈良运传》的每一篇章、每一段文字，我们仍然不难感受他们之间患难与共、荣辱相契的生命精神。

玛丽安妮·韦伯曾说："我的生活就是为了使他（马克斯·韦伯）永世长存。"赖施娟在"结束语"中引用陈良运的诗句："真实的儿女、精神的儿女绕膝慰怀 / 爱得持久的生命一同在延续。"她写作《陈良运传》，实际上也是在延续着丈夫的精神生命。陈良运曾有未能实现的"欧洲游"的愿望，在他去世几年后，赖施娟怀揣着他的遗照遍历欧洲，登上阿尔卑斯山顶时，手捧着照片，甜美地合影，完成了丈夫的遗愿。从这个意义上来说，赖施娟的生活与玛丽安妮·韦伯一样，也是使陈良运永世长存。赖施娟更清醒地认识到，虽相濡以沫四十余年，知之甚深，但更忠实地再现他的生平、剖析其心灵世界，还需花费更多的心血。因此，几年之中，她拼命地收集和整理他的遗著、日记、照片、书信，跑遍了萍乡、南昌、新余等地，以各种形式寻访了他的亲友和学生，从而使得这部传记总体显得资料翔实、内容丰富、形象丰满。

读罢《陈良运传》，已然深夜，我不禁掩卷沉思，心情难以平复，遂撰小诗一首，以示对著作者赖施娟教授的深深敬意：

这些年，
走遍你走过的地方，
只为找到你留下的足迹。

这些年，
去了你没去的地方。
只为你说过远方的梦想。

揣在怀中的你的照片，
每时每刻，
温热我的心跳，
分明你还在身边，
陪着我，一起走。

你写给我的诗，
已刻入肌髓；
我呕出一颗沸腾的心，
抚摸你来时的样子。

再见面时，
我要紧攥你的双手，
告诉你：
我们从未分别，
哪怕岁月的流逝。
哪怕生死的阻隔……

[作者单位：江西师范大学文学院]

当下诗歌批评中的整体性与历史化视角

——评宋宝伟著《新世纪诗歌研究》

邱志武

自二十世纪九十年代末“知识分子写作”与“民间写作”的论争之后，诗歌向何处走，成为新世纪诗歌衍进中一个值得关注的话题。众多批评家试图从不同角度找寻新世纪诗歌的发展脉络和特质，譬如霍俊明的《新世纪诗歌精神研究》、张德明的《新世纪诗歌研究》等，这些著作可谓各具特色、异彩纷呈。霍著“以田野作业、微观阅读和现象学考察相结合的方法，对诸多诗歌问题予以别开生面又深具发现力的辨析和省思。尤其是对新世纪以来纷繁的诗歌现象、诗歌生态和诗人的精神境遇做出了令人信服的整体性分析与总结。”[①] 张著用作者自己的话来说，“烛照了新世纪诗歌的若干面影”，但也指认了存在的问题：“不能将它的整体风貌系统展示出来。总体来说，这样的巡礼是一种蜻蜓点水、跑马观花式的研究，对新世纪诗歌的描述与阐释显得还不够深入，而且存在着‘拼凑’之嫌”[②]。2015年12月，宋宝伟《新世纪诗歌研究》（中国社会科学出版社，以下简称《研究》）的面世，以宏阔的视野、犀利的笔触、辩证的思维，呈现了新世纪诗歌的生态形貌，并对新世纪诗歌进行了学理的评判，极大地丰富了新世纪诗歌研究的视域。

话语的构建与历史感的展现

1990年代末，“知识分子写作”与“民间写作”激烈争吵后，新世纪诗歌发展趋向极端化、复杂化、多元化，各种问题纠结、缠绕、挽扭在一起，诸如官办刊物的改版、诗歌选本、民刊、叙事、口语、意象、

---

① 罗振亚：《冷板凳学术书系·总序前言》，见霍俊明《新世纪诗歌精神考察》，河北大学出版社2014年版，第2页。

② 张德明：《新世纪诗歌研究》，暨南大学出版社2013年版，第185页。

网络诗、城市诗、打工诗、灾难诗、博客写作、身体写作、日常性写作、“梨花”体、“羊羔”体等各种文本写作、文学现象、文学事件混杂一气、鱼目混珠，这是新世纪诗歌呈现出的生态现实。如何将这些混乱不堪的局面收拾、整饬成一个有机整体，对任何一个研究者来说，都构成了巨大挑战。如此之重任，非一个好的批评家不能承受。那么，如何才是一个好的批评家呢？雷武玲认为：“一个当代诗歌批评家，如果不能发现同时代最有价值的诗歌写作，不能先于众人，从混乱中辨别出同时代最有价值的诗歌写作，并对这种写作做出理解性回应，那么就不能是一个好的批评家。”[①]说到底，好的诗歌批评家就如同伯乐，能够从茫茫众生中一眼赏鉴出千里马，并能以非凡的技艺驾驭这匹千里马。宋宝伟经过对新世纪诗歌精细入微地“抽丝剥茧”，足以验证出他就是新世纪诗歌的伯乐。他能够对新世纪诗歌了如指掌、游刃有余、“入乎其内，出乎其外”，他能够发现新世纪诗歌中“最有价值的诗歌写作”，并能够做出“理解性回应”，他能够庖丁解牛般将新世纪诗歌这个庞然大物环环相扣缕析得清清楚楚，然后又经他“严丝合缝”的层层建构，使新世纪诗歌呈现出的面貌是：栖息于消费为中心，以狂欢化、多元化为旨归的语境中，延续着诗歌的先锋性姿态，继续深化着及物性写作，将诗歌的抒情性转化为内敛化、私密化、生态化传达，呈现出对诗歌技艺进行综合调试的尚存诸多问题的诗歌形态。

宋宝伟虽然说要撇开新世纪诗歌命名的争论，声称新世纪诗歌概念研究是否能够成立并不十分重要，“重要的是，诗歌在新世纪中有什么样的表现，为诗坛奉献出什么样的文本”[②]，但事实上，一方面他小心地呈现出新世纪诗歌的混杂、突兀、边缘的具体样貌；另一方面，他具有高度的建构意识，时刻笃心于凝练、提纯新世纪诗歌的特质，着意于利用确凿的文学实绩和精深的诗学理论建构出新世纪诗歌的自身话语，彰显出新世纪诗歌独特的意义和价值。

首先，新世纪诗歌的建构是建立在与1990年代诗歌比较的基础之上的。在谈论新世纪诗歌的过程中，离不开对1990年代诗歌的不断回溯，通过这种回溯探析出新世纪诗歌自身的意义。譬如在谈到新世纪日常主义诗歌时，宋宝伟指出：“新世纪以来的日常主义诗歌因为时代语境的

① 雷武玲：《当代诗歌批评之批评》，北京大学出版社2013年版，第77页。

② 宋宝伟：《新世纪诗歌研究》，中国社会科学出版社2015年版，第9页。以下引文如无特殊说明均出自该书，仅随行标注页码。

变化，那种后现代主义戏谑解构的诗歌艺术表现已经逐渐让位于诗歌的理智、深沉、内敛，而不再是非理性、狂欢化、外向式的批判和解构，接受并且认同当下的俗世生活，置身存在现场并拥抱日常化生活，抛却对俗世生活的文化追问，代之以淡然平静的接纳，这是新世纪日常主义诗歌较之以前诗歌的一种明显变化。”（第 122 页）简洁的用词中不经然建构出新世纪日常主义诗歌的特点，那就是“理智、深沉、内敛”，在诗歌中浮现出以淡然平静的姿态接纳日常化生活。这种建构是基于区别 1990 年代日常主义诗歌的那种后现代主义的戏谑解构，表现出对“非理性、狂欢化、外向式的批判和解构”。这种建立在比较之上的论断，恰切地建构出新世纪诗歌自身的话语。

其次，新世纪诗歌话语的建构接续着九十年代诗歌“传统”，承显出新世纪诗歌衍进的历史逻辑依据，使新世纪诗歌构建于一个稳固的基础之上，避免造成新世纪诗歌人为地出现“断裂”。对于新世纪诗歌的研究者来说，必须面对一个基本事实，新世纪诗歌构建的前提是 1990 年代诗歌，于是乎，对新世纪诗歌的“前史”——1990 年代诗歌的正确理解至关重要。在《研究》中，作者经常出现对 1990 年代诗歌的理性判断。“1990 年代诗歌进入‘凡俗化’的时代语境，社会生活以及由此产生的个人体验都发生明显更迭，1980 年代的情绪化、青春型的‘不及物’写作已经无法满足诗歌表达日常经验的需要，因此，诗歌选择叙事也就成为一种必然。诗歌视点转向日常琐屑经验，在形而下、凡俗化的事物中发现诗意，叙事‘使一切具体起来，不再把问题弄得玄乎，一方面强调某种一致性，一方面注意依据自身经验使诗歌在结构、形式，甚至在修辞方式上保持独立性，这无疑是九十年代诗歌的显著之点。’”（第 152 页）在对 1990 年代诗歌叙事性进行熟练操控的基础上，构建出新世纪诗歌的叙事话语。“新世纪的叙事诗歌在很大程度上依然延续 1990 年代所挖掘、开拓的诗歌写作路向，继续走向日常诗意，热衷于具体、个别、烦琐、破碎的诗歌叙述；……新世纪叙事诗歌在原有的基础上还是显示出一种建构的努力和探索。运用后现代思维创造一种解构式的诗歌叙事，丰富叙事的表现技巧，颠覆传统意义上的叙述，……显示出同以往诗歌叙事相融又相异的特征。”（第 152 页）这种论证方式体现出对诗歌发展内在逻辑的尊重，给人以层层相袭之感，避免了武断的臆造和想象的天马行空。

文学研究要具有历史感，这是文学研究必需的基本素养和要求。如果文学研究失去了这种历史感，也就失去了研究的纵深感，这种研究本身是值得怀疑的。程光炜说，“我所说的‘历史感’，不是指你的研究中必须有当时时代的氛围和文字特点，不是简单的‘回到现场’，我认为是要尽可能地贴近当时的历史事实和诗人存在的状态，但隐约之间，应该有一种稍有差异的审视眼光，也即是‘旁观者’的视角。如果完全‘陷’进去，所谓的‘历史感’，其实只是一种研究者的‘当代感’；真正的“历史感”对于研究者来说，应该是有‘陌生感’的。”①对新世纪诗歌的研究，最大的忌讳就是陷入新世纪诗歌的藩篱中，在新世纪诗歌的泥淖中自说自话、自我纠缠，这样一来，带来的问题必然是不停地“讨好”新世纪诗歌，造成对新世纪诗歌的局限视而不见。

作为一个文学研究者，他既要在历史中，又要不断地跳出历史，只有在对历史进进出出的反复涤荡中，才能对研究对象进行准确的历史定位。历史感的建立要不断地用历史的长镜头来进行透视。宋宝伟注意到“新世纪以降，口语写作突然出现‘全民狂欢化’局面”（第171页），这时，他引入历史化的眼光，断定“当时间的距离稍稍拉长，蓦然回首这场口语诗歌的狂欢表演发现：当诗歌陷入一种‘非常态’书写、诗歌中某些元素被无限放大时，带给诗歌本身的绝不是机遇与福音，而是诗歌即将陷入僵死状态的前奏。”（第171页）在谈到新世纪诗歌向何处走时，他随即指出：“时间慢慢前行的同时，也拉开了我们同新世纪诗歌的一段距离，可以清楚探视到诗歌后现代品质与现实精神之间的谐调与融汇，也看到了一种属于新世纪的诗歌精神的诞生。”（第104页）宋宝伟用这种长短镜头不断切换的方式，洞察出新世纪诗歌的内在机理。

历史感的形成，还在于作者不断地进行历史性追溯。这种历史性追溯确保对新世纪诗歌判断的准确性，“一个批评家倘若满足于无视所有文学史上的关系，便会常常发生判断的错误。他将会搞不清楚哪些作品是创新的，哪些是师承前人的；而且，由于不了解历史上的情况，他将常常误解许多具体的文学艺术作品。”②一个批评家只有在历史的维度上，才能够对眼下的文学现象洞若观火、明察秋毫，否则他将丧失对现实发声的话语权。并且，历史感的存在又揭示出新世纪诗歌发生、发展的内在逻辑，没有历史感的诗歌研究是封闭的研究，必然也是僵死的研究。

---

① 程光炜、张清华：《关于当前诗歌创作和研究的对话》，载《渤海大学学报》2007年第5期。

② ［美］勒内·韦勒克、奥斯汀·沃伦：《文学理论》，刘象愚等译，江苏教育出版社2005年版，第39页。

理论的检视与新质的凸显

自新诗诞生之日起，至今临近新诗百年，诗学理论的探讨一直备受重视。在新诗的合法性不断遭受质疑的历程中，新诗在理论上不断地予以辩驳，经过诸多批评家苦心孤诣地经营，历经艰辛，一路走来，使新诗的诗学理论建设取得了非凡的成就。

二十一世纪以来，新诗发展进入关键档口，对新诗理论的讨论异常热闹，如何有效地评价这些诗歌理论，成为绕不过去的话题。要对新世纪诗歌进行审慎的辨识、检视，从中慧眼识金，这就要求研究者具备敏锐的判断力。“如果我们把探讨诗歌问题时人所要具备的素质分为感受力、理解力和判断力的话，那么对当代诗歌批评最重要的就是判断力。”[①]判断力之于批评家，犹如听力之于音乐家，视力之于摄影家。只有具备优卓的判断力，才能在纷纭繁杂的诗歌原生态中“快刀斩乱麻”。显然，宋宝伟对新世纪诗歌的科学诊断都出自于其精准的判断力。新世纪诗歌在创作上异常活跃、风生水起，同时，各种诗歌理论也以爆炸性方式跳跃增长、不断增殖，宋宝伟在《研究》中一口气列举出二十七种诗歌理论（第 67 页），凸显出新世纪诗歌的混杂，诗坛的躁动不安。他从中精心挑选出对新世纪诗歌构建最有理论价值的“第三条道路写作”“诗歌地理学”“完整性写作”三种理论进行剖析。在理论探讨的历程中，他不是诗歌理论的“搬运工”，而是对理论进行系统分析、消化吸收、归纳总结。拿“第三条道路写作”为例，他高度评价了“第三条道路写作”的现实意义和文学史意义。“‘第三条道路写作’的倡导者们着力创建平等、自由、独立的诗歌写作平台，改变世纪初‘知识分子写作’与‘民间写作’孰是孰非的论争局面，还诗歌一个宽松、自由、个性和民主的写作氛围，同时也打破了因为‘盘峰论争’而人为设置的诗歌勃兴的‘瓶颈’，将诗歌带入了一个崭新的写作空间，这也是‘第三条道路写作’最为人所注重之处。”（第 70—71 页）至此，似乎还显得不够劲道，他还指出：“‘第三条道路写作’的出现，……差异、独立、‘不结盟’原则下聚集了诗歌界‘沉默的大多数’，他们以诗歌文本作为交流互动的方式，以创造性思维确立诗歌的审美取向。……对 1990 年代末‘知识分子写作’和‘民间写作’的‘大一统’局面的反拨，这也是‘第三条道路写作’为新世纪诗歌留下的最大理论与精神财富。”（第

① 雷武玲：《当代诗歌批评之批评》，北京大学出版社 2013 年版，第 76 页。

71—72页）这种评价是公允的，指出了“第三条道路写作”的学理价值。宋宝伟更为可贵之处在于能够潜入理论的机理看出理论的“破绽”，并进行科学的辨析。他深刻地指出了“第三条道路写作”的问题之所在：诗歌主张充满含混性；理论阐述存在自相矛盾；诗歌精神的沦落。“第三条道路写作”的提出，是对1990年代末诗歌论争的回响，但美好的设想只能是设想，他不能解决诗歌所面临的诸多现实问题。

新世纪诗歌是一个理论勃发的时期，根本原因在于各种理论的创造者和倡导者都认识到新世纪诗歌存在着严重的问题，并且日甚一日，尤其是下半身写作聚焦于肉体“乌托邦”之后，诗坛更加杂乱不堪，难以收拾。为此，他们都试图开出自己的药方，希冀创造出能够统摄一切的理论话语，尝试从理论的角度进行突围以期对新世纪诗歌予以清理，动机是充盈梦幻色彩的，而事实上新世纪的诗歌理论既没有形成合力，也没有相互地激荡和碰撞，而是各行其是、自说自话，在自我想象中铸就着“放之四海而皆准”的所谓真理，结局无非是“一场游戏一场梦”。

新世纪诗歌的现实性走向是一个不可忽视的存在。诗歌本来在先锋的轨道中狂飙突进，缘何在新世纪突然如此钟爱“及物”，如此执意介入现实，这是任何新世纪诗歌研究者必须回答的问题。霍俊明的《新世纪诗歌精神研究》用诗人那飘逸的文字对“诗歌‘现实’境遇的几个面孔”进行梳理，张德明的《新世纪诗歌研究》则是从主题学的视角对新世纪诗歌的现实性进行归纳、透析。宋宝伟的《研究》对新世纪诗歌与现实性关系的把握，则是牢牢建立在对1990年代诗歌写作的问题基础之上的。这三部著作对现实性的切入视角可谓各具特色，形成“互文性”观照。

宋宝伟的《研究》运用历时性视角从1990年代诗歌所触及的“及物”出发，挖掘新世纪诗歌与现实关系的可然性，揭示出新世纪诗歌内部的衍进脉络。他将之命名为“新及物写作”。一方面揭示出新世纪诗歌的现实性对1990年代诗歌现实性的承继，另一方面对新世纪诗歌的现实性特点进行了精准的概括和总结。他认为：“九十年代的诗歌写作的偏狭也是显而易见的，那就是在观照日常性事物时表现出私密化和狭窄化的特点。诗人往往更多地沉湎于自我在面对‘事物’时的‘个人化’的体验，一定程度地拒绝了诗歌写作的‘伦理’存在，回避了社会良心和人类的理想，无法完成‘对当代噬心主题的介入和揭示’。”（第105页）宋宝伟在《研究》中，用全著五分之一的篇章作为“重头戏”，深入地剖析“新及物写作”，置于历史的镜头中从不同纬度予以深刻的评骘。新世纪诗歌在1990年“及物”写作的基础上凸显出新质，“新世纪诗歌的社会内容有较大幅度的增加，‘底层诗歌’‘打工诗歌’‘灾难诗歌’‘诗歌伦理关怀’等概念的提出显示了诗歌与社会关系的改善。这种改善不是对‘意识形态’的重新依附，也不是对权力话语的寄生，而是以一种富有痛感的批判的姿态切入当下的社会生活中，绝不终止诗歌的‘求真意志’，这是先锋诗歌的怀疑精神和反抗姿态的延续，是对九十年代诗歌‘拆除深度’的‘拆除’，也是新世纪诗歌的较为鲜明特征之一。”（第 105 页）对“新及物写作”的强调，是新世纪诗歌对现实发声的召唤。诗歌在新世纪增强对现实发言，并非对“意识形态”的重新回归，而是诗歌良心和责任的真切担当。

问题的揭橥与思维的辩证

问题意识是一个文学批评家必须具备的重要素质。对于一个文学批评家而言，他不仅需要具有质疑的能力，能够提出问题、并随之解决问题，而且能够揭示文学现象中潜藏的问题。就是说，他不仅看到硬币的一面，还要看到硬币的另一面，以及看到硬币的圆周。

诗歌批评家不能在研究对象面前失去自我，倾尽赞美之谕，要具有独立思考的能力，能够在研究对象身上发现别人所看不见的问题。程光炜指出：“阅读近年来一些学位论文，许多文章更像是‘诗歌批评’，对研究对象有一种自觉的认同感；另外则多是一些‘宏论’式的文章，主要是靠大的判断搭起论文骨架，缺少对具体现象做具体分析和研究方面的内容。而这些‘判断’一旦被质疑，那么全篇的‘合法性’就成为问题。”① 对研究对象不要一味地“趋同附势”，而要能够跳出来看到研究对象存在的问题。宋宝伟的《研究》避免了时下这种“流行”的硬伤，他大刀阔斧，纵横捭阖，于芜杂中尽显独到，用犀利的眼光总结出新世纪诗歌存在的问题，他时刻与研究对象保持适当的距离，坚守客观公允的立场，铸就一种间离的效果。《研究》中专门用了一章的篇幅来讨论新世纪诗歌的问题，他概括为“轻”与“重”、“多”与“少”、“常”与“变”，具体来说，就是诗魂变轻了，诗歌精神放逐了，非诗化事件变多了，诗歌变得功利主义了，有分量的诗歌批评变少了，诗歌的常态写作和非常态写作错位失衡了，这些问题指出了诗歌的要害，新世纪诗歌要有所作为，必须在这些问题上有所超度。同时，也为新世纪

① 程光炜、张清华：《关于当前诗歌创作和研究的对话》，载《渤海大学学报》2007 年第 5 期。

诗歌的后续发展指明了方向。

宋宝伟在行思运笔之时，问题意识贯彻始终。这种问题意识不仅是对新世纪诗歌整体考察的时时警觉，而且对每一个具体问题的探究都有所坚守。对于新世纪诗歌的传播方式，宋宝伟显然认识到了问题的存在。他说："既让我们看到了新世纪诗歌红红火火的复兴迹象，但同时也应该注意到，很多'非诗'因素也正掺杂其中，各种诗歌活动日益笼罩着浓厚的商业氛围，诗歌正在'被经济化、被政绩化'，有成为商业附庸的危险；……这些都是值得人们警惕并加以摒弃剔除的，为新世纪诗歌营造一个健康、纯洁的传播环境，是当下人们较为迫切的任务之一。"（第 66 页）这些问题给当下诗歌的传播带来了巨大的负面影响，如果不及时进行"纠偏"，将会影响诗歌的健康发展。

从另一个侧面来说，既能看到优长，又能对问题进行揭橥，恰恰是辩证思维的具体演绎。对任何事物的认识，都应该持一种辩证的观点，同样，对于诗歌研究也不例外。然而，就当下来说，似乎这个不成问题的问题已然成为一个问题。"好好先生"的夸耀风气浸淫于各类批评中，难得一见一针见血、快意是非的批评，出现这种情况的原因关键在于当代诗歌批评已经成为一种"近"视批评，经常受到诸多文字之外因素的干扰，耽于这种干扰所带来的严重后果，许多批评家谨小慎微，面对批评对象，许多批评家已然失去了"辩证"思考的能力，一味地进行吹捧。"诗歌批评已经失去了威力，缺少了锋芒，完全成为朋友之间'默契'的'唱和应答'，已然成为一种交际的手段，这不能不说是诗歌的悲哀、批评的不幸。"（第 184 页）其带来的后果是全然不见问题的要害，即使赫然可见，也装聋作哑，一种真知灼见、切中肯綮的文学批评不见了，满地尽是阿谀奉承，极尽恭维之能事。宋宝伟的《研究》坚守批判的良知，评是论非，撇开顾忌，持论公允，他指出："赵丽华的《一只蚂蚁》：'一只蚂蚁 / 另一只蚂蚁 / 一群蚂蚁 / 可能还有更多的蚂蚁。'浅白直露，空洞无物。这些简单化叙事大大损害了诗歌的艺术品质，对新世纪诗歌技艺的提高毫无帮助，甚至是制造语言垃圾，污染了诗歌生态。"（第 161 页）锋芒犀利，直击要害，不能任诗坛放任自流，不能任诗意自我放逐，体现出一个研究者对诗歌命运的"焦灼"和不安，凝聚着他对诗歌担当与使命的殷殷期待。程光炜在谈到文学研究时批评曰，有的研究者"对研究对象做无条件的'认同'，缺乏有'距离'感的研究和分析"。"既然我们研究的是诗歌的'历史'，就应该像福柯那样，以'知识考古学'的眼光和方式来处理，而不应该不加选择地全面拥抱你研究的对象。”[①]爱之，爱屋及乌；恨之，一无是处，都是不科学的批判姿态。显然，宋宝伟不在程光炜所批评的圈子里。他时时保持清醒而冷静的头脑，秉持科学的辩证思维，譬如，他在谈到诗歌奖现象时指出，“这些诗歌奖的设立对推动中国当代诗歌的发展、挖掘严肃深刻的诗歌创作、发现优秀诗人具有不可估量的作用和意义。”与此同时，他也看到：“透过纷繁迭出的各种诗歌奖现象，隐隐发现诗歌奖背后存在许多值得忧虑的东西。”既看到了诗歌奖给诗歌创作带来的作用和意义，又没有盲目地进行“拔高”，而是切入这种诗歌奖背后令人“忧虑”的问题。

“研究对象和研究成果之间具有密切的联系，研究对象在一定程度上决定着研究成果的面貌。”[②]在新世纪诗歌仍在款款而行之时，如此迫近地审视新世纪诗歌，难免挂一漏万。况且，很多观点还需要“时间老人”不断地修正、反复地确认，才能得出客观公允的结果，所以，论著中可能不可避免地存在个别立论能否经得住时间考验的问题。从研究范畴来说，新世纪少数民族诗歌研究、新世纪诗歌中长诗问题的研究等在《研究》中也是缺失的。但这些丝毫不影响《研究》的精彩，《研究》见证了新世纪诗歌的成长，必将为新世纪诗歌的研究历程刻下深深的足迹，成为新世纪诗歌研究中的重要收获。

[作者单位：南开大学文学院，
大连民族大学中国少数民族文学研究所]

---

① 程光炜、张清华：《关于当前诗歌创作和研究的对话》，载《渤海大学学报》2007年第5期。

② 吕周聚、潘颖：《宏观把握与辨证剖析——评罗振亚 <1990年代新诗潮研究>》，载《诗探索》（理论卷）2015年第2辑。

诗学研究

多多诗歌创作研讨会论文选辑

沈奇诗歌与诗论研究

结识一位诗人

中生代诗人研究

姿态与尺度

新诗理论著作述评

外国诗论译丛

投射诗

[美]查尔斯·奥尔森 著　韩晓龙　章　燕 译

【译者前言】

查尔斯·奥尔森（Charles Olson, 1910—1970）出生于马萨诸塞州的伍斯特市，先后就读于哈佛大学、耶鲁大学和卫斯理安大学。1948年，他在北卡罗来纳州的黑山学院获得教职，在这里他和克里利（Robert Creeley）、邓肯（Robert Duncan）、多恩（Edward Dorn）[①]等人一道，对美国诗歌的创作形式做出了最为激进的集体实验性探索。二十世纪五十年代，在奥尔森"投射诗"原则的指引下，上述诗人与莱弗托夫（Denise Levertov）、保罗·布莱克本（Paul Blackburn）[②]等诗人一道，开始在《起源》（*Origin*）和《黑山评论》（*Black Mountain Review*）杂志上发表诗作。或许由于他这些著名的诗歌原则遮蔽了他实际诗作的艺术光芒，奥尔森的诗常常被人贬低为其诗歌理论的具体表达，尤其是收入《在寒冷的地狱，在丛林》（*In Cold Hell, in Thicket*, 1953）中的长诗《翠鸟》（*The Kingfisher*），以及他毕生创作的《马克西姆斯诗篇》（*The Maximus Poems*, 1983）。

"投射诗"理论是二十世纪最重要的诗学理论之一。它不仅是黑山派诗歌，即"投射诗"的理论宣言，同时也是继庞德和威廉斯之后美国现代主义诗歌合理发展前行的理论精粹。庞德曾经认为，诗人"要在

---

① 三位诗人均为黑山派诗歌的主要成员。克里利（Robert Creeley, 1926—2005），黑山派最重要的诗人之一，1954年应查尔斯·奥尔森之邀到黑山学院任教，并编辑著名刊物《黑山评论》。邓肯（Robert Duncan, 1919—1988），诗人、公共知识分子，关注大众文化，对先锋派写作产生影响，为旧金山文艺复兴派的主要成员。多恩（Edward Dorn, 1929—1999），美国诗人，曾在多所大学任教。

② 莱弗托夫（Denise Levertov, 1923—1997），英国诗人。早期诗歌遵循英诗传统，后受到威廉·卡洛斯·威廉斯和黑山派诗歌的影响，诗风改变。保罗·布莱克本（Paul Blackburn, 1926—1971），美国诗人，他的诗作和翻译作品对美国当代文学产生影响。

音乐的连续性中写作，而非按照节拍器来写诗”。威廉斯则提出了诗要接近“行动的场”。本文首次发表于1950年第3期的《纽约新诗》杂志上。后又多次发表，产生广泛影响。文章首次引入了“原野创作”的概念，认为投射诗的写作是“开放的”“有机的”。其脍炙人口的名言即“形式只是内容的延伸”（FORM IS NEVER MORE THAN AN EXTENSION OF CONTENT，奥尔森用大写的英文强调这一观点）。尽管这一观点承袭了意象派和客观派诗学的许多思想，但是它们之间的区别仍然显而易见。奥尔森认为，诗歌是由动力学催生的，也就是说，诗歌通过诗人呼吸（breath）的能量（energy）被转化成语言，并通过打字印刷的形式记录在纸面上。诗的布局对诗文意境的传递起着至关重要的作用，而布局的关键有二：一是诗行的排布，二是呼吸的节奏。

《投射诗》全篇分两部分，本文选自论文的第一部分，集中体现了奥尔森关于投射诗的理论原则。

本文开头的四行，初看起来有些乱，却是按英语原文排列的。

投射　　　　　　　　　　　　　　　　　　　诗
（抛掷的　（冲击的　（未来的
　　　　　　　　　　　　　　　　　　　Vs.
非投射诗

一位法国评论家[①]将非投射诗称作“封闭诗”，这种诗印刷精致，在英美诗歌传统中俯拾即是。不仅如此，在当下的诗坛中尽管有庞德和威廉斯的作品，这类“封闭诗”仍随处可见。

早在一百多年前，济慈就在“自我崇高”（the Egotistical Sublime）[②]的概念中看出了封闭诗（华兹华斯和弥尔顿的作品中都存在这类诗）；而封闭诗一直延续，坚守着其表达的要义，即“公共围墙之内自由跃动的个体灵魂”。

我认为，诗歌在1950年的今天，若想继续前行，实现其根本价值，就必须从“呼吸”入手，去把握呼吸的特定规律和呼吸的各种可能性，并把握写作者之呼吸律动及其倾听行为的规律和可能性。（1910年那

---

① 有学者认为，该法国评论家指的是法国二十世纪奥克语作家雷内·奈利（René Nelli，1906—1982）。

② 济慈（John Keats，1795—1821）在1818年10月27日给伍德豪斯的信中讲到华兹华斯的诗歌时认为，华氏的诗中存在着“自我崇高”。

场听觉的革命，即有关扬抑格起伏节奏的革命，对更年轻的诗人们提出过按呼吸规律写作的要求。）

首先，若有人要写“开放的”诗，或者去完成那种我们称之为“现场创作”（COMPOSYITION BY FIELD）[①]的诗作，以对抗既定的诗行规则、诗节结构、完整的诗歌形式，即对抗非投射诗的那些“老套的”根基，这里有若干他必须遵循的简单法则：

（1）诗的动力学。一首诗即是一种能量，诗将能量自诗人那里转化而来（诗人因诸种原因获得了能量），并通过诗本身将其一路直接转达给读者。的确如此。于是，诗本身就必然成为彻头彻尾的能量建构体，又成为一个完完全全的能量发射器。那么，诗人是如何实现这两种能量的一致呢？即他通过何种途径吸收到在各方面至少与最初驱使他写作的能量相等的能量？他又如何使这一能量成为诗歌所独有的，却又显然不同于读者——诗人和作品之外的第三方——所获取的能量？

对于任何一位脱离了封闭诗形式的诗人来说，这是他尤其要面对的问题。这个问题涉及一系列全新的认知。一旦他冒险踏上“现场创作”之路，将自己投入开放的写作，除了跟随笔下的诗歌所宣称的诗自己的路径之外，他便无路可走。因而，他须得采取行动，须得时刻意识到存在着诸种刚刚开始得到检验的力量。（比如，这一力量，即这种推力的观念比庞德简明的主张走得更远，庞德曾睿智地让我们从诗的“音乐式词句”开始，教我们这些年轻人遵循这一原则，而非遵循诗的节拍器来创作。）

（2）诗的原则，即全面主宰此类诗作的创作原则。诗人若遵循这一原则，一首投射诗便应运而生了。该原则即：形式只是内容的延伸（FORM IS NEVER MORE THAN AN EXTENSION OF CONTENT）。（可以说，这一说法来自克里利的观点，我完全接受他的观点。该观点带有这样一种可能的推论，即正确的诗歌形式在任何给定的诗作中，只可能是，且唯一可能的就是既定内容的延伸。）这就是投射诗的原则，朋友们，坐在那儿，就可以去用了。

（3）现在就到了创作流程的问题，即我们将制定怎样的规则以塑造出由诗的形式来实现的能量。我认为可以用一句话来归结这

① 原文为 COMPOSITION BY FIELD，郑敏先生将这一术语译为“现场创作”，见《郑敏文集》（译诗卷），北京师范大学出版社 2012 年版，第 235 页。笔者采用了这一译法。另有学者将其译为“原野创作”，见黄宗英：《抒情史诗：查尔斯·奥尔森的 <马克西姆斯诗篇>》，载《北京大学学报》（哲学社会科学版）2003 年第 4 期。

一流程（首先撞进我思绪的就是爱德华·德尔伯格[①]的话）：“一种感知力必须立即且直接引向另一种感知力”（ONE PERCEPTION MUST IMMEDIATELY AND DIRECTLY LEAD TO A FURTHE RPERCEPTION）。这句话的含义完全就如其文字所表达的，创作的流程在各个方面（我甚至认为在我们处理平日工作的现实问题的方面）都需要如下状态：跟上步伐、不断继续、一直向前、保持速度、紧绷神经——让它们高速运动、保有感知力——神经的感知力、实施行动——每一秒的行动，朋友，你要做的一切，就是以最快的速度让它们持续前行。如果你准备做个诗人，你须得在各个方面，大力地去用、去用、去用这个流程！在一切给定的诗作里，一种感受力必须、必须、必须行进至，另一种感受力，立刻！

速度，是的，这就是我们的信条。要把速度的理由、速度的可用之处都付诸诗歌的实践。这一信条让我们进入了当下，进入了1950年，进入了投射诗被打造出的机械状态，它理应这样做。

如果我强调、唤回、不断申明呼吸的重要性，强调呼吸之于听觉的独特价值，这是因为，有必要坚持呼吸在诗歌中所起的作用，而这一作用一直以来并未受到人们足够的关注，也未被充分地付诸诗歌创作实践（我想，这是由于诗行所确立的诗的音步概念带来的抑制力量而造成的）。但是，诗歌若要在今日、在当下保有其重要地位，获取其充沛的生命力，并继续前行，就必须重视呼吸的作用。在我看来，投射诗教导人们，只有当诗人尽力表达其耳中之所闻及其呼吸之压力时，诗才成其为诗。投射诗就是这样的。

让我们从诗歌的最小单位——音节——说起。音节是诗律的主宰，也是诗律中的连接点。音节支配了诗行，将它们连起来，并控制了诗的更显著的形式。我要说的是，在美国和英国，自伊丽莎白女王统治时代晚期至埃兹拉·庞德的时代，诗歌放弃了音节的玄妙奥秘，在韵律和诗韵的甜蜜悠扬声中音节失落了。（音节的一个作用就是辨别获得最初成功的素体诗及其在弥尔顿之后的衰落。）

借助于音节，并置的词语呈现出美感；凭借这些声音的微小元素，以及由这些微小元素构成的、与它们同样清晰可感的词语内涵，词语才呈现出美感。任何诗文案例都表明，诗歌创作需要对词语进行字斟句酌的选择，假如一个人正在写诗，那么他的选择就将自发地让他的耳朵顺

---

① 爱德华·德尔伯格（Edward Dahlberg，1900—1977），美国小说家，评论家，传记作家。

从悦耳的音节。即使是在最少诗意的语言中，在语言的本源状态，也存在着音节的优雅及音节的实际应用。

西风啊，你何时吹来一阵阵
绵绵的雨滴何时会飘洒
主啊，愿我的爱依在我怀中
而我，重回温床躺下①

就现在人们所写的诗歌和散文来说，在传递心灵之声方面，如果押韵和韵律，以及大量词语中的声音和感觉，不如音节直接有效，而且，假如音节这个美妙的东西更能引领诗的和谐，那么，用音节来纠正押韵、韵律的不足并非坏事。我要告诫打算尝试如是写作的人们：退回到这一音节的元素和语言的细微处，就是要与最为精致、最无逻辑的语言打交道。务必要经常性地、一丝不苟地倾听音节，从倾听中所提取的务必要完整，以至于要以最昂贵的价格——让一天运行四十小时——为耳朵担保。因为从词根上来挖掘，从各种情况来看，音节的来临可以被比作蹁跹的舞蹈：

"Is"源于雅利安语词根"as"，意思是"呼吸"。英语中的"not"等同于梵文的"na"，有可能来自词根"na"，意思是"丢失"，"消失"。英语的"Be"源于"bhu"，意为"生长"。

我把音节称作国王。它是自发的，这样，耳朵——采集音节的、倾听音节的耳朵，便如此接近心灵，成为心灵的耳朵，具有心灵的运转速度……

耳朵贴近心灵，从另一个角度说，好似心灵之于耳朵就如同一对兄妹。他们如此亲近，就如同风力和被吹干的衣物；如同血族通婚的男女，如同卷笔刀和笔。

正是心灵和耳朵的结合才诞生了音节。

---

① 这是一支十六世纪早期的歌曲，最早出现于1530年，有学者认为其歌词早在此前就已出现，为一首中世纪诗歌的残篇。英文原文为：

O western wynd，when wilt thou blow
And the small rain down shall rain
O Christ that my love were in my arms
And I in my bed again

但是，音节只是诗的不伦之爱所诞下的第一个孩子（那埃及之物，诞下的总是双生子）。诗的另一个孩子是诗行。音节和诗行共同创造出一首诗，创造出我们称作“统领万物的首领”“独一无二的智慧”的东西。而诗行（我发誓）来自于呼吸，来自于那个写诗人的呼吸，来自于他写作的那个时刻。于是，正是在诗行这里，每日的工作，这项工作，沁入了诗人的写作，因为只有这个写诗的人，他随时能宣告，这行诗是有韵律的、是其结尾——正是在此处，诗的呼吸即将告终。

就我所说的，自从诗歌冲破了传统的诗行和诗节以来，比方说，与乔叟的《特洛伊罗斯与克丽西达》和莎翁的《李尔王》，与这一切都分道扬镳以来，大部分诗歌所面临的问题就是，当代的诗人们一直待在诗行的诞生之地慵懒地徘徊不前！

请让我坦率地说，诗歌有如下两个部分：

头脑，通过耳朵，达至音节
心灵，通过呼吸，达至诗行

这里的密钥是什么呢？此即，命题的第一部分提出，在创作中，诗人要使音节顺其自然；命题的第二部分则强调，诗人所获得的正是诗行，这点令人惊奇。诗人在写作的过程中，他的注意力，他所要控制的，都集中在此处，集中在诗行中，诗就这样形成了，形成于每一刻的前行中。

我是固执的，坚信头脑的智慧在音节中展现出来。智性的舞姿存在于音节中，无论那是散文还是诗歌。想一想你所知的在这方面最睿智的心智，它们是何以展示出来的，难道不就是清晰地展现在那流畅自如的音节中吗？当你看见一个睿智的头脑在此处的所作所为，你难道辨别不出其智慧吗？的确，老师讲到他曾在混乱（Confusion）中获得的经验时说：所有有能力的智者都可能被引入所知甚少的状态。因而，我们所追随的不正是心智的自由嬉戏（Play）状态吗？不正是这自由嬉戏的状态才展示出究竟心智是存在还是不存在吗？

那么智性的舞姿要在怎样的舞池自由绽放呢？除了诗行，还有别处可去吗？诗行若是成为一潭死水，难道不是因为心灵已经慵懒怠惰了吗？你难道不会忽然领悟到，正是那些拖沓的用语、陈腐的比喻和过时的形容词等等，早已令你倍感乏味了吗？

我们既已看到了诗行的作用，那么就应知晓还有一大堆修辞术将构成一连串新的可使用的方法。明喻只是一只飞落下沉的鸟儿，过于轻易地就到来了。描述的功能在投射诗中一般都须受到特别的监视，不可有丝毫的放松，因为描述的表达轻松舒适，于是便消耗掉“现场创作”中的诗歌能量。任何松弛懈怠的做法都会削弱起关键作用的注意力，使人们不再将注意力集中于手头的创作，不再聚焦于诗行的“推力”（push），这一“推力”此刻正在手下跃动，并在读者阅读时呈现在读者眼前。诗人在诗歌创作之前就要适度地进行各种“观察”，如同散文中的“议题”。一旦观察到的可以入诗，它们必然要在合理安排中或相互并列，或相互对峙，以使得诗歌在从内容走向形式的过程中涌现的能量不会受到损害，哪怕一刻的损害也不行。

现在，一套全新的问题摆在了我们面前。[实际上，我们现在踏入了“现场”（FIELD），踏入了诗歌的广阔领域。在这里，如你所愿，所有音节和所有诗行必得在它们的相互关系中得到妥善处理。]说到底，这是一个关于“客观物”（OBJECTS）的问题：什么是客观物？其在诗歌中为何物？它们如何进入诗歌内部？一旦进入诗歌，它们又被如何运用？关于这些问题，我会以另一种方式予以探讨。此刻，请允许我这样说，“开放诗”的每一个元素（音节、诗行、意象、声音、感觉）都必须被坚定地看作诗歌动力中的一分子，就如同我们习惯于把我们称之为现实的客观物的东西视为现实本身那样坚定；这些元素在我们眼中是用来创作诗歌张力的，这完全就像其他的客观物是用来创造我们所知的客观世界一样。

在诗歌创作（或者说认知）的每一时刻迸发出的客观物，可以，且必须得到如此对待，即它们就诞生于诗中，不受制于任何外在于诗的观念或成见；它们必须被当作“现场”中的一系列客观物，必须被当作一系列张力来把握（它们也就是张力）；要在诗歌内容和语境的内部去准确地把握它们，而诗歌通过诗人和这些张力迫使自己得以最终形成。

呼吸促成了所有语言的言说—动力（speech-force）回到诗中（言说是诗歌的“实体”，是诗歌能量的奥秘），现在，凭借言说，诗歌具有了实体性，因此，诗歌中的所有元素都可以被视为实体、物体、物。尽管需要坚持诗歌现实与其他纷繁事物之间的绝对区别，只要这首诗写得好，其中的每一个元素都可以自由释放其各自的能量，并如其他客观物一样，保有合理的混乱。

上述原则立刻将我们一下子带入与时态对立的状态，实际上也就是普遍地与句法，与我们沿袭至今的语法规则对立。为了可以保留时间——另一种绝对的控制力，各种时态不是也必然地，在不经意的状态下重新表达出来了吗？这不就如同一首诗中的空间张力必然直接与这首诗作用于你的行动效果（acting-on-you）同时出现一样吗？在这里，我认为必须坚守并遵循投射诗创造出的诗行规则，而依逻辑强行作用于句法的那些陈规，则必须被静静地打破，那些陈旧的诗行中过于严格的格律也必须被打破。不过，新的诗人究竟能在多大程度上扩展语言的交流所倚赖的那些传统规则，这对于本文来说是个过于庞大的命题。我希望这个显而易见的问题只需有人开始去研究就好。

现在让我来讲一讲这个观点。在我的印象里，组成“言说”的每一部分在置身“现场创作”中时，会在忽然间迸发出清新的声音，展示出强劲的冲击力。它们就像土地里突然冒出来的不为人知的无名植物，若是你给它们施肥浇灌，它们就冒出来。在此，我们不妨看一下哈特·克莱恩[①]的诗。他的作品最打动我的是诗中对主格[②]实施的独一无二的推力。这一推力充满清新的生气，并努力复归词语本身的感性。（如果逻各斯是一个作为思想的词语，那么什么是作为名词的词语？这就像，让我想想，像纽曼·西亚[③]曾经在厨房桌子上说的，在血气上架起帆，行吗？）不过，克莱恩的诗中也有费诺罗萨[④]如此准确地洞察到的缺失，在其句法中，句子作为自然本性的第一行动，如一道闪电，如主体和客体之间力量的通道，快速地从哈特传到我这里，又每每从我这里传到你那里，此即两个名词之间的动词。凭借这一孤立的推力，哈特不是失掉了诗的有利条件吗？不是全方位地失掉了音节、诗行、现场，失掉了语言本身所拥有的一切，诗所拥有的一切吗？

现在，我们稍稍停顿一下，把视角转回到伦敦，以轻松的心态回到开头，回到音节：

> 音乐，假如是爱情的食粮，奏下去吧；
> 奏它个没完，让人听腻了，听厌了，
> 把爱情的胃口败坏了，撑死了也好。
> 又是这曲调！那尾声，越来越低沉，

---

① 哈特·克莱恩（Hart Crane，1899—1932），美国诗人。他的诗充满象征性隐喻，晦涩难懂。《大桥》是他的著名诗篇，对当时的美国诗坛风气产生影响。

② 英语中的主格指在句子中做主语的名词。

③ 奥尔森的《马克西姆斯诗篇》中葛罗斯特市的渔夫。

④ 费诺罗萨（Ernest Francisco Fenollosa，1853—1908），美国艺术史及日本艺术研究学者。从费诺罗萨处，庞德在意象派运动期间得到一批关于中国古诗的笔记，据此整理、翻译、出版了包括李白、王维等人十八首古诗的译诗集《神州集》（*Cathy*，1915）。

轻得听不见了；它飘进耳朵，像微风
掠过一丛紫罗兰，偷取了花香，散播那芬芳[①]。

我们所遭受的痛苦在于，手稿成了印刷品，诗在创作和再创作的过程中不断消解，声音被祛除了，在其源头和终点受到了双重消解。因为“呼吸”一词原本有着拉丁语曾经尚未丢失的双重意思[②]。

具有讽刺意味的是，有一个自机器得来的好处至今尚未被充分认识和利用，而它却直接引发了投射诗及其成果。这就是打字机带来的好处。由于其书写的模式性，在间距上的精确性，对于诗人来说，打字机可以准确地传达出诗人想要表达的呼吸、停顿，甚至音节的悬垂效果，以及短语各部分的并置。诗人第一次可以和音乐家一样，拥有自己的五线谱和指挥棒，第一次可以不依赖传统的诗韵和格律记录下倾听自己话语的感觉。凭借打字机，诗人可以让读者在寂静中或在喧闹中，用声音表达出他的作品。

现在，我们该来采撷卡明斯、庞德、威廉斯他们的实验成果了。他们每一位都以自己的方式运用了打字机，将其视作他们创作的总谱、练声的脚本。当下，这只是一个认识现场创作的规则，要我们据此原则创作出与封闭诗同样正式的开放诗的问题了，此时的开放诗带有其全部传统优势。

如果当代诗人在写诗时留下了一段间隔，此间隔和它前面的短语一样长，那就意味着他凭借呼吸所控制的那个间隔相等于时间的长度。如果诗人将一个词语或一个音节悬置在诗行的末尾（这是卡明斯最多的附加物），那就是说，他把这个悬置视作读者的目光——被悬置的时间发丝——划向下一诗行的时间。如果他期望做一个轻微的停顿，轻得几乎使毗邻的词语无法分开，而他又不想用逗号——逗号是意义的中断而非诗行声音的终止——那么，如果他用了一个打字机随手可得的象征符号，你就跟随他继续走下去吧：

唯一不变的 / 是改变的决心[③]

---

① 莎士比亚：《第十二夜》，方平译，见方平主编《莎士比亚全集》（第二册），上海译文出版社 2014 年版，第 392 页。

② 拉丁语中的“spiritus”一词有“呼吸”和“圣灵”的双重意思。作者在这里意为，没有了声音也就没有了呼吸，没有了呼吸也就没有了诗的灵魂。

③ 这是奥尔森的名作《翠鸟》的第一行。原文为：What does not change/is the will to change.

若是诗人利用打字机在纸上留下多样边沿的好处，请你留意观察他如何将诗行并置起来：

> 他说：
> 做梦，毫不费力
> 思考，轻松自在
> 行动，相较更难
> 但若使人思考之后再行动，这！
> 就是最难之事①！

上述诗行在意思上是层层递进的，在呼吸上是渐趋急促的，然后是一个回转，递进或所有运动都在时间单位之内，而时间受制于诗中的思想。

为了使人们能够认识到投射诗的创作原则，尤其是为了使投射诗引发的诗坛革命得以推进，作品得以发表，以此来抵消时下要回到承袭诗韵与格律的诗歌创作的风气，我还有些话要说。不过，通过凸显打字机——对诗人创作的个人化的且即时性的记录工具——的作用，我这里想着重指出，投射诗的特性已经是庞德和威廉斯所实践的诗歌写作的结果。在庞德和威廉斯的诗歌创作中，诗歌仿佛让阅读参与到写作之中，就好像听觉，而非视觉，被用来测量诗的节奏，又好像诗在构成过程中的间隔可以恰如诗的规则中的停顿一样被细心地记录下来。听觉曾经承担着"记忆"的功能来加速诗歌节奏（诗韵及规则的格律节奏曾有助于此，现在，当人们不再需要诗的口头表达时，诗韵和格律就只停留在印刷的文本中），如今，听觉，以诗人拥有的方式，再次成为进入投射诗的门槛。

[译者单位：北京师范大学外文学院]

---

① 选自奥尔森的诗作《赞歌》（*The Praises*），诗的原文及其诗行排列为：

'Sd he:
  to dream takes no effort
    to think is easy
      to act is more difficult
    but for a man to act after he has taken thought, this!
Is the most difficult thing of all'

Poetry Exploration

(2nd Issue, Theory Volume, 2017)

CONTENTS

// POETICS STUDY

// THESISES COLLECTION FROM SEMINAR OF DUO DUO' S POETRY PRODUCTION

// SHEN QI' S POETRY AND POETIC

// KNOW A POET

// MIDDLED-AGED POETS STUDY

// STANCE AND ATTITUDE

// REMARK AND INTRODUCTION ON WORKS OF POETIC THEORY

// POETRY TRANSLATING STUDY

(Contents Translated by Lian Min)

图书在版编目（CIP）数据

诗探索．6 / 吴思敬，林莽主编．—北京：作家出版社，2017.5
ISBN 978-7-5063-9513-7

Ⅰ．①诗…　Ⅱ．①吴…　②林…　Ⅲ．①诗歌—世界—丛刊
Ⅳ．①I106.2-55

中国版本图书馆 CIP 数据核字（2017）第 113265 号

诗探索．6

主　　编：吴思敬　林　莽
责任编辑：张　平
装帧设计：刘营营
出版发行：作家出版社
社　　址：北京农展馆南里 10 号　　邮　　编：100125
电话传真：86-10-65930756（出版发行部）
86-10-65004079（总编室）
86-10-65015116（邮购部）
E-mail：zuojia@zuojia.net.cn
http：//www.haozuojia.com（作家在线）
印　　刷：北京盛兰兄弟印刷装订有限公司
成品尺寸：165×260
字　　数：426 千
印　　张：26
版　　次：2017 年 6 月第 1 版
印　　次：2017 年 6 月第 1 次印刷
ISBN 978-7-5063-9513-7
定　　价：75.00 元（全二册）